心捕

HEART CATCH

五里珑——著

天津出版传媒集团
天津人民出版社

图书在版编目(CIP)数据

心捕 / 五里珑著. -- 天津 : 天津人民出版社,
2018.9
ISBN 978-7-201-14105-3

Ⅰ. ①心… Ⅱ. ①五… Ⅲ. ①推理小说－中国－当代
Ⅳ. ①I247.5

中国版本图书馆CIP数据核字(2018)第210512号

心捕
XIN BU
五里珑 著

出　　版　天津人民出版社
出 版 人　黄　沛
地　　址　天津市和平区西康路35号康岳大厦
邮政编码　300051
邮购电话　(022) 23332469
网　　址　http://www.tjrmcbs.com
电子邮箱　tjrmcbs@126.com

责任编辑　刘子伯
策划编辑　李　根
装帧设计　仙　境

印　　刷　北京中振源印务有限公司
经　　销　新华书店
开　　本　700×990毫米　1/16
印　　张　24
字　　数　350千字
版次印次　2018年9月第1版　2018年9月第1次印刷
定　　价　46.00 元

目 录

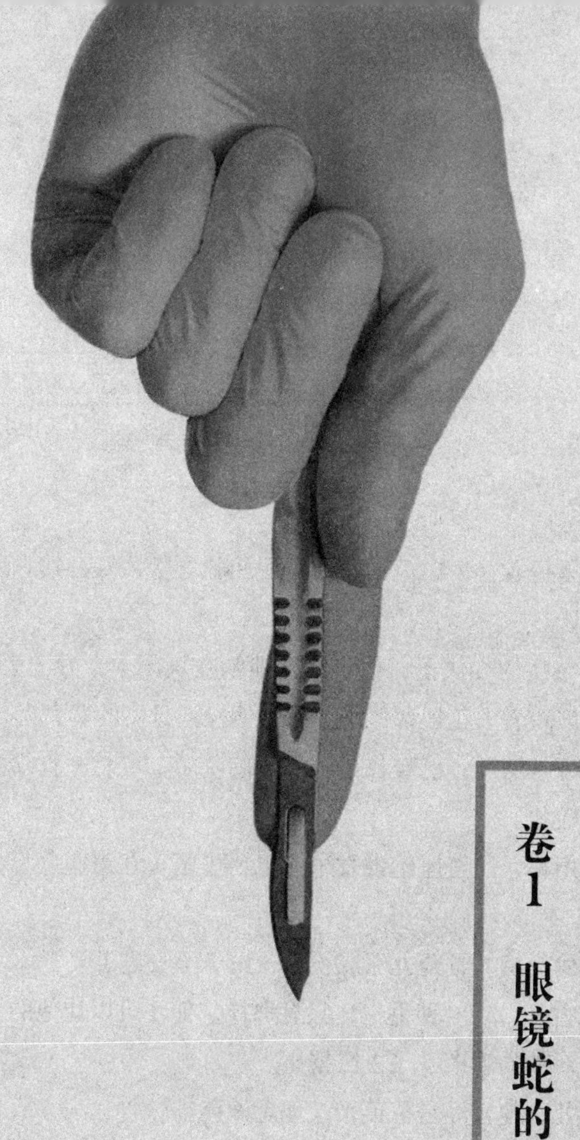

卷1 眼镜蛇的抚慰

1

费大雷手里捏着一个白色的听诊器，屈膝弯腰，专心致志地在给眼前的一位病人听诊。

病人是个精瘦的小伙子，他直挺挺地躺在病床上，看上去像具僵尸，他的双眼死死地瞪着天花板，似乎正在给他检查身体的费大雷并不存在。

他是个物理学博士，已经住了一年多的院了，可是一直没办法消除他那顽固的妄想症状。

他坚定地声称，巨蟹座给他发来急电，星座正在遭遇危难，召唤他出手营救。

昨天，他偷偷将六颗药丸碾成粉末，用鼻子吸进了气管。

他觉得死亡是另外一种重生，只有那样，他才可以让他的灵魂脱离肉身，摆脱医院对他的管束，飞去巨蟹座。

因为在那儿，他曾经是位英雄，他想做英雄。

要不是护士发现得及时，他躲在被窝里抽搐不了几下，就会因为窒息而丧命。

费大雷此刻听着病人肺部的呼吸音，他觉得情况有点糟糕，昨天的气管插管导致了他肺部轻度感染，今天得给他挂两瓶抗生素才行。

“大雷医生！”

费大雷听到身后有人在叫他，是一位好听的女生声音，但不像是科室里的那些护士。

费大雷回头一看，心里不禁一怔，他身后站着一位穿着制服的女警察。

这女警察脸蛋儿长得非常标致，崭新的警服包裹着她匀称的身材，显露出警察特有的那种职业美感。

她看上去年龄不大，也许是大学刚刚毕业吧。

但细看时，她眉宇间透出的那股犟劲儿有一种说不出的味道，特别吸引人，这让费大雷暗自惊叹。

费大雷收起听诊器，站直了身体，疑惑地问道："你是？"

那女警察嫣然一笑，完全没有一般警察固有的那种刻板，她说："大雷医生，我是刑警队的岑晰溪，他们都叫我晰溪，你就叫我晰溪好了。"

费大雷这才想起，昨天医务科给他打了电话，说是今天有一位刑警要来拜访他，向他咨询一些工作上的事情。

他本以为来人会是一位铮铮铁骨的拼命三郎，可没想到现在出现在他眼前的竟是这样一位亭亭玉立的女孩。

他脸上漾起了一些笑容，说道："晰溪？昨天是你约的我吗？"

岑晰溪笑着摇摇头道："不，昨天是我师父约的，他今天临时有事，让我来拜访你一下。"

费大雷这才弄明白，岑晰溪的身后果然有位拼命三郎，他说："哦，原来是这样，到我办公室坐吧。"

岑晰溪又笑了笑说："好的。"

岑晰溪朝带她进入病房的那位护士招了招手，表示谢意，然后就跟在费大雷的身后往病房的走廊走去。

岑晰溪的师父是湾州市公安局刑警队队长沈德立，亲朋好友都说岑晰溪命好，刚一上班就跟着刑警队长混，那未来的路子可就宽了。

可是岑晰溪不这么觉得，她虽然表面上非常顺从沈德立的三令五申，可她心里却非常讨厌这个胡子拉碴的四十岁老男人。

因为靠近沈德立时，他身上那股难闻的烟味简直要命，这让有点洁癖的岑晰溪觉得快要疯了。

最糟糕的还有，这个旧式警校毕业的沈德立说一不二，还动不动就训人。

岑晰溪觉得这两个月来受尽了委屈，晚上回家蒙着被子哭一宿，第二天还得屁颠屁颠地跟在他身后。

平时除了帮沈德立背笔记本电脑，记录记录他的重要讲话，好像就没有别的事儿。

对了，在凶杀现场她还得帮他领盒饭。

岑晰溪不知道自己曾经渴望的那种侦探片般的刑警生涯会不会就这样毁了，她觉得她现在的工作简直就是一个佣人，沈德立的贴身佣人。

今天早晨刚出家门，岑晰溪便接到了沈德立打来的电话，他说他早上临时有个重要的会议要开，今天约好和第七医院大雷医生的访谈就劳驾她了。

岑晰溪知道沈德立电话挂得极快，所以趁他还没来得及挂掉电话的时候，便急忙问道："沈队长，具体要问些什么呀？"

沈德立在电话那头连珠炮般地说道："你不知道？就是手头上那起变态的剁脚案。你去问问大雷医生，看看他能不能帮助我们，分析一下凶手的作案动机。"

岑晰溪心里急得像是热锅上的蚂蚁，因为她对那起案子只是稍稍有些了解。

上个星期，湾州师范大学的一名女生被杀，女生的左小腿被剁掉，不知去向。

前段时间，岑晰溪跟着沈德立经常出没于专案组，还帮他整理一些案件材料，她对于案件的了解也仅限于此。但是现在沈德立突然要岑晰溪潜入到分析凶手的作案动机这个深水区，这简直就是让她突然上战场，去打一场没有准备的战役，她的心里瞬间慌乱了。

此刻，岑晰溪正不知是接受任务好，还是先找个理由推辞一下更为合适，而沈德立的电话已经挂了。岑晰溪知道，这个时候如果再给沈德立打电话，他一定会非常生气，也只有硬着头皮接下任务了。

岑晰溪到达第七医院的时候，医院已经熙熙攘攘得像个集市。岑晰溪感到有些惊诧，她万万没想到这个精神病专科医院也会像其他综合医院那般忙碌到这等地步，心想难道如今的社会，求诊精神疾病也如家常便饭了？

岑晰溪找到住院部的精神一科，通过科室的护士很快就找到了正在听诊的费大雷。

岑晰溪本以为费大雷是个白发苍苍的老学究，因为沈德立说大雷医生是个造诣颇深的精神病学专家。一般来说，专家都是老爷爷那种模样，没想到眼前的费大雷如此年轻。

在岑晰溪的眼里，这位英俊儒雅的精神病学专家最多三十岁不到。

他的脸型修长俊朗，一副黑边眼镜将他定格成了学者模样。至于他的学术造诣到底有多深，她一无所知，她只知道他叫“大雷医生”。

岑晰溪见费大雷步幅沉稳地向前走去，他披着的白大褂宛如中世纪武士的披风，不断地随着他高大的身体左右摆动，英姿飒爽。

岑晰溪跟在费大雷的身后，沿着病房走廊往前走。

她注意到了她左边的那些落地大玻璃窗，里面是一间间独立的病房。

她见护士们正在有条不紊地忙碌着，有的正在给病人量体温，有的正在给病人测血压。病人们的表情各异，有的焦虑，有的紧张，有的看上去平静得如一池湖水。

岑晰溪正看得入神，忽然听到费大雷在前边说：“我的办公室到了。”

岑晰溪看见走廊的尽头右手边有一间办公室，门上挂着“副主任办公室”的牌子，白色的底座，黑色的正楷字体，看上去非常正式。

岑晰溪这才知道，费大雷原来还是他们精神一科的副主任。

费大雷摘下磁卡胸牌，在感应门锁上刷了一下，门便开了。

岑晰溪跟着走进门，见洁白的办公室内非常简洁，一排整齐的书架下摆着一张宽大的淡木色办公桌。

办公桌对面的墙边摆放了两张单人亚麻沙发，沙发前还有一个毛玻璃茶几，茶几上有两个透明的玻璃杯。

费大雷招呼岑晰溪走到沙发前，说道：“请坐。”

岑晰溪在靠里的一张沙发上坐下，费大雷给她倒水，说道：“我有个怪癖，平时只喝白开水，不要介意。”

岑晰溪打趣说：“白开水好呀，随时提醒不要忘记服药。”

费大雷见岑晰溪言语蛮风趣，便说：“我一直以为警察都是没有感情色彩的铁板一块，没想到晰溪警官这么有趣。”

岑晰溪不好意思地说：“大雷医生，你就别寒碜我了，我哪是什么警官呀，我只是个跑腿的。今天替我队长过来，你不要见怪，我们队长挺忙的。”

费大雷在另外一张靠墙的沙发上坐下后，说道：“不会，谁都知道刑警队长是个大忙人。”

在费大雷说话的时候，岑晰溪从她随身带来的一个档案袋中掏出一沓材料，说道：“今天我过来，就是想特意请教你一下。”

费大雷一眼望过去，最上方的一张照片竟然是一位缺失左小腿的女性尸体照片，尸体身上穿着的连衣裙胸口部位有好几个破洞，她的整个上半身几乎都被血迹浸染，画面血腥刺眼。

他心里咯噔一声，手中的茶杯摇晃了一下。

费大雷虽然接触过一些司法精神病鉴定的案例，也亲耳听见过犯罪嫌疑人描述残忍的杀人过程，可是现在看到杀人现场上真实的尸体照片，觉得还是有些不适。

岑晰溪对这些照片早已看得烂熟，法医在案发当初就给了沈德立一套，由她一直保管着，每当沈德立需要观看研究的时候，她就会帮他翻开。

刚进刑警队的时候，岑晰溪对观看这种尸体照片非常反感，她虽然从小向往刑警生涯，可她从心底里害怕血淋淋的场面。

久而久之，她终于变得麻木了。

特别是当她看到忙碌的法医对着尸体吃饭的时候，她也就在不知不觉中适应了。

岑晰溪表情严肃地抓起照片递给费大雷，指着照片说：“上星期五的早上，有人在湾州师范大学附近的一条河里发现了她。经过我们的调查，确定这女孩是师大的学生，名字叫李姗姗，经管系，大三在读生。”

费大雷放下手中的玻璃杯，接过照片，随口问道：“死因是失血吗？”

岑晰溪皱了下眉说道：“法医说是锐器刺戳到了她的心脏，失血性休克死的。”

费大雷不经意地点着头，他往下继续翻看其他的尸体和现场照片，那些照片看得他心潮起伏、血脉偾张。

费大雷发现，李姗姗的尸体躺在了一条河边的绿化带上，尸体的下方衬垫着一块白色的塑料布。

她身上的衣服看上去比较整齐，唯一费解的就是缺了左小腿。膝盖骨的位置可以看到皮肤和肌肉的断面裸露在外头。

费大雷看完照片，在鼻梁上推了推眼镜，皱皱眉问道：“晰溪，你们刑侦的东西，我可是个门外汉，不知道你今天过来，主要是想问我什么问题？”

岑晰溪见费大雷将照片放在了茶几上，便说道：“说实话，一般来说案件的性质无非就是财、情、仇几个方面。从现场上看，李姗姗身上没有丢失任何值钱的物品，包、手机都在，包括颈部一条白金项链也在。所以，这案子没有一点儿侵财的迹象。”

费大雷打断了一下：“李姗姗用的好像是苹果手机，她家境不错嘛。”

岑晰溪补充说道：“不，她的家境并不好，她的钱都是自己打工挣的，现在的女孩，都希望过上精致美好的生活。”

费大雷默不作声，岑晰溪继续说：“从上周五到今天，我们已经工作了六天。围绕李姗姗的关系圈，我们做了很多工作，李姗姗有个男朋友，湾州师范大学中文系的高材生。我们查过，他没有作案时间，两人感情稳定，更没有发现第三者插足之类的事。”

费大雷坐在那儿，依然耐心地听岑晰溪叙说：“李姗姗这孩子还是她们班的班长，为人处世都非常得体，而且很有分寸，没有反映出她跟谁结下了什么深仇大恨。所以呢，报复杀人，我们也基本上排除了。”

费大雷斜了一眼照片，问道：“那么性方面的问题呢？”

岑晰溪看了一眼费大雷，说道：“你是说性侵害方面的问题吧？”

费大雷点点头，岑晰溪继续说道：“这个法医已经明确说了，李姗姗并没有遭到性侵害，所以我们才更觉得奇怪。”

费大雷心里揣摩了一下，大致知道了岑晰溪找他是为了什么，无非就是分析这案件的性质，也就是说，他们想知道李姗姗为什么被杀，这他可真没办法解决。

他有点想跟岑晰溪说她找错人了，可是碍于面子，不好说出口。

他思忖了一下，换了个口气说道：“案子有点怪。”

岑晰溪笑道："不怪就不会来找你了，大雷医生，案子的基本情况我已经向你交代完了。我的问题就是凶手的杀人动机是什么？我想听听你的看法。"

费大雷心想果然是这个问题，无非就是换了个角度。

他从嘴里吹出一口气说："晰溪，你太信任我了，你说我能解决这样的问题吗？我也不知道你们是怎么找上我的，凶手的杀人动机问题，不是你们刑警的专长吗？你们解决不了的问题，我这个医生更加没办法了。"

岑晰溪见费大雷拒绝回答问题，不知他这话是真是假，但她还是坚持地说道："大雷医生，你就帮帮我吧，我们沈队长看中你肯定有他的理由，具体我也不是很清楚，但我相信，我们沈队长不会搞错。"

费大雷还真不是谦虚，他觉得他面对这样突如其来的一沓照片，根本无法进入角色，就像是丈二和尚摸不着头脑。

于是他实话实说道："晰溪，我真的没有这方面的经验，也许你们沈队长真的搞错了，只看这些照片，我真的没办法给出你想要的分析。"

岑晰溪以为费大雷还需要进一步勘查现场，于是急忙说："大雷医生，这个没问题，如果你愿意去帮我们勘查现场，我一定奉陪到底。"

费大雷尴尬地笑了笑，说道："我不是这个意思，说到勘查现场，我更是外行了，你们不是有法医吗？凶手的杀人动机这个问题太大，我不方便发表意见，我倒是对这条腿有点兴趣，凶手切下死者的一条腿，这动作看起来有些变态，似乎和我的专业稍有相关。"

岑晰溪这才想起，关于这条腿的争论才是专案组这段时间的焦点，现在听到费大雷提及腿的事情，她马上应道："嗯，就是这条腿，我们一直没有弄明白。我们法医说这不像是纯粹的分尸。"

费大雷忽然觉得自己对这个案子来了感觉，思维也变得活跃起来，他不知自己是不是听到"分尸"这个词觉得有些刺激，还是被岑晰溪的热情点燃，他说："晰溪，这个问题容我考虑一段时间，可以吗？"

岑晰溪见费大雷接受了挑战，不管怎么说，她今天的任务也算圆满完成，回去也能向沈德立交差了，于是高兴地说道："大雷医生，这条腿的事情就拜托你了，改天我请你吃饭。"

2

直到中午，沈德立才从临时召开的全省刑侦工作协调会议上撤回来。

这次大会上，省公安厅刑警总队强调了李姗姗案件，要求湾州刑警队尽快侦破此案，消除网络上的负面舆论。

沈德立在会上表了态，要尽快拿下凶手。

沈德立自己知道，这无非只是对领导表表决心，案件能不能破，可不是闹着玩儿的。凶手杀人之后，遁入茫茫人海，看似近在眼前，却远在天边，不是想抓就抓得到的。

刑警队的食堂在二楼，沈德立买了一份笋干肉片和一份腐皮青菜，坐在一个角落里闷头大吃。他的脑子里全是李姗姗案的各种已经被否决的线索和情报，搅得他快烦死了。

李姗姗被杀案从发案到今天已经是第六天，按照以往经验，超过一周未能侦破的凶杀案可以算是疑难案件了。作为刑警队长，沈德立可不愿意看到这种情况发生。所以他在各条线索几乎断绝之下，才想到了费大雷。

沈德立是在前段时间的一份报纸上看到关于费大雷的报道的。费大雷年纪轻轻就获得了哥伦比亚大学精神病学的博士学位，他不仅从事临床精神科工作，还拥有司法精神病鉴定资格，他曾经在美国鉴定过好几起变态杀人案的犯罪嫌疑人。

沈德立心想，法医虽然说李姗姗的小腿被剁不像是纯粹的分尸行为，但是也提不出有建设性的意见，这让他茫然不知所措。

他想，李姗姗案看似已经走投无路，不如找像费大雷这样的精神病学专家来帮忙分析一下，让他帮忙看看像凶手这样的行为算不算变态行为。若果真如此，他的侦查方向可能需要改变了。

沈德立大口大口地嚼着白米饭，连岑晰溪出现在他座位对面都没注意。

岑晰溪手上端着一个小巧可爱的搪瓷碗，碗的侧面还印制了一只萌萌的花蝴蝶。

她在座位上坐下后，见沈德立正抬眼看她，便说：“沈队长，大雷医生那边我已经安排好了，他答应帮我们看看，我把尸体照片留他那儿了。”

沈德立不停地点着头，等岑晰溪说完，问道：“那大雷医生有没有发表点初步看法呢？”

岑晰溪摇摇头说：“没有，大雷医生只是说他对那条腿有点兴趣，说可能跟他的专业稍有相关，其他的倒没说什么，他说要给他一点时间。”

沈德立将一块肉放进了嘴里，边嚼边说道：“哦，我知道了，这事儿办得不错。”

岑晰溪难得从沈德立口中得到一句赞许的话，心里乐开了花。

没想到的是，还没等她开始吃饭，沈德立又说：“不过，这事儿我们等不及了。省厅已经压下来了，再给三天时间，如果不破案，要我去厅里当面报告情况。大学生被杀，各界猜测很多，我们担当不起。”

岑晰溪心里一紧，刚刚心底的喜悦现在已经荡然无存，她问道：“那我们要怎么办？”

沈德立两眼瞪着桌面，嘴巴的咀嚼也停住了，像是入定了般，半晌才说：“你有大雷医生的电话吗？”

岑晰溪下意识地掏出了手机，手机的外壳上挂着一只卡通猫，那只猫随着她手掌的摆动在空中晃荡。

她动作敏捷地刷了刷屏幕说道：“嗯，早上我留过大雷医生的电话。”

沈德立将右手的勺子在岑晰溪的手机屏幕上一边指划一边说：“这样吧，你给大雷医生打个电话，说我们急需他的帮助，看他下午能不能抽出时间。我准备请他到现场去看看，这起案子我们已经迷失了方向，只能这样死马当活马医了。”

岑晰溪愣愣地望着沈德立，不知道要怎么办。

沈德立又吃了一口饭，说道：“还愣着干什么？这件事你办好，回头我给你换个差事，你是不是早就烦我了？正好秘书科那边有个空缺，小林要调去做交警，你正好补上。”

岑晰溪这回眼睛瞪得更大了，她没想到大大咧咧的沈德立竟然早就看穿了自己平时的那点小心思，这下子被他一提，难堪得简直想要钻地洞。

其实在岑晰溪的心里，她也没觉得跟着沈德立混真有那么糟糕。

虽然她有些反感沈德立，可是人家毕竟是队长，正如那些亲朋好友所说，跟着老大混，只会吃香喝辣，基础打扎实了，未来事业肯定错不了。

现在听沈德立这么一说，岑晰溪心里倒有些患得患失。

在毕业前，到刑警队工作一直是她的心愿。进了刑警队两个月来，她已经慢慢适应这里的工作节奏，特别是当她看到刑警队里的那些刑警们个个都神出鬼没、神通广大，都是很牛的侦查员，她决定往后就在这儿干下去了，这里的人都可以做她的师父。

可现在沈德立却说要调她去秘书科，既然沈德立已经说出口了，大概事情也就这么定下来了，岑晰溪估计也只能接受，因为沈德立说一不二。

岑晰溪顺服地说："沈队长，那我给大雷医生打个电话吧。"

3

费大雷在岑晰溪的死缠烂打之下，答应了下来，平生第一次去勘查杀人现场。

他简要地给医院的院长报告了一下有关情况。

院长说这是好事，能帮助警察办案，那是给医院增加社会影响力。

费大雷没有院长想得多，他只是觉得是他个人对李姗姗被杀案还有点兴趣。

费大雷记得在美国的时候，他参加过一次司法精神病鉴定，接触过一个连环杀手。

那家伙在三年时间里连续杀了12个小女孩，并且在那些女孩的身体上用彩色铅笔写下他的名字。

警察怎么也没有想到，他们苦苦研究三年的嫌疑人名字竟然是他家小狗的名字。

费大雷当时问他为什么要杀那些女孩，他说因为他小时候家里的小狗曾经被一位差不多年龄的女孩欺负过。

他非常憎恨那些女孩，他在她们尸体上写下名字就是要为他家的小狗复仇。

经历过几次司法精神病鉴定之后，费大雷开始对研究变态杀手心理产生了浓厚的兴趣。

回国后，他就职于湾州市第七医院。这家医院是江南省最好的精神病专科医院。他一边给病人看病，一边接受一些司法精神病鉴定委托，帮助司法部门对犯罪嫌疑人进行司法鉴定，判别他们的行为责任能力。

沈德立看到的报道就是费大雷接受《湾州早报》记者采访而撰写的文章。在文中，费大雷介绍了自己的工作，顺便也提及了两个案例。

费大雷现在想的是，李姗姗案的确有些古怪，凶手在现场切去了死者的左小腿，并弃尸于河中，像这样的行为绝对不是常人所为。他已经隐约感觉到，这凶手很可能精神有问题，至于凶手为什么要这么做，他一点思路都没有。

岑晰溪邀请费大雷去看现场，实际上这也正是费大雷所想。

他觉得只看那些照片，无法进入角色，因为他缺乏经验，没有实际现场的空间想象力，他需要去现场感受一下氛围，也许在那儿，他可以嗅到凶手的行迹。

当沈德立和岑晰溪驾着一辆白色蓝条纹的警车来接费大雷时，费大雷有些莫名的激动。他感觉自己的价值一下子得到了提升，没想到他这个医生还可以参与警察办案，而且还是实打实的凶杀案。

岑晰溪见费大雷从住院部大楼走出来，赶紧迎了上去，说道："大雷医生，我给你介绍一下，这是我们刑警队的队长沈德立。"

沈德立非常礼貌地笑了笑，满脸的胡子好像也跟着笑了起来，他伸手和费大雷握了握，说道："大雷医生，久仰久仰。"

费大雷感觉到沈德立的手非常暖和，有些潮汗，他说："哪里哪里，医生一枚，平生第一次和刑警队长握手，有些紧张。"

沈德立松开手，说道："眼下李姗姗的案子把我整惨了。上面有压力，外边有谣言，搞得我心神不宁。今天能请到大雷医生帮我们分析案子，真是三生有幸。”

费大雷耸耸肩说：“沈队长，你先别给我戴高帽子。说实话，做这样的事我还是第一次，我不敢保证我的意见会对你们办案有帮助。”

沈德立弯腰做出请费大雷上车的动作，嘴里说道：“请大雷医生上车，我相信，你这次出行会对我们的案子起到关键的作用。”

费大雷上车后，系上了安全带，岑晰溪踩动了油门，车子呼啸而去。

现场位于湾州师范大学不远处一条不知名的景观河流边。河流大约有四五十米的宽度，河中的水流几乎是静止的，也可以说是个长条形的湖泊。河畔的堤岸上修有塑胶跑道，供居住在附近的居民晨练、散步使用。

上周五早上，一位晨起跑步的大爷发现路边的草叶上有红色的血迹，便报了警。

后来刑警队的技术组来勘查了现场，发现了不仅有大爷所说的草叶上那些血迹，草丛中还有一个几十厘米长的血泊。从血泊开始，更有一条血迹形成的宽大的拖擦痕迹，一直拖到了河面。

在派出所的协助下，他们从河里打捞起了李姗姗的尸体，可怎么也找不到李姗姗的左小腿。

沈德立要求，在案件破获之前，打捞左小腿的工作不能停，因为左小腿是否在现场的河中，从案件性质分析起来完全是两码事。

打捞工作一直延续到今天，这项工作现在由派出所负责。

沈德立和岑晰溪带着费大雷来到现场的时候，几位打捞的民警正在那儿闲聊，抱怨刑警队的领导脑子进水，在这么大的一条河里打捞一条小腿，简直就是海底捞针。

当沈德立他们出现时，打捞人员停止了闲聊，又继续开始作业。

沈德立站在塑胶跑道上给费大雷介绍案子的情况，并且将他们根据现场物证和血迹的分析意见也说了一遍。

他最后强调说：“我们技术人员推测，李姗姗就是在这跑道上和凶手遭遇的，李姗姗的颈部有两处非常浅表的切划伤，法医分析，这是凶手胁迫李姗姗时造成的损伤。”

费大雷疑惑地望着跑道旁波光潋滟的河面，说道：“还有胁迫伤？”

沈德立继续说道：“是的，本来这胁迫伤多见于性侵害案件或者抢劫案件，可是李姗姗的物品都在，也没有遭到性侵害，这就让我们想不通了。或许李姗姗还有一些隐秘的关系网我们没有挖透，凶手胁迫她，显然就是想要从她身上得到些什么，因为李姗姗不肯而下手杀害。”

费大雷提出了自己的疑问，他说：“沈队长的分析入木三分，只是凶手想要得到李姗姗的什么东西呢？这非常值得研究。”

沈德立点点头说：“我们也是这个意思，但我们查遍了李姗姗的所有关系网，实在找不到可以作为线索的信息。”

费大雷双手托腮，站在阳光下像是一尊雕像，他的脑子里正在构思着各种情形，虽然他并没有参与过刑事案件，可是他谙熟人心，懂得人们的心理。

他试图想象，当时这位“剁腿君”如何在此和李姗姗遭遇，心里又在想些什么。

费大雷忽然想起案发时间，他听岑晰溪介绍说案发时间应该是在半夜，他心想，如果是半夜，李姗姗这个女孩怎么会路过这儿呢？

于是他问道：“李姗姗为什么经过这儿，你们调查过吗？”

沈德立应道：“哦，这个情况岑晰溪没有给你介绍吗？李姗姗平时每周会有三个晚上在校外打工，打工的地方是一家网店。我们去调查过，她在那家店做夜班客服工作，差不多要晚上十一点半才下班。下班之后，她顺着这条跑道可以走回学校。案发当晚，她正常时间下的班，这个我们已经和网店确认过。”

费大雷皱着眉头在那儿一声不吭，只是静静地听沈德立讲述。

此时在费大雷的脑海里，一段已经建构好的视频正在播放。

李姗姗晚上十一点半从她工作的网店下班，顺着这条塑胶跑道一路往学校方向走去，当路经此地时，忽然树林中冲出一个黑影，将她一把抱住。

李姗姗正要尖叫时，那人将一把锋利的尖刀卡在了她的脖子上。后来，那人因为某种不能得逞的原因，将那把刀在李姗姗的胸部一阵乱捅，李姗姗倒在了草丛中。

那人又不知是什么原因，沿着李姗姗的左膝关节切下了她的左小腿，然后将尸体拖进了河里，扬长而去。

想到这儿，唯一让费大雷不能确定的是，凶手到底有没有将李姗姗的小腿带走。

费大雷双眼往河面上正在打捞的人们望去，见他们像工程兵排雷一般，一步一步往前作业打捞小腿。他想，如果那条小腿真的在这河里，那么这凶手就不是他的菜，也不需要他来进行分析了。

费大雷想：既然这样，自己只要暂且假设凶手带走了这条小腿，不就可以了吗？

凶手带走了小腿，这故事才够变态，这不正是他自己的专业范畴吗？

费大雷忽然将脑海中的话语讲了出来："凶手肯定带走了那条小腿。"

沈德立听了之后眼神一愣，急着问："大雷医生，你能确定吗？"

费大雷意识到自己说漏了嘴，也不好随便收回，反正他自己是这么想的，只有变态杀手才跟他有关，要只是个普通杀人案，沈德立早就搞定了。

他笑道："沈队长，我是说这是我考虑的一种可能，其他的我做不了主。"

沈德立不安地说："可以说说看吗？"

到此为止，费大雷不仅已经看过了尸体照片，刚才也算是勘查了一遍凶杀现场，而且现在在他的脑海中已经形成了凶手的整个犯罪过程。

费大雷胆子变得越来越大了，在他的眼前，他仿佛看到了那人手里正提着李姗姗的左小腿扬长而去的样子。

费大雷一板一眼地说："他要这条腿，这就是动机。"

沈德立没想到费大雷惜字如金，整个分析就这么几个字，这超出了他的想象，反问道："你说他要这条腿？"

费大雷解释说："是，他就是为了这条腿而来。"

沈德立紧锁眉头，问道："那这是为什么呢？"

费大雷摇头道："要知道为什么，除非找到他。"

在沈德立的极力挽留下，费大雷和他共进了晚餐。

考虑到费大雷是留美博士，岑晰溪给他们安排在一间很有品位的牛排馆，也许这样可以更合费大雷的口味。

巧的是，费大雷特爱吃牛排。但让岑晰溪想不通的是，费大雷喜欢在牛排上面铺上一层厚厚的西红柿酱，她连想到牛排外边红红的样子都觉得有些反胃，别说现在亲眼看到费大雷细致地在牛排上涂抹。

沈德立要了瓶法国进口的葡萄酒，对他来说，招待像费大雷这样的贵宾非得花大价钱不可。如果在平时，他可是有名的吝啬鬼，连法医解剖用几双手套的账他都要亲自过目。

岑晰溪乖巧地在一旁充当服务生，帮忙给两人的高脚杯里倒上适量的葡萄酒。

酒色醉人，当琴师在大堂里按动三角钢琴键盘的时候，他们便开始推杯换盏起来。

三人边吃边聊，沈德立没想到和费大雷一见如故。两人虽然相差十岁左右，但聊起天来没有任何阻隔。

费大雷从美国的求学生涯开始，聊到第七医院的医生工作，讲得绘声绘色，这些非同寻常的经历，都是沈德立之前不为所知的。

酒过三巡，沈德立见旁边没人，不由得聊起了案子，这也是他的习惯，酒后闲谈，或许可以得到更多的灵感。

沈德立拿起酒杯，晃了晃杯中的红酒，耷拉着微红的眼睛说道："大雷医生，今天听到你最后总结的那句话，颇有些震惊。"

费大雷正拿着刀叉在切牛排，听到沈德立这般夸奖他，便停住了右手中的刀具，说道："哦，我好像没说什么吧？"

岑晰溪在一旁插嘴道："你不是说凶手带走了李姗姗的小腿吗？"

沈德立接过岑晰溪的话说道："要果真是这样，我想听听大雷医生的详解。"

费大雷将刀叉放了下来，从餐巾纸盒里抽出一张洁白的纸巾，擦了擦手，说道："沈队长，不瞒你说，和刑警打交道，我还真是第一次。第一次就遇到李姗姗这么复杂的凶杀案，刚开始我真有些入不了门，可是现在看来，我感觉这位'剁腿君'的形象在我脑子里越来越清晰了。"

沈德立默默地坐在那儿，等着聆听费大雷的高见，坐在一边的岑晰溪按捺不住激动的心情，急忙说："快说快说，我就想知道你是怎么看的。"

此时，琴师正在弹奏肖邦的乐曲，费大雷记得这是降b小调第二钢琴奏鸣曲，曲子已经到了第二乐章，曲风营造出一派犹如乌云密布般的阴郁气氛。

费大雷开始描绘他心目中的那位凶手："他是一位年纪不大的青年男子，性格内向，行为拘谨，平时沉默寡言，对生活没什么信心，对自己的人生缺乏规划和目标。他对女性充满幻想，但羞于表达，不敢主动和女性打交道。就是因为这种个性，才导致他走向极端，他可能难以克制自己的行为，侵害他身边的女性，拥有她的个人物品甚至是身上的器官。"

岑晰溪听到最后一句话，脸色变得煞白，轻声尖叫道："天哪，这也太变态了吧，你是说凶手可能有收藏癖？大雷医生，你这算是心理画像吗？"

费大雷点点头说："算是吧，这只是根据我的个人工作经验，结合到李姗姗案件的一些细节，我大致临摹出来的凶手形象。"

沈德立手中的杯底只剩下些许红酒，他不停地摇晃着杯子，似乎这样的动作可以帮助他思考问题。

半晌，沈德立不好意思地问道："大雷医生，你是怎么知道这些的？"

费大雷的身体往座椅后背靠了靠，说道："沈队长，我的工作和你们完全不一样。我这不是推理，只是从一般到个体的演绎，根据我的工作经验，掠夺女性器官的人，个性大多如此。"

岑晰溪反驳道："大雷医生，我记得书上说，演绎也是一种推理方法，你这是演绎推理，我们在工作的过程中有时也会用到。"

沈德立也许案件看得多了，他从来不管什么推不推理的，能抓住老鼠的猫就是好猫，抓住老鼠才是他这个刑警队长需要的。

沈德立皱着眉说："你就凭一条小腿，就得出了这样的看法？"

费大雷笑笑说："没有啊，其他的你们不是都已经排除了吗？现在剩下的唯一可能就是，一个心理变态的小子拿走了李姗姗的小腿。"

沈德立想想费大雷的话也不是没有道理，因为通过这几天的工作，各方面的情况都已经被他查了个水落石出，在他心里，李姗姗现在几乎就是一个透明人，她不应该这样不明不白地死掉。

沈德立自言自语道："大雷医生，按你的意思，这凶手就在李姗姗身边，也许他认识李姗姗，也许不认识，但凶手的生活范围就在师大附近？"

费大雷点头说道："是的，我想是的，他应该就在师大附近，他可能认识李姗姗，但李姗姗不一定认识他。"

岑晰溪插上一句说道："嗯，我知道了，这就是典型的单恋狂。"

听到这儿，沈德立有些心满意足了，他正要对费大雷说声谢谢，皮包里的手机却响了起来。

他掏出手机，见是负责打捞任务的派出所副所长打过来的，便接了起来。

"沈队长，在你的强调下，我们今晚开始连夜打捞，刚刚现场汇报，已经从河里捞起了一条小腿，是不是叫法医过来看看？"

4

沈德立接完电话，没来得及和费大雷多解释，带着岑晰溪就往牛排馆的停车场跑去。

岑晰溪一头雾水地说："喂，沈队长，你这是要干什么呀？发生什么事了？"

沈德立也顾不上搭理，只是嘴里说道："你先别管，上车再说。"

岑晰溪打开车门，发动了车子，还没等沈德立系好安全带，车子就吼叫着冲出了停车场。

在一般人眼里，岑晰溪看似一个萌萌的女娃，可是她飙起车来，刑警队里没人可以和她相比。

如果在平时，岑晰溪绝不敢在沈德立面前耍酷，可是今天不一样，是沈德立自己授意的，不用说，沈德立希望越快到达现场越好。

岑晰溪鸣起了警笛，一路"呜呀呜呀"地朝前直窜，遇到红灯也一律不停，繁华的街道能开出80码的速度，也只有岑晰溪敢了。

岑晰溪在车流中左右穿梭着，像是进入了无人之境，她一边开车，还一边在那儿追问："沈队长，到底怎么了？"

沈德立紧紧抓着扶手，说道："给我好好开车，别开小差，现场能有什么？你自己也不开动脑筋想想？"

岑晰溪的方向盘像是抹了油一般，左右摆动着，像是在玩极品飞车模拟器。

她见沈德立不说，自己又想不出来，急得直冒汗，"你不说我哪里知道？我们把大雷医生晾在牛排馆，太不仁义了吧？"

沈德立这才说："现场捞起了一条腿，我哪里还有时间听大雷医生的那些高级演绎学说？"

岑晰溪大吃一惊，搞得方向盘抖了一下，车子往左急转，差点儿和一辆黑色迈巴赫撞在一起。

没想到的是，对方也是个飙车党，踩了一脚大油门，四根排气管浓烟直冒，硬是把岑晰溪甩开了一大截。

岑晰溪像是什么也没发生过似的，她扶正方向盘之后叫道："妈呀，刚才我还觉得大雷医生说得蛮有道理的呢，可现在立马被打了脸，事实胜于雄辩，大雷医生说凶手带走了李姗姗的小腿，可现在现场却打捞起来了，这真有点尴尬了。"

沈德立经历了一场飙车虚惊，身上出了点汗，他警告说："晰溪，你不能专心好好开车吗？如果出了事故，我们不是更耽误事情吗？"

岑晰溪激动起来，她说："沈队长，方向盘在我手里，你就少操心，我保证把你安全送达现场，再说，我也急着想看看那条腿呢。"

沈德立也想快点到达现场，便由她去了，他说："这回就算了，以后开车一定要小心。"

岑晰溪心里乐了，心想这叫什么话呀，你在的时候都管不了，不在的时候还怎么让姑奶奶听你的？

十分钟不到，岑晰溪就带着沈德立来到了现场，两人下车之后急急地往河畔赶去。

河畔上已经有五六位穿着制服的民警站在那儿，警戒线外也围满了旁观的群众。

有位专门负责打捞的民警对沈德立说道：“沈队长，你们来了！”

沈德立“嗯”了一声，没多说话，他的眼睛已经被河边地面上的那条小腿吸引住了。

沈德立见那条腿非常纤细，皮肤光滑，下边的那只脚更是带着骨感。他有些纳闷，这腿怎么没有一点儿腐烂的迹象，难道这河流底部温度极低？

沈德立左右看看，问道：“法医呢？法医来了没有？”

没人吱声，沈德立看了岑晰溪一眼，岑晰溪全身一阵毛骨悚然，她知道沈德立在想什么。

岑晰溪正浑身起鸡皮疙瘩时，只听沈德立说道：“晰溪，你去车上后备箱拿两副手套过来，我们一起先看看，要等法医来，还不知道什么时候。”

岑晰溪心里骂了一句，可当着这么多人，打死她也不敢反对，要不然得罪了沈德立，估计明天就得调去秘书科上班了。

岑晰溪乖乖地一路小跑到车子那儿，打开后备箱，拿出两双塑胶手套，回到了沈德立旁边。

沈德立接过岑晰溪的手套，迅速戴上。岑晰溪见状也没有办法，她也只好磨磨蹭蹭地戴好了手套。

沈德立说：“晰溪，你去把小腿抱上来。”

岑晰溪觉得身上一阵发毛，可这是命令，她没法拒绝。她见过法医解剖尸体，也在现场看过不少的尸体，可以现在要亲手去触摸一条被切割下的小腿，她真的有些害怕，可这硬着头皮也得上。

岑晰溪沿着斜行的河畔走到小腿旁，弯下腰去拿那小腿，当她的手刚触碰到皮肤时，心里一阵发麻，冰凉的感觉让她很不爽。

沈德立在身后喊道：“怎么？有那么重吗？”

岑晰溪嘟嘴道：“不重，可是……”

沈德立是故意要锻炼她，像岑晰溪这样的女孩，他见多了，如果不加紧锻炼，迟早要离开刑警队，调往那些清闲的工作岗位。他中午的时候试探说要调她去秘书科，她没有反对的意思，说不定心里正美着呢。

他知道，很多女孩都是梦想家，期望在刑警队里找到金手指般的破案感觉。可是现实很残酷，案件从来就不是她们想象的那么简单。刑警队里除了加班，就是熬夜。

沈德立没去帮忙，他知道这细长的小腿没多少重量，岑晰溪一个人无需帮忙，于是说道："可是什么？赶紧拿过来。"

岑晰溪终于将那小腿抱了起来，这时她除了感觉手上冰凉，还闻到了一丝淡淡的臭味，触觉、味觉一起作用，她感觉自己的脚步变得有些飘忽。

还没等岑晰溪将那小腿放在地上，沈德立便夺了过去。

他大致看了看小腿上端的断面，发现断面正好是膝关节的位置，和尸体上的断面位置基本吻合。

这让沈德立放下心来，只是这小腿在河底六天没有腐烂让他心里有些没底。

岑晰溪蹲在地上，对着那小腿一脸茫然，说道："沈队长，我们还是等法医来看吧，我都不知道要看什么。"

沈德立呼了一口气，像是要把吸进肺部的臭气全部呼出去似的，他说："法医来了，也是看这些内容，尸体嘛，看多了我也会几招。这小腿肯定是李姗姗的，不会错。"

岑晰溪将手在鼻前扇了扇，没想到臭味更浓了。这夏日的夜晚，空气像凝固了一般燥热，这轻轻一扇，正好让臭味往鼻腔里冲。

她反问道："沈队长，这小腿是李姗姗的，这下离结案不远了吧？"

沈德立轻蔑地说："这案子不是你想象的那么简单，要考虑得复杂一些。"

直到大半夜，岑晰溪才回到了刑警队的单身宿舍，她脱去身上的警服，放在鼻子边嗅了嗅，一股暗暗的臭味扑面而来。

过了一会儿，她不放心地又凑近嗅了嗅，臭味还是经久不散，像是梦魇一般萦绕在她的身旁。

岑晰溪冲进浴室，让温热的水花不停地冲刷着自己的身体。

她不敢闭上眼睛，因为只要一闭上眼睛，李姗姗苍白的脸以及那条小腿的画面就会浮现在她的眼前。

她几度看到了李姗姗的眼睛正在远处绝望地盯着她，好像在黑暗深处求救的样子。

岑晰溪先后用了六次沐浴露，才觉得身上再也没有了异味。

她擦干了头发，裹着白色的浴巾来到了宿舍的床边。

她有点恨沈德立，觉得他就是故意那样做的，检验尸体本来是法医的工作，刚才让她戴着手套去搬弄小腿，他肯定是故意的。

岑晰溪将手放在鼻子边深深地吸了口气，确认已经没有了臭味，这才放心。

她换上了睡衣，准备睡觉，手机上的时间已经显示是凌晨2点17分。

岑晰溪躺在床上，侧着身子，蜷缩得像条毛毛虫，她不是在空调下感觉冷了，而是这样的姿势让她感觉非常有安全感。

这会儿，岑晰溪的脑海里不但出现了李姗姗的尸体，她还想起了费大雷。

晚上在牛排馆的时候，岑晰溪彻底被费大雷的推理征服，可是没想到的是，后来现场捞起小腿的事实很快就粉碎了一切。

她想，凶手并没有拿走李姗姗的小腿，费大雷的那番推理肯定就站不住脚了。

可是费大雷讲述的时候是那么认真，神情显得那么有才气，无不深深地打动她。

岑晰溪闭着眼睛，心里非常矛盾，她不知道案件会怎么演变。她觉得像她这样的菜鸟，除了随波逐流，根本就不敢有自己的看法。

5

下午两点，费大雷准时出现在精神一科，匆匆穿上白大褂，准备查房。

昨晚沈德立和岑晰溪将他甩在了牛排馆，后来，他只好自己买了单，但他并没有因此不快，只是让他对刑警有了新的认识。

费大雷又来到了物理学博士的病房，他比较关心这位博士病人，也许是因为他自己也是博士吧。如今金钱至上的社会，能窝在象牙塔里读个博士实属不易。

费大雷想起在哥伦比亚大学求学的点点滴滴，心里不免有些伤感。虽然当年拿的是全奖，但是在纽约的曼哈顿，那点奖学金简直就是杯水车薪。美国的同学可以开车上学，而他只能每天挤地铁，从郊区的租房赶到学校去上课。

回国后，好不容易在湾州市第七医院落脚，专业算是非常对口。现在工资还不错，一年下来零零碎碎也有好几十万。可是让他烦恼的是，他对女孩子一直提不起兴趣，这给他的生活带来了许多困扰。老爹老妈天天逼，可他到现在依然单身如故。

作为精神科医生，费大雷当然知道自己绝不是因为生理原因，而是精神上出了问题。不过他知道，精神上的问题只有旁人才可以解开症结，自己无法弄明白原因。

费大雷走进病房时，看见物理学博士和昨天一样，依然在床上躺成了一具僵尸。他曾经说，他这样躺着可以更好地接收来自巨蟹座的信号。

物理学博士的真名叫范海新，他是全国前三的湾州大学物理系博士生，今年才 26 岁。博士读到第二年，他开始出现患病症状。他在实验室里安装了许多监听外星信号的设备，后来被导师发现之后，才觉得他好像精神出了问题。

费大雷在门诊的时候，正好遇上了范海新，将他收住在精神一科，给出的诊断是“精神分裂症”。他有明显的幻听症状，他经常一个人跟巨蟹座的外星人对话。

费大雷知道，整个白天范海新都不会配合他检查，因为他忙于接收外星信号。

费大雷将听诊器按在范海新的胸部，检查肺部呼吸音有没有产生变化。

听了一会儿，费大雷发现昨天那两瓶抗生素起了作用，今天的湿罗音已经基本消除，如果今天再加一瓶，估计就可以完全康复。

费大雷收起听诊器，正要起身，忽然听到背后有人在叫他，这回他听出来人就是岑晰溪。

他回头一看，站在身后的果真是岑晰溪。她和昨天一样，穿着笔挺的警服，笑嘻嘻地望着他。费大雷有些想不通，岑晰溪他们昨晚甩下了他，今天怎么又过来找他了？

他礼貌地笑笑，说道："晰溪，什么风又把你吹到我这儿了？"

岑晰溪也笑道："西北风，把我们昨天的成果都吹跑了。"

费大雷满腹狐疑地看着岑晰溪，问道："什么意思？"

他边说边朝岑晰溪挥了挥手，示意她到他的办公室去聊。

岑晰溪边走边说："大雷医生，昨天的事情实在是抱歉，你买单的钱到时我转账给你。"

费大雷不好意思地摆手道："我说晰溪警官，你都说哪儿去了，我费大雷请你们吃顿饭也是应当的。说吧，今天过来主要是什么事儿？"

等走进费大雷的办公室后，岑晰溪才说："大雷医生，昨天我们吃饭的时候，沈队长接了一个电话，说是在师大现场附近捞起了一条腿，所以我们才急着赶过去，把你撂在了那儿。"

费大雷在给岑晰溪倒白开水，听到之后他心里略微一怔，问道："是李姗姗的腿吗？"

岑晰溪点点头说："当然，还是我亲手将那腿交给法医的呢。"

费大雷尴尬地笑笑说："难怪昨天晚上沈队长没有告诉我实情，他是给我留了面子，我昨天说什么来着。"

岑晰溪一脸严肃地说："不是这样，那条腿看上去很新鲜，如果按照这腿的腐烂程度去分析，不像是六天前被切下的，而像是只有一天的时间。"

费大雷脸色忽地变了色，他说："有这等怪事？这不可能，李姗姗分明是在上周五就死了。"

岑晰溪这才把实情说出来："不过我们的法医说，如果这条腿一直放在冰箱里，前天晚上趁我们打捞队收工的时候，那人将腿抛进了河里，那也是说的通的。"

费大雷沉重地点点头，他思考了一会儿，说道："这更加印证了我的说法，凶手当天真的拿走了李姗姗的左小腿，一直藏在了冰箱里，后来可能是因为得知你们搜查的比较紧，才冒险将腿抛进河里的。"

岑晰溪点点头说："我们沈队长也是这么说的，他今天叫我过来，一来是让我给你道个歉，二来是将进展的情况转达给你，希望你能继续帮我们分析分析。"

费大雷脸上的阴郁渐渐散去，他拿起茶几上的玻璃杯，喝了一小口水，说道："晰溪，说实话，李姗姗的案子我确实有些兴趣，这凶手为什么拿走她的腿正是我想弄明白的。你放心，我已经上路了。"

岑晰溪见费大雷并没有生她的气，答应继续为李姗姗的案件服务，她心里甭提有多高兴了。

她站起身说道："大雷医生，我有个过分的请求。"

费大雷哈哈笑道："不会又要绑架我去现场吧？"

岑晰溪笑道："是，另外一个现场，又有人死了。"

两人走出住院部大楼，来到了停车场，岑晰溪的那辆警车在停车场上非常显眼。

岑晰溪等费大雷上了她的车之后，她又习惯性地开启了飙车模式，车子开得像陆地上飞行一般。费大雷坐在副驾座上，看着窗外的车流不断地往后退去，他心里非常担心，说道："晰溪，你平时都这么开车吗？"

岑晰溪微微一笑，两个小酒窝出现在脸上，她说："要不是情况比较急，我一般不会这样开车。"

费大雷诚惶诚恐地说："人家肯定看不出来我们车上的驾驶员是个姑娘，你这车技是哪个师父教的？"

岑晰溪抿嘴道："有哪个师父会这样教徒弟开车呢？自学成才，我也不知道，我天生就是飙车手，我在刑警学院学车的时候，教练差点没被我吓死。"

费大雷转念说道："要么就是受你父母的影响，有句话怎么说来着，父母是孩子最好的教科书。"

前方正好一个红灯，岑晰溪没有开启警笛和警灯，所以便将车子急停在了白线后，等待红灯的 60 秒倒计时。

这时，她的脸上褪去了笑容，说道："其实，我没有爸爸。准确地说，我爸爸在我很小的时候就离家出走了。在我的记忆中，找不到我爸爸的样子。”

费大雷吃了一惊，他万万没想到眼前这位活泼可爱的女警官，从小会是这样一种境遇，他安慰道：“噢，对不起，我不该让你想起不愉快的往事。”

距离绿灯亮起来的时间尚早，岑晰溪将双手从方向盘上松开，在胸前抱了抱拳，说道：“根本就没有记忆，也就谈不上什么愉不愉快，只是看到同学都有爸爸，心里羡慕得很。你知道的，女孩子都希望有个爸爸疼爱。在我的印象中，从小就我妈一个人把我拉扯大，我妈是个小学老师，想想也真不容易。”

费大雷顺着岑晰溪的话说道：“无论你小时候多小，只要你见过你爸，那么从理论上讲，在你的潜意识里，还是储存有你爸的影像。如果有一天你看到了熟悉的关联物，说不定就可以想起你爸长什么样了，这就是所谓的触景生情。”

岑晰溪又恢复了笑容，说道：“有那么神吗？唉，不提这些往事了，我需要的是好好珍惜现在。你看李姗姗说没就没了，万一哪天我也遇上一个变态的，不也就无缘无故地死去了。”

费大雷听到“死”字头皮一麻，说道：“晰溪，你年纪轻轻，别说得这么悲观好吗？对了，你到底带我去哪儿？”

绿灯亮了，岑晰溪一脚油门，仪表盘上的发动机转速迅速升到了3000。她说：“李姗姗打工的地方。”

6

嘉德公寓是纯粹的商住楼小区，也可以说是一个小型的电子商务园区。每幢楼中都有几十甚至上百家大大小小的网店，他们在这儿办公、发货，小区的电梯本来是客梯，现在已然成了货梯。

一位手中抱着一台21寸液晶显示器的姑娘若无旁人地站在电梯中央，沈德立被挤在电梯的一角，焦急地望着电梯上方的楼层数字在不断地上升。

沈德立想起今天一早的时候，法医将连夜检验和鉴定的意见向他作了汇报。

经过DNA检验，结果表明昨晚打捞起来的那条腿是李姗姗的没错，只是法医认为，要合理解释这条腿的腐烂时间，也只能理解为凶手在拿走腿之后一直存放在冰箱里，在他们打捞起来的前一天刚刚抛进了河里。

沈德立发现这条腿的时候，他本来对费大雷的意见已经有些动摇，可是听了法医的解释之后，他又一次改变了主意，心想这下正如费大雷说的那样，他反而更坚定地相信了费大雷。

沈德立坐在办公室里想起了费大雷的那段话："他是一位年纪不大的青年男子，性格内向，行为拘谨，平时沉默寡言，对生活没什么信心，对自己的人生缺乏规划和目标。他对女性充满幻想，但羞于表达，不敢主动和女性打交道。就是因为这种个性，才导致他走向极端，他可能难以克制自己的行为，侵害他身边的女性，拥有她的个人物品甚至是身上的器官。"

其实，沈德立不是真的没有嫌疑对象，按照费大雷的定义，他已经找到了一位——最接近李姗姗的男性冯超庸。

冯超庸是佐佐电子商务公司的摄影师，而李姗姗就在那儿做夜班客服。

佐佐公司是一家主要经营女子服饰的电子商务公司，除了冯超庸，其他19名员工都是女性，甚至老板娘自己连男朋友都没有。

佐佐公司之前是沈德立调查的重要地点之一，他一开始就接触过冯超庸。

冯超庸看上去非常斯文，基本上属于你不问他不说的那类。就是因为其他同事反映他对李姗姗有好感，所以沈德立在他身上花了不少精力。

虽然在作案时间上不能完全排除，但是也找不到确凿的证据，沈德立后来不得不将他搁置起来，直到今早又想起了他。

沈德立想，冯超庸不正是费大雷说的那样吗？性格内向，对李姗姗有好感，他有没有可能真的是侵害李姗姗的嫌疑人呢？

沈德立坐立不安，最后他决定派出一支技术精锐的队伍，对冯超庸的出租房再次进行了搜查。

可是谁也没想到，等技术员联系冯超庸时，发现他的手机一直关机，于是联系了房东。房东去敲他的房门，房门紧锁。

沈德立得知情况之后，立即和岑晰溪驱车来到了现场。

冯超庸租住的是由一处厂房改造的三层公寓楼，他住在三楼最角落的一间房间里，当沈德立到达的时候，房东已经想办法弄开了反锁的门锁。

冯超庸的房间是个套间，外边是个小客厅，里边才是卧室和洗手间。

沈德立一进门就看到了客厅角落里的一台冰箱，冰箱的显示器显示的温度正常，他戴上岑晰溪递给他的一双白色纱线手套，去拉开了冰箱。

冰箱打开之后，飘散出一股淡淡的异味。沈德立抽动鼻息，想要确定是否有腐肉血水遗留的迹象。他的目的是显而易见的，他希望李姗姗的小腿之前是藏在了这台冰箱里。

沈德立记得当时岑晰溪在他身后大叫一声，因为在冰箱的保鲜层发现了一小袋肉，肉质鲜嫩得看得到血丝。现在想起来，其实也没什么大惊小怪的。

岑晰溪哆哆嗦嗦地将那袋肉从冰箱里取出，沈德立一眼就看到了塑料袋上贴着不干胶标签，标签上打印着一行小字："五花肉，0.61 千克……"

沈德立记得当时还骂过岑晰溪："一块猪肉，你慌什么？"

岑晰溪当时还执着地回了一句："沈队长，你能确定这是猪肉吗？没有 DNA 验证，我看不一定吧。"

沈德立狠狠地瞪了岑晰溪一眼，然后关上了冰箱说："当然，整个冰箱里里外外都要擦拭提取附着物，如果李姗姗的腿真在这儿放过几天，我不信检不出来。"

可是没过多久，岑晰溪又尖叫起来，因为她看见法医推开洗手间的移门时，一具尸体悬挂在浴帘的不锈钢横梁上。

沈德立看到满脸青紫的冯超庸脖子上套着一根红色的漆包线，舌头外露，双脚离地，地面上倒伏着一叠摄影书籍，最上面的一本书名是《红外线摄像头工作原理》。

沈德立很快就得到了法医的现场报告，尸体的尸斑尚未完全固定，死亡时间大约在 8 小时前的下半夜，死亡方式是自缢。

沈德立脑子里闪过的第一个念头就是，冯超庸肯定是畏罪自杀了，因为死亡时间并不矛盾，他完全有条件在抛出李姗姗的小腿之后又经过两天时间的思想斗争，然后上吊身亡。

沈德立又怒又喜，怒的是觉得便宜了冯超庸；喜的是如果现场勘查能够找到物证锁定冯超庸，比如在冰箱内侧擦拭物中检出了李姗姗的 DNA 信息，那么案子就这么结了。

接下来的勘查中，冯超庸署名的一份遗书更是让沈德立觉得靠谱，沈德立还记得其中一段：

“……没人知道你的美，你的美都留在我的每一个镜头里。每天我都在屏幕上看你微笑，看你陶醉的样子。你可以拒绝我，但是你无法阻止我，现在你走了，我也不愿意苟活在人间。爱一个人可以倾其所有，即便是生命。我愿和我爱的人在一起，哪怕那里是地狱……”

沈德立猛然想起，冯超庸可能是位偷拍狂，这份遗书中所提到的“镜头中的女孩”一定是指李姗姗，他觉得冯超庸畏罪自杀的依据越来越充足。

沈德立马上打电话给郝景天，郝景天迅速地搜查了佐佐公司冯超庸的摄影工作室，在冯超庸的一块私人硬盘上找到了许多偷拍的视频，那些视频都是李姗姗在更衣室更衣时摄录的。

得到这个消息之后，沈德立心里一下子亮堂起来。心想凭着冯超庸的遗书以及他偷拍的视频，他已经可以确定，冯超庸对李姗姗完全是一厢情愿。

在沈德立心里，冯超庸就是一个暗中偷拍的变态狂，他觉得这是一种畸恋，冯超庸很有可能会在半路拦截李姗姗，向她表白，遭到拒绝后将其杀害。

沈德立一边让岑晰溪去接费大雷，一边急匆匆赶往佐佐公司所在的嘉德公寓。

沈德立是这样打算的，如果他现在要结这个案子，最直接的是依赖现场物证。可是今天距离案发时间已经有七天了，冯超庸要真是凶手，他有足够的时间处理掉证据，就连客厅里的那台冰箱他也有可能已经擦拭干净了，况且他已经撒手人寰，连口供都无法获得。

所以如果勘查不利，就收集不到表明冯超庸就是凶手的直接证据，沈德立将费大雷请过来，希望他能够帮忙。

如果一个精神病学专家都认为冯超庸可能由于犯罪之后心理负担过重而走极端，那么沈德立就可以综合现场其他情况，得出冯超庸杀死李姗姗而畏罪自杀的结论了。

当电梯到达 16 楼的时候，电梯停了下来，“叮”的一声，门开了，佐佐公司租用的是 16 楼的六间办公室。

电梯里怀抱显示器的姑娘往旁边让了让，沈德立就从她身边挤了过去，出了电梯门，径直朝走廊走去。

佐佐公司的老板娘虽然不算太美，但是经过悉心打扮后，看起来也别有韵味。年轻就是美，谁说不是呢？沈德立心里暗自想道。

沈德立在她的带领下，直接就去了摄影工作室，她边走边说：“沈队长，给你们添麻烦了，我真的没想到事情会变成这样。”

沈德立转头说道：“左总，此话怎讲？我想你也不愿意碰上这样的事情。”

左总不停地点头，像是怕还会有更让她想象不到的事情在她的公司发生，她说：“是啊，这件事完全打乱了我的计划。这几天我根本没法安心工作，我为姗姗的死感到抱歉。现在冯超庸又去了，我真的要疯了，这到底是怎么回事啊？”

沈德立在摄影工作室门口堵住了左总，他说：“有些情况我们还在进一步的确认中，一旦有确定性的结果，我们会告知你。是这样的，我们这边还需要工作一段时间，可能会涉及一些暂时保密的信息，所以……”

左总停住了脚步，说道：“好的，我会配合你们工作，我也希望姗姗和冯超庸的事情早日真相大白，谢谢你了，沈队长。”

沈德立走进摄影工作室，见电子物证专家郝景天正在他的笔记本电脑上工作，便问道：“小郝，有没有进一步的情况？”

郝景天抬头见是沈德立，便停下了手中的鼠标，说道：“除了我们已经发现的这些视频之外，我还恢复了硬盘中以前删除的一些内容，你过来看一下吧，其中有一个视频文件对我们可能帮助很大。”

沈德立心里一阵狂喜，心想郝景天真是了不起，连硬盘删除的东西都恢复出来了，而且还找到了有价值的视频，他急忙走到了郝景天的身边，说道：“小子，有你的，快给我看看。”

郝景天在一个文件夹里调出了他刚才说的那段视频，他双击了一下文件名称，视频自动载入播放器，开始播放起来。

画面是在晚上拍的，略微有些晃动。

远远可以看到一个人在走路，慢慢靠近时，可以看得出来，画面中的人是李姗姗，她若无旁人地朝前走去，接下来只能看到背影，最后消失在画面中。

沈德立见视频的时间不长，拍摄者像是在高处拍摄的，他问道：“小郝，你是怎么分析这段视频的？”

郝景天最擅长视频分析了，他说：“我已经多方考证过了，视频是用手机拍摄的。这手机正好和冯超庸的手机型号是一致的，拍摄的时间在三个月前。他将视频先拷贝进了这块硬盘，两天后他又作了删除处理，现在我们看到的视频是我恢复的备份。”

沈德立一边听一边不停地点头，郝景天继续说道：“从画面中可以看得出来，他应该是躲在一棵树上拍摄的。拍摄开始的时间是晚上 23 时 41 分，视频总共 19 秒，这个时间正好是李姗姗夜班下班的时间。画面中的地面很显然是去往师大的塑胶跑道，所以……”

沈德立闭起眼睛，右手捏成了拳头，在自己的脑门儿上轻轻地锤击了几下，听到郝景天继续说道：“所以我敢说，冯超庸不仅在更衣室里偷拍李姗姗，而且在她回学校的路上也偷拍过。这充分说明冯超庸是个变态的偷拍狂。沈队长，我觉得他完全有可能会因为求爱不成而杀了李姗姗。”

沈德立何尝不是这样想的呢？

不过，他还是控制住了自己兴奋的情绪，说道：“这个不急，我们需要全方位的证据。小郝，你的工作相当出色，这段视频可以说是最靠近真相的了。”

郝景天乐呵呵地说道："沈队长，等这个案子结束了是不是可以给我几天假？我女朋友都催我两次了，我们想去泰国看看。"

沈德立知道这些不安分的家伙只要稍有成就，就会提出一些个人要求。当然，他心里也明白，刑警还真不是人干的，一年到头都在忙，总有办不完的案子，这些年轻人心里在想什么，他肯定知道，如果自己逼得太紧，他们就会想办法离开刑警队的。

他假装瞪了郝景天一眼，说道："去趟泰国要几天假？"

郝景天见他的度假计划已经成功了一半，激动地说道："去趟泰国，来回只要五天时间。不过，回来之后，我还打算陪她去看看父母。她家在东北，我都没有去过，心里实在过意不去。"

沈德立见郝景天说个没完，便打断了他的话，说道："这样吧，我给你十天时间，你自己安排，如果安排不过来，那就别怪我了。"

郝景天真的没有想到，沈德立这次会给他十天的假期，他兴奋得在键盘上一阵乱敲，说道："谢谢沈队长的关心，回来之后我会更加卖命的。"

"给谁卖命呀？"门外忽然传来了岑晰溪的声音。

沈德立站起身来对郝景天说道："大雷医生来了。"

话音刚落，岑晰溪就蹦跳着进入了摄影工作室，看到沈德立身旁那些拍摄照明用的大型闪光灯高高低低立在那儿，便说道："喂，我看冯超庸的设备比咱们的好多了。"

郝景天也站起身来，说道："去，外行看热闹，就几只灯就把你征服了？这冯超庸厉害的地方不在这儿，沈队长你说是吧？他的技术全在偷拍上面。"

沈德立没去理他们，迎上前去握费大雷的手，好像见到了好几年没见面的朋友，他说："哎呀，真是对不起，大雷医生，昨天晚上的事儿你就别记挂了啊。"

费大雷倒是很释然地笑笑说："如果还记挂这些，我就不会来了。"

沈德立放开手说道："那就好，那就好，我说，这个案子最后的结论估计要你来给我们定了。"

费大雷有点受宠若惊的样子，不过他还是很谦虚地说："刚才听晰溪说从河里捞起了腿，我还觉得有些震惊，可是现在情况变成了这样，真是柳暗花明又一村啊。"

沈德立止不住地点头，说道："是的，我们搞案子，什么事都会发生，结局经常让我们自己都吃惊。大雷医生，你来帮我们分析分析这冯超庸的心理。"

费大雷细心地听沈德立将今天的工作情况原原本本地说了一遍，比刚才路上岑晰溪给他介绍得详细多了，而且还增加了郝景天的最新发现。

费大雷边听边思索，他怎么都觉得，冯超庸个性虽然有些特别，但不至于到了杀人的地步，不过他没急于表态，他知道沈德立他们一定不喜欢他的意见。

岑晰溪见费大雷陷入沉思，半天没说话，她转移了大家的注意力，问郝景天道："景天，我想知道冯超庸是在哪儿偷拍李姗姗的，你找到摄像头了吗？"

郝景天指着摄影工作室后边的一扇小门说："当然，这个摄影工作室分成里外两间，外间是冯超庸的工作场所，里间是模特的更衣室。模特在里间更换衣服，然后到外间来，由冯超庸进行拍摄，经过图片处理之后，上传到网店进行销售。"

岑晰溪觉得有些不对，她记得李姗姗只是佐佐公司的夜班客服，怎么会到模特工作的更衣室里去更衣呢？她脱口问道："李姗姗怎么变成模特了？"

郝景天解释道："是这样的，我看到冯超庸偷拍的那些视频之后，发现李姗姗就是在模特更衣室被偷拍的，于是我就去问了一下左总，左总说李姗姗主要是做夜班客服，偶尔会参加一些模特拍摄工作。"

沈德立一听，说道："李姗姗还参加模特拍摄工作，我怎么从来都没听左总说起过？"

郝景天又坐在了他的笔记本电脑前，一边拖动鼠标在电脑上找文件，一边说道："正好你们一起过来看看，李姗姗的更衣视频你们都还没看过呢。"

岑晰溪在一边说："这么多人围着看人家姑娘更衣，合适吗？"

沈德立正经地说："这是工作，算不上偷窥吧？大雷医生，你说呢？"

费大雷点点头说道："算不上，如果不合适，我可以不看。"

郝景天打开一个文件夹，找到了其中一个文件，双击鼠标，说道："其实这视频没什么不健康的内容，你们不要有过多的顾忌。"

屏幕上的视频开始播放了，看得出来，是一个鱼眼镜头拍摄的，镜头安装的位置应该在更衣室的上方，李姗姗走进更衣室之后才开始拍摄的。

李姗姗身上穿着泡泡衫和短裙，她并没有脱去这些衣服，只是从晾衣架上取下一件红色的长款秋装风衣穿在身上。

穿上之后，她在试衣镜前转了几次身，然后在镜子前嘟嘴卖萌，一脸的幸福感。

过了一会儿，李姗姗在一条长凳上坐了下来，她从一个藤篮里取出一双黑色蕾丝长裤袜，开始往她的腿上套，经过仔细的打理之后，裤袜已经穿在了她的腿上。

李姗姗又将身边的一个鞋盒打开，从里边拿出一双精致的小皮鞋，放在手中像欣赏艺术品一般摆弄了一会儿，然后将鞋子放在了地上，开始试穿。

穿好了鞋，李姗姗又站了起来，拉起风衣，收起左腿，反复检查了一下，然后转身朝外走去。

视频就这样结束了，屏幕上一片黑暗。

郝景天回头看着沈德立他们瞪得老大的眼睛，摊开双手说道："就这样，你们看，如何？"

见众人都没说话，沈德立说："我们去找左总，问问这到底是怎么回事。"

左总以前其实是一位中学美术老师，一次偶然的机会，她进入了服装行业，开始了佐佐公司的创业。她售卖的产品以女装为主，兼顾其他一些服饰配件。

整个店铺的艺术总监就是她自己，按照她自己的说法，佐佐公司只专注于学院风。

左总不喜欢和男人打交道，所以她公司的员工都是女性，服装采购、仓库管理、售前售后、客服一律标配女性。

因为招不到女性摄影师，所以她勉强接受了性格腼腆的冯超庸，她对冯超庸温和内敛的性格很是满意。

当沈德立他们走进她的总裁办公室的时候，她立即起身向他们微微鞠了一躬，说道："大家辛苦了。"

岑晰溪被办公室墙上挂着的那些雅致的学院风服饰深深吸引，不禁赞叹道："哇，这些衣服真好看，我都恨不得立即拥有几件。"

左总看了她一眼，说道："像你的气质，穿学院风还是蛮搭的，只是你们警察一天到晚穿警服，就没有时间享受老百姓之福了。"

郝景天朝岑晰溪咧咧嘴说："得了，晰溪，你一天到晚都穿制服，就断了这个念头吧。"

沈德立问左总道："你说李姗姗有时候也做一些模特工作，之前没听你说起过，我想知道她的具体情况。"

左总张罗他们在一条长沙发上坐下，说道："沈队长，真是不好意思，我一直觉得这件事情太小，所以就没有提起。李姗姗在我们这儿做客服已经有一年多的时间了，她工作非常用心，所以我一直都很喜欢她。今年我们公司拓展了一些业务，比如饰品、女鞋什么的服饰配件，我看李姗姗的腿很美，便找她帮我拍一些鞋子，这都是没有报酬的，所以也不算是工作。"

沈德立想起刚刚看过的视频，皱皱眉说道："你的意思是她只拍鞋子？"

岑晰溪在旁插话道："沈队长，这你就不懂了，李姗姗的这工作正式名字应该叫腿模，因为她的腿好看，那么鞋子穿在她的脚上也一定好看，懂吗？"

费大雷坐在那儿只顾听他们在问答，他心里已经开始揣摩这事儿。

他心想，冯超庸虽然偷拍了李姗姗的一些视频，但是并没有过分的镜头，若是他对李姗姗有点好感，这种行为还算不上很奇怪。

沈德立听说李姗姗是腿模，立即联想起李姗姗被切下的那条左小腿，心想冯超庸会不会是因为在给李姗姗拍摄鞋子的时候，恋上了她的这条腿。

他转头看看费大雷，费大雷泰然自若地坐在那儿默不作声，他便问道：“大雷医生，你看这事儿有解吗？”

费大雷也看了一眼沈德立，说道：“沈队长，我想看看李姗姗穿着鞋子拍的那些照片。”

左总听了之后，立即说道：“你们要看李姗姗的照片是吧？我展示给你们看。”

她掏出手机，在手机上刷了几下她的店铺，将手机屏幕投射到对面的一块白板上，一双公主鞋出现在白板的中心。

她说道：“我们平时都是这样分析研究我们的产品的。你们看吧，这只鞋子就是李姗姗帮我们拍的，摄影师当然是冯超庸。”

费大雷抬眼望去，见那图片非常清晰，但只看得见鞋子以及穿鞋子的那双裹着肉色丝袜的小腿。按照岑晰溪的说法，腿模可能就是这样，只提供腿部局部的拍摄，不拍摄全身照片。难怪在冯超庸偷拍的视频里，李姗姗在更衣室里只是随便找一件风衣套在外边作为搭配。

他问左总：“李姗姗拍的都是这类照片吗？”

左总又刷了几下手机屏幕，同步的白板出现了其他更多的鞋子列表，她说：“我们主打的是学院风服装，鞋子只是很小一部分，主要是用来帮助我们顾客搭配用的。所以，你们看吧，这是我们今年的秋款鞋，总共也就这么十来款，大多都是经典款。”

岑晰溪又在那儿赞叹：“左总，你的眼光真好，这些鞋搭配学院风服装真是绝配啊。”

左总微微笑道：“看来，岑警官也对服装搭配蛮在行的，如果有兴趣，等这件事情结束之后，我真心希望你能来我们店里坐坐，帮我们提提意见。”

岑晰溪笑道：“左总说的哪里话，我只是随便说说，我们这次过来，无非就是想要早日破案，帮助李姗姗洗清冤情。”

左总补充说道：“还有冯超庸呢？”

沈德立不想告诉左总更多的真相，于是连忙说："这个我们还需要进一步调查，今天我们暂时就到这儿，大雷医生，你看还有其他问题需要了解吗？"

费大雷没多说，只是轻轻地道了一句："没有了。"

沈德立心想过会儿回去就等费大雷总结发言了，只要他也倾向于冯超庸，这案子结案就有希望了。

7

回刑警队的路上，沈德立的心情相当放松，因为在他的心里，李姗姗的案子已经基本落定，今天也正好是第七天，案子总算没有陷入七天破案魔咒。

郝景天就更不用说了，沈德立已经口头同意他十天假期，他心里已经开始盘算泰国的行程以及探望未来丈母娘的见面礼了。

郝景天毕业于刑警学院，算是岑晰溪的同门师哥，他在刑警队的这三年里，可圈可点的业绩也不少，他最埋怨的就是假期太少。

他见沈德立坐在后排和费大雷正悠然自得地聊天，心里按捺不住高兴，他心想，只要领导高兴，他的假期一定不会出现意外。

岑晰溪将车开得四平八稳，她心里有杆秤。沈德立在车上的时候，只要不是他授意，她绝不会随意飙车。否则，在下次的纪律整顿会上，她很可能被树为典型挨批的代表。

天色慢慢暗下来，路灯亮了起来，街道上忽然变得灯火阑珊，岑晰溪听到沈德立忽然说："大雷医生，你看车子堵成这样，我们要不要改道先去吃饭？"

还没等费大雷说话，岑晰溪便接腔道："沈队长，人家大雷医生都被我们吓怕了，昨天我们撂下他，今天怕是心有余悸呀。"

费大雷看着窗外的夜色，心事重重地说："不，还是计划不变的好，

我想还是先探讨探讨冯超庸的事情吧。”

沈德立见费大雷提到冯超庸，心想这不是差不多都已经有结果了吗？各方证据都指向了冯超庸，就差费大雷这最后临门一脚了，需要这么急吗？他说："大雷医生，莫非你有不同的看法？"

费大雷转头看了看沈德立，眼神里充满了疑惑，说道："不，我根本就不知道你们是怎么想的。"

一时间，气氛变得很不一般，沈德立心情沉重起来，他说："我们这番赶回去，就是为了这个题目。如果大雷医生还不是很饿，那我们就先回刑警队再说。"

岑晰溪早就饿了，她脑海中的美食一下子被抹去，虽有些不爽，但是嘴里却说："大雷医生，一心以工作为重，真是我晰溪学习的楷模呀。"

费大雷乐了，他调侃道："一直是你们刑警在逼着我工作，你们这些拼命三郎，非把我逼疯不可。"

刑警队的小会议室非常简陋，除了一张棕色长椭圆型的会议桌，还有旁边相配的二十来把黑色座椅，其他的就空无一物了。

根据沈德立的要求，李姗姗被杀案的专案组主要成员已经提前就坐于会议室，他们要等的就是费大雷。他们都想听听费大雷分析一下已经自杀身亡的冯超庸到底是不是凶手。

沈德立领着费大雷走进会议室的时候，那些已经就坐的刑警都站了起来，给费大雷行了注目礼，这给费大雷带来了一些心理压力，他从没有和这么多警察一起待过。

沈德立请费大雷坐在了他左侧，等大家都坐下之后，他说："这些天来，大家都辛苦了，李姗姗的案子也进入了第七天。不过，在濒临绝境的时刻，冯超庸出现了。要不是大雷医生昨天晚上给我们定的调子，我还看不上冯超庸。你瞧，冯超庸这回自己冒出来了。我相信，我们的技术组一定能在冯超庸的身上找到更为直接的证据，帮助我们定案。不过，在这之前，我们还是想听听大雷医生的分析意见，因为这起案子确实有些不一样。"

等沈德立说完，费大雷在座椅上正了正身子，他环顾了一下黑压压的会场，壮了壮胆，说道："大家好，我费大雷第一次在这么多警官面前说话，说实话，心里有些紧张，我觉得你们的眼睛正在窥视着我的内心。"

会场上响起了一阵窃窃私语的声音。

费大雷听不出他们在说什么，但是从他们的表情可以看出来，整个会场紧张的气氛被他这句半调侃的话语带动得活跃了一些，他需要一个宽松的氛围。

费大雷看了一眼沈德立，接着说道："沈队长请我过来分析案件，我知道这肯定是班门弄斧。我只是个医生，在精神病学领域做了点工作，所以，我今天只能谈谈心理学的问题。

"说到偷窥，我相信这是人的本能，人人都有偷窥的心理，也许是因为我们受到了良好的教育，理性抑制了我们本能的心理活动。所以偷窥本身不是病，但没有克制的偷窥就有问题了。

"冯超庸这个人，我考虑了一下，他有偷窥的欲望和行为，他偷窥李姗姗的原因是他无法得到李姗姗的爱慕，所以只能采用偷拍视频的手段，以此来满足他的欲望。

"可是，大家注意了，冯超庸的目标是有指向的，他只限定在李姗姗身上，在佐佐公司还有其他一些签约的模特，冯超庸并没有偷拍她们，说明冯超庸对李姗姗有一种专一的爱慕。

"像冯超庸这样的个性，属于特别胆小的那种，他爱上李姗姗，却不敢大胆表白，只能采取他能控制的不当手段。比如偷拍，也许是他能做的极限，至于是否会因为求爱不成而因爱生恨、动手杀人，我的意见是，冯超庸是万万不敢的。相反，像他这样的人，可以为李姗姗付出所有，哪怕是生命，正如冯超庸遗书上所写的那样。"

说到这儿，费大雷朝沈德立看了一眼，见沈德立一脸的尴尬，他心里便明白沈德立原先是怎么想的了。

可是在费大雷心里，他自始至终都没有将冯超庸摆进嫌疑人的队列。理由非常简单，他觉得冯超庸胆子没那么大，更没有变态到取走李姗姗的腿。

会场上开始三三两两交头接耳起来，发出了如同蜜蜂般的“嗡嗡”声。

费大雷没说话，他端起岑晰溪刚刚给他冲好的龙井茶，放在嘴边，本想喝上一口，没想到被滚烫的茶水烫了一下。他迅速移开嘴唇，将茶杯又放回了桌子上。

这时，坐在会议桌最角落的一个警察突然站了起来，他面向费大雷问道：“大雷医生，听你的意思，你否认冯超庸是李姗姗案的嫌疑人？”

费大雷看了他一眼，见这警察长得虎头虎脑，一脸的严肃，他回答道：“是的，我从来就没有觉得冯超庸是嫌疑人，他只是一个为情所困的痴情男，如果他及早得到我们的心理干预，也许他不至于会自杀。”

刚才那位警察刚刚坐下，接着又站了起来，问道：“那么大雷医生，按照你的分析，你理想中的嫌疑人又是什么样子的呢？”

费大雷招招手，示意他坐下，然后抑扬顿挫地说道：“嗯，这是一个新题目，我已经考虑两天了，可能不一定很成熟，但是已经有了些想法，也许可以给大家一些启发。”

会场又重新变得安静，众人都在倾听费大雷的描绘。

“我之前跟沈队长分享过我的看法，现在我的看法没有变。”

“他是一位年纪不大的青年男子，性格内向，行为拘谨，平时沉默寡言，对生活没什么信心，对自己的人生缺乏规划和目标。他对女性充满幻想，但羞于表达，不敢主动和女性打交道。就是因为这种个性，才导致他走向极端，他可能难以克制自己的行为，侵害他身边的女性，拥有她的个人物品甚至是身上的器官。”

“我想提醒大家的是，我的这个画像和冯超庸有着本质的区别，冯超庸胆小甚微。但他不一样，他也许会因为满足自己的私欲不惜侵害女性身体，夺走她的物品甚至器官。”

“这是完全不同的另外一种人，他属于恋物癖，他拥有女性的这些物品或者器官，他会感到兴奋。也正是这种可以让他持久兴奋的感觉，促使他变得穷凶极恶。他的对象是宽泛的，他可以偷窃，他可以杀人，他可以不计后果。”

沈德立坐在他的主持人位置上，呆呆地望着演讲的费大雷，一句话也说不上来。

本来他期望费大雷给他带来的是锁定冯超庸的总结性发言，可没想到费大雷否定了一切，给李姗姗的案子重新开了个头。

他知道费大雷的意思，李姗姗绝不是冯超庸杀害的，而是另有他人。

8

佐佐公司北部坐落着一个庞大的软件园，这是湾州知名的产业园，许多大型的软件公司都在这儿办公。

此时，软件园生活区的酒店式公寓怡乐园一幢29楼的一间房间里，一位看上去瘦弱的年轻人正像一根朽木般站在房间的大落地窗前，双眼像猎鹰凝视猎物似的在那儿眺望远方，他的身边放着一架高倍的望远镜。

远方是湾州师范大学和嘉德公寓，还有连接嘉德公寓和湾州师范大学的那条河流。

从这儿看过去，那河流像是一根脐带，如果说湾州师范大学是母体，那么嘉德公寓就是一个胎儿。

他想，警察已经打捞到了他前天晚上抛进河流的断腿，应该会感到非常满意，警察一定会忙得团团转，四处去寻找那姑娘的恩怨情仇了吧。

说起那姑娘，他也不知道她叫什么名字。

他觉得这不重要，重要的是她有一条让人心动的美腿，有这一点就够了，足够让他在枯燥的编码生活中找到一些快乐，谁让他们称程序员为“IT农民工”呢?

想到这儿，他的嘴角微微上翘，回头看了一眼他那张单人床旁边的一个大衣柜，他打心眼里爱惜珍藏在里面的那些形态各异的女鞋，他不知道五湖四海的设计师是怎么知道他喜欢这些鞋子的。

他眉头微蹙，想起收集这些鞋子所经历的紧张与不安，真是不堪回首。他知道，没有一件事情是容易的，他收集这些鞋子可是花了整整一年多的时间。他去年大学毕业后来到怡乐园，凭他卓越的头脑在软件园里算是找到了一份相当不错的工作，可是他并不满足，他还需要快乐。

也不知是从哪一天开始，他发现他只要看到那些精巧的女鞋，他就会兴奋不已。他非常想拥有它们，因为他有那么一种感觉，只要拥有了这些鞋子，就像拥有了它们的主人一样。

他觉得，这一点没有人可以体会。

他开始收集女鞋，从怡乐园开始，渐渐地去找其他的公寓，他总是可以有所斩获，人们也不可能因为丢失一双鞋子选择报警。

一些女孩会在房间外边放只鞋架，鞋架上都是鞋，多得让他挑不完。他会选择他最爱的鞋，而且那些鞋的主人必须长得让他心动。他会观察跟踪一段时间，然后才会拿走她们的鞋子。

直到他在望远镜里看到了河边那位长腿的姑娘，他的想法彻底改变了。他需要有人来试穿他满柜的鞋子，他觉得那姑娘是最好的人选。

他跟踪过几回，发现那姑娘是佐佐公司的夜班客服，于是就试着登录网店联系她。可是他发现他真的不擅长跟女孩子搭话，他在聊天软件上沉默不语，搞得那姑娘不断地在追问他："亲，你需要我们的衣服还是鞋子？"

他哑然，不知道该怎么回答，偶然会发一两个微笑的表情，表明自己还在线。他看着对方不断抛过来的玫瑰表情图，他心都醉了，如果那姑娘哪一天真的给他送上一把玫瑰，他可以下决心娶她。

他点开了那姑娘推荐给他的一双女鞋，那是一款非常精巧的公主鞋。

他一看到图片上穿着女鞋的那双腿，就确信这便是那女孩的腿，他觉得这和他在望远镜里看到的一模一样。他决定要冒险一试，请那姑娘来他房间，帮她试穿他柜子里的那些鞋子。

他知道这简直就如炭中取栗一般艰难。但他想，有哪件事情是一帆风顺的？他手中的哪一个程序不是修改了无数 BUG 才发布的？

再说，他从小就不易，那些往事他根本就不想重新忆起。当他每天在望远镜里窥视那些正在河流里打捞东西的警察时，他有些后悔，后悔那天晚上动作大了点，要不是那姑娘一直在反抗，他不会将卡在她脖子上的刀转移到她的胸部。

谁想得到，没两下子，那姑娘就倒在草丛里不动了，他有点慌乱，那是他第一次杀人。他本想一走了之，可是当他在惨淡的月光下看到那姑娘的腿时，他禁不住蹲下来，轻轻地抚摸了几下。他最后没有抵挡住那腿的诱惑，他决定将那腿带回去。那样，他每天都可以用那腿试穿那些鞋子，这和它的主人亲自去试穿不是一样的吗？他是这么想的。

他收起了回忆，走到高倍望远镜的后头，将他的眼睛贴在目镜上。河流上再也没有警察了，河畔上的警戒线也已被拆去。

看来，一切都归于平静了。

整整七天的不安，搞得他心绪不宁，今天上午他甚至搞错了一个基本的三叉树算法。好在软件测试的工程师及时发现了，不然准酿成大祸，那套软件可是一家新三板公司的ERP。

这时候，他听到了床底下有“嘶嘶”声传出来，他知道一定是“劳拉”在游走。

“劳拉”是他亲手养大的一条眼镜蛇，细长的身体快要有两米长了，一直生活在他床底狭小的空间里。

他走近床沿，伸手去按了一下按钮，床沿的一个小门自动开了，从床底下探出一个尖尖的脑袋，吐着长长的信子，像是在向他问好。

9

时间在飞快地流逝，刑警队会议室依然沉浸在一片紧张的讨论当中。

沈德立紧锁眉头，这种时候，他不会放过费大雷，他感觉像是费大雷在他这儿刚刚闯了一场大祸似的，他要死死地抓住他。

他脸色忧郁地望着费大雷，问道：“大雷医生，你给了我们一个诊断，这可不够，我希望你再给我们开一个处方。”

费大雷有些尴尬，他不知道沈德立要什么处方，他说：“沈队长，我只知道诊断，这方子还真不知道要怎么开。你可以说我是华生，但我绝不是福尔摩斯，我相信你们才是。”

沈德立追问道：“大雷医生，我觉得你刚才说的有些道理，可是排除了冯超庸，我真不知道该去找谁了。”

费大雷发现他杯中的茶水温度终于降下来了，他捧起来喝了一口，茶水的清香让他精神舒爽了不少，他说：“沈队长，如果一定要我开方子的话，我只能这样说，那小子既然能恋上李姗姗的腿，那么他很有可能会恋上其他女孩的腿，包括她们的鞋子，他需要一个具体的物品来激发他的幻想。”

沈德立听了之后，脸色大悦，他说：“大雷医生，我知道该怎么做了，我们需要找的是一位有恋鞋癖的男子。这样的话，我可以发动辖区所有的保安和物业，看看有没有哪个区块经常发生有人丢失女鞋的事件，然后重点突破。”

费大雷不停地点头，说道：“是的，如果真确定了这么个区块，我相信那小子还在那儿住着呢。”

沈德立重重在会议桌上击了一拳，说道：“大雷医生，我感觉又找到入口了，我相信这条线索不会再断。”

散会后，沈德立派了一位同事将费大雷送回第七医院，因为他自己需要继续部署新的大网。

深夜 3 点 28 分，佐佐公司总裁办公室依然灯火通明。

沈德立揉了揉眼皮，疲倦地说道：“你们吃桶方便面吧，我不饿，我先小睡一会儿，等有结果了，叫我一声。”

岑晰溪觉得这两天里，沈德立对她的态度改变了许多，她发现原来看起来不可一世的沈德立也有温情的一面，她调侃道：“沈队长，是不是后悔了，被我俩坑了吧。其实我也挺后悔的，我们都不该相信郝景天，我看他是疯了，为了要一个假期，都急成猴样了。”

郝景天有点委屈地说道：“领导，这都是我预计不足。我没想到佐佐公司的客户数据量这么大。这么说，李姗姗她们这些客服的工作量还真不小。”

岑晰溪从塑料袋里拿了一桶泡面，说道："不过呢，这馊主意是我提出来的，责任我承担一半，可你是计算机专家，你总不能任由我随意瞎想吧。"

郝景天也从塑料袋里掏出一桶泡面，说道："我觉得我们需要换个办法，要还是这样一个一个梳理我们需要的对象，就算是找到天亮，估计也不会有什么结果。"

沈德立躺在那儿眯着眼睛，他真是觉得有些困了，可是就算闭上眼，也没办法睡着，他脑子里全是李姗姗穿着公主鞋的那双腿的影子。

李姗姗的腿真算得上是美，修长、纤细、白皙。有这么美的腿相配，难怪佐佐公司款式不多的鞋子销量那么好，一个月卖出了近万双。

晚上等把费大雷送走后，他们专案组展开了激烈的讨论，最后决定兵分两路。

一路由派出所牵头，天亮之后走访嘉德公寓为中心的所有单位，核实女鞋丢失事件。

另一路就是沈德立自己带队，重新回到佐佐公司，梳理客户数据。因为他们分析认为，这个盯上李姗姗小腿的变态狂很有可能浏览过佐佐公司的网店。

郝景天走到饮水机旁，一边给泡面冲热水一边说道："晰溪，我想了个办法，这样按照时间序梳理是不妥的，我认为要抓重点，这才是我们工作的方法。"

岑晰溪坐在她的泡面边，手里转着白色塑料面叉，说："师哥，你有话就快说嘛，别支支吾吾，趁沈队长睡觉的时候，我们快速搞定，说不定他老人家一高兴，可以多批给你一些假期。"

郝景天做了一个"嘘"的动作，在岑晰溪的耳边轻轻说道："你说话注意些，我敢打赌，沈队长现在没睡着，正监视我们的工作呢。"

岑晰溪装着吓了一跳的样子，轻轻说道："小样儿，我这不是故意说给他听的吗？反正我们破案那是必然的事情，他如果多给你一些假期，你家那口子不是美死了？"

郝景天"唉"了一声，说道："我也这么想，可是要出业绩，这得有好运气才行。"

岑晰溪伸手去推了他一把，说道 :“就你这德性，还想破大案？我看我们队里那些大佬没人相信运气，支吾了半天，你看你还没说你的方法。”

郝景天冲好了水，将泡面的盖子盖好，才说道 :“我是这么想的，如果那小子在网上浏览过李姗姗的腿部照片，那么我敢说，他浏览的次数不止一次。”

岑晰溪恍然大悟，她叫道 :“是啊，师哥真是计算机天才呀。我懂了，那小子肯定经常在佐佐公司的网店闲逛，主要就是观看这些穿着鞋子的小腿。”

郝景天点点头说 :“而且那小子经常用同样的 IP 地址段浏览网店里的鞋子，浏览的时间主要在晚上，在单个产品上浏览的时间会很长。”

岑晰溪这回彻底明白了，或许把这些条件结合起来，真能找到那小子。

她说 :“师哥，我知道你有办法的，虽然我对计算机一窍不通，但我相信你。”

郝景天放下面桶，来到自己的笔记本电脑前，开始专心致志地研究已经导入到他电脑上的那些客户数据。

他快速地在数据库管理系统上写了几句 SELECT 语句，得到了一些数据，但是他觉得那数据量还是太大，于是他修改了条件。

岑晰溪的面已经先泡好了，她端起面桶，坐在郝景天旁边“窸窸窣窣”地吃了起来，眼睛一直盯着郝景天那不断变换的显示器。

郝景天嗅到了从岑晰溪面桶里飘过来的味道，说道 :“喂，晰溪，你别这么缺德好不好，我都要流口水了。”

岑晰溪故意将嘴巴中的几根粉丝吸得声音更响了，还说道 :“有你这么工作的吗？脑子里尽是饥渴的信号，哪里能做好工作？”

郝景天重重地敲了一下回车键，说道 :“这是最后一次了，如果这个条件不行，这次偷鸡摸狗的计划宣布流产。”

岑晰溪见郝景天回过头来看她，可她的眼睛却一直盯着屏幕。

她见屏幕上的数据库界面很快就出了结果，结果显示只有一条数据满足郝景天刚刚设定的条件要求。

岑晰溪惊讶地叫了起来 :“师哥，你好像成功了。”

郝景天急忙转回头，仔细地看了看屏幕，说道 :“天哪，这是真的。”

然后他捏紧了拳头，说道：“别急，我需要在互联网上找一个 IP 地址数据库，查一下这条数据的登录 IP 地址，具体属于哪个区域。”

岑晰溪半懂不懂地问道：“这个 IP 地址能不能确定是哪一台电脑？”

郝景天点点头说道：“理论上是可以的，但需要办手续去电信公司确定，比较费时间，我们可能等不及，先从网上看看再说，只要能确定具体在哪个区块，也能把工作先做起来。”

郝景天在键盘上“噼里啪啦”地敲了半天，在网上找到一个 IP 地址数据库。他在搜索框里输入刚才的 IP 地址，出来的结果是“北部软件园”。

“小郝，你们有结果怎么可以隐瞒不报。”沈德立睁开了眼，在一边闷声闷气地说道。

郝景天激动地说：“沈队长，我哪敢啊，这不正要跟你报告嘛。”

岑晰溪在旁抢先报告道：“北部软件园，就在现场的北面五百米，不正好符合大雷医生的范围界定吗？”

沈德立这会儿差点把费大雷给忘了，他伸伸懒腰说：“大雷医生真是料事如神，我看有戏。北部软件园，我们来了。”

10

曙光又一次普照了湾州的整座城市，森林般的北部软件园沐浴在金色的阳光之下。

怡乐园某幢 2901 室主人被阳光唤醒，打了一夜的网游，现在他还残留着一丝疲惫。

他想，好不容易才熬到星期五，今天手头上的 ERP 开发项目只剩下最后的几行代码了，如果顺利的话，这个项目今天就可以结掉，周末的时候好好睡一觉。

他感觉这个星期是他人生中最为特别的一周，晚上可以用那姑娘的腿试穿那些漂亮的鞋子，逐个进行拍照，方便自己随时随地可以在手机上欣赏他自己的作品，这简直是再美好不过的事情了。

可是，当他每天静静地躺在床上，凝视窗外黑魆魆的夜空时，他心里还是有些惴惴不安。

他担心警察会找上门来，要真是那样，那可是相当棘手的事情。

所以他没事儿就待在他那台高倍望远镜边上往河流方向瞄。白天他看到河流上总是有警察在那儿打捞。

他想，警察很有可能在打捞那姑娘随身携带的包包，他没拿走那包包，他在将尸体拖进河里的时候，他顺便也将那包包抛进了河里。

可是后来他在街道上看到那姑娘的协查通报时，他猛然发现，警察已经打捞起她的包包，因为通报里提到那姑娘手中提着一只粉色挎包，警方希望找到现场目击证人。

他终于知道，警察每天在河里打捞的肯定是那姑娘的小腿，看来警察认为小腿被他抛进了河里。

他心想，好吧，将计就计吧。警察既然想要打捞那条腿，那就成全他们。成全了他们，他们也许再也不可能找到他了。

他终于下定决心，从墙角的一台冰箱里取出那姑娘的腿，亲吻了一下脚背，冰凉彻骨的感觉真好，真是冷艳美人，他心里想。

这时，床头的闹铃凶猛地叫了起来，这是他备用的闹铃。他每天都担心自己不会自然醒来，所以才设定了响亮的闹铃。他不允许自己迟到，做个好员工是他对自己的要求。

他从回忆中回过神来，看见阳光将他的整个床铺都照得通明，白色的床单上像是铺上了一层金色的颜料。

他眯了眯眼朝窗外看去，外头白晃晃的，什么都看不见，这是一个艳阳天。

他迅速地洗漱完毕，穿上黑色的 T 恤套装，看了看手机上的时间，便转身出了门。

他习惯性地朝长长的走廊望去，2923 房间走出一位短裙女孩，他记得她昨天穿的是一双罗马鞋。他走进电梯，短裙女孩也随后走了进来，他没有正眼看过她一眼，更没有朝她点头。他站在一侧，伸手去按了 1 楼的按钮。他微抬着头，默默地看着电梯里的数字在跳动。

高速电梯很快就将他们带到了一楼，电梯门开了，他率先走了出去，大步流星地朝大门口走去。

在他正要出大门的时候，他用余光发现右侧保安室里似乎和往常不一样。

平时，那个微胖的保安大叔经常一个人坐在桌边看报纸，可是今天却见他毕恭毕敬地站在那儿，他的面前站着一老一少两个陌生的男人，似乎在询问着什么。

他心里一紧，手部的肌肉抽动了一下。

他有种不祥之感，仿佛看见那两个陌生男人的眼里流露出一股杀气。

11

昨天一夜，沈德立几乎没有睡着一分钟。

确定了将北部软件园作为工作重点之后，他心里的压力没有得到任何放松。

他知道，北部软件园是个庞大的产业园区，里面大大小小的IT行业公司至少好几百家，涉及近五万人员，光酒店式公寓就好几座，要在这么大的区块内调查，真是一件不容易的事情。

他将情况报告给了分管刑侦工作的副局长，通过他从各个分局调动了近百名派出所民警。

他决心不留死角，逐个公司、逐个公寓对女鞋丢失事件进行排查，期望能从中找到突破口。

当沈德立给早早来到刑警队接受任务的民警们布置完工作时，阳光也同样照到了刑警大楼。

沈德立觉得有些累，他坐着电梯来到了刑警大楼的楼顶。他一个人站在楼顶刚刚铺设好的塑胶跑道上，扭了扭腰肢。他既疲倦又兴奋，他的情绪异常复杂。他远远地望着远处楼下的十字路口，斑马线上的行人已经熙熙攘攘。

忽然，沈德立听到背后有急促的脚步声。他回头一看，原来是郝景天和岑晰溪。

郝景天手上抱着一台笔记本电脑，岑晰溪则空着手跟在后边，沈德立想不出他们到底是为什么这么急匆匆的样子。

岑晰溪先叫道：“沈队长，快，我们有新的发现了！”

沈德立心里一喜，这个时候，他最希望有新的发现蹦出来。

但他的脸在旭日之下并没有变得阳光灿烂，他皱着眉说：“你们没有去休息吗？我不是让你们先好好休息一下吗？”

郝景天跑到沈德立身边，将笔记本屏幕打开，说道：“沈队长，不瞒你说，案子背在身上，我们哪里睡得着啊。”

沈德立见他一脸神秘的样子，问道：“什么新发现啊？”

郝景天点亮屏幕，说道：“沈队长，是这样的，我们回到办公室之后，晰溪提出一个想法。她说既然我们已经拥有了那人的浏览 IP 地址段，那么我们是不是可以顺藤摸瓜，找到他浏览过的其他网页，说不定可以找到他更多的信息，甚至是手机号码或地址。”

沈德立听了之后，转眼看了看站在一边喘气的岑晰溪，说道：“主意似乎不错，有什么结果吗？”

岑晰溪接过话说：“沈队长，我们本来是想找到他在其他的购物网站的登录信息，这样也许可以查到他的准确情况。这虽然没有成功，但是我们有了意外的发现，我们发现那人在其他的网店里浏览过一个望远镜的目镜。”

沈德立更纳闷了，他不知道岑晰溪说的是什么意思，他皱着眉继续听岑晰溪说：“这目镜的倍数比较大，我们怀疑那人已经拥有一个望远镜，现在想更换一个倍数大一些的目镜。”

郝景天将笔记本上的一张图片展示给沈德立看，他说：“经我们分析就是这款望远镜。”

沈德立一看，那望远镜真是个大家伙，简直可以说是一台天文望远镜，还附带三脚架支撑，他想这一定可以看得很远。

岑晰溪继续说：“我想到了被我们打捞起来的那条腿，腿是那人后来抛进河里的，如果结合这望远镜，我怀疑那人一直在远处偷看我们在现场勘查工作。”

郝景天补充说道：“他看到我们每天在打捞，肯定是怕了，所以才将李姗姗的腿抛进了河里。”

沈德立终于明白了他们的意思，心里如同翻江倒海般，他说：“他不是怕了，他一定是喂我们，他知道我们想要打捞那条腿，所以就给我们腿，这样我们就不会怀疑到他那儿去了。”

岑晰溪斗志昂扬地说：“如果我们再去现场看一看，或许就知道他的望远镜到底架在哪儿了。”

沈德立知道岑晰溪说的意思，他咬了一下牙说：“我们立马去现场，这样就又可以缩小范围了。”

说完，他们一起下了楼，岑晰溪驾着沈德立的车子，风驰电掣般到了现场。

他们发现现场这个位置非常特殊，除了河流，旁边都是绿树，能看到警察打捞位置的只有北侧一幢 29 层的高楼。

从地图上看，那是幢叫作怡乐园的酒店式公寓，位于北部软件园的最南端。

沈德立望着高高耸立在河北岸的怡乐园，似乎已经看到怡乐园的某个房间里，正有一人在那儿用望远镜窥视着他们。

这似乎一下子激发了他的斗志，他用手指着怡乐园说：“你们看，那人会不会就在那儿正窥视着我们？”

岑晰溪嘴快，她说：“我们这就去把他抓起来。”

郝景天慢条斯理地说：“先别急，我们都不知道他是谁呢，按照目前的情况看，他应该就在北部软件园，如果他住在怡乐园，他用望远镜完全可以看到我们，但愿他的镜头倍数不是很够。”

沈德立默默地说：“走吧，我们在这儿待得久了，还真有可能被他看见。”

岑晰溪再次说道：“沈队长，我们去把他抓住吧。”

沈德立脸部的肌肉紧绷，他说：“要抓这个人，还得想些办法，鲁莽行事，不是打草惊蛇便是鱼死网破，过去的经验教训不少吧。”

12

杰通公司在北部软件园的中心位置，这是一家业界有名的软件开发公司，三百多名员工占据了这幢五层的办公大楼。

三楼的303房间是ERP开发部，二十来个工程师正在埋头苦干，后边靠窗的小伙子坐在那儿对着显示器发呆，他根本就安不下心来。

从怡乐园大门出来之后，保安和那两个陌生男人交谈的画面一直浮现在他的脑海里，他有种随时被爆头的危机感。

他有些担心，如果警察破门而入，看到他房间里的那些女鞋，那么无论如何，他也说不清楚到底是怎么回事。他又想，只要不能将自己和那姑娘联系起来，那就没事，他非常庆幸自己已经将那腿转移出去，否则，如果警察在他的卧室里找到了腿，那肯定就完了。

屏幕上显示的是JAVA开发界面，一行行本来整齐的代码在他看来，已然变成了遥远的呼唤。

“别杀我，你叫我干什么都行……”

是那姑娘最后的哀求。

她躺在血泊中，声音是那么的微弱。可惜太晚了，刀子已经刺入了胸膛，她才说出那样的话。

他本来只要她去他房间，乖乖地去帮他拍照，露出美美的微笑，这样什么事都不会有，可是她并不愿意。

他感觉屏幕上的那些代码不断地在幻化，转而又变成了另外的模样。

“妈妈，你原谅我吧，我下次再也不敢了。”

他记得，这是他十一岁的时候说的，他感觉他的脸上火辣辣的，像被烈火烧过那般炙热。他只要想起他妈妈，他就有一种复仇的欲望在燃烧。

他不知道自己为什么会如此憎恨他妈妈，特别是当他看到别人一家人和睦可亲的样子，他的憎恨便会增加到极点。上了大学之后，他除了向他妈妈要钱之外，他从来就没有问候过他妈妈，他的憎恨一直无法在他心头消除。

十一岁的时候，他偷了女同学的一只鞋，藏在书包里，结果被当场揭穿，学校里给了他严重警告的处分，他也从此被同学隔离。

回家之后，又遭到他妈妈的一顿毒打，脸上被打出了血。

他哭了，他跪在雪地里求饶。

最后他晕倒在雪地上，他在梦中仿佛看到了他爸爸。虽然他从来都不记得他爸爸长什么样，但他觉得梦中的那个黑影就是他爸爸。他以为他爸爸会让他依偎在怀里，然后轻轻地安慰他。可没想到，他爸爸不慌不忙地走近他，伸出脚就踢他的下腹。

他疼得醒了过来，发现邻居家的一只狼狗正伸着长长的舌头在舔他脸上的血，另外一只正露出尖牙撕扯他的衣裳。

他十一岁的灵魂咆哮了，那咆哮声震耳欲聋。

他发现那咆哮竟然那般有力，可以吓退那些壮硕的狼狗。他笑了，虽然带着满身的伤痛，但这是他第一次感觉到自己的力量。

眼前的显示器上 JAVA 界面不见了，忽然出现了屏幕保护图案，是一只振翅奋飞的黑蝙蝠。

他甩甩头，感觉一切都是那么的压抑。

13

一辆看上去非常普通的黑色轿车停靠在北部软件园南端的怡乐园楼下，从车里分别走下的是沈德立、郝景天和岑晰溪。

三人穿着便服，沈德立和郝景天穿的都是圆领 T 恤，下身统一深蓝色牛仔裤。岑晰溪穿着一套学院风的棒球装，脚上是一双红柳条挂边的白色棒球鞋。

沈德立朝怡乐园大门看去，发现这是一幢看上去很气派的酒店式公寓，白色石材钢挂装饰的外墙显得非常坚固。

走进门，他朝门边的保安室看去，派出所的老王和他的徒弟果然坐在一张小桌子边，正在给保安做笔录。

就在刚刚，老王给沈德立打了电话，说怡乐园这边发现情况。保安回忆，以前有女性住客反映丢失过鞋子，那个女孩的鞋子就摆放在门口的鞋架上，是欧洲带回来的一双限量版。

沈德立听了之后，不知有多兴奋，因为他们刚刚在现场确定了怡乐园这个重点目标，没想到老王就给出了这样一条振奋人心的线索。他非常肯定，凶手就在眼前了。

老王见沈德立他们走进保安室，便站起身来说："沈队长，你们这么快就过来了。"

沈德立礼貌地和老王打了个招呼，说道："辛苦了，没想到你们的效率这么高，这么快就有了消息。"

沈德立没有将自己心里的想法告诉老王，他斜眼瞄瞄郝景天，说道："小郝，就看你的了。"

郝景天会意，沈德立是要他看视频监控的意思，他问保安道："监控都有吧？"

保安是一位身材高大的中年大叔，他厚厚的嘴唇里吐出了几个字："有的，可是当初那女孩向我说明情况的时候，我回放过视频。可惜那天系统正好出了故障，女孩的那层楼道监控全部关闭了，这不是我们的责任。"

沈德立最讨厌的就是这些人动不动就推卸责任，要不是今天有重要的嫌疑人待查，他早就发火了。

郝景天心里一怔，他有些失望，可是他并没有放弃，他说："不急，你可以带我们去看看监控的主机吗？"

保安张着厚厚的嘴唇说道："当然可以。"

几人来到地下室的视频监控中心，那是一间不大的机房，屏幕上正显示着整幢大楼的所有视频。

郝景天环顾了一圈，说道："好像没有发现坏摄像头。"

老王见机房里面没人，便问道："这儿没人值班吗？"

保安支支吾吾地说："这个……是我们物业公司经理规定的，他要求值班保安定期下来巡视，并没有要求监控室一直有人把守。”

老王很生气，说道：“我们派出所一直都在强调，像你们这样的公寓，监控室必须24小时有人把守，你们开会都不听的吗？”

保安唯唯诺诺地说：“这个要问我们经理了。”

郝景天走到监控的主机边，他对这些监控系统可以说是轻车熟路。

他自己研发了一款软件，取名为“日志分析大师”，只要将软件导入到这些电脑主机中，无需安装，就可以读取到这些系统隐藏的日志记录，他担心有人人为地关闭了系统。

郝景天从口袋里摸出一个U盘，插到主机的USB接口上，他点击了几下主机旁的鼠标，“日志分析大师”的运行界面就出现了。岑晰溪站在郝景天的边上，看他在那儿读取日志数据，心里一片茫然。

几秒钟的时间，监控系统的日志就被完全读取到了“日志分析大师”中。

郝景天拖动鼠标，找到了保安说的那天晚上的记录，他惊奇地发现，13楼的楼道监控果然有一条关闭指令。郝景天心里一阵激动，他知道这是好事，这条指令是人为输入的，是他预料中的事情。

他将这条记录的详细信息读取了出来，结果令他震惊，这是一条远程命令。他一边敲击键盘，一边说：“沈队长，看来我们走运了，有人故意关闭了监控系统，从而安全地拿走了那女孩的限量版鞋子。”

沈德立急忙说：“你快看看这个人是谁。”

郝景天忽然停住了敲击键盘，说：“嗯，我找到了，指令是从这个监控系统的开发商杰通公司那儿发出的。”

岑晰溪反应了过来，她说：“也就是说，杰通公司开发了监控系统，他们拥有这套系统的远程权限，可以关闭或开启这套监控系统的任何一个摄像头？”

郝景天在手机上搜索杰通公司的位置，他忽然发现，杰通公司就在北部软件园的中心位置。

他激动地说：“沈队长，搞定了，我相信只要找到杰通公司，我们就可以确定这套监控系统的管理员到底是谁了，一定是这个系统管理员在背后操纵。”

沈德立搓搓手，说道："马上去杰通公司捉拿凶手，我相信他还在那儿上班呢。"

杰通公司的总裁办公室在5楼的正中心，总裁是前些年从硅谷回国创业的。

总裁骆嘉辉穿着一件白色衬衫，打着一根靓丽的蓝色领带，他正在跟一位日本客人谈合同。

忽然，沈德立他们出现在门口，骆嘉辉看到他们脸上带着杀气，便站起身来，满脸堆笑地走上前来打招呼。

沈德立亮明了身份，骆嘉辉的脸色马上大变，他说："警官先生，你们这边坐吧。"

沈德立他们跟着骆嘉辉来到了隔壁一间宽敞的会议室，还没来得及坐下，他就开门见山地问道："骆总，我想知道怡乐园的监控系统是不是你们公司开发的。"

骆嘉辉迟疑地点点头说："是，是，是，做这套系统是去年的事了，他们部署了两百来个摄像头，我记得是我亲手签的合同。"

郝景天接着说："你们怎么可以在系统里留后门？"

骆嘉辉皱着眉说："后门？这个我们杰通公司是绝对不允许的。"

郝景天一听，心里就更明白了，他知道一定是程序员留的后门，这个别有用心的程序员便是他们要找的那个人。

他说："原来是这样，你还记得这套系统是谁负责开发的吗？"

骆嘉辉点点头说："当然记得，这套系统是我们去年新来的员工秦雨颂负责开发的。那时候他刚来我们公司，监控系统在我们这儿也算是小项目，正好给他练练手，现在他已经调到我们的ERP开发部了。"

这是沈德立第一次听到"秦雨颂"这个名字，他深深地将这个名字刻入到自己的脑海里。以他对职业的敏感度，他觉得这个秦雨颂将是他未来几天需要全力对付的对象。

骆嘉辉见他们没说话，接着问道："你们想要见秦雨颂吗？"

沈德立连忙说："不，先别急，容我考虑一下再说。"

沈德立本来是想一下子搞定秦雨颂的，可是就在此时，他的脑海里忽然蹦出了大雷医生，他有些犹豫起来。像秦雨颂这样的嫌疑人，能不能直接进入办公室将他当场擒拿，真的需要斟酌。

他抬头见会议室有个洗手间，便独自走了进去。

沈德立给费大雷打了个电话，简要地向他说了一下自己遇到的情况。

还没等他询问，费大雷便在电话那头咆哮道："沈队长，我一定要提醒你，像秦雨颂这样的人一定会有极强的破坏力，他做事情不计后果，你们可千万要小心。"

沈德立挂了电话，握着手机的左手手心有些细汗，他心事重重地走出了洗手间，回到会议室。

他见骆嘉辉去了外边张罗茶水，便对郝景天和岑晰溪说道："秦雨颂只能智取。"

14

华灯初上的时候，秦雨颂终于完成了手头的工作，虽然紧张不安了一整天，但事实证明，一切都平静如初。

周末的时候，他一般都会待在他位于怡乐园的房间里。那是他的庇护所，待在那儿，他觉得很安全。他可以独思，可以打网游，可以摆弄他那些女鞋，也可以用他的望远镜四处窥探。还有一件最为秘密的事儿，他绝对不会让人知道，那就是他需要经常得到眼镜蛇"劳拉"的抚慰。

他像往常一样，下班之后直接去了怡乐园，他走进怡乐园大门的时候，他特意用余光瞟向保安室。保安大叔一个人坐在那儿玩手机，并没有朝他窥视。他安下心来，也许早上是自己多心了，也许那两个陌生男人只是物业公司的领导，来检查保安大叔的工作。

他在电梯前站着，那儿已经有好几个跟他一样年轻的男孩和女孩，站在那儿摆弄自己的手机等待电梯，一切似乎都像往常一样。

他走进电梯的时候努力说服自己，在心里平复一天下来的焦虑。

他住的是最高层，到 29 楼的时候，电梯里只剩下他一个人了。他需要这种寂寞感，这种感觉让他觉得安全，他从来就不喜欢乱糟糟的人群。

电梯出门往右，走到走廊的尽头，就是他的 2901 房间，那是最东边的一个房间。那儿最大的好处是朝南朝东的墙面都是落地大玻璃窗，这可以让他的望远镜视野最大化。

他掏出门卡，在自己门上的电子锁上刷了一下，门锁“吱”的一声便开了。

他轻轻地推开门，朝里头望了一下，除了窗外洒进的点点星光，一切都和早上离开的时候一样。

他正伸出手想去按墙上的电源开关，忽然，他感觉身后有一股冷风逼了过来。

他警觉地朝前躲闪，可后面已经窜出两个人，以迅雷不及掩耳之势将他死死地压在了房间里的那张单人床上。

“警察！”

他听到了一个男人的声音，声音非常粗糙，好像两截枯枝摩擦发出的声响。

房间里星光黯淡，沈德立有点气喘，他死死地压住秦雨颂的脖子，郝景天正在一边忙着摸手铐。

秦雨颂的脸被压在床面上，他感觉到呼吸有些困难，他的右手不停地在席梦思底下的床沿胡乱地摸索，似乎是在寻找什么。

郝景天终于从腰间摘下了手铐，他正要去抓秦雨颂那只四处摸索的右手，没想到秦雨颂的手忽然停住了。

说时迟那时快，郝景天将手铐“哒啦”一声锁上了秦雨颂的右手。

可是就在此时，秦雨颂的手已经摸到床沿的按钮，安装在床沿的一个小木门顿时被弹簧弹开。郝景天正要将手铐套上自己的右手时，床沿的那个小木门里忽然伸出一个扁扁的脑袋来。

郝景天定睛一看，竟然是一条眼镜蛇的脑袋！那蛇吐着长长的舌头，转过头来瞪着郝景天，两只眼睛里流露出凶光。

郝景天猛地从秦雨颂身上跳了起来，他大叫道：“沈队长，快跑！”

沈德立回头一看，眼镜蛇正摆动着腰肢，向他猛扑过去。他猝不及防地“呀”了一声，松开秦雨颂的脖子，也跳了起来。

眼镜蛇的身体已经全部从床底下游出，奋力地攻击沈德立和郝景天，他俩已经被逼到了窗户边的飘窗上。

这时，秦雨颂早就翻转身子从床上爬了起来，夺门而出。

沈德立眼见那蛇已经扑到自己身前，他猛然掏出手枪，朝那蛇开了一枪，蛇头被子弹击得粉碎。

沈德立和郝景天这才定下神来，没来得及互相对视，便拔腿朝门外冲去。

这次围捕行动是沈德立安排的，他打的是保守牌。他想将影响减到最低，那样既可以防止打草惊蛇，也可以趁秦雨颂不备之时出手。所以他早就到怡乐园管理队做了工作，潜伏在秦雨颂 2901 房间对面的 2902 房间，坐等秦雨颂自己回来，并且让老王带着几个年轻的民警在一楼保安室的内间待命，以防不测。

他的计划是完美的，只要秦雨颂打开自己的房门，他俩就从 2902 房间冲出，从后面包抄上去，赤手空拳的秦雨颂也只能束手就擒。

沈德立万万没有想到，秦雨颂的床底下会养着一条眼镜蛇。毒蛇的出现，打乱了他的计划，他眼看着已经到手的秦雨颂从自己眼皮底下溜出门去。这会儿，他想死的心都有了。

他冲到电梯口的时候，电梯正好关上门，他狠狠地朝电梯门踹了一脚，掏出手机给派出所的老王打电话。

手机还没通的时候，他看着电梯的楼层数字不断地在变小，心里别提有多着急了。他真希望中途有人在等电梯，这样可以争取好几秒的时间，可是那数字一下也没停，直接到了一楼，眼看着秦雨颂就要逃出怡乐园。

手机终于通了，他嘶哑地朝老王大喊道：“快，秦雨颂跑了，把电梯里出来的戴手铐的小伙子给逮住！”

说完，旁边的另一部电梯已经到了 29 楼，沈德立和郝景天立马冲了进去。

经过了两次停留，电梯才慢腾腾地到达了一楼。

电梯的门开了，沈德立见老王和几个便衣警察将秦雨颂压在了地上，秦雨颂正在地上嚎叫着扭打撕扯想要爬起来，他心里有种失而复得的心情。

沈德立扑上前去，将仍然挂在秦雨颂右手的手铐套上了秦雨颂的左手，秦雨颂这才停止了挣扎，服服帖帖地躺在了地上。

老王坐在地上大口大口地喘气，沈德立对他笑了笑，不住地摇头。

秦雨颂很快就被转移到了刑警队的特审室。在那儿，他交代了杀害李姗姗的所有细节。他没有很担忧自己的处境，他说也许这样才是他最好的归宿，再也不用每天晚上让眼镜蛇舔自己的心窝了。

几天之后，秦雨颂被检察院批准逮捕，案件进入正常的司法程序。秦雨颂的妈妈给秦雨颂请了一名大咖级别的律师，律师申请对秦雨颂进行司法精神病鉴定。

沈德立是在去往另一个现场的路上得知这个消息的，他开玩笑般地跟正在开车的岑晰溪说："哼，司法精神病鉴定？这么变态的主儿，我相信法律不会放过他。"

岑晰溪听了之后，心里极不愉快，她说："我们费尽千辛万苦抓回来的人，如果被法律赦免了，这怎么对得起李姗姗呀？沈队长，要不你问下大雷医生吧。"

沈德立心想这很有道理，费大雷一定知道像秦雨颂这样的角色到底有没有刑事责任，他掏出手机拨打了费大雷的电话。

电话接通之后，沈德立说："大雷医生，好久不见，秦雨颂已经被捕，我想……"

沈德立的话还没讲完，只听见费大雷在那头叫道："沈队长呀，我这边出乱子了，我的那位物理学博士病人范海新跑掉了。你能不能跟派出所打个招呼，我给他们打了电话，他们老半天都没来。你知道，我这边病人跑了，如果找不到，那责任不是一般的大。"

沈德立听费大雷聊起过那个物理学博士，感觉他就像是一只久困在牢笼里的野兽，一旦跑了，谁也不知道会惹出什么事儿。

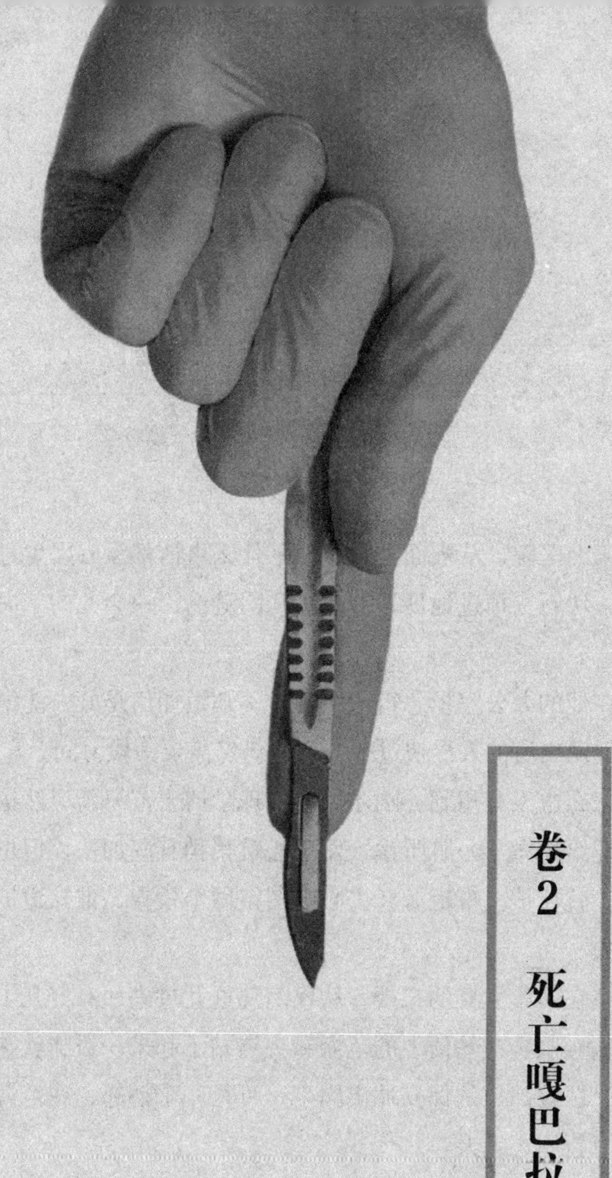

卷2 死亡嘎巴拉

1

湾州市第七医院，从表面上看，似乎什么事情都没有发生过，范海新的逃跑就像一块石头掉进池塘，溅起了几圈涟漪，一会儿的工夫就重新归于平静。

费大雷在他的办公室里急得团团转，不知道如何是好，沈德立虽然已经答应他催促派出所的人尽快过来，可这仍然需要一段时间。

费大雷怎么也没有想到，刚才那个物理学博士范海新突然捂着胸部哀号，于是立即给他做了心脏听诊，发现心跳稍稍有些加快，但也没有其他的异常情况，就让护士带范海新去心电图室做个检查，谁知道护士让一位实习生带他去。

心电图室在门诊大楼的二楼，从住院部这儿过去，有好几十米的户外通道，穿着病号服坐在轮椅上的范海新突然站了起来，拔腿就跑，实习护士尖叫起来，医院门口的保安冲出岗亭，可是一个趔趄，在范海新面前摔了一跤，范海新逃之夭夭。

费大雷心想，这个病人是湾州大学送过来的，院长特别交代过。这下子跑掉了，如果找不回来，他这个副主任位置估计很难保住。

前段时间里，费大雷帮助沈德立完美地抓获了秦雨颂，他还感觉蛮好。凭借自己的一技之长，帮助警察将凶犯擒拿归案，真是有点“侠气侧漏”。可现在没有警察在身边帮助他，自己快要侠气全漏了。

费大雷焦急地看看手机的时间，距离沈德立打电话的时间已经过去了七分钟，依然没有看到派出所民警的出现。

他忽然想到了秦雨颂，沈德立给他发过一张秦雨颂的照片，他看到秦雨颂的眼神里的那种忧郁，和范海新如出一辙，他忽然出了一身冷汗。

费大雷想，如果范海新出去也做出一些杀人的勾当，那这责任要谁来负？

费大雷想到这儿，有一种引火烧身的感觉，他急忙拿起桌上的手机，往院长办公室跑去，他要去向院长汇报一下。

沈德立本来是想让岑晰溪掉头去第七医院的，毕竟费大雷在李姗姗案中帮助他锁定了凶手，他还欠着一顿答谢饭没请，现在费大雷遇上了麻烦事，本该自己亲自出手才是。

可是沈德立最终还是没有掉头，因为手头上的案子实在紧急，他觉得相比之下，费大雷那儿跑掉一个范海新算不了什么，只要督促派出所派几个得力的民警过去，展开一些布控措施，应该是可以找回范海新的。

岑晰溪见沈德立挂了电话默不作声，知道费大雷那边一定有事儿，便问道："沈队长，大雷医生那边怎么了？"

沈德立本来不想说，见岑晰溪在追问，便轻描淡写地回答道："没什么事儿，跑了个病人，就是那个物理学博士范海新，你听说过吧？"

岑晰溪听到"范海新"三个字，脑海里立即浮现出她第一次去找费大雷的情景，费大雷后来告诉他，那位大白天直挺挺躺成僵尸样的病人名字叫作范海新。她无不担忧地问道："如果病人跑了，大雷医生会不会受到处分呀？"

沈德立靠在副驾座座椅上的身体忽地往前挺了挺，然后说道："处分？怕没有这么简单吧，如果真找不到，我担心范海新出去搞事情，搞出事情，那大雷医生麻烦就大了。"

岑晰溪一听，心里更急了。这段时间里，因为一直和费大雷合作，她心里对费大雷多少存有些好感，现在听说他可能遭遇不测之祸，便急着说："沈队长，你总是把事情想得那么坏，范海新不就是一个普通精神病人吗？他能搞出什么事情？"

沈德立看见岑晰溪的表情很着急，就知道她心里是怎么想的了，他说："就你这种初出茅庐的小姑娘，才不会往坏处想。我告诉你，往后你见多了案子，现实会逼得你往坏处想。"

岑晰溪狠狠踩了几下油门，车子有了推背感，她说道：“沈队长，那我们不去帮大雷医生一把，岂不是把他往火坑里逼吗？”

沈德立气呼呼地说：“你以为我不想吗？我们如果去帮大雷医生，那手头的案子怎么办？”

岑晰溪低下头，知道这也是没有办法的事情，只顾往前默默地开车。

她知道这怪不得沈德立，医院里跑掉一个病人，自然不能和凶杀案相提并论。

早上的时候，管辖潜江的派出所报案过来，有个渔民在江水里打捞起一个疑似人体头颅的物体，没皮没头发，只是血肉模糊的一团，他们希望刑警队过去确定一下。

刑警队值班民警马上将情况报告给了沈德立，沈德立一听就确定又遇上分尸案了，这是他多年来形成的直觉。

当时岑晰溪正在沈德立办公室里准备一份新闻稿，听到他的命令之后，便急匆匆地和他一起驾着车子往现场赶。

岑晰溪心里非常明白，作为一个刑警队长，沈德立不可能放下手头的分尸案，去帮助费大雷找一个病人，尽管如此，她心里头还是郁积了一些不愉快，脸色也变得难看起来。

2

头颅被发现的位置在潜江和石镜溪的交汇处，石镜溪正好在这个位置注入潜江，潜江从此往东，蜿蜒百余公里汇入大海。

潜江是湾州市的母亲河，整个湾州的自来水都取自潜江，如果有谁知道在他们的水源里发现了一个头颅，估计都不敢用当天的自来水洗澡了，像岑晰溪这样有洁癖的姑娘，都不知道晚上该如何度过。

沈德立和岑晰溪很快就来到了江边，见江边已经被围观的人群围得水泄不通，岑晰溪觉得有些奇怪，为什么每每发生凶杀案，现场都会被围堵成这样，她不明白这些人怎么会如此之闲。

岑晰溪按了几下喇叭，围观的群众才像退潮的海水一样，在她面前让出一块空地。

她慢慢地停好车，斜眼看了一下沈德立，见他怒目圆瞪，估计今天的案件碰头会他又要发飙了。

派出所经常在现场处理不好这些喜欢打听消息的围观群众，这不仅会走漏风声，而且更可怕的是会引起网络谣言，谣言四起之时，便会影响到办案进程。

沈德立一句话没说，他拉开车门走了出去，那些围观的人自动往两边靠去，在车子前面让出了一条狭窄的通道。

岑晰溪也下了车，跟在沈德立的身后，从那条狭窄的人缝中往堤岸上爬去，像是在走一条犯罪现场中的红地毯。

沈德立爬到堤岸的顶部，见上边有一根蓝色的警戒线，将人群拦在了堤下。

他心想，还好这个堤坝将现场的视线阻隔了，这些围观者挤在堤坝下，什么也看不见。

沈德立站在那儿，朝四周看了看现场的地貌，他发现石镜溪和潜江真可谓是泾渭分明。

潜江在湾州这儿已经靠近入海口，不知汇聚了多少大大小小的河流，江水自然浑浊不堪。可是眼前的石镜溪却完全不一样，在汇入潜江的位置依然清澈如镜，难怪会被称为石镜溪。

不远处的水边站着一拨儿人，沈德立一下子就看到了派出所的老杨在那儿正向他招手。

他举起手回应了一下，便向水边走去。

岑晰溪的眼睛更亮，她已经看到了刑警队技术组的人蹲在地上，她心想他们一定是在研究那颗头颅。

岑晰溪见过的尸体已经不算少了，可是没有脸皮和头皮的头颅还真没见过，她努力在脑子里想象那可怕的模样，脚下不小心却踩到了一块石头，她“哎哟”了一声。

沈德立回头一看，见她身体都斜了，说道："不至于吧，一颗头颅把你吓成这样？"

岑晰溪站稳了身子，说道："谁说的？我才不怕呢。"

沈德立突然发出了一声冷笑，说道："那等下你帮我去拿那头颅，如何？"

岑晰溪说："法医都来了，用不上我吧？"

沈德立继续往前走去，他说："我好像看到苏法医了，我们过去看看吧。"

两人说着说着就到了水边，江水随风拍岸，将水边的那些芦苇激荡起来，发出"簌簌"的响声。

苏法医是个俊朗的小伙子，在刑警队男神排行榜里，他至少可以进入前三，他从法医系毕业后就一直在湾州刑警队工作。

此时苏法医正蹲在地上，他的身前放着一块白色的塑料布，塑料布上放置着一个钢制的小盒子，盒子里整齐地摆放着剪刀、止血钳、镊子等器具，最显眼的莫过于那把锃亮的不锈钢解剖刀。

岑晰溪把头往苏法医的身前伸了伸，看到苏法医手上正捧着一大团肉，看起来像是小号的菠萝蜜般大小，那肉颜色暗红，看不出有皮肤组织。

岑晰溪正看得仔细时，苏法医将他手中的那团肉翻了个身，这回把她吓了一跳，正面竟然看得出是人的脸部，虽然没有皮肤，但黑洞洞的眼眶和咧开的牙齿已经摆明这是个人类的头颅。

岑晰溪不由自主地"啊"了一声，这叫声让苏法医回了头，他一看是岑晰溪，便说："晰溪，沈队长来了吗？"

岑晰溪朝她左手边转了下头，说道："嗯，沈队长不是正在看你工作吗？"

苏法医抱着那头颅，往身后转过来，岑晰溪觉得他差点儿将那头颅碰到她崭新的警裤上。

沈德立拍拍苏法医的肩膀说道："苏法医，情况怎么样？"

苏法医开始将那头颅在手中像个皮球一般四周转动着，一边转一边说道："嗯，已经得到了一些数据。"

沈德立也在苏法医旁边蹲下了身子，说道："我就知道，我们的苏法医向来工作效率极高，你可以介绍一下吗？"

苏法医将头颅放在了地面上的那张白色塑料布上，说道："是这样的，首先呢，这是一颗女性的头颅，从死者的牙齿上看，年龄大约23岁，根据头围大小判断，身高大约在165厘米左右。"

岑晰溪一听，发现苏法医报出的这些数据竟然和她自己的年龄和身高如此相似，她今年也是23岁，身高也正好165厘米，她心里本能地抵触了一下，感觉有人正在扒她的皮，她问道："那么死亡时间呢？"

苏法医往右朝岑晰溪看了一眼，说道："我主要是通过这头颅的新鲜程度来判断的，你们看，头颅上边的这些软组织基本没有腐烂，看起来很新鲜，而且，连苍蝇的蛆都没有开始生长，所以，我觉得这是12小时以内的事情。"

沈德立掏出手机看看屏幕上的时间是9点03分，他皱着眉说："12小时以内？那么是昨天晚上9点以后的事情了？"

苏法医噘着嘴巴说道："嗯，昨天晚上这女孩遭到杀害，并且被切下头颅，剥去头皮和脸皮。"

岑晰溪接过话头："然后头颅被抛进潜江，这么说，还有身体的其他部位，现在不知去了何处。"

沈德立反驳道："不，不一定是直接抛进潜江，汇入潜江的小溪小河很多。"

他伸出手去指了一下不远处清澈的石镜溪说道："比如这石镜溪，也是有可能的，如果昨天晚上头颅被抛进了石镜溪，现在也有可能被水冲到这儿。"

苏法医点点头说："是的，沈队长的推理非常有道理，我们以前的案子也有类似的情况，尸块被抛弃在支流，然后随着水流汇入主流。不过，我最关心的是这女孩身体的其他部位现在到底去了哪儿？"

沈德立双眼圆睁，目视远方，似乎他一眼就可以看到这女孩身体的其他部位去了何方，他看了老半天才肯定地说："我看今天主要的工作就是派人在潜江上游和石镜溪流域进行搜索，不找到不罢休。"

苏法医补充说道："按照凶手处理头颅的手法，这女孩的其他部位估计也被处理得比较细碎，我想凶手的主要目的就是为了掩人耳目，生怕尸块被发现后，有人认出死者。"

岑晰溪听了之后，有一点想吐，不过她还是忍住了，说道："苏法医，你们利用 DNA 检验一下，不就可以获取到死者的基因数据了吗？"

苏法医脱去满是血污的手套，重新换上了一双新的一次性塑胶手套，说道："晰溪，你说得一点没错，只要我送回去检验一下，我就可以拿到这女孩的基因数据了。"

沈德立站起身，强调说道："苏法医，你回去之后尽快处理这件事情，先看看失踪人员父母亲的数据库里有没有可以比对得上的。"

岑晰溪在一边认真地说道："嗯，如果对上了，这女孩的名字就出来了，凶手一定和这女孩是很近的关系，不然没必要这般分尸剥皮吧。"

3

费大雷终于等到了派出所来人，医院院长也亲自出来接待。

费大雷将事情的经过向派出所的民警作了汇报，民警要了范海新的一些诸如姓名、户籍、身份证号码之类的基本信息，然后对费大雷说："大雷医生，你放心，我们会尽快帮你找回范海新的。"

费大雷听到这句话之后，才稍稍有些宽心，他说："警察同志，范海新的事情真的要拜托你们了，我们医院真没这个能力去找，人海茫茫，也不知道跑哪儿去了，你们警察力量大，我相信你们一定行的。"

民警走后，费大雷回到办公室，斜坐在他的办公桌前，面对着天花板，整个脑袋像是要炸开了似的。

费大雷想起范海新近阶段的行为，着实有些担心。范海新有自杀的倾向，上次在病房里一不留神就吸进了药丸粉末，要不是及时给他做了气管切开术，早就丧了命。他越想越可怕，如果范海新出去自杀了，医院怎么向家属交代啊，还有湾州大学那边，自己更是没法交代。

想到湾州大学，费大雷猛然想起，今天下午是湾州大学学生处先前约好过去给学生们做心理辅导的时间。从去年开始，费大雷就被湾州大学聘为“校园心使”，定期去学校给一些大学生进行心理辅导。每次费大雷过去，总有几个学生前来向他咨询心理问题，寻求帮助，他也感觉到现在有些大学生心理比较脆弱，心理防线一击便溃。

今天是特约日，下午两点钟要准时到达湾州大学，他急忙站了起来，心想早上必须处理完病房里的琐碎事务，中午吃完饭就好出门了。

湾州大学有点远，路上又经常会堵车，所以他每次都早早到那儿。

费大雷很重视这份院外兼职工作，因为他觉得这就像是一种使命，心的使命。这“校园心使”不能徒有虚名，能帮助到大学生一点点，也算他这个精神科医生尽职了。

费大雷吃完午饭后，便急匆匆地赶往湾州大学。

湾州大学在城西接近郊区的位置，他好不容易摆脱了市区里的车水马龙，来到快速路上。快速路倒是一路畅通，车开到了限速 80 公里，一会儿就看到了湾州大学的校门。

湾州大学的校门很古朴，门是大理石堆砌的那种，门边爬满了绿油油的常春藤，是名副其实的常春藤大学，每年都有无数学子削尖脑袋往里面钻，可是招生人数有限，最终只有那些真正拔尖的学生才有机会被录取。

费大雷记得他自己高考的时候也填报过湾州大学，可是当年没考上，所以至今他依然对湾州大学的学霸们有一种敬畏感。

费大雷将车子在门口停留了一下，收费系统自动识别车牌号后，栏杆抬了起来。

费大雷继续前行，将车子开进了校园。

心理咨询室设在学校中心位置的大学生活动中心，学生处在那幢楼的二楼挂了个牌，写着“校园心使工作室”，其实就是心理咨询室。

费大雷知道学生处的用意，如果直接挂上“心理咨询室”的牌子，学生反而有心理障碍。因为一般人都不愿意让人觉得自己有心理问题，所以挂“校园心使工作室”这块牌看上去会好很多，可以消除学生们的顾虑。

费大雷在大学生活动中心的楼前停好车，提着一个小包就上了楼。

在他的这个小包里放着一个工作笔记本、一支笔，用来记录求诊者的言语。

对他自己而言，这个笔记本里的记录只是工作笔记，费大雷从来不会将这些记录公之于众，作为心理医生，他觉得保护病人的隐私是一件非常重要的事情，这个世界上，没人愿意将隐私公开。

上了二楼，费大雷走到“校园心使工作室”门口，看到门上挂着自己穿着白大褂的照片，一副严肃的样子，觉得很好笑。

费大雷推开门走了进去，将小包放在了桌子上，掏出笔和工作笔记本，然后看了看手机，距离两点钟还有 3 分钟。

时间流逝得很快，费大雷一杯茶都喝光了，还没有等到一个学生过来。

他觉得有些奇怪，莫非今天学校里有什么特别活动，学生都没有时间过来？

费大雷记得，往日几乎没有空过档，每次都有几个学生过来问询，而且一般都会提前在“校园心使工作室”门口等他。

费大雷看看手机，时间已经 14 时 27 分，按照学生处先前的约定，过了半小时没有人求诊，当日的咨询活动就可以提前结束。

他正盯着手机看着时间变成了 14 时 29 分，忽然，门口传来了一阵脚步声，听声音应该是个女孩，脚步比较轻盈。

费大雷转头一看，门口果然站着一位看上去十分瘦弱的女孩，脸色苍白得像是患有营养不良症，可是费大雷看到她忧郁的眼神之后，他立即修正了自己的看法，这女孩应该是抑郁症患者。

“是费医生吗？”女孩站在门边，颤颤巍巍地说。

费大雷见她很不自信的样子，便朝她微微一笑道：“是的，我是费大雷，别人都叫我大雷医生。”

女孩修长的脸上露出一些疑惑，她说：“我可以进来吗？大雷医生。”

费大雷肯定地回答道："当然。"

说完，他伸手示意女孩坐在自己的对面。

那是一张白色的桌子，这是费大雷特意安排的，他要求湾州大学学生处为他准备这么一张桌子是为了可以让他和求诊的学生非常安静地交流。他认为，白色最为纯洁，不会干扰求诊者的思维，可以更放松地进行交流。

费大雷拿起笔，等女孩坐下之后，他问道："你叫什么名字？"

女孩支吾着，好像有些顾虑，费大雷立即意识到了，他说："我是医生，你可以放心，你的事情只有我俩知道，我不会告诉任何人，包括你的老师和同学。"

女孩低下头，轻轻地说道："我叫齐思嘉，大二，读的是机械专业，可我一点都不喜欢这个专业。"

费大雷接话说："机械不是挺好吗？不过，可能不适合女孩，那么既然你不喜欢，你当初怎么会填报这个志愿呢？"

齐思嘉扑闪了一下她的大眼睛，忧郁的眼神里这才有了些涟漪，她说："我姑妈说，机械专业比较好找工作。"

费大雷一愣，问道："你姑妈？填报志愿这么大的事情，你怎么会听你姑妈的呢？你父母呢？他们没有看法吗？"

齐思嘉刚刚抬起的头又低了下去，她说："我父母……他们早就去世了。"

费大雷心里一怔，心想眼前这孩子遇上的问题可能不是那么简单，学业遇阻，家庭变故，这些都是击垮一个人精神世界的常见原因，他打算开始正式地问询："思嘉同学，真的抱歉，我们可以暂且不去提起过去的往事，我想问一下，你今天过来，主要想问我什么问题？"

齐思嘉坐在那儿，一声不吭，但是费大雷从她的表情可以看出来，她不是没有心事，而是难于启齿，这样的病人他见多了，需要耐心才能让她解开心中的顾虑。

费大雷坐在那儿，温和地望着齐思嘉，像是位关心自己妹妹的大哥哥一般。

可齐思嘉却像是走了神，她低着头不看费大雷一眼。

费大雷见她的眼睛忽地动了一下，便问道："思嘉同学，不用担心，我是医生，请你相信我。"

齐思嘉终于抬起头，望着费大雷，说道："大雷医生，你可以为我保密吗？"

费大雷知道，许多求诊者都将自己的心理问题视为最为隐私的秘密，不愿意轻易告诉别人，但是面对自己的心理医生，她们还是愿意说出自己的秘密。

费大雷记得，有一次来了个看起来装扮非常个性、热爱嘻哈音乐的男孩，他说他喜欢喝她女朋友的尿液，女朋友觉得他很变态，死活不干，便跟他分手了，他郁闷得想自杀。

费大雷也没觉得很惊讶，因为他知道这是一种异常的性心理，病人也知道喝尿不利于身体健康，可是他在喝尿的过程中体验到的是快感，那种感觉让他铤而走险。

这些想法在费大雷的脑子里一闪而过，他点点头说："思嘉同学，请你相信我，我会为你保守秘密。"

齐思嘉欲言又止，但最终还是说了："我杀了我父母。"

费大雷全身起了一阵鸡皮疙瘩，他绝对没有想到，齐思嘉憋了半天说出的竟然是这样一句话，他一时竟有些慌乱，不知如何应答。

齐思嘉似乎觉察出费大雷的心理变化，她说："算了，算我没说。"

费大雷知道，齐思嘉现在的忧郁样或许就是背负了这个压垮她的秘密引起的，他需要帮助她释放，他说："你说你杀了你的父母？"

齐思嘉点头，她额头上的刘海很整齐，她说："是的。"

费大雷接着又问："警察知道吗？"

齐思嘉摇头说道："警察不知道，我欺骗了警察。"

费大雷这回心里更加感到震颤了，他觉得他无意中掉进了齐思嘉设定的陷阱，他除了继续追问下去，已经没有任何退路，他说："那这件事情是什么时候发生的呢？"

齐思嘉微闭着眼睛，好像在努力回忆过往的一切，她好久才说了一句：

“还是我 13 岁的时候。”

费大雷心潮起伏，他不知道坐在对面的这个看上去病恹恹的女孩还会继续给他讲述什么样的故事。

齐思嘉接着说道：“我 13 岁的时候，爸爸妈妈经常吵架，有时候甚至当着我的面打起来，妈妈打不过爸爸，经常被他打得遍体鳞伤，爸爸生气的时候也同样会打我。”

“后来，我妈妈变得很易怒，生气的时候，有时也会把我痛打一顿，我那时很没有安全感，感觉很无助。”

“终于有一次，我看不过去了，他们又打成了一团，我知道妈妈第二天又会找理由打我，她打我就是为了解气。”

“为了不再看到这样的悲剧在我面前反复重演，晚上我趁他们睡着的时候，偷偷地给他们的房间输入了煤气。”

“他们死后，我将爸爸的尸体埋了，然后放了一把火，将房子烧了个精光。”

“警察来的时候，把我救了出来，我成了幸存者。我告诉警察，是爸爸打妈妈，然后烧了房子。”

“因为现场没有找到爸爸的尸体，爸爸从此成了被通缉的逃犯，我却一直逍遥法外。”

齐思嘉说到这儿，好像胸中积郁多年的症结突然解开了，她脸上的颜色都好看了许多。

费大雷此时反而变成了另外一种心境，他半信半疑地问道：“思嘉同学，这一切都是真的吗？”

齐思嘉乖巧地点点头，费大雷发现其实这女孩也非常可爱，她说：“是真的，只是这么多年来，我无处诉说，也不能说。”

费大雷忽然控制不住地问：“那你今天为什么跟我说这些？”

齐思嘉很信任地望着费大雷，扑闪着眼睛说道：“因为我相信你，你说过，你会为我保守秘密。”

4

经过一上午的沿江、沿溪搜索，刑警队一无所获。

搜索队伍开着摩托艇，在潜江上游50公里的水域内进行了地毯式的搜索，可是搜索人员除了发现一些江面漂浮的垃圾之外，什么也没有发现。

唯一让他们感到兴奋的是，中途发现了一只带着臭味的蛇皮袋，漂浮在水面上，像是一包尸块。

结果打捞人员把它弄到摩托艇上，用剪刀划开袋口，发现里面是一只臭不可闻的死猪，死猪身上已经爬满了四处蠕行的白色蛆虫。

之后，摩托艇再也没有任何值得兴奋的发现了。

沿石镜溪逆流而上的手划橡皮艇更是没什么发现，清澈的溪水里连漂浮的垃圾都很罕见。

石镜溪在汇入潜江的这一段保留着溪流原始古朴的风貌，溪边的岸上长着整排的杨柳、芦苇，周边是美丽的田园风光。

到了上游位置，溪流变窄，西岸仍然保留着自然的坡地，东岸则坐落着一个不大的村庄。

这个村庄叫作白峡村，白峡村正在面临着景区化改革，一部分村民已经率先动起来，开起茶馆、咖啡馆，还经营起了文艺民宿。手划艇到了民居附近的位置，由于溪流变浅，溪底变得乱石嶙峋，不适合手划艇了，便改成了步行。侦查人员沿着溪流一路向上游寻去，直到寻入远处的山涧无人区之中，才放弃了搜索。

沈德立坐在水上派出所的专案办公室，当他得知两支搜索队都一无所获之后，心里很不是滋味。他虽然知道，这个案子不可能这么简单就可以拿下，但还是觉得有些失望。

沈德立手里端着快餐盒，没有心情吃里面的红烧肉，尽管红烧肉看上去很美味，但他丝毫没有食欲。

他在案发之后，脑海里经常会出现一个假想敌，就是那位远在天边近在眼前的凶手。

此时，沈德立想象中的凶手又出现在他的脑海之中，好像是故意要来捣乱似的。凶手一贯是黑衣黑帽没有形象，像是一张平面的黑色剪纸，但沈德立感觉到那人在黑暗中冷笑。

岑晰溪坐在沈德立边上默默地吃着饭，她吃的是一份素食盒饭，这是她单独向派出所要的，她一般都严格控制自己，中午尽量不吃肉，以保持体型。

桌上是一堆不同笔迹的材料，都是侦查员们趁中午的时候送过来的，因为沈德立要求很严，在案发头三天，材料必须半天一汇总。

岑晰溪一边吃饭，一边盯着最上边的一份材料看。她也要过目这些材料，以便于后面帮助整理沈德立的发言，否则领导在说什么，她这个助手听都听不明白。

这份材料是一位路人甲的访问笔录，岑晰溪没有刻意去看对方的名字，只是看了下对方的住址，原来是白峡村的村民。

内容是一位侦查员记录的，字迹很潦草，但还算看得清楚。

岑晰溪读到第二页的时候，发现这份材料还真有些价值，于是她开始认真地看了起来，侦查员和村民的对话仿佛就在眼前。

“你是说昨天晚上？”

“对，是在昨天晚上。”

“大约几点钟？”

“11 点吧。”

“看到了什么？”

“当时我在家里，看到门口好像有一个黑影一闪而过，那影子很大，速度很快，我觉得很好奇，就走出门去看，结果什么都没有看到。”

“你感觉是人的影子吗？”

“不确定，感觉不太像。”

“那像什么？”

“说不上，现在想想都害怕，以前小的时候，听说村子里闹过鬼，我真的有点怕。”

“哪有什么鬼啊，平时在那个时候会有人经过你家门口吗？”

“不会的，村子里现在是有一些游客，晚上会走动，但不可能经过我家的，我家门口是条小路，他们都走大路，再说，人的速度也没有那么快。”

“那有声音吗？”

“这个……当时一紧张，就没有去想了，好像是有的。”

“什么声音？”

“记不起来了。”

“好的，谢谢你，希望以后有什么情况及时向我们反映。”

岑晰溪看完材料，推了推身边的沈德立，说道：“沈队长，这份材料你可以先看看。”

沈德立正郁闷着，见岑晰溪塞给他一份材料，便接过来摆在桌上看了起来。

他看得非常仔细，一份三页纸的材料他看了至少 5 分钟。

他一边看一边想，这个白峡村虽然距离现场有十来公里，但因为石镜溪最终注入潜江的原因，不能排除白峡村是案发地的可能性，而且晚上 11 点钟，时间上也不能排除在外。如果这个时间正好有人经过这人门口去石镜溪抛弃尸块，也不是没有可能。

看完这份访问笔录之后，沈德立对岑晰溪说：“你给苏法医打个电话，让他们派几个人去白峡村看看，特别要注意，这个人提到的位置的路面上有没有血迹。”

岑晰溪放下手中的筷子，一边掏手机，一边说道：“嗯，如果这人提到的这个影子是凶手的话，那个时间一定是去抛尸的，跑得又快，还抄小路走，这太可疑了。”

沈德立不置可否，像他这样的老甲鱼，一般都不会随便发表意见的，况且他觉得，跟岑晰溪这样的菜鸟，没什么好讨论的。

其实沈德立心里也是这么想的，可是嘴里却说：“有你说的这么简单吗？如果凶手这么简单就被我们抓了，那不是侮辱我们的智商吗？”

岑晰溪自从上次找到自信之后，她已经没有那么讨厌沈德立了，她觉得沈德立并不总是那么严肃刻板，于是嘟着嘴说："沈队长，难道你还愿意遇上那些变态？"

沈德立将材料又推回给岑晰溪，说道："好了，还是先去办我交代给你的事吧，破案要紧。"

随后，岑晰溪拨了苏法医的号码，让他们去看看现场。

白峡村不大，最近成为网红是因为这一带古朴的风貌。

潺潺的溪流，方块的田园，碧绿的菜地，特别是那些古朴的民居，有一些还是明清时期延续而来的后代。

湾州市将这儿定位为历史文化村落，算是历史文化遗产，这儿距离市中心不远，只要交通稍稍调整一下，就可以方便一些游客和背包客来此逗留。

苏法医一行三人开车来到白峡村，他发现村子已经修筑了柏油路，路面漆黑透亮，和路边的绿草相互辉映，看起来非常赏心悦目。

和苏法医一起前来的小刘长得胖乎乎的，一张圆脸看上去就像是喜剧演员。

小刘是技术组的骨干，他精于痕迹检验，说得通俗一些，就是看鞋印、指纹的，但凡现场中一切有痕迹的证物都是他的活儿。比如凶手进出现场的出入口、凶手在现场遗留的手套烟蒂、凶手逃跑路线……这都归他办，用他自己调侃的话说，他就是捡破烂兼打杂的。

苏法医是技术组长，一切都由他统筹安排，他和小刘堪称完美搭档。现场到了他俩手里，几乎没有搞不定的，现场的物证，人家能发现的他俩也能发现，人家发现不了的，他俩也经常给人惊喜。

苏法医将车子停在路边，说道："小刘，你给他打个电话吧，看看他家在哪个位置。"

小刘一声"得令"，便拨了电话。

过了不一会儿，村里跑出一位大叔，苏法医一看，那模样真有点像电影里的丑角，不仅胖，而且黑。

苏法医心里闪过一个念头，凭这形象他有点担心大叔话语的真实性。

大叔跑到他们现场勘查车边上，说道："你们是法医吧？"

苏法医打量了他一下，说道：“嗯，是你说看到黑影的吧？”

大叔满脸堆笑道：“确有其事，不是我瞎编的，你们如果不信，我死给你看。”

苏法医吃了一惊，没想到大叔这般直脾气，他说：“说哪里话，我们大老远跑过来，就是因为相信你，你带我们去你看到黑影的那个位置看看。”

大叔挥挥手说：“来，你们跟我来，车子就停在这儿吧，我那儿路窄，车子进不去。”

苏法医和小刘以及照相的海哥三人跟着大叔往前走去，穿过前边一条凹凸不平的机耕路，往右转，就看到一幢外墙灰白斑驳的徽派建筑立在那里。

大叔止住脚步回头说：“这就是我的房子，我太爷爷的太爷爷传下来的，不知道多少年头了，传到我这一代，孩子们都搬去城里住了，就剩下我在这儿看门了。”

苏法医抬头仔细看了看，这房子虽然有些旧，可是结构还非常完整，一楼有个黑色的木制大门，二楼有两个小窗户。

正看得仔细时，房子里突然传来一阵犬吠，声音大得吓人，苏法医从小就怕狗，他很担心那狗从房子里冲出来。

说曹操，曹操就到，只见房间里突然冲出一只白色的狗来，那狗个头儿不大，也不知道是什么品种，四条短腿支撑着一个胖嘟嘟的身躯，一边跑一边摇着尾巴，往苏法医他们这边冲过来。

大叔打了个响指，那白狗便站在大叔的跟前不停地上蹿下跳，像是久别重逢的样子。

大叔像拍皮球一般不停地在狗头上拍着，白狗每一次跳窜都能和大叔的手掌接触。

大叔边拍边说：“我这狗可乖了，是我的看家狗，我想起来了，昨天晚上就是它耳尖，突然狂叫起来，我才注意到外头的黑影的。”

苏法医看着大叔门前的那条鹅卵石小路，问道：“你当时在房子里的什么位置？”

大叔指着二楼的其中一个小窗户说道：“就在那窗户后，那是我的卧室，我当时有些困了，正要睡觉，狗叫了起来，我下意识地朝窗外看去，看到一个黑影一闪而过，等我揉揉眼睛，那影子就不见了。”

苏法医继续问道：“那黑影在什么位置？”

大叔挪挪腿，在路面上比画着说道：“就是这儿，就是这儿，我从二楼往下看到的位置就在这儿。”

苏法医看看大叔在比画的圆圈，又看看二楼的窗户，对小刘说道：“我们上去看看。”

小刘正弯着腰在大叔比画的位置地面上努力地寻找东西，他看上去非常专注，听到苏法医在叫他，便说：“别急，我先看看地面上有没有鞋印。”

瘦得像猴一般的海哥站在一旁一直没有说话，他听到小刘说要找鞋印，便哈哈笑道：“这种乡村小道，除了狗爪子，还能看出什么？”

小刘依然弯着腰说：“狗爪子？你瞧这里都是鹅卵石，恐怕连狗爪子都找不到。”

小刘沿着那条小路前后搜索了一遍，回头对苏法医说：“苏法医，我帮你也找过了，没有发现血迹。”

苏法医点点头说：“真是谢谢了，你办事我放心，我们上二楼瞧一下吧。”

三人跟着大叔进入房子，苏法医见房子里竟然还有一个天井，天井里堆满了各种规格的花盆，里边种着奇异的花草。他感到有些吃惊，实在想象不出像大叔这种体型的人居然有雅兴种这些花草。

白狗也跟着他们进了房子，在天井的一个大理石水槽边伸出舌头喝水。

大叔见苏法医瞪着那些花草发呆，便说道：“这些花儿都是我女儿种的，我平时也只是帮她浇浇水，怎么样？长得还不错吧？”

说完，大叔便往二楼走去。

通往二楼的是一座折弯的木楼梯，大叔的脚刚踩上去，便发出了“吱嘎”的声响，苏法医真担心那破旧的楼梯会突然塌掉。

心惊胆战地上到二楼，小刘拿出一个卷尺测量了一些数据，然后趴在窗户边反复地勘查了一会儿，才说道：“嗯，从这个位置往下看，正好可以看到刚才的那个位置，我看这事儿靠谱。”

大叔一听急了，他说：“原来搞了半天，你们还是不信我，在我们白峡村，我说的话没人不信。”

苏法医又开始打圆场："大叔，你可能不了解我们的工作，我们搞刑事技术的，凡事都要进行现场勘查，然后取证，麻烦的时候还要进行现场实验。"

大叔这才明白，他坐在床铺上说道："说实在的，我担心案子发生在我们村，我怀疑昨天晚上的那个黑影就是凶手，因为凶手一般是不敢走大路的，很有可能是从这条小路跑掉的。"

苏法医见大叔说得很认真，便问道："那如果案子是发生在你们村，死者又是谁呢？"

大叔好像被将了军，思考了一会儿说道："这个我就不好说了，现在村子里太杂，管理跟不上，一些背包客慕名而来，有些民宿连身份证登记都没有。"

小刘插话说道："民宿管理这么混乱，派出所不查他们吗？"

大叔摇摇头说："这不好说，整顿过，但还是比较混乱。"

5

晚上，夜空中已经繁星点点，位于郊外的水上派出所已然灯火通明，"潜江无名女性头颅"专案组第一次正式的讨论会正在有序地进行。

正在汇报情况的是技术组长苏法医："下午的时候，我和小刘、海哥一起去白峡村勘查过了，那位大叔所说的黑影，从现场的位置上看是合理的，只是他有些迷信色彩，总觉得那黑影不是人影，但又说不出是什么东西。"

小刘坐在苏法医的旁边，补充说道："我们后来沿着大叔门口的小路一直往西走，小路的尽头便是石镜溪，不过遗憾的是，我们在溪边没发现可疑的情况，也没有发现血迹。"

沈德立叼着一支烟，不停地吸着，烟头上的火影忽明忽暗，他说："石镜溪那边还有其他的路吗？"

岑晰溪闻到了一股熟悉的烟味从身边飘散过来，她轻轻地吐了口气，想把这烟味吹散，她实在想不出其他办法。

小刘把头转向沈德立，回答道："沈队长，那条路到了石镜溪便是尽头，溪上没有桥。"

沈德立将剩下的烟头摁灭在面前的烟灰缸里，问道："那么，如果真有人跑到那里，可以过溪吗？"

小刘思忖了一会儿，说道："不是不可以，石镜溪最多一米多深，要蹚过去，问题也不是很大，只是觉得有些不可思议，外头明明就有大路，没有必要蹚河而过，大半夜的有风险。"

沈德立追问道："那就不能跳过去吗？"

小刘哑然失笑："那绝对不可能，石镜溪那个位置有三米多宽，正常的人是不可能跳得过去的。"

沈德立沉默地低着头，在他的工作笔记本上快速地写着什么，好一会儿才说："苏法医，你们技术组明天继续勘察白峡村的现场，有必要的话，可以做下实验。"

苏法医是技术组长，技术勘查的事情都由他负责，他不住地点头说道："嗯，我明天再带队去看看。"

苏法医心里想，沈队长这是怎么了，死盯着白峡村不放，不就是人家随便说了句看到一个黑影吗，这和案子又不一定有多大关系。这种时候，老百姓都很敏感的，有任何风吹草动，都会很当回事，说得像模像样，以往这种事情多了去了，如果悬赏通告往村里一贴，举报的线索多到查不完。

不过领导这么说，还是得去做，苏法医转头看看小刘，小刘也是一脸的无奈。

苏法医暂时将这事抛在一边，继续汇报："沈队长，我们法医DNA实验室的结果刚刚发过来，结果已经出来了。实验非常成功，头颅的DNA信息很完整。不过，失踪人口父母亲的数据库里没有匹配上。我们还得等，看这几天有没有人上门报失踪的。"

沈德立心里一阵不舒服，不过也就一小会儿，他早就习惯了这种状况，如果现场发现的尸块都能在数据库里匹配上父母亲，那无名尸体案子几乎都会秒破。

沈德立知道，一般来说，大多数分尸、抛尸案件，都是熟人所为，他们无非就是为了要毁尸灭迹。特别是像这起案子，连脸皮和头皮都剥去了，这用意就更加明显了。如果从数据库里找到了死者父母的数据，就能找出死者身后的社会关系，找到嫌疑人。

沈德立将手中的笔放在了桌子上，对苏法医说道："这几天的工作以这起案子为中心，如果有人报失踪，性别、年龄差不多的，要立即对其父母亲采血检验，务必当天出结果。"

苏法医连连点头说："是，我们会专门派人负责这件事情。"

沈德立环顾了一下会场，见会场中来开会的二十几个人已经无话可说，便打算总结一下今天的工作，顺便布置明天的工作计划。

正要说时，会场左边角落里一位年纪不大的民警说了一句："沈队长，你不觉得这案子有点变态吗？"

沈德立一怔，他喜欢民警有不同的意见，只要说得出道理。有时候，有些民警的一句话能改变侦查思路，现在既然有人站出来，那他就听一听。

沈德立终止了自己刚要说出的话，坐在那儿静静地等待。

岑晰溪转头一看，说话的原来是卢定凯，瘦瘦高高的身材，长得也还算不错，她知道他是湾州警校毕业的，虽然工作不满三年，但早就成了重案组的得力骨干。他的特点便是脑洞很大，经常针对案子提出一些古怪的想法。

卢定凯站起身来说道："我有个疑问，这女孩的脸皮是怎么被剥下来的？是整张剥的，还是碎剥的？"

苏法医心里一怔，他知道，卢定凯就是喜欢追根究底的那号主儿，非常难缠，提出的问题总是怪七怪八的，脸皮被剥的事儿自己不是没有想过，他细致地研究过头颅上的那些损伤，心里虽然已经有谱了，可是他还是觉得不是很有底气。

苏法医见卢定凯充满挑战的眼神望着自己，便清了清嗓子说道："女孩头颅上的肌肉切割得比较细致，是精心切割造成的，我感觉他完全有可能是将女孩的脸皮整张剥下来的。"

卢定凯依然站着，继续发问："那么苏法医，我想问一下，凶手为什么要剥下女孩整张的脸皮？”

苏法医摇摇头说：“我只知道损伤，不知道凶手的用意，一般来说，凶手应该是想剥去女孩的脸皮，防止抛弃的头颅被人认出相貌吧。”

卢定凯像是在法庭上质问证人那般大声说道：“苏法医，如果凶手只是要毁去女孩的相貌，不必如此认真剥下女孩的整张脸皮吧。凶手在杀人之后，一般都比较紧张，慌乱之中应该会切碎女孩的脸皮，而不是精心切割。”

苏法医不知道如何回答是好，想了一会儿说：“你这有些武断了吧，大部分凶手杀人之后确实比较慌乱，但是谁知道我们遇到的这位凶手会是什么样的角色呢？”

卢定凯没有丝毫退却的意思，他将眼神转向沈德立，好像沈德立是当庭的法官，他说道：“沈队长，我觉得这里面有问题，如果真像苏法医所说，凶手剥下的是女孩整张脸皮，我觉得凶手一定是有着某种目的，否则他为何要那么精心地去切割女孩整张的脸皮呢？”

岑晰溪看看沈德立阴郁的脸，见他脸上的胡子一根根竖起，很有男性的魅力，这是她第一次觉得沈德立竟然有种男性的刚毅美。

沈德立心想，卢定凯的这些推论不是没有道理，但是这已经超出了法医的工作范围。他知道，法医只研究损伤，至于凶手是怎么想的，一味地逼迫法医，估计也得不到什么有价值的东西。

沈德立眼球快速地转了两下，用低哑的烟腔音说道：“嗯，这倒是个问题，不过，现在我们工作的重点应该放在扩大搜索现场和访问范围上面，至于凶手想的是什么，大家可以一起去慢慢琢磨。”

卢定凯刚刚坐下，可是又突然站了起来，说道：“沈队长，我觉得这非常重要，如果搞清楚了凶手想的是什么，可以帮助我们有效地缩小侦查范围。我感觉这个凶手一定是个非常古怪的家伙，如果我们不去研究他的动机，他是不会那么容易被抓住的。”

沈德立瞪了卢定凯一眼道：“谁不想呀？我也想搞清楚凶手在想什么，可是，这不是个简单的题目，需要时间去思考。”

岑晰溪坐在那儿定定地看他们辩论，她忽然想到费大雷，费大雷上次帮助他们分析的剁腿案非常成功，如果现在这起案了真像卢定凯所说，凶手要的是女孩的整张脸皮，想必也是个变态，如果找费大雷来研究一下，说不定又能找到突破的方向。

她推了推身边的沈德立，轻轻地说道："沈队长，我们还有大雷医生，要不我们再请他来帮忙看看？"

沈德立斜了一眼岑晰溪，转念想了一下子，说道："这好像是个好主意，这件事你去办吧。"

卢定凯听到他俩的窃窃私语，便说道："我也是这个意思，上回大雷医生的分析给我留下了深刻的印象，变态杀人案，我们需要他。"

沈德立又瞪了卢定凯一眼，说道："破案子最终还是要靠我们自己，大雷医生能帮我们的只是一个面。明天你们要好好地去做现场访问，你们还有很多工作没有做，不要寄希望于大雷医生。"

6

费大雷早上起床，一边刷牙一边在想，昨天下午在湾州大学"校园心使工作室"遇到的齐思嘉是不是跟他开了个玩笑。

齐思嘉虽然向他坦露了心迹，她说她小时候杀害了她的父母，并且向警方撒了谎，可是费大雷并不完全相信。他担心的是，齐思嘉会不会因为生活中遇到了其他的麻烦，精神极度恐惧，产生了妄想症，误以为自己杀害了她父母。

费大雷心里很矛盾，如果齐思嘉所说的是实话，那么他到底要不要向警方报案？

虽然他向齐思嘉承诺过，他会为她保守秘密，可这是杀人犯罪的事情，而且一下子杀了两个人，他如果知情不报，岂不是成了包庇？

费大雷刷着刷着，他发现牙刷上竟然出现了一些血红，他感觉有些不对劲儿，心想自己可能需要补充一些维生素 C 了。

洗漱完毕，他从冰箱里取出一盒冷冰冰的鲜牛奶，倒进一个无色透明的玻璃杯里，他的早餐向来很简单。

喝了两口牛奶，又去拿了块面包放进烤箱，转动了按钮，烤箱里顿时有红光透出来，夹杂着浓浓的面包焦香味。

费大雷满脑子都是齐思嘉的画面，他在考虑下一步如何处理这件事，这是他在湾州大学做“校园心使”以来遇到过最为棘手的事情。

现在他既不想向警方报警，也不想让湾州大学学生处知道，他想进一步搞清情况再说。不管怎么说，这种事情如果处理不妥，对齐思嘉肯定是个伤害，而且自己在湾州大学的工作也会不被信任。

面包烤好之后，费大雷将面包从烤箱里小心翼翼地取出，坐在餐桌旁，一个人默默地吃了起来。

费大雷的这套小公寓是他自己按揭买下来的，这里距离第七医院只有几百米。他想，反正是一个人，住得近些，上班方便就行。

费大雷不想跟他父母住一起，每天下班回去，面对两个老年人，真不知道说什么好，因为想法及观念完全不一样。

费大雷觉得这两天倒霉死了，昨天先是跑了范海新，后面又来了齐思嘉，全是难弄的角色。

已经过了一夜，范海新依然没有任何消息。想到这儿，费大雷一阵揪心，人是从他这儿跑掉的，如果找不回来，家属一定会找上门来，院长肯定不会饶了他。

吃完饭，费大雷看看时间，7点29分，现在出门去医院刚刚好。

当费大雷进了医院大门，路过停车场的时候，他看到一辆蓝白条纹的警车快速地插进角落里一个狭窄的停车位，他正惊叹那人的停车技术，从警车的驾驶座处钻出来一个女孩。

费大雷惊喜地发现这女孩竟然是岑晰溪，她还是穿着那身看上去永远不会变旧的警服，非常赏心悦目。

费大雷停住了脚，远远地朝岑晰溪喊了一句：“晰溪。”

岑晰溪抬头看到了费大雷，立刻绽开了笑容，说道：“大雷医生，怎么这么巧？”

费大雷见她走近了，便问道：“今天来我们医院有什么事啊？”

岑晰溪嫣然一笑道："找你呀。"

费大雷一阵疑惑，皱皱眉说："找我？"

岑晰溪摊手说道："不会说我没有预约吧？大雷医生。"

费大雷尴尬地笑笑说："哪里敢啊，你晰溪来找我，我还会拒绝不成？都老朋友了，请吧，到我的办公室去坐坐。"

7

太阳已经高高地挂在了天空中，几只知了玩命地叫着，苏法医抬头看看，无法分辨这些知了到底躲在哪棵树上。

小刘猫着腰，正在石镜溪旁边的地面上勘查，他发现这边的地面上有一汪小水洼，水洼旁边有些湿润的泥土，泥土上有两只动物的脚印，看起来还比较新鲜。

他低头说道："我有大发现了，海哥，你过来帮我拍个照。"

海哥年龄比苏法医、小刘他们大些，已经三十好几了，苏法医和小刘则三十岁不到，所以他们总有些不太好意思直呼其名，平时都称呼他为海哥。海哥从进入刑警队开始，便没改过行，一直做刑事摄影。

海哥拿着单反数码相机走到小刘身边，问道："小刘，你的大发现在哪儿呀？"

海哥没有很激动，因为平时在现场，他们习惯于开玩笑，说是大发现，说不定只是个烟蒂之类的物证。不过他也知道，这些小玩意儿以后会怎样帮助到案件的侦破，还真不好说。

小刘指指地面上的动物脚印说道："就是这个脚印，你帮我拍下来吧。"

海哥一看那个脚印，只是一对狗爪子，他嘲讽道："小刘，我当是什么宝贝呢，原来只是个狗爪子。"

小刘朝海哥瞧瞧，有些不放心地问道："海哥，你能确定这是狗爪子？"

海哥将照相机换上一只微距镜头，摘掉镜头盖，说道："当然，我虽然不是警犬队的，可是我爱犬如命你们也是知道的，如果连狗爪子都认不出来，你也太低看我了。”

小刘在心里嘀咕，海哥说他爱犬如命也不假，可毕竟不是专业的，海哥提到了警犬队，这倒是提醒了他，说：“是呀，海哥，你到时把照片发给警犬队，让他们帮忙看看，这到底是不是狗爪子。”

海哥正将镜头对准脚印要拍照，听到小刘不相信他，便收起相机，嗔怒道：“不相信我？我敢打赌，你要输了怎么办？”

小刘见海哥很较真，便故意为难他，说道：“好吧，就算我相信你，你说这是什么狗的爪子？”

海哥这回不拍照了，他索性蹲下身子开始对那脚印仔细地研究起来，看了半天才说：“你还别说，这把我给难住了，我知道每种犬的爪子是不一样的，自然脚印也不一样了，恕我才疏，这脚印……我真不知道是什么犬留下的。”

苏法医听到他们在水洼边吵个不休，便走了过来，问道：“你们在吵什么呢？不好好干活，等下太阳更大了，非热死不可。”

海哥回头笑笑说：“是小刘在考我，让我鉴别这狗爪子。”

苏法医低头看那两只脚印，好像非常有力度，深陷在地面上，前端的泥土像是被溅起的样子，可他心里却没底，他问小刘道：“小刘，你对这爪印有什么看法？”

海哥重新开始拍照，小刘站在一边说道：“苏法医，这脚印我感觉有些意思，你看，脚印深陷，前端泥巴溅起了不少，我认为这狗是从石镜溪那头跳过来的时候，前足正好踩到了这里。”

苏法医听了之后心里一怔，心想如果这狗从石镜溪对岸跳过来，大叔前天晚上看到的黑影莫非只是一条狗而已？

他伸手指了指对岸大叔的房子说：“你是说从那边过来的？石镜溪这么宽，狗能跳过来吗？”

小刘笑道：“总有超出我们想象的东西，沈队长昨天在会上不是说有必要的话让我们做现场实验吗。从我们痕迹学的角度来看，这爪子不管从力度还是方向上来看，只能是从对面过来的，这毫无疑问，至于有没有这样的神犬，那也许真的需要实验了。”

海哥连续拍了好几张照片，他停了一下说道：“这个简单，警犬队的犬种很多，带一批过来试试，不就知道了吗？”

苏法医摇头道：“哪有你说得这么容易，警犬队那批人把狗都当命了，想要他们的狗来做实验，没门儿。”

海哥眉毛一挑，说道：“只要沈队长点头，他们不敢不来。”

小刘的意见不一样，他说：“现在要搞清楚什么犬种倒是没有那么急，如果那黑影真是条狗，那么这狗为何急匆匆地从石镜溪上跳过来，我们需要的是赶紧继续搜索一下，看附近有没有其他的异常情况。”

苏法医同意了小刘的提议，他心里已经开始想象，那狗从石镜溪上飞窜过来的时候，还会去向何方。

8

岑晰溪在费大雷的办公室里坐定，费大雷给她倒好了一杯白开水。

岑晰溪见那玻璃杯异常整洁，她忽然觉得费大雷是个非常讲究卫生的小伙子，心想人家是医生，做到这点也是很自然的。

费大雷此时正背对着她，在他自己的办公桌上翻一本病历，病历有点厚，他时而停下来，时而又往前翻。

岑晰溪喝了口水，对费大雷说道：“大雷医生，我来得真不是时候，你们医生在这个时候是不是最忙啊？”

费大雷没有回头，继续翻他的病历，不紧不慢地说：“是啊，早上的时间，医生要查房，而且我这病房还不一样，昨天范海新跑了，我还要准备写材料，院长要我们科室做出书面的检查，我既是负责全面工作的副主任，又是主管医生，真是难为情死了。”

岑晰溪想起昨天早上的事儿，有些不好意思地说道：“大雷医生，本来我们昨天是要过来一趟的，可是案件在身，没有时间过来，后来派出所的同事过来了吗？”

费大雷边翻病历边说：“昨天派出所的人过是过来了，可是到现在，一直没有任何消息。”

岑晰溪急忙说：“大雷医生，这对你的影响一定很大，回头我找沈队长，看他有没有更好的办法。”

费大雷回头朝岑晰溪笑了一下，说道：“好，先替我谢谢沈队长，这事儿就麻烦你们了，我实在没办法了。”

岑晰溪此时想要开口说请费大雷帮忙看案子的事儿，可是正要开口，她觉得这事儿怎么就像是交易，那边刚刚说了让沈队长帮忙找人，这边却要提出叫费大雷看案子。

她局促不安地坐在沙发上，不知道该怎么说才好。

倒是费大雷觉察出了一些不对劲儿，说道：“晰溪，你今天过来，难道是来找我闲聊的不成？”

岑晰溪这才鼓起勇气开始将来意说出来：“大雷医生，真不好意思，我们又遇上麻烦了。”

费大雷又回过头来，眼睛盯着岑晰溪，好像有些不相信，“又有新案子了？”

岑晰溪站起身，半弯着腰说道：“嗯，又是一起很变态的案子。”

费大雷凝眉道：“怎么这么多变态的案子？”

岑晰溪撅撅嘴说道：“是啊，上次李姗姗的案子，你的意见让大家心悦诚服，所以沈队长的意思是找你再次出山，帮我们看看案子。”

费大雷转过身，走到沙发边说道：“坐吧，这次的案子是什么情况？”

岑晰溪连忙说道：“这个案子真的很变态，法医说，凶手将死者整张脸皮都剥下来了。”

费大雷吃了一惊，说道：“整张脸皮？”

岑晰溪点头说：“是的，法医是根据损伤判断的，应该不会错。”

费大雷在岑晰溪对面坐下，他呆呆地望着岑晰溪，嘴巴里不停地念叨着，像是在自言自语：“我是相信法医的，只是将整张脸皮剥下来，到底是为什么呢？”

岑晰溪也目不转睛地望着费大雷，说道："沈队长让我过来，就是要问你这个问题。"

岑晰溪从她随身携带的包包里掏出一张头颅照片，递给费大雷。

费大雷接过照片，细细地看了起来。

费大雷从未见过如此恐怖的画面，上回他虽然在这个办公室里见过李姗姗的断腿照片，可现在照片里被剥掉皮的头颅着实吓了他一跳。

费大雷觉得身上出了一点点汗，许久，这汗湿的感觉才从背后散去，他见那头颅咧着牙齿，像是在无声地呐喊。

看了一会儿，费大雷将照片放在桌子上，说道："就这么一张照片？"

岑晰溪默默地点点头，她的眼神有些无助。

费大雷的身体朝后靠了靠，伸出右手在自己的额头上不停地抚摸着。他微闭着眼睛，在脑子里不断地思索着这被剥去脸皮的头颅，他感受到了头颅背后的凶手正在对他虎视眈眈，他又出了一身冷汗。

费大雷忽然睁开眼睛，索性说道："晰溪，这事儿我办不了，一点头绪都没有。"

岑晰溪知道，费大雷毕竟不是警察，杀人案件看得少，上次也是这样，不过后来去了现场之后，他最终还是找到了感觉。

她为难地说："大雷医生，要不你抽时间跟我去现场看看？"

费大雷脸上充满阴郁，说道："可是我手头上的工作很忙，只要范海新没有找回来，我们就一刻没有安宁。"

费大雷并没有把齐思嘉的事情透露出来，他觉得暂时要绝对保密，不想向岑晰溪打听齐思嘉所说的事情。

岑晰溪又开始耍起了小姑娘脾气说："大雷医生，你一定要帮我，不然我就坐在你这儿不走了。"

费大雷见岑晰溪又使出了这招，心里一软，便说："这样吧，你先回去，我把单位里的事情处理一下，如果有时间，我会帮你去看看的，可是我先告诉你，这个案子我真的没有一点儿想法。"

岑晰溪有了上次的经验，知道费大雷也许是因为谦虚，她心想，只要费大雷答应她这活，她就放心了。

费大雷送岑晰溪出门，岑晰溪经过病房过道的时候，看到护士们又在各个病房里有条不紊地忙碌着。

走到靠近走廊大门的时候，岑晰溪忽然听到有人在用男高音歌唱，典雅的美声唱法让歌声显得非常感伤，歌声表达的情感像是刚刚失去了爱恋的人。

岑晰溪脸上露出了赞叹的神色，轻轻地对费大雷说道："这歌手绝对很棒。"

费大雷耸耸肩回道："人家是一级演员，以前是交响乐团的首席指挥，现在他失去了乐团，关在了这里，只能一个人独乐了。"

岑晰溪更加惊奇了，她竖起大拇指说："原来如此，你这里真是人才辈出呀，范海新是物理学博士，这位又是交响乐团首席指挥。"

费大雷又耸耸肩说道："患这种病没有贵贱之分，文化层次很高的人，同样会患精神疾病，说不定还更多。"

岑晰溪好奇地问道："首席指挥是哪方面的症状呀？总不会也是和外星人有关的吧？"

费大雷摇摇头微微笑道："不，他和范海新不一样，他让他的乐团演奏他自己创作的乐曲，说那是亡灵乐，是和亡灵沟通的音乐，乐团就将他送到我这儿来了。"

岑晰溪瞪大了眼睛，听得出了神，她想，要不是有任务在身，她真希望见见这位乐团指挥，听听他讲述如何通过音乐与亡灵沟通。

9

近中午的时候，苏法医他们才等到姗姗来迟的警犬队长黑子。

黑子本来不黑，他的黑完全是工作的原因，以前从兽医系毕业刚刚来到警犬队的时候，他还是个白白净净的小伙子。现在年龄虽然不太大，但

却像个大叔，人们老是嘲笑他，要不是老婆娶得早，像他这样的形象，这辈子肯定要打光棍了。

警犬队起早摸黑搞训练，几乎都是在户外活动，黑子虽然晒黑了，但因为经常带犬活动，人也变得非常健硕，精神得很，他自己很满意目前的状态。

黑子见到苏法医，笑道："苏法医，好久不见，今天分配给我什么工作啊？"

苏法医和小刘是在对现场进行大范围人工搜索之后，才决定报告沈德立，要求警犬队支援的。

他们在距离水洼大约一公里的地方发现了一只塑料袋，塑料袋内侧有一些血迹。

苏法医早就提取了部分血迹，经过现场快速检测，确定为人血，便派人速速送回实验室去检验。

他非常兴奋，因为经过两天的搜查，终于找到了貌似突破口的物证。

苏法医一开始觉得，虽然现在不能确定塑料袋里的血迹和头颅案有关，可这荒郊野外出现了带有人血的塑料袋，也不是什么正常的事情。

小刘的看法更加激进一些，他认为，既然那水洼里的狗爪子是从对岸飞跃过来的时候留下的，那么大叔看到的黑影便是那狗。那狗嘴巴里叼着这只塑料袋，跃过溪之后继续往前奔跑，地面上留下的爪印可以证实，后来它抛弃了那只袋子，不知去向。

小刘最为出彩的分析是，他觉得塑料袋里正好装着那只被剥了皮的头颅，那狗在飞跃过溪的时候，头颅从塑料袋里滑了出来，掉进了石镜溪，经过一夜的流淌被溪水带到了潜江，最后被打捞的渔民发现。

苏法医上前和黑子握了握手，说道："黑子，今天请你过来，是有两件事。"

黑子一愣，心里有些想不通，说道："哪两件事？"

苏法医放开手，指着那个水洼说道："你过来看一下，这儿有两只狗爪子印，我需要你帮我们判断一下，这是一只什么犬留下的爪印？"

小刘也凑了上来，补充说道："第二件事，就是用你自己的犬帮我们追踪一下，这只留下爪印的犬到底跑到哪儿去了？”

黑子点点头，一边听苏法医介绍案情，一边开始瞧那水洼边的爪印。

等苏法医介绍完毕，他说：“这个爪印倒是蛮有特点的，粗看是一只大型犬。”

海哥看到好朋友黑子来了，急忙跑了回来，说道：“黑子，这印子你看是什么犬呀？我怎么也看不出来。”

小刘在一旁打趣说：“看不出来是因为见识少，人家黑子见过的狗比你见过的人还多。”

海哥愤愤地说：“你就拍吧，黑子可是我的好兄弟，他要看得出来，也是我的荣耀。”

黑子又看了一会儿，心里终于有了数，说：“藏獒，是藏獒的爪印。”

苏法医不禁叫道：“藏獒？”

黑子继续说道：“对，我们警犬队里虽然没有养藏獒，可是我的一个朋友养了一只，有时候叫我过去帮他给犬看病，我特别观察过的。”

小刘一拍手说道：“那不就搞定了，藏獒太特殊了，如果我们找到藏獒的主人，也许案情就真相大白了。”

海哥扫兴地说道：“你别高兴得太早，塑料袋里的血迹还不知道是不是和案子有关呢。”

小刘却说：“管他呢，这个位置出现血迹，要真不相关，说不定又牵出另一起案子呢。”

黑子阴沉着脸说：“虽然我敢说这是藏獒留下的爪印，可是你们的第二件事，我是真的无法完成。”

苏法医、小刘、海哥都将眼神投向了黑子。

黑子说：“时间太久了，又经过两天的太阳暴晒，我的犬已经没办法嗅到那藏獒的气味，你们想要我追踪那狗，我没有办法。”

海哥帮忙解释道：“的确如此，警犬又不是传说中的神兽，不是什么条件都能创造奇迹的，对岸大叔家门口那条路又是鹅卵石铺设的，留下的气味更是稀薄，根本没办法。”

苏法医和小刘没作声。黑子肯定地说：“海哥说得是，不过，我还是可以试一试。”

岑晰溪刚刚从第七医院回到水上派出所的专案组，她还没来得及汇报费大雷的事儿，便被沈德立叫上了车。

沈德立一边爬上车，一边对岑晰溪说道：“白峡村那边有情况了，苏法医和小刘他们在石镜溪旁边发现了血迹。”

岑晰溪迅速发动了汽车，还没等沈德立坐稳身子，车子便像猛虎般窜了出去。

岑晰溪问道：“血迹和那头颅是同一个人的吗？”

沈德立急着把安全带抽出来往身上绑，一边绑一边说：“瞧你这没出师的样子，法医哪有这么高的效率？最快也得到下半夜才能知道结果。”

岑晰溪见路上有些拥堵，便开了警灯，车子左窜右窜呼啸而去，她说：“那我们现在过去有用吗？”

沈德立的身体随着车子左右摇摆，他嘟囔着说道：“当然，现在看来，我的预感没错，死者应该是在白峡村被害的，只要我们将白峡村围起来，工作做扎实了，凶手肯定跑不掉。”

岑晰溪还是有些糊涂，说：“我看那些笔录上写的，白峡村村民也有好几百人，加上超市、餐厅、民宿这些经营人员，总共近千人，要从里面找到我们想要的凶手，太难了。”

沈德立说道：“难也得上，我坚信他跑不掉了。”

岑晰溪想起刚才约过的费大雷，便说：“那么大雷医生不用来了吧？我刚和他约好呢。”

沈德立此时的心早已经到了白峡村，根本顾不上费大雷了，他说：“目前看来，我们不需要大雷医生了，大雷医生那边先不去管他，他自己的事儿都忙不过来呢。”

岑晰溪想到费大雷对范海新逃跑的事情焦虑不安的样子，心想，如果沈德立能多出点力，也许能更快找回来，便说：“沈队长，我刚去大雷医生那儿，范海新逃跑的事情好像对他打击蛮大的。”

沈德立望着窗外，皱着眉说道：“那是当然，虽然大雷医生不是主要责任人，但因为他是科室负责人，科室里出了事情，对他的影响肯定很大。”

岑晰溪紧紧握着方向盘，虽然眼睛没有离开过前方，但丝毫不影响她聊天，她口无遮拦地说道：“是呀，沈队长，你就不能帮帮他吗？”

沈德立扭了扭脖子说道：“这种事，派出所去弄弄，应该就可以搞定了。我们搞重案的，不方便插手。而且我们手头上这案子正在关键点上，实在是没有时间，只能跟大雷医生说对不起了。”

岑晰溪见沈德立没有那个意思，就不再继续说下去了。

车子很快就到了苏法医他们所在的现场，苏法医和小刘一起陪同沈德立和岑晰溪看了那个发现狗爪印的小水洼，以及发现带有血迹的塑料袋的位置，最后小刘将自己的分析意见向沈德立作了汇报。

沈德立站在石镜溪边，望着对岸大叔家那幢灰白色的徽派建筑，说道：“你们都是这么想的吗？”

苏法医和小刘都点点头，海哥和黑子站在一边默不作声。

沈德立继续问道：“那么那狗为什么会将主人的东西叼出来？”

黑子摸摸头，说道：“沈队长，那可是藏獒，藏獒是世界上最为凶猛的狗了，如果把它和野狼相比，都太低估它了。它既聪明又嗜血，如果它有机会得到你们说的那颗头颅，那它完全有可能将它偷走。”

岑晰溪有些不解，问道：“那么它为什么要将头颅叼到这荒郊野外来呢？”

黑子非常熟悉狗的习性，警犬队的那些犬几乎就是他的贴身朋友，他解释道：“这个很简单，狗如果得到了食物，是不喜欢分享的，它只会找一个偏僻的地方吃独食。”

岑晰溪听了之后，觉得一阵恶心，尖叫道：“那可是人的头颅呀！”

黑子阴沉着脸，本来就黑得如炭的脸上看上去乌云密布，他说：“对藏獒来说，那只是一坨肉，人对于它而言，同样可以是猎物，在雪山高原，它可是什么都吃的。”

沈德立对着远处的村庄叹道：“我已经让专案组把重点转移到白峡村，就等他们的好消息了。”

10

一转眼过了两天，不知不觉到了周末。

转移到白峡村工作的专案组几乎已经走访了整个村庄的每个角落，可是除了之前那位大叔描述的黑影线索之外，没有哪个侦查员发现有用的线索。

法医 DNA 实验室的检验结果早就出来了，虽然结果在人们的意料之中，可是还是让人震惊。

塑料袋中的血迹果然和那颗头颅属于同一位女性。

苏法医表示，既然是这种结果，那么联系到塑料袋、黑影以及狗爪印，他觉得之前小刘的推理是比较符合逻辑的，小刘还将它编成了一句俗话：狗急跳溪，头颅掉溪。

此时的专案组会议室中，只有岑晰溪在陪同沈德立，沈德立呆呆地坐在那儿，看着窗外的小鸟在树梢上跳来跳去，心烦极了。

沈德立又看看桌子上摆放的 DNA 检验报告，报告中的那些基因数据让他心里久久不能平静。

沈德立回忆了一下，案发那天上午，从渔民在潜江发现了那颗无皮的头颅开始，到后来白峡村大叔的笔录中提到了黑影，技术组经过勘查又发现了石镜溪边的狗爪印以及带血的塑料袋，整个勘查、检验过程都比较顺利，技术组的过程分析也非常合理，他也确定了以白峡村为重点的侦查思路，可是现在调查工作却遇到了瓶颈，撒出去的网颗粒无收。

沈德立心想，白峡村虽然总共只有几百人，但现在看来，要从中挖掘出嫌疑人来，还真不是那么简单，粗放式的调查看来真不管用。

沈德立想起了第一天晚上案件讨论会上，侦查员卢定凯提出整张脸皮的事儿，看来正如卢定凯所说，这凶手也许真的不是那么简单。

白峡村已经彻底排查过一遍了，如果凶手在村里，那么可以说，侦查员其实已经和凶手打过一回交道了，但是现在没有一份材料可以看出端倪。

想到这儿，沈德立长长地叹了口气，翘着腿斜靠在椅子上抽闷烟，烟味呛得坐在旁边的岑晰溪直咳嗽。

岑晰溪像是得了肺痨般连咳了好几下，她没有怪罪沈德立，她知道身边的这个刑警队长此时心里有多苦，一张大网撒下去，白峡村里毫无动静，这真是让人窒息的节奏。

她试着问道："沈队长，你说我们要不要请大雷医生过来看看？"

这话正好说到了沈德立的心坎上，他坐阵指挥这起案子以来，不知费了多少心思，晚上住在单位，连家都没有回过，这下子岑晰溪提到费大雷，他想这事值得试试。

沈德立说："好吧，看来我们在白峡村的搜查计划已经落空，白峡村像是个深渊，我们的眼睛凝视着深渊，可是什么也看不见。"

岑晰溪知道沈德立说的是大哲学家尼采的一句话，她说："是啊，深渊也在凝视着我们。那人近在眼前，也许大雷医生能一语道破。"

沈德立的心里对费大雷没有像岑晰溪那么期待，他说："别真把大雷医生当神了，案子是我们的，上回他确实帮到了我们，但也有运气的成分，这种运气可不是每次都能撞上的。"

岑晰溪没有认为沈德立这是在说风凉话，她自己心里也明白，就算费大雷能分析出凶手的个性特征，可仅仅靠那些分析去破案抓人，肯定也要落空，最终还是要有其他的证据，不然白峡村近千人找谁下手呢？

她说："沈队长，大雷医生或许能帮助我们换个思维模式，我们一直这样实打实干的套路行不通，黑衣人潜水极深，根本就不浮出水面。"

沈德立又叹了口气说道："是啊，这样下去，那些侦查员也会失去信心，晰溪，你跟大雷医生联系一下吧。"

费大雷在酣睡的时候被一阵电话铃声吵醒，他眨了眨眼睛，抓过床头柜上的手机看了看，见是岑晰溪的电话，便接了起来。

他的嗓子还留存有久睡刚醒的哑音，他说："晰溪，怎么这么早找我，有事吗？"

岑晰溪在电话里笑道："大雷医生，已经不早了，太阳都已经很高了，原来医生也会睡懒觉，我还以为你早就起来锻炼身体了呢。"

费大雷清了下嗓子，翻了个身，说道："晰溪，你就调侃我吧，医生也是人啊，好不容易熬到周末，睡个懒觉才能回血，说吧，什么事啊？"

岑晰溪也不推辞，直接说道："大雷医生，这不是上次去你的医院请你了嘛，本来想尽量不打搅你，可是案子风云变幻，我们还是没搞定，你看你今天有时间吗？"

费大雷坐起身来，将身上的空调被掀到一边，说道："晰溪，还是那个头颅的事情？"

岑晰溪说道："是的，一直没办法找到嫌疑人。"

费大雷忽地想起了刚才正在做的一个梦，他梦见一个打扮奇特的男子，脸上蒙着一张女人的脸皮，围着一堆篝火跳舞。

此刻，他快速地在脑海里给自己的梦做了注解，梦见女人的脸皮，应该是因为看过岑晰溪给他的那张剥去脸皮的头颅照片，打扮奇特的男子象征着精神有些异常的人，而围绕这篝火跳舞则是暗示这男子正在玩火，玩火必将自焚。

他皱了皱眉说道："我有空，这两天来，我对你们的这起案子也有点想法，只是我以为你们已经破案了。"

岑晰溪高兴地说："那太好了，大雷医生，我过去接你吧。"

费大雷打了个哈欠说道："不用，我自己打车过去吧，你把位置发过来，我过会儿就到。"

岑晰溪无比激动地说："大雷医生，你真是我们的福星，我在专案组等你，沈队长也盼你过来，他都急死了。"

费大雷打车到了水上派出所，沈德立和岑晰溪早已站在派出所门口迎接。

见费大雷下了车，沈德立急忙迎了上去，双手紧紧地握着大雷医生的手，说道："上回李姗姗的案子你帮了我们，我还没来得及感谢你呢，今天又将你请到这儿，真有些不好意思。"

费大雷笑笑，说道："沈队长，我只是帮你们做了点小小的分析，人还不是你们自己抓到的吗？其实我在心底里挺佩服你们的，抓住秦雨颂真像是一个传奇。”

沈德立见费大雷提到了秦雨颂，心想正好问一问，他说：“秦雨颂的家属要求给他进行司法精神病鉴定，不知大雷医生怎么看，秦雨颂有负刑事责任的能力吗？”

费大雷摇摇头说：“我们医院已经接到了委托，不过安排的鉴定人不是我。我了解了一下具体情况，像秦雨颂这样的病人，只是人格方面的问题，要负完全的刑事责任。”

沈德立笑道：“那就好，那就好，我还担心他逃避刑事追究呢，不然我们心里觉得很窝囊。”

费大雷摆摆手说：“我们的观点跟你不一样，如果他确实患有免于刑事处罚的精神病，法律就不应该追究他。一个人如果对自己的行为都无法认知的话，实际上是很可怜的，需要整个社会的保护，就算他做了危害社会的事情，也不应该被追究。”

沈德立听了之后，心里有些不爽，可他的脸上还是保持着微笑，说道：“大雷医生说得是，你们专家有专家的看法，我们只是刑警，看法上确实会有不同的地方。”

岑晰溪见状，连忙转移了话题说：“大雷医生，楼上请吧，材料我们都准备好了。”

三人上了楼，进了临时充当专案组指挥中心的派出所会议室，岑晰溪安排费大雷坐在沈德立身边，然后说道：“大雷医生，我冒充一下专案秘书，把我们这几天的工作简单地向你做个汇报吧。”

费大雷从包里拿出一个笔记本，他遇事有做笔记的习惯，这一点和刑警队的风格倒是如出一辙，他说道：“原来晰溪还是专案秘书啊。”

岑晰溪笑笑说：“专案秘书办事去了，我临时充当一下，沈队长，你看可以吗？”

沈德立笑道：“当然可以，给大雷医生汇报工作是一件光荣的事情，你也需要锻炼锻炼，上回我说把你调到秘书科去，还真有些不舍得，就算我食言吧。”

岑晰溪本来有些担心沈德立真的把她调到秘书科，因为如果真去了，工作是轻松了，可是青春就不再热血了，还不如趁年轻先待在沈德立身边，多看多学，也许更适合她。

她对沈德立说："沈队长，我才不舍得离开你呢，等我学厌了，再去秘书科也不迟。"

费大雷坐在那儿，悠然地摇晃着手中的笔，说道："晰溪还是要跟着沈队长，办大案子才有意思。"

沈德立朝费大雷笑笑，说道："怎么，大雷医生对我们的案子真有了兴趣？"

费大雷点点头说："嗯，还真有一点，以前我从没有想过，我还可以跟你们坐在一块儿讨论案子。"

沈德立略有所思地点点头说："大雷医生，我倒是有个主意，这次案子结束之后，我想专门给你发个聘书，聘请你为我们刑警队的特别调查员。"

岑晰溪一听，心里乐坏了，她真心希望费大雷能经常参与到案件中来。她心想，如果真发了聘书，那么大雷医生应该会更为主动一些。

她高兴地说："好啊，我第一个赞成，有了大雷医生，我们以后遇上变态案件，就再也不用担心了。大雷医生针对的是人心，如果我们做的工作称之为抓捕的话，那么大雷医生这可以叫作心捕，对吧？大雷医生，我以后就叫你'心捕大师'吧。"

费大雷被岑晰溪说得有些不好意思起来，连忙说道："哪里呀，我只是用我自己粗浅的专业知识帮你们分析了一下案子，哪有你说得那么神乎奇技的，聘书我可以拿，但是这个'心捕大师'称号万万不能接受。"

沈德立见费大雷同意了自己的提议，便说："'心捕大师'称号那是晰溪个人的意思，我管不着，我只能给你'特别调查员'称号。"

费大雷点点头说："嗯，这个称号还有点意思，我在湾州大学那边也拿了个聘书，被他们聘为'校园心使'，也是个蛮好听的称号。"

岑晰溪第一次听说费大雷拥有一个"校园心使"的称号，有些好奇地问道："大雷医生还是湾州大学的'校园心使'？主要是做什么工作？"

费大雷说："其实就是给大学生做一些心理辅导工作，如果有兴趣，等我们有空的时候再聊，现在先介绍案子吧。”

岑晰溪将电脑上专案秘书已经做好的专案 PPT 投射到会议室前方的白色大屏幕上，开始介绍整个案子的基本情况。

岑晰溪口齿非常清晰，一口标准的普通话像是新闻播音员。

费大雷听得很用心，他不时地将一些他认为要紧的东西记录在笔记本上。

沈德立虽然是听岑晰溪第一次介绍案件，但是听起来思路非常清晰。他忽然发现，这个入队不久的女孩已经开始蜕变，刚来的时候她什么都不懂，遇到问题就喜欢瞎问，被他破口大骂的次数不在少数，现在看来，岑晰溪已经快速地成长起来了。

听完了汇报，费大雷坐在那儿沉思，他时而闭眼，时而摸头，苦苦思索凶手到底是个什么样的人。

在这好长一段时间里，会议室里三人都没有说话，只有空调的风机在“呼呼”地吹冷风。

费大雷忽然拍击桌子说道：“有了，我想到了。”

沈德立和岑晰溪都为之一怔，不约而同地将目光投向了费大雷。

费大雷喝了一口水，然后说：“你们可以确定凶手剥下的是死者的整张脸皮吗？”

岑晰溪反应快，她急忙说：“没问题，我们苏法医是顶尖的法医，他的判断很准确。”

沈德立也点点头说道：“是的，法医是这么认为的，应该错不了。”

费大雷的眼睛又斜看了一下屏幕上的那张头颅照片，说道：“正如你们所说，这个凶手的行为应该属于一种变态行为，他剥下死者的整张脸皮，一定有某种用途和目的，具体他拿人家的脸皮做什么，还不得而知。”

沈德立在他的笔记本上快速地记录着，岑晰溪只是呆呆地凝望着费大雷。

费大雷顿了一下，继续说道：“我所关心的是，支配这个变态行为后面的那颗心灵，凶手的精神世界到底出了什么问题，才会做出如此荒唐的事情。

“从我多年的经验来看，一般要做出常人不可理喻行为的背后，都有着一个妄想的灵魂，我觉得，凶手可能是个具有妄想症状的病人。

“在他被妄想支配所创造的精神世界里，他需要别人的脸皮，以完成某种需要，比如祭祀，比如图腾，甚至只是为了装饰。

“更为重要的是，像这样的人，他是不顾后果的，也就是说，他曾经可能还杀过人，而且也会继续杀。

“只要你们不将他抓获，他就会一直做下去，甚至他还有点小兴奋，喜欢和你们斗智斗勇。”

岑晰溪听到这儿，再也忍不住了，她打断了费大雷的话，说道：“天哪，还有这样的人啊，要真是这种人，早就在白峡村出名了，可是我们侦查员怎么也查不到。”

费大雷依然沉浸在他自己的推断之中，他说：“不，不一定，像这样的人，他可能是高智商的，他懂得伪装，伪装的目的就是要守护他的世界，他会觉得那是他所创造的，就像母鸡守护小鸡一般，他生活的全部意义，就在于那个世界的存在。”

沈德立停下笔，他再也记不下去了，他的心里一阵烦躁，他觉得费大雷说的虽然有些道理，但一定是放大了凶手的行为，有些故弄玄虚，危言耸听。

岑晰溪继续被费大雷的思路带动着，她说：“大雷医生，如果是这样的话，这个人还生活在白峡村吗？”

费大雷想了想说道：“如果你们觉得案子就发在白峡村，那么我敢说，凶手现在还在那儿好好的，如果他逃了，你们不早就将他列入嫌疑人清单了吗？”

岑晰溪慢慢地在那儿点着头说：“似乎也有道理，如果没有跑，那岂不是更好？”

沈德立接上话，有些违心地说：“我坚信，凶手还在白峡村，只是我们现在不知道是谁，大雷医生，听了你的分析之后，刷新了我对凶手的认知。”

费大雷有些歉意地说：“没什么用吧，我可以分析，可以推断，可是人海茫茫，到哪儿去抓这个人呢？”

沈德立虽然目前心里没谱，但他依然说：“有了大雷医生的分析打底，我们肯定会想到办法的，这样的人，他的行为总有和常人不一样的地方吧。”

费大雷点头说：“可以这么说，但绝不是一般人想象的疯子行为。相反，这样的人表面上说不定还是个温文尔雅的人，看起来相当的礼貌，只是没人可以进入他的世界，那个世界是他一个人拥有的。”

沈德立的手指不停地在桌子上敲击着，嘴里念念有词：“白峡村，白峡村……”

岑晰溪坐在那儿随口问道：“大雷医生，你看过那么多的病人，你遇到过类似的人吗？”

费大雷摇摇头说：“没有，从来没有遇到过这么变态的人，要真有，估计我们也没有挖掘出他的这种病史，我们临床医生的目的只是治病。”

岑晰溪叹了口气，微微耷拉下眼皮，开始在笔记本上写东西。

费大雷忽然想起了什么，说：“晰溪，幸亏你提醒，我想起了一件事。”

岑晰溪歪着头看着费大雷，问道：“什么事啊？”

费大雷的脸色看起来变得很严肃，他说：“晰溪，你还记得上次你在我病房里看到的那位交响乐团的首席指挥吗？”

岑晰溪点点头。

费大雷继续说：“我想起来了，那位首席指挥去年入院的时候，乐团领导陈述了他的病史，我记得其中一位领导提到，这位首席指挥曾经有一次要求他的乐团在演奏的时候戴一种人脸面具。”

岑晰溪“啊”了一声，知道费大雷的意思，她说道：“那位首席指挥？可是他一直没有出过院吧？”

费大雷皱了皱眉说道：“嗯，没有，他一直在我那儿住着呢，不可能出来犯事儿。”

沈德立像是又意外抓住了一条大鱼似的，但是他说得比较保守：“大雷医生的意思是，我们可以从这位首席指挥入手，看看这样的人到底在想些什么。”

费大雷点头表示赞成，他说：“是，沈队长说的是，我觉得这里面似乎有些异曲同工之处，佩戴人脸面具进行演奏也是一种有仪式感的东西，如果知道首席指挥是怎么想的，或许可以帮助你们进一步分析。”

岑晰溪一声不吭，坐在那儿默默思考。

她的想法比沈德立更为直接，她怀疑凶手和首席指挥之间有联系，她忽然说：“如果能找出首席指挥的关系圈，特别亲密者则嫌疑程度极高。”

沈德立当然知道岑晰溪的意思，因为一条新的思路已经在他脑子里形成，他打算从首席指挥这边挖掘下去，找出首席指挥与白峡村的联系，这个连接点也许就是破案的关键。

但是他知道，现在谈这个为时尚早，需要证实的工作有好几个方面，至少需要派人去交响乐团，还需要有人跟随费大雷去医院探访一下首席指挥，也许岑晰溪去最为合适，因为岑晰溪不仅跟费大雷关系比较要好，而且也去过几次第七医院，对那儿的情况比较熟悉。

沈德立敲敲桌子说道：“晰溪，如果你想证实你的看法，那么首席指挥的事情就由你去办吧。”

岑晰溪激动地说：“好呀，去第七医院工作，我有大雷医生协助，那肯定可以圆满完成任务。”

费大雷见情景变化得这么快，心里暗暗佩服沈德立，这位看上去坐着一动不动的老刑警，着实是一位老谋深算的家伙，调配警力相当果断，他表态说：“晰溪如果和我一块儿去，我当然会从旁协助。”

11

在精神一科的病房里，岑晰溪第一次见到潘军旭，这位曾经辉煌的交响乐团首席指挥。

潘军旭五十来岁，看起来身材高大，身高至少在一米八五以上，大号的病服都遮不住他宽阔的胸膛。

他的一双眼睛炯炯有神，当岑晰溪靠近他时，他肌肉感极强的脸上露出了非常亲切的微笑。

费大雷穿着白大褂，脖子上挂着一个听诊器，站在潘军旭的面前，说道：“潘军旭，今天感觉怎么样？”

潘军旭朝费大雷一笑，说道：“嗯，好着呢，就是昨天晚上睡觉做了个噩梦。”

费大雷歪着脑袋问：“哦？什么样的梦，说来听听？”

潘军旭脸上的肌肉抽动了一下，说道：“哦，这个应该向医生报告。我梦见我出现在一片雪地里，那雪非常厚，后来我被人追杀，那人长得很难看，手里拿着白晃晃的刀子，当他一刀捅到我胸部的时候，我就醒过来了。”

费大雷耸耸肩说道：“就这些？”

潘军旭点头说：“是的，就这些，后来我又睡着了。”

费大雷解释说：“这个梦属于很常见的梦，雪地是潜意识输出的异类场景，让梦主感到非常新奇，梦见有人追杀，那是你生活中的不安全感的再现，只是通过被追杀这样的情景来表现而已，在我们医院里，你还会觉得不安全吗？”

潘军旭低下头，像一个孩子般不吭声了，过了一会儿，他说：“大雷医生，我想回家。”

费大雷安慰道：“好的，好的，等你再好一些，我就通知你女儿过来接你回去。”

潘军旭转眼看岑晰溪，费大雷这才介绍了一下：“潘军旭，这是刑警队的岑警官，她今天过来是向你了解情况的，等下希望你能多多配合。”

潘军旭盯着岑晰溪的脸看，喉咙处可以看得出来在吞口水，搞得岑晰溪有些不自在，她说：“潘军旭，我叫岑晰溪，是刑警队的民警。”

潘军旭点点头，依然目不转睛地望着岑晰溪。

费大雷将潘军旭带到病患家属会客室，让他和岑晰溪面对面坐着，自己坐在一边，听他们讲述。

之前在费大雷办公室里的时候，费大雷已经告诫过岑晰溪，潘军旭只是个精神病人，而且直到现在，妄想症状并没有消除，他认为他可以和亡灵通话，所以对于潘军旭所说的一切，都要持怀疑态度，不能全部当真。

岑晰溪也做好了充分的准备，她在一个随手的小包里藏了一只小型的录音笔，随时可以将会面的对话录制下来。

岑晰溪看看潘军旭，开门见山地问道：“听说你可以和亡灵通话？”

潘军旭看看费大雷，又看看岑晰溪，说道：“是的，不过没人相信我，大雷医生劝我放弃这种想法。”

岑晰溪继续问道：“那么你还是觉得是可以的喽？”

潘军旭点点头说道：“不是觉得，我就是可以，我经常可以看到亡灵在我身边唱歌跳舞。”

岑晰溪浑身有些不舒服，可她还是平静地对潘军旭说：“所以你让你的乐团队员都戴上了人脸面具。”

潘军旭摊开双手说：“那又怎样？世界末日即将来临，我要超度他们，没有通行证怎么可以？你说的那什么人脸面具，不可以这么叫，我们叫它通行证，只有戴着它，才可以安全抵达亡灵世界。”

岑晰溪心里一惊，她发现潘军旭的思维是她没法理解的，一度觉得跟这种人谈话简直是浪费时间，但迫于案件的需要，她不得不耐心地听着。

她说：“那么，你的意思是说，你可以自由穿梭于现实和亡灵世界了？”

潘军旭很郑重地说：“是，我可以自由穿梭，要不是这肉身，我早就离开医院了。”

岑晰溪敏锐地发现了问题，她一针见血地说：“可是你在医院里并没有你所说的通行证呀。”

潘军旭支支吾吾地说不上话，岑晰溪忽然想到，这家伙或许背着费大雷私藏了一张人脸面具。

她也不想就此揭穿，否则如果他不继续配合下去，自己今天的任务就没法完成。

岑晰溪换了个话题问道：“对了，你说的那些通行证是用什么材料制作的？”

潘军旭又支支吾吾地不说了，岑晰溪觉得他心中有鬼，口气变得严厉了些，说道：“你说吧，我又不会追究你。”

潘军旭这才半遮半掩地说了出来：“都是仿真的人皮。”

岑晰溪心里一阵发毛，从潘军旭嘴里听到“人皮”二字，实在出乎她的意料。

她看看身边的费大雷，见他一脸的茫然，心想费大雷或许也是第一次听说这些事情，就像费大雷自己说的，他是医生，他主要是治病，不可能像她这样追根究底，想要知道对方到底做了什么。

岑晰溪平静了一下自己的情绪，问道："那你这些仿真人皮的面具是从什么渠道得到的？"

潘军旭又开始支支吾吾起来，岑晰溪心生一计，说道："潘军旭，你到底想不想回家了？"

潘军旭一听到回家的事儿，急忙说道："想啊，做梦都想，我有自己的使命，我困在这儿，无法完成使命，真是生不如死。"

岑晰溪顺着说道："那你还不快快将事情说明白！"

潘军旭撇了撇嘴说："我们是有个组织的，我是头儿，成员有的是乐团的，有的则是乐迷团的成员。乐迷团里有一个叫作阿剑的，他是给电影公司提供道具的，他那儿有许多货，看起来跟真的人皮一样。"

岑晰溪心里这才安定了不少，她原来还担心潘军旭也同样杀人取皮呢。听到他有这个来源之后，她觉得还算靠谱，电影公司里的一些道具真的可以仿真到以假乱真。

岑晰溪继续顺着问下去："你这个组织成员大概有多少人？"

潘军旭回答道："乐团里有两个听我的，其他的不信任我，没有参加，乐迷团里已经有七位参加了我的组织，我们会不定期地进行一些纪念活动。"

岑晰溪听得心里有些发怵，心想怎么会有这么多人跟从潘军旭，难道这些人也跟他一样有病吗？

她问道："他们也可以跟你一样随时穿梭于亡灵世界吗？"

潘军旭一本正经地说："他们不行，目前只有我可以，可我被关在这医院里，一关就是一年。"

潘军旭哀叹了一声，继续说道："不过，我不知道老耿能不能接好我的班，除了我，只有他可以去往亡灵世界。"

岑晰溪一听，心想怎么又冒出个老耿，听起来好像还有点意思，于是问道："老耿是谁？"

潘军旭慢条斯理地说："就是耿四海，在我进医院之前，他是最后一个加入组织的。他可不是一般的人，他送了我一些仿真人皮，比阿剑的货好多了。"

岑晰溪心里又一阵紧张，心想这耿四海的情况必须落实清楚，便问道："耿四海的仿真人皮又是从哪儿来的？"

潘军旭摇头道："这个我也不知道，只知道他曾经是个互联网大咖，是一家网络公司的副总裁，公司在国外上市之后，他就不干了，一个人满世界跑，他总是有他的办法，我也没怎么去追问。"

这番话更加出乎岑晰溪的意料，他本以为耿四海或许是个行为不轨的无业游民什么的，没想到竟然是个全世界跑的上市公司副总，这么说要搞到一些优质的仿真人皮，那也是唾手可得。

可能见岑晰溪没有继续追问，潘军旭在那儿自言自语道："其实耿四海比我能干，他正在试图召唤亡灵部队，对抗世界末日的灾难。"

岑晰溪用异样的眼光瞧了一眼坐在旁边一声不吭的费大雷，心里那叫一个苦呀，她觉得她自己像是撬开了一个马蜂窝，潘军旭的这个秘密组织里，一个比一个疯狂。

她好奇地问道："他还可以召唤亡灵部队？"

潘军旭的眼神里流露出羡慕的光芒，他说："是啊，只有老耿可以做到，他说他正在研发一款叫作嘎巴拉的法器，那个法器可以召唤亡灵部队。"

岑晰溪越听越糊涂，她已经理不清潘军旭的这些妄语，她只知道，他们的这个组织在使用仿真人皮制作人脸面具，用他们的话来说，那是通往亡灵世界的通行证。

岑晰溪只想知道这么多，至于什么可以召唤亡灵部队的嘎巴拉法器，她一点都不敢兴趣，她觉得今天的访问可以结束了。

她向费大雷摆摆手，示意费大雷结束这次访问，尽管潘军旭仍然独自在那儿吹嘘亡灵部队有多么强大。

回到费大雷的办公室，岑晰溪终于止不住大喘几口气，她说："大雷医生，你天天跟他们这帮人在一起，你受得了吗？"

费大雷淡淡地笑道："和你们警察一样，你们天天和犯罪分子打交道，你们受得了吗？"

岑晰溪明白费大雷的意思，是说习惯成自然，天天接触的事情，根本就不当回事儿。

她说："大雷医生，你觉得潘军旭说的话有几句可以相信？"

费大雷一屁股坐在他自己办公桌的边上，说道："他那些天马行空的妄想，当然没有一句是可以相信的，只是他提到的什么组织，交响乐团的领导都证实过，确实有那么回事儿，至于亡灵部队，我也是第一次听说，他从来没有向我提起过。"

岑晰溪问道："那他说的那位耿四海，会不会是他杜撰的呢？"

费大雷摇头说道："这个应该不会，据我所知，对于现实生活中存在的，潘军旭是不会随意编造的。"

岑晰溪起身告辞，说道："大雷医生，这回又麻烦你了，我先赶回去了，沈队长一定急着要听我的汇报呢。"

离开第七医院之后，岑晰溪很快就回到了水上派出所。

她将自己刚才和潘军旭的访问录音接上会议室的音响，然后播放出来。

沈德立正襟危坐，认真地在听。

他眯着眼，边听边想，这位突然冒出的潘军旭真有些别开生面，当潘军旭提到耿四海的时候，他觉得这个名字有些熟悉。

他苦思冥想，终于想起来了，是卢定凯昨天晚上跟他打电话提到了耿四海这个人，难道是同一人？

沈德立忽地对岑晰溪道："你先暂停一下。"

岑晰溪在录音机上按了暂停键，会议室的音响就没了声音。

沈德立对岑晰溪说道："抓紧在内网上查一下耿四海这个人，看他到底什么来头。"

岑晰溪有些纳闷，开始在笔记本电脑上查内网，她打开综合查询系统，在姓名栏里输入"耿四海"三个字，然后点击"查询"。

查询的结果很快就出来了，岑晰溪迅速地浏览了一下全面的信息，她特别注意到了一些重要的字段。

资料显示：耿四海，男，45岁，古格客栈有限公司总经理。

还有一条是非本市的户籍信息，户籍信息里有一栏"就职单位"，岑晰溪看了之后脸色大变，上面写着：“巴特信息技术有限公司。”

岑晰溪和沈德立几乎同时说道：“这个耿四海有问题。”

岑晰溪抢先说道：“沈队长，我发现了一个非常重要的节点，古格客栈的位置就在白峡村，其总经理就是耿四海，耿四海之前就职单位又是巴特公司，所以这一切信息表明，这个耿四海非常可疑。”

沈德立也说：“是啊，卢定凯昨天给我打过电话，他说他在白峡村访问过这个耿四海，刚才我听到这个名字就觉得有些熟悉，你现在这么一说，我完全想起来了。”

岑晰溪惊讶地说道：“卢定凯访问过耿四海？那有没有发现什么问题？”

沈德立回答道：“没有，卢定凯只是说，他觉得这个耿四海看起来怪怪的，但是没有任何证据表明他有作案嫌疑。”

岑晰溪又在录音机上按下了播放键，她说：“沈队长，你继续听一下吧，潘军旭说起过，耿四海在制作一种叫作嘎巴拉的法器，用来召唤亡灵部队。”

沈德立一边听，一边疑惑地问道：“嘎巴拉？”

岑晰溪没有做声，只是点点头。

沈德立说：“这是什么鬼？晰溪，你上网查一下吧。”

岑晰溪掏出手机，开始在搜索引擎上查找“嘎巴拉”。

搜索引擎上出来一个百科信息，还有很多页面链接，岑晰溪随便点了几个。

她看着看着，浑身起了鸡皮疙瘩，突然，她一下子就明白了这个案件的关键秘密。

沈德立见岑晰溪捏着手机的手有些颤抖，便轻轻地问道：“怎么了，晰溪？”

岑晰溪抬起眼，说道：“沈队长，我觉得耿四海就是凶手。”

沈德立用鼓励的语气说道：“说说看。”

岑晰溪紧紧地捏着手机，开始她的分析：“我查了一下，嘎巴拉其实就是远古时代的一种祭祀法器，使用人体的骨骼制作而成，特别是有一种乐器，用人的颅骨吹奏时可以召唤亡灵部队。”

沈德立感到非常震惊，他说：“这么说，耿四海要的不是人皮，而是要颅骨？”

岑晰溪点头说：“是的，我猜他是将皮都送给了潘军旭，自己留下了颅骨。”

沈德立完全明白了，他说：“这次头颅外泄事件纯属意外，耿四海没有想到用心取得的头颅会被一条藏獒偷走。”

岑晰溪想了想说：“那藏獒一定是他刚刚从哪里弄回来的，不然白峡村怎么会没人知道他们村还有人养藏獒？”

沈德立心里非常激动：“是啊，藏獒本来是我们的好线索，不过，现在大雷医生帮我们直接锁定了犯罪嫌疑人。”

岑晰溪脸上露出了欣喜的神色，她说：“真是想不到，这个案子竟会以这样的方式破掉。”

沈德立打击道：“你不要高兴太早，我们只是从外围的数据上锁定了他，要拘捕他还需要证据。卢定凯昨天已经跟他有些接触，他应该会更加防备我们，从而增加我们破案的难度。”

岑晰溪眉头皱了皱说：“那怎么办呀？”

沈德立欲言又止地说道：“我倒是有个办法，只不过……”

岑晰溪急忙追问道：“只不过什么？”

沈德立抬起他鹰一般的眼睛看着岑晰溪，看得岑晰溪心里有些发毛。

沈德立忍不住还是说了：“耿四海经营的不是古格客栈吗？卢定凯说过，他那家古格客栈在一个山坡下，看起来怪怪的，很神秘，像是一个私人会所，价格贵得离谱，不是客栈客人很难有机会进去。”

岑晰溪机敏地知道了沈德立的意思，她说：“你是想让我装扮成住店客人，是吗？”

沈德立说：“是，如果你装扮成住店客人，就有机会进去调查耿四海的犯罪证据。”

岑晰溪有些不自信地说：“我行吗？”

沈德立鼓励道：“只有你去最合适了，一般来说，犯罪分子对女孩的戒心比较小，而且你的年龄和气质非常符合古格客栈那类客人的形象。”

岑晰溪默然想了一会儿，说道：“古格客栈的客人应该都是一些慕名而来的高端背包客，那我先给自己准备一个故事吧。”

沈德立笑笑说：“这个我放心，我相信你一定可以胜任。除此之外，为了你的安全着想，我会给你准备一只特别的全球定位呼救器，你放在口袋里，遇到危险的时候，你只要轻轻按一下，我们就会赶到。”

岑晰溪镇定地说：“沈队长放心，我一定争取圆满完成任务。”

沈德立说：“好，你一定要注意安全，发现情况后不要单独行动，随时跟我们联系。”

12

虽然是周末，但白峡村的深夜非常静谧，这个有着千年历史的文化村落沉沉睡去，只有从石镜溪蒸腾起来的雾霭像梦魇一般在村庄游来荡去。

村北的山坡下，古格客栈也进入了深睡眠，飞翘而起的屋檐下的那些夜灯发出幽幽暗暗的冷光。

二十来间客房都住得满满当当的，不过从那些背山的阳台可以看得出来，客人们早已酣睡，他们的客房都已经熄了灯。

剩下没有熄灯的房间只有耿四海自己了，他喜欢独居。当初设计这家有着古格王朝风情的民宿客栈时，他就让设计师帮他单独设计了一座塔楼。

塔楼位于山坡上，虽然不高，但可以俯瞰整座客栈，那儿只有他一个人可以居住，他不允许任何人进入，那是他的私人领地。

耿四海的卧室在塔楼的顶端，也就是三楼，那儿布置得不算奢华，但是非常别致。

四周的墙体是仿古的黄色土坯构筑，房间的装饰体现着古格王朝的印迹，特别是床头挂着的一个牦牛头骨，白色的头骨此时被酥油灯的暖光熏得有如梦幻一般。

耿四海坐在一张红枣木靠椅上，也不知道他从哪儿弄来的，他觉得坐在这椅子上就有王朝统领的威严。

他喜欢一个人在深夜静静地坐着，这是孤独的王者独享的寂寞。

他坐在那儿，眼睛凝望着牦牛头骨，脸上露出了一丝冷笑。

为了保证这个头骨的完整无损，他没有从高原上直接采购头骨，而是让人用冷链托运回一个带着皮肉的完整牦牛头部。

牦牛头部空运过来的时候，像是从牦牛身上刚剁下的一样，连血丝都那般晶莹剔透。

面对考验的是，他要自然地去除头部的那些皮肉，他想到过掩埋，让那些皮肉自然地腐败，这样就可以得到完整无损的头骨了。

可是等他在塔楼后边挖好了坑，才想起这可能需要几年的时间。

他等不及的，他需要每天每夜让这巨大的头骨镇守他的梦境。

最终他想到了一个办法，他用一些腐肉吸引了无数的苍蝇，聚集在他塔楼顶部的玻璃露台上。那露台就在他卧室的顶部，只要躺在床上就可以清晰地看到，除了苍蝇，还有星辰，那是他最为隐秘的地方。

苍蝇吸食了腐肉，产下了大量的虫卵，一两天之后，那些虫卵孵化成了数不尽的白色蛆虫，他觉得这些蛆虫身体一扭一扭的，非常可爱，重要的是这些蛆虫听从他的召唤。

他将那牦牛的头部摆放在露台上，那些蛆虫没命似地往头颅上爬去。

他坐在那儿，像是在观赏一场野蛮的行为艺术表演。

整个过程只花了半个多小时，牦牛头部的皮肉被吸食一空，只剩下白色纯净的颅骨。

他按捺住了兴奋，连一个胜利手势都没有摆，作为统领，不应该为一场小小的游戏感叹。

此时，耿四海见墙头上牦牛头骨的颜色开始变得黯淡，他意识到酥油可能即将燃尽。

他站起身，拿起一把藏刀，从一个藤篮里切下一小块酥油，走到酥油灯的旁边，将之投入灯碗中，然后拿一根不锈钢针去拨了拨灯芯。

火苗又开始往上窜起，酥油的香味也被带到他的鼻孔，他深深地吸了几口，感觉这味道实在是太香了。

耿四海又重新回到他的椅子上，那颗牦牛的颅骨又恢复了光亮。

他突然感觉心头一阵不适，因为想起了昨天前来访问的那位年轻警察。

那警察看起来很客气，他亲自去接待了他，本来也没什么事儿，可是后来，那位警察在前台反复检查他酒店的入住登记信息，这让他很不爽。

他当然知道，那颗女孩头颅的事儿已经败露。本来那是他刚刚弄好的，装在一个塑料袋里，准备拿到塔楼露台上，指挥那些蛆虫帮他处理干净，可是不知道怎么回事，后来怎么也找不着了。

他当时有些着急，四处寻找，连垃圾桶都翻遍了，到了后来才发现，他刚刚从大老远的地方弄回来的那只藏獒也不见了。

他终于明白了，一定是那该死的藏獒偷走了那颗头颅，为此他彻夜未眠，预料到会出事。

第二天一早，村里就有人议论在潜江发现了一颗头颅的事。他开始心惊胆战，担心事情一旦败露，警察一定会来找他，那么后面的事情怎么处理呢？

耿四海想，末日即将来临，潘军旭却一直被关在医院，他不可推卸地扛起了潘军旭的职责。

他开始捶胸顿足，心想只剩下不到一个月的时间了，本来刚好凑齐五颗大小不同的头颅，正好组成了一组嘎巴拉乐器，只要五名乐师同时吹奏不同的音调，一定可以调动数十万的亡灵部队。

可是这该死的狗却坏了他的大事，耿四海坐在椅子上的身体抖动起来。

因为要物色一个规格符合嘎巴拉要求的头颅并不是那么容易，要不然也不用等那么久，只是好不容易才物色到这最后一个，却被这该死的狗给弄没了。

13

星期天的下午，阳光丝毫没有收敛的意思，仍然炙热地照耀着白峡村的柏油路面。

岑晰溪乘坐了一辆网约车而来，车子正好路过石镜溪上方的一座小桥，她下意识地往北边看了一眼，从这个位置上看过去，并不能看到发现爪印的那个水洼位置，只能看到大叔家的屋顶。

“按照导航可以到吧？”司机是位络腮胡大叔，他转头问岑晰溪。

岑晰溪收回眼神，说道：“嗯，应该可以到，我也没有来过，你定的位置如果是古格客栈，那就应该没什么问题，村子又不大。”

司机确认了一下导航说道：“我就奇怪了，你们这些小姑娘怎么会爱上这个村子？”

岑晰溪笑嘻嘻道：“爱上就是爱上，不需要什么理由。”

司机摇摇头说：“真是不明白现在你们这些女孩到底在想什么。”

岑晰溪哈哈笑了起来，说道：“想不明白就不要想了，我们是佛系，你们这代人是不懂的。”

司机不说话了，埋头在默默开车，岑晰溪发现前方山坡底下的一座客栈已经出现在眼前。

下了车，岑晰溪就像一般的游客一样，先是环顾了一番这家格调高雅的民宿客栈。

整座客栈呈古堡式，外墙用斑驳的白色油漆刷成了做旧的模样，顶部却用了飞檐，飞檐上挂着古怪形状的灯具，像是风铃般在随风摆动。

客栈的后头是逶迤的山坡，山坡上可以看到一座耸立的塔楼，塔楼被一些树枝挡住了视线，看不清到底有几层。

客栈没有大门，只有一个山寨寨门般的石拱门，只能容许两个人并排进出。

门边摆着一架牦牛的整具骨骼，白色的头骨上刻上了小小的“古格客栈”四个字，并被染成了黑色。

岑晰溪开始拍照，并给自己来了张自拍，背景就是那具牦牛的骨骼。

岑晰溪进了门，里面是个不大的门厅，门厅里摆了几张座椅和沙发，转弯处还设立了一个前台，一个俊瘦的小伙子穿着考究的古装服饰站在那儿迎客。

“你好，欢迎来到古格客栈。”小伙子朝岑晰溪微笑。

岑晰溪脸上也露出了笑容，随口应了句：“你好。”

小伙子礼貌地问道：“有预订吗？”

岑晰溪回道：“有的，昨天晚上我打电话预订的。”

小伙子一耸肩，说道：“哦，昨天晚上？接电话的不是我，我帮你看看。”

小伙子迅速地在一个黑色封面的本子上查找起来，不一会儿，他说：“你好，你是岑小姐吧？”

岑晰溪连忙说：“对对，就是我。”

小伙子说：“我们已经给你预留了房间，我这就给你办理，请稍等。”

岑晰溪递过身份证，这是沈德立特别让户籍那边为岑晰溪赶制的一张外地身份证，以免她本地的身份证引起古格客栈的怀疑。

“今天刷卡机有故障，你带现金了吗？”小伙子问。

岑晰溪笑笑说：“带了。”

岑晰溪取出钱包里的一沓钱交给小伙子的时候，她猛然发现小伙子的身后有一只牦牛颅骨挂在那儿，牛的眼睛里似乎安装了一只摄像头，正朝她拍摄。

她心里一惊，觉得今天来古格客栈很可能是一场惊心动魄的冒险。

岑晰溪随口聊道：“过了周末，星期天晚上人应该很少吧？”

小伙子在一边制作房卡，一边说道：“嗯，是的，一般周五、周六都会满房，其他时间人非常少。”

岑晰溪打趣道：“今晚不会就我一个人住吧？”

小伙子朝岑晰溪瞄了一眼说：“现在预订的情况确实是这样，一个人住这么大客栈，不是更有感觉吗？”

岑晰溪听到整座客栈就她一个人，心里不免有些紧张，可是这已经没有回头路了，她只有在心里暗暗地鼓励自己。

办理好入住之后，岑晰溪就上了三楼的一间客房，她进门之后，来不及欣赏客房内精致的装修，便急匆匆地给沈德立打了电话。

“怎么样了？”电话接通之后，沈德立在那头关心地问道。

岑晰溪着急地说：“沈队长，我发现前台可能有密拍设备，耿四海一定有问题。”

“如果没问题，也不会费这么大的周折。”沈德立说道。

岑晰溪压低声音说：“嗯，今天晚上很可能就我一个人住。”

沈德立安慰道：“放心，我们就在附近，用不了两分钟，我们就可以杀进去。”

岑晰溪问道：“对了，我们内网上的酒店管理系统有没有我的住宿登记记录呀？”

沈德立解释道：“这个不急，客栈和我们的内网需要一段时间才会同步，如果内网上没有记录，那么问题就更大了。放心，晰溪，你只要找到靠谱的证据，我们就抓他。”

岑晰溪是有计划的，她打算在入住以后，先熟悉一下客栈的环境，然后再伺机接触耿四海，寻找蛛丝马迹，可种种不祥的迹象让她心里变得乱糟糟的。

傍晚时分，岑晰溪刚刚在客栈的四周悠闲地转了一圈回来，刚进客房时，客房里的电话突然响了起来。

她犹豫了一下，然后接了起来。

“喂，你好，我是古格客栈前台。”

岑晰溪应道：“你好，请问有什么事吗？”

小伙子继续说道：“是这样的，到现在为止，入住我们客栈的只有你一位客人，按照我们的规定，你获得了一份我们客栈提供的免费晚餐，请问你需要吗？”

岑晰溪心里一怔，这是她没有预料到的，她一时不知道该怎么办好，此时她的肚子正在咕咕叫着，情急之下便说：“好的，那谢谢你了。”

小伙子问道：“是送到客房呢，还是你到我们的餐厅就餐？”

岑晰溪心想，这鬼地方不会在饭菜里下毒吧，要吃也去餐厅吃，那儿有厨师和服务员什么的，应该会安全很多。

她答道：“我自己去餐厅吧。”

小伙子敲定了时间：“那好，我让餐厅给你准备一下，请你在十分钟之后过去。”

岑晰溪放下电话，心里更是紧张不安，本来她想给沈德立再打个电话，可是她又想，老是给领导打电话，会给领导一个不好的印象。这事儿就自己做主了，反正去餐厅吃饭，应该出不了什么事情。

她摸了摸口袋里的那个呼救器，心安了许多，便出了门朝餐厅走去。

餐厅在一楼的东边，岑晰溪走进去的时候，门口站着一位漂亮的服务员小姐，只是脸上的妆化得很浓，几乎掩盖了她本来的面貌。

她朝岑晰溪一弯腰，以示欢迎。

餐厅的装修也是非常考究的，就连地面上也铺着藏式的地毯，岑晰溪见中心位置的一张餐桌上已经摆放了一桌饭菜。

她走到那张餐桌跟前，坐了下来，见饭菜非常丰富，一盘褐灿灿的焖牛肉，一碟绿色的蚝油生菜，一碗洁白的长粒米饭，特别是桌上还摆着一壶酥油茶。

岑晰溪顿时觉得胃口大开，刚才门口站着的那位服务员小姐走过来帮她倒上一小杯酥油茶，然后礼貌地做了一个请用茶的手势，没说一句话。

岑晰溪端起茶碗，喝了一口酥油茶，这是她第一次品尝这种民族味的茶饮，她感到出奇的好喝，口感丝滑，带着一点点奶香，她喝着喝着便将那一小碗喝了个底朝天。

岑晰溪拿起筷子，想要去品尝那看上去十分鲜美的焖牛肉，等她夹起一块正要往嘴巴里送的时候，突然觉得头有点晕。

她抬头看时，发现整个房间都在旋转，她意识到可能是刚才喝酥油茶时中了毒。

岑晰溪立即想到了沈德立跟她反复交代的话，只要感觉遇到危险时，就可以按动口袋里的呼救器。

岑晰溪感觉自己的身子有些不稳，朝地上倒去，情急之下，她伸出手去摸口袋。

这时，那服务员冲上前来，将岑晰溪紧紧抱住。

岑晰溪只顾自己去摸口袋，可是她发现她的双手已经变得酸软无力，并且被服务员紧紧地抱着，丝毫不能动弹。

岑晰溪问服务员道：“我是不是中毒了？”

服务员突然笑了起来，脸上的表情非常狰狞，岑晰溪感觉到她脸上的浓妆正在裂开。

“中毒？你想多了，我只是想让你静一静。”

岑晰溪绝望了，原来这位打扮漂亮的服务员小姐发出的竟然是男声。

岑晰溪猛然想到，这人很有可能就是耿四海，自己彻底上当了，她开始猛烈地挣扎，可是没有任何用处。

“耿四海！你已经被包围了！”岑晰溪点破了对方的身份。

对方怔了一下，过了一会儿说道：“哦，你竟然知道我叫耿四海？我猜你是小警察吧？”

岑晰溪觉得头越来越晕，整个餐厅都在猛烈地旋转，她吃力地说：“耿四海，你想不到吧，我们已经盯上了你。”

“盯上我什么？我犯罪了吗？哈哈哈哈。”耿四海放肆地在空寂的餐厅里大声地狂笑。

“你杀了那女孩，还剥了她的脸皮，你还想抵赖吗？”岑晰溪叫道。

“哈哈，是的，我杀了她，可是你们把我的东西拿走了。现在倒好，送来一个规格一模一样的小姑娘，我正担心找不到一样的呢，我就缺你这个音调了。”

说完，耿四海抱起岑晰溪就往一扇小门跑去，他推开门，走了进去，里面黑漆漆的，什么也看不见，岑晰溪尖叫道：“他们来了，你跑不掉的！”

耿四海气喘吁吁地说道：“来呀，看他们能怎么找到你，过一会儿，你就不是你了。”

岑晰溪努力地在移动她的手，想要去摸口袋里的呼救器，可是一直摸不到。

卢定凯刚刚从洗手间出来，他朝监控屏幕看了一眼，对坐在桌边吃方便面的沈德立说道：“沈队长，这好像有些不对劲儿。”

沈德立也转过头看了看屏幕，发现岑晰溪的呼救器位置有些偏移，他说道：“什么意思？”

卢定凯急忙指着屏幕上的地图说：“我感觉有些不对，客房的位置是这儿，你瞧，晰溪怎么跑后头去了？后头是山坡，她不应该去那儿啊。”

沈德立一紧张，说道：“山坡是耿四海的私人领地，他不可能让晰溪去那儿，难道出事了？”

卢定凯急得直跺脚：“沈队长，我们上不上？”

沈德立开始在屏幕前踱步，他本来想先打个电话问问情况，可又感觉情况非常紧急，便说：“上，否则晰溪非出事不可。”

卢定凯跟着沈德立冲出了房门，他俩已经在村部的会议室里守了整整一天。

两人迅速冲进客栈，前台小伙子见来了两个持枪的人，紧张得全身直哆嗦。

卢定凯跑在前头，大声喊道：“警察！快！带我们去后面的山坡。”

小伙子战战兢兢地说：“那是我们老板的私人领地，我们不能进去。”

沈德立将手枪指着小伙子的头说：“是他说了算，还是我说了算？”

小伙子走出柜台，将两人带到一个密室，密室内侧有一扇门，他说：“这扇门通往老板山坡的塔楼，可是我没有钥匙。”

沈德立见门上安装的是刷卡的那种门禁，二话不说，开了几枪，门禁被打得稀巴烂，然后猛踹一脚，门便开了。

卢定凯跟在沈德立身后，沿着一条石阶路往上奔跑。

终于来到了塔楼下，他们发现塔楼的前侧安装了一部电梯，可是电梯也要刷卡，如果用枪把电梯控制器打烂了，电梯估计也不会动了，这下子可把他们给难住了。

沈德立心急如焚，但也没有任何办法。

突然，他们听到头顶上传来一阵笑声，然后那人开始说话：“你们来晚了，等你们上来的时候，你们的小警察已经变成我的嘎巴拉了。”

紧接着，上面传来一声女人的尖叫。

“是晰溪！”卢定凯叫道。

沈德立朝塔楼顶上望去，黑魆魆的天空背景下，他看到一个脑袋正朝下探望。

沈德立抓住战机，对着那颗脑袋就是一枪，那人“噢”的一声就不见了。

上头除了晰溪的尖叫声，再也没有了其他的声音，卢定凯说道：“打中了，肯定打中了，我们赶紧上去救晰溪。”

沈德立看到塔楼旁边有一棵参天大树，上面的树枝正好压在塔楼顶部，他说：“定凯，我们爬树上去吧！”

两人先后爬树而上，没两分钟，便爬到了那根压住塔楼的树枝上。

沈德立看到塔楼顶部是玻璃结构的露台，中间有一个祭台般的正方体结构，岑晰溪正躺在那儿满地打滚。

卢定凯先从树枝上跳下，来到了岑晰溪的跟前，借着微弱的月光，她见岑晰溪双手被绑，全身已经爬满了蛆虫，岑晰溪扭曲的脸上露出痛苦的表情。

沈德立也跳下了树枝，他看到露台角落里有一根软水管接在水龙头上，于是就冲了过去，拧开水龙头。

卢定凯捡起地上的水管，对着岑晰溪的身上一阵猛冲，那些蛆虫被水流冲刷到玻璃地面上，四处爬去。

冲了一会儿，岑晰溪身上的蛆虫终于被冲尽，沈德立过去帮她解开了手腕上的绳索，将她紧紧地抱在怀里，他的眼眶瞬时湿了。

岑晰溪嘶哑地说道：“耿四海跑下楼去了！”

沈德立这才意识到，刚才那一击可能没有打中耿四海的要害部位，现在还需要他们抓人。

正在这时，一阵滚滚的浓烟从塔楼底下翻滚上来，沈德立看到脚底下透明的玻璃忽然亮了起来，他才知道原来他的脚底下是个房间。

耿四海正坐在一张木椅上，脸上蒙着一张人脸面具，木椅前的桌子上放着四个按照大小排列的人类颅骨。

他抓起最大的那颗颅骨，放在嘴边用力地吹奏。

沈德立听到一阵凄迷的乐音，那乐音振聋发聩，他从未听到过如此摄人魂魄的声音。

浓烟中，沈德立看到卢定凯沿着楼梯冲了下去，他忽然感到一阵眩晕，不知不觉倒在了玻璃露台上。

14

两天后，沈德立从昏迷中醒过来，坐在他身边的是岑晰溪和费大雷。

他摇晃着自己的脑袋说："我这是在亡灵世界吗？"

岑晰溪两眼流下了眼泪，激动地说："如果在亡灵世界，哪有这般幸福？"

费大雷伸出手去紧紧握住沈德立的手，说道："沈队长，你们真是不容易。"

沈德立想起了卢定凯，他问道："定凯怎样了？"

岑晰溪热泪盈眶地说："他把耿四海抓住了。"

沈德立一阵激动，骂道："耿四海，这个千刀万剐的东西。"

岑晰溪道："耿四海是抓住了，可是……"

沈德立见费大雷推了岑晰溪一把，他知道岑晰溪肯定还有话要说，便说："什么事儿，这么神神秘秘的？"

岑晰溪斜了一眼费大雷，对沈德立说道："可是，大雷医生的那位物理学博士至今还不知去向呢。"

沈德立一听，心中有些歉意，他说："大雷医生，真是对不住了，你瞧，你帮我们抓了两个了，你跑掉一个病人的事儿我都没能帮上忙，这回有时间，我一定帮你去找。"

费大雷不好意思地说："沈队长，你就好好养病吧，你这心脏病怕是需要一段时间才能康复。范海新的事儿我去问过派出所了，他们也在努力查找。范海新确实不是一般的角色，要找到他也不是那么容易，你们刑警工作实在太忙，这我也是领教过的。再说，只要范海新不出什么事儿，跑出去也没啥事，他又不像是要干坏事的犯人，对吧？"

岑晰溪抱怨道："经过这次耿四海的事儿，我真的有些怀疑人生了，谁知道范海新到底是什么货色。"

沈德立躺在病床上，哈哈地笑了起来，他伸手向岑晰溪要香烟，却被费大雷拒绝了。

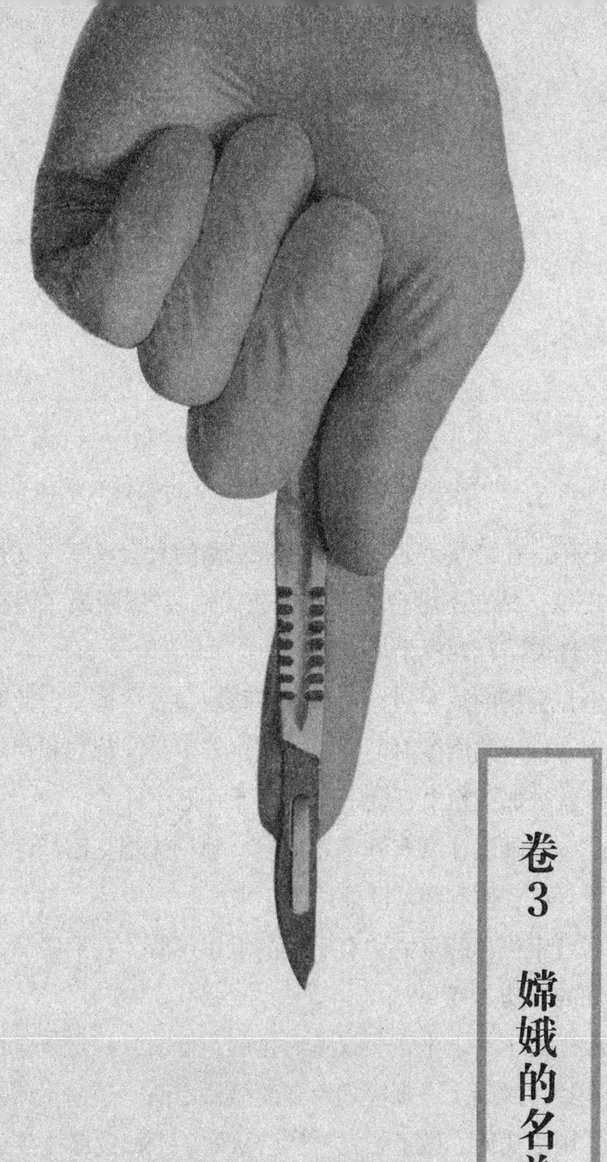

卷3 嫦娥的名单

1

星期一下午，在湾州市公安局刑警队二楼的大会议室，沈德立拿着一张红色的硬皮纸，站在主席台的麦克风前读道：“岑晰溪，因在侦破耿四海杀人案中表现突出，现授予个人三等功！”

岑晰溪坐在会场的最左边，正目不转睛地望着沈德立，此时，她想起了自己在古格客栈身陷囹圄时的惊魂一刻，若不是沈德立和卢定凯及时赶到，她可能早就被那些蛆虫吸食干净，剩下一把白骨了。

想到这儿，岑晰溪浑身有些毛骨悚然，她见沈德立已经读完了表彰的内容，正望着自己，便有些羞涩地站了起来。

她向主席台走去，感觉心中有千斤的重担压着。在刑警队，谁不想拿到一枚金灿灿的立功奖章呢？

岑晰溪投眼看了一下坐在会议室后排的卢定凯，卢定凯正面带微笑望着她，像是在给她鼓励。岑晰溪朝卢定凯微微点头，迈向主席台，走到沈德立跟前时，她给沈德立敬了个礼，然后从他手中接过那枚梦想的奖章。

奖章沉甸甸的，岑晰溪捧在手里，像是接过一件稀世珍宝，她看到奖章光滑的表面将自己通红的脸庞都呈现了出来。

沈德立见岑晰溪接过了奖章，转身对场下一百来号刑警说道：“大家为岑晰溪的勇气和果敢鼓掌！”

会场里响起了一片热烈的掌声，岑晰溪手捧着奖章，不停地朝会场中的每一个人鞠躬，此时她的眼眶不知不觉地湿润了。

当岑晰溪回到自己的座位之后，沈德立在台上继续说道：“最近有这么一位医生，想必大家已经知道了，他在工作之余，通过对凶手的心理分析，帮助我们刑警队破获了两起变态杀人案，他就是第七医院的大雷医生，有请大雷医生。”

岑晰溪朝会场的后头看去，只见费大雷从门外走了进来。

费大雷穿了一件黑色的T恤，脸上带着微笑，朝大家礼貌地挥了挥手，然后很自信地朝主席台走去。

当费大雷走到主席台前时，沈德立伸出手，紧紧地和费大雷握在了一起。

沈德立握着费大雷的手说：“今天我将聘请大雷医生作为我们刑警队的特别调查员，大家为大雷医生鼓掌！”

会场中又响起了一片热烈的掌声，费大雷连忙举手示意大家停下来，他谦虚地说：“在座的各位，你们才是真正的英雄，我费大雷对于破案可以说是一窍不通。我只是做了自己该做的，帮助分析了一下凶手的心理，如果大家觉得我还有点用处，那么，我就收下这顶特别调查员的帽子。”

会场后面不知谁在那儿高喊道：“我们希望大雷医生加入我们的刑警队，那我们以后就不用担心那些变态杀手了。”

话音刚落，会场中响起了一阵笑声，沈德立连忙摆手说道：“这不可能的，人家大雷医生现在是名医，怎么会来我们这儿？”

费大雷从沈德立手中接过聘书，看了看黑体的“特别调查员”几个字，心中不免升起一股对刑警莫名的崇敬感，他说：“其实，我们精神科医生是在拯救灵魂，而你们刑警是在惩罚凶手，我们所做的工作殊途同归。今天沈队长给我颁发的这张聘书，对我来说有着特殊的意义，我会非常珍惜它，努力为刑警队服务。”

费大雷讲完，会场里响起了持久的掌声，沈德立站在那儿也使劲地在鼓掌。

岑晰溪更是激动不已，她想起了费大雷在这两次案件中的那些分析，心中对他钦佩得五体投地。

表彰会结束后，岑晰溪将费大雷堵在了会议室，用惊讶的语气问他：“大雷医生，你也太不够意思了吧，今天过来都没有告诉我一声。”

费大雷带着歉意地笑笑：“我知道你们平时都很忙，所以就没打扰你。”

岑晰溪用手指了一下费大雷手中的聘书说：“往后我们是一家子了，

大雷医生，这个特别调查员可不好当，只有苦劳没有功劳哦。”

费大雷笑道：“我费大雷能得到你们沈队长的认可，已经受宠若惊，其实你们的这些案子对我自己的工作思路也有些触动，一个人的心理健康的重要性远大于生理的健全。”

正聊着，沈德立走了过来，他先看了一眼费大雷，然后对岑晰溪说道：“晰溪，郊野森林那边又有个案子，发现了一具女尸，我们需要马上去现场。”

说完，沈德立转身对费大雷说道：“大雷医生，那我就不送你了。”

费大雷连连点头，说道：“没事儿，你们的工作节奏我早就习惯了，如果需要我的话，你只要给我打电话就好了。”

沈德立朝岑晰溪招招手说：“我们先走吧。”

郊野森林位于城西的郊外，这儿虽然不是被开发的景区，但是风景秀丽，是户外旅行的极佳场所。

经过不到一个小时的疾驰，岑晰溪载着沈德立来到了位于郊野森林深处的现场，现场就在路边的一处公共停车场。

说是停车场，其实只是路边的一处缓坡，最多也只能停留四五辆小汽车，供此处一个小小的观景台临时停靠使用。

沈德立觉得有些奇怪，这个郊野森林一路上都是密密匝匝的树木，只有一条漆黑的柏油路通往深处，心想一个女人怎么会在这个时候进入森林呢。

岑晰溪刚下车，就看到苏法医、小刘、海哥围着一辆车子在那儿忙碌。苏法医蹲在地上，像是在看一具尸体，小刘手上拿着一把刷子，在车门上刷指纹，海哥在车头拍照。

森林派出所的黄所长见沈德立来了，就走上前来打招呼：“沈队长，你这么快就赶到了。”

沈德立脸色沉重，他盯着地面上的尸体说道：“尸体身份弄清楚了吗？”

黄所长点头说道：“嗯，已经弄明白了，车上有行驶证、驾驶证，照片和死者可以对上，死者叫方之莉，女，今年 29 岁，湾州市第二医院的护士。”

沈德立眉头皱了皱，嘟囔道：“护士？”

黄所长继续说道：“我们联系过医院，院方已经确认死者的身份。”

沈德立觉得有些奇怪，问道：“没有联系死者家属吗？”

黄所长摇摇头说道：“我们联系过方之莉的丈夫，可是他丈夫正在外地出差，估计明天才能坐飞机赶回来。”

沈德立若有所思地说：“嗯，我知道了，先看看尸体吧。”

岑晰溪站在苏法医身后问道：“苏法医，沈队长已经过来了，尸体看得怎么样了？”

苏法医正在专心致志地检查尸体，听到岑晰溪说话，便转过身来，对她和沈德立说道：“死因很明确，是勒颈导致机械性窒息死亡，尸体的窒息征象非常明显，可见当时遭到勒颈时死者反抗非常激烈。”

沈德立没说话，站在那儿只顾听苏法医介绍，苏法医接着说：“死亡时间大约在中午十二点钟的样子，可以这么说，我们刑警队食堂开饭时，这儿正在发生凶杀。”

岑晰溪听到苏法医形象的说辞，不由得想起中午在食堂买的清炒黄瓜非常不错，这个想法转瞬即逝。她看到俯卧在地面上的尸体露出的一小部分背部有一些条形的损伤，便问道：“苏法医，这些伤是怎么回事啊？”

苏法医摊开手说道：“哦，这些是棍棒损伤，是棍棒击打造成的。”

苏法医一边说，一边将尸体上半身穿着的那件绸面夏装往上翻起。

等尸体背部全部裸露出来之后，岑晰溪大吃一惊。

只见死者的背部布满了刚才所见的那种棍棒伤，伤痕横七竖八的，不由得浑身怔了一下，说道：“全身都是伤？凶手怎么这么变态啊？”

苏法医看了看岑晰溪，又看了看沈德立，说道：“沈队长，这些伤是生前的伤，也就是说，方之莉在被勒死之前，遭到过多次毒打。”

岑晰溪嘴快，她说：“棍棒毒打和勒颈都不是强有力的杀人手段，这么说，凶手并没有预谋，所以没有准备像刀具之类的凶器，只是临时起意？”

沈德立没去搭理岑晰溪，补充问道：“有性侵害迹象吗？”

苏法医摇摇头说：“目前看来一切正常，并没有看出有性侵害的迹象。”

这时，小刘走了过来，说道：“沈队长，我是这么看的，从驾驶座的调节空间大小上看，正好符合死者的身高，说明死者是自己驾车来的。她将车子停好之后，遭到了棍棒毒打，最后被勒死。而车子的钥匙还插在锁孔里，是熄火状态，显然凶手对车子并没有兴趣。”

沈德立抬眼看小刘，问道：“其他的物品呢？”

小刘会意，说道：“手机、钱包都在，说明凶手不是针对财物的，晰溪的看法有一定的道理。也许凶手只是和方之莉在现场发生了争执，然后临时起意将其杀害。如果凶手是有预谋地杀人，他应该带把刀来，可能完成得更加顺利。毕竟这是在室外公共场所，就算经过的人极少，也有可能被人看见吧。”

沈德立追问道：“那你认为是熟人作案吗？”

小刘对这个问题心中没底，他换了个角度说道：“从现场上来看，暂时还不能确定凶手和死者之间的熟悉程度。但我觉得，如果是方之莉一个人来这儿，总是有原因的。很难想象，一个女子孤身一人来到这荒郊野外，风景是好，但总得有个人陪着看吧？”

沈德立低头沉思了一下，说道：“你的意思是说，方之莉开车过来的时候，车上可能还有一个人？”

小刘看着柏油路面，说道：“地面上看不出车轮的痕迹，到底是一人随车而来，还是来了两辆车，这个我不敢确定。”

沈德立心中开始升起疑团，他站在那儿，望着远处西斜的夕阳，思绪万千。

他仿佛看到了眼前躺在地上的方之莉正在那儿喊叫，一个男人手持一根棍棒在追打，最后，那男人将她按倒在地上，勒她的脖子，直至死亡。

沈德立想，那人在勒死方之莉之后，怎么离开现场呢？从这儿出发，经过盘山公路到达山脚，差不多有十公里的路程，一路走下山去，至少得一两个小时，如果他随方之莉的车子一起上来，那么他为何不将车子开走？

他又想，难道是两辆车？凶手在作案之后，开着自己的车子离开了现场？

岑晰溪也在那儿想象着凶杀的情景，她忽然说："凭我的直觉，方之莉应该是跟一个男人来的。你看，她丈夫在外地出差，她没有理由一个人出来偷闲。只有一种可能，就是她有外遇。"

沈德立心中一亮，说道："你的意思是方之莉和她情人出来私会，因为发生了争执而遭到杀害？"

岑晰溪点点头说："如果不是这个原因，那这事儿实在是太蹊跷了。"

沈德立将双手抱在胸前，又看了看方之莉的尸体说道："如果是这样的话，我就有办法了。"

2

费大雷坐在院长办公室的沙发上，他低着头，正接受着院长劈头盖脸的怒骂："小费，我都跟你说了多少次了，什么事都可以，病人逃跑的事情绝对不能出。范海新的父亲已经来找过我了，他要求我们赔偿100万，你看怎么办？"

费大雷抬眼看了看院长，院长从来没有像今天这样暴怒过，距离范海新逃跑事件已经过去好几个星期了，可还是没有任何消息。沈德立虽然帮他做了不少工作，甚至违规地用了一些命案侦查手段，可是依然没有查到范海新的任何蛛丝马迹。

费大雷有时会想，这个范海新会不会在出逃之后就自杀了？只有自杀才会如此杳无音信，不然沈德立肯定能获取到他的活动轨迹。

见院长正瞪着他，费大雷唯唯诺诺地说："100万？疯了吗？要我们赔这么多钱，这怎么可能？"

院长脸上的肌肉在颤抖，他说："100万怎么了？人家说得很在理，要不你就把范海新找回来，他说不是想要钱，只是觉得医院不能这样不负责任。”

费大雷无话可说，心想范海新的父亲说的也不是没有道理，人家把孩子放在医院，如果医院连安全都保障不了，那确实是不负责任。

想到这儿，费大雷便气不打一处来，他当初没想到护士会让实习生去护送范海新做心电图检查。现在气也没有用了，他最大的愿望就是范海新千万不要自杀，其他已经没有什么奢望了。

费大雷咬了咬牙说：“院长，这样吧，如果范海新找不到，我就辞去副主任的职。”

院长生气地说：“你以为辞职就完事了？我告诉你，这件事情没有这么简单。卫生局已经批示下来了，如果找不到范海新，或者范海新自杀了，不光是你，连我这个院长的位置也保不住。你看看，你惹下了什么祸！”

费大雷又一阵语塞，他自己的位置不保他早就有心理准备，他没想到院长的位置也会被下调，心想难怪今天院长对自己这般不理智，简直像是要把自己撕成碎片。

费大雷实在不知道说什么才好，他没话找话说：“院长，这都是我的错，我也不知道要怎样才能挽回。刑警队那边也在帮我找，可是范海新这小子也不知道是不是土遁了，刑警队一点消息都没有。”

院长好像看到了一丝希望，他望着费大雷问道：“哦？刑警队也在帮忙找？”

费大雷见院长的脸色比先前好看了一些，心情也放松了不少，说道：“是的，昨天他们还聘请我做了他们的特别调查员，我还没来得及跟你汇报呢。你也知道，我之前帮他们分析了两个案子。”

院长无奈地点点头说：“不过这个范海新现在有没有自杀，这个还真不好说，如果真死了，也只能认命了。”

费大雷从院长办公室回来，在他自己的副主任办公室坐着发呆，他心想当初自己为了竞聘这个位置费了不少心思，后来又遇上主任调去别的医院，本来自己都独揽大权了，却在这个节骨眼上遇上了范海新出逃事件，这犹如灭顶之灾。

费大雷心想，这只能寄希望于沈德立他们了，自己完全没有头绪，真是一种坐以待毙的感觉。

办公桌上的电话响了起来，打断了费大雷的思绪，他伸手去接，习惯性地说道："喂，你好，第七医院精神一科。"

电话里安静得像是被挂断了似的，费大雷又说了一遍："你好，这里是第七医院精神一科。"

奇怪的是，电话那头依然没有任何声音，费大雷这才想起，昨天凌晨自己在睡觉的时候，好像也听到手机响了一下，但是当时自己迷迷糊糊地好像又睡着了，便没去在意。

他迅速地翻了一下来电记录，记录中确实有一条来电记录显示的时间是"2时26分"。

费大雷觉得有些蹊跷，便大声问道："喂，请问你是哪位？"

费大雷忽然若隐若现地听到了听筒里传来一声低沉的笑声，然后对方就挂掉了电话。

费大雷放下手机，这低沉的笑声让他想起了范海新，他的精神一下子就被提了起来，他觉得范海新肯定没死，现在正在某个地方试图和他联系。

费大雷想到了沈德立，如果他可以帮忙查一下这个异常来电，那么范海新的下落也许可以查明。

沈德立昨天晚上就决定将第二天的侦查工作重点放在市二医院，所以他一早就带着岑晰溪一起找到了护士长，他要亲自对护士长做一次访问。

护士长是个三十来岁的女人，一身整洁的粉红色护士服将她的脸色也映衬得有些发红。她坐在那儿看起来有些紧张，没等沈德立开始问话，她便迫不及待地问道："方之莉到底是怎么死的？"

沈德立没有回答，光顾着自己问话："方之莉昨天是休息吗？"

护士长点点头，接着说道："我们护士是三班倒的工作，非常辛苦，昨天方之莉正好白天休息。"

沈德立也不避讳，直截了当地问道："我想知道方之莉平时和她爱人的关系怎么样。"

护士长摇摇头说："这点我知道的比较少，方之莉平时很少谈论她自己的家庭。我只知道她丈夫是园林公司的施工员，平时出差极多，一年到头没几天在家。他们的孩子是方之莉父母在带，你也知道，我们护士的工作时间不规律，自己一个人带孩子是不现实的。”

沈德立心里大致明白了，方之莉平时主要是和她父母待在一起，丈夫经常出差在外，感情方面可能会比较空虚。如果有人趁虚而入，那么她就有可能陷入漩涡，而这个人最有可能的就是身边的同事。

沈德立隐晦地问道：“护士长，我想知道，方之莉和同事的关系处得好吗？”

岑晰溪见沈德立的问话表达得不是很清晰，便加了一句：“特别是男同事。”

护士长看着两人，似乎终于明白了他们此行的目的，她左右看了看空无一人的办公室，确定没有其他人在场，才犹豫着说道：“这个情况是这样的，方之莉跟我们这些女护士都不太来往，她可能比较文艺，不喜欢我们这些姑娘整天聊些鸡毛蒜皮的事情，她喜欢和男医生打成一片，聊游戏，聊足球什么的。”

岑晰溪试探着追问道：“那么方之莉有没有跟某个男医生关系不一般？”

护士长又抬眼看了看岑晰溪，似乎不太放心岑晰溪承诺会为她保密，她稍稍思忖了一下说道：“是有这么个人，是我们胸外科最高冷的医生，叫阮远致，平时不苟言笑。不过他的工作成绩是很不错的，去年还拿了医院的杰出青年医生奖，可是他今年三十多岁了，一直没有结婚。”

沈德立没有想到，这么轻易地就拿到了一条线索，他心里觉得这个阮远致有点意思。

沈德立目不转睛地盯着护士长，听她继续说：“阮医生虽然不太喜欢和科室里的同事们打成一片，可是他对方之莉却是例外。方之莉也好像对阮医生比较有好感，我看他们平时在单位说话也比较少，可有些叽叽喳喳的护士在背后传言，说看到他们在外面约会了。”

岑晰溪瞟了一眼沈德立，见他面不改色地望着护士长，心想这个队长真是沉得住气，她问道：“有人看到他们在外面约会？”

护士长好像觉得自己说漏了嘴似的，她连忙搪塞道："没没，我只是道听途说，也不知道那些姑娘说的是真是假，因为你们警察办案，我才跟你们说，我平时都不说这些的。"

沈德立心中有数，一般来说，像这种事情，如果没有确凿的依据，作为同事，估计也只会在私下里闲聊，肯定不会在大庭广众之下高谈阔论，毕竟这是人家的隐私，况且方之莉是有丈夫的。

不过，沈德立觉得自己今天取得了突破性的进展，现在冒出个阮远致，有工作做了，他问道："护士长，阮远致今天有手术吗？"

沈德立知道，外科医生的工作一直都是很忙的，去年他父亲心脏搭桥，排了好几个星期才轮上。

护士长好像想起了什么似的，说："对了，阮医生这个星期请了年假，难得休息一下，不知道他会去哪儿度假，如果你想知道进一步的情况，我可以去医生办公室那边问问，看有没有人知道。"

沈德立顿觉不妙，心想那边方之莉在郊野森林被害，这边阮远致又请了年假，事情会如此巧合吗？方之莉去郊野森林等的到底是谁？有没有可能前去约会的正好就是阮远致呢？

一大堆的问题在沈德立的胸中翻滚着，他说："好啊，要不，你带我们一起去找找主任吧，他请假的时候，说不定跟主任提起过会去什么地方度假呢。"

护士长二话不说，便带着沈德立和岑晰溪去往胸外科主任办公室。

贺主任是一位五十多岁的中年人，满头花白的头发，他看到沈德立和岑晰溪穿着警服走进他的办公室，似乎早有预料，他说："沈队长，不瞒你说，我对方之莉的死非常痛心，只是我帮不上你们，感到非常遗憾。"

沈德立以为贺主任不太愿意配合工作，所以才将话说得尽量诚恳，如果他拒绝透露关于阮远致的情况，自己也没有办法，总不能将他带到派出所问话吧？

他委婉地说："何主任，方之莉死了，你们心里肯定非常难过，我们今天过来，只是想多方了解情况，将真相查明。经过我们调查，方之莉和你们科室的阮远致关系比较密切，我们担心这里有什么问题，所以想向你了解一下，阮远致这个星期请年假的事情，他有没有说过要去哪儿？”

贺主任表情非常严肃，他那双稀疏的眉头皱了皱，说道：“阮远致……对呀，他这星期是年休了，我记得他跟我说，他要去一趟马来西亚。”

岑晰溪一听说阮远致去了马来西亚，惊得“呀”了一声，她说：“阮远致去了国外？”

贺主任接着说道：“这个我只是听阮远致自己这么说的，我们医院里没有规定请假需要告知去向。所以，阮远致到底有没有去马来西亚，真不好说。”

沈德立得知了这个情况之后，他心中已经有了办法，只要回去查一下出入境记录，就知道阮远致到底有没有出国了，如果真出国了，他和方之莉之间即使有那种关系，也能排除他是杀死方之莉的凶手。

沈德立离开市二医院的时候，接到了费大雷的电话，他开始还以为费大雷对案件有什么看法，但他想起费大雷应该还不知道这起案件的任何细节，便接起电话说：“大雷医生，怎么了？”

费大雷在那头听起来很着急，他说：“沈队长，我刚才接到一个电话，感觉非常奇怪，那人一句话不说，不过，他阴沉地笑了一下，我感觉那笑声像是范海新，不知道你有没有时间帮我处理一下？”

沈德立发现，费大雷担心的原来还是寻找范海新的事情，此时他满脑子都是方之莉和阮远致的案子，范海新突然塞进他的脑子，这让他心里非常不舒服，不过他还是客气地说：“嗯，好的，大雷医生，你放心，等我手头上的案子处理好了，就帮你把那电话调查清楚，我不信这个范海新能逃出我的手心。”

挂掉电话，岑晰溪问道：“范海新有新的进展了？”

沈德立摇摇头说：“大雷医生可能是心急过头了，来了个陌生电话就疑神疑鬼的。”

岑晰溪瞪大眼睛说：“不会吧？”

沈德立转头说：“那又怎样？难道我们不去落实阮远致的事情，反而去找一个精神病人范海新？”

岑晰溪觉得无话可说，她问道：“那继续回单位咯？”

沈德立朝前方的红灯看看，说道：“当然。”

回到刑警队，岑晰溪在沈德立的示意下打开了出入境的查询网页，她在网页的文本框里输入了“阮远致”三个字，然后按下了查询按钮。

网页很快便出现了查询结果，结果显示最近没有出镜记录。

不过，岑晰溪发现阮远致在去年的夏天确实有一次去往马来西亚的出境记录。

她抬眼看了一下双手托着下巴坐在她身边的沈德立，说道：“这事有些蹊跷，阮远致果然没有出境，这么说他还在国内，沈队长，你看怎么办？”

沈德立此时信心满满，他喝了口茶水，说道：“看来，我们可以开始追踪阮远致的踪迹了。”

岑晰溪忽然又想到一件重要的事情，她说：“不如查一下方之莉的出入境情况。”

沈德立将茶杯放在桌子上，说道：“方之莉不是已经死了吗？查她还有什么意义？”

岑晰溪将文本框中的“阮远致”删去，重新敲打键盘，在文本框中输入“方之莉”三个字，她说：“可以查方之莉以前的记录，如果她和阮远致的出境记录有重合的地方，那么是不是可以说，他们之间的关系被证实？”

沈德立拍拍手说：“看来晰溪是干侦查的料，去查吧。”

岑晰溪点击了一下查询按钮，网页上很快出现了结果，令她惊叹的是，方之莉去年和阮远致在同一时间有一条出境记录，去往目的地也是马来西亚。

岑晰溪握拳“耶”了一下，沈德立对她说：“我们将阮远致的嫌疑程度升级，立即追踪他，阮远致现在在哪儿？昨天有没有作案时间？必须都要细致地搞清楚。”

3

午餐之后，费大雷收拾好了自己的小包，准备去往湾州大学，今天下午又是“校园心使”的咨询日。

这段时间以来，又是帮沈德立他们分析案件，又是范海新出逃，他都没有闲暇时间去想齐思嘉的事情。上次去湾州大学，齐思嘉跟他说起杀害父母亲的事情，他都差点儿给忘记了。

齐思嘉那瘦弱的身躯一下子出现在了费大雷的脑海里，费大雷冷不防地怔了一下，像是昨天刚见过一般清晰。

关于齐思嘉，费大雷确实没有想好，在没有确认她是否真正犯罪之前，他没办法做出决定，但是他又担心，如果不去报警，将来自己会不会受到不良的影响。

费大雷像往常一样，开了车子往湾州大学赶去，这条路他已经走过不知多少遍了，一路上的街景熟悉得几乎都可以在纸上画出来了。

费大雷一边开车一边在想着自己的事儿，他担心沈德立在忙自己的案子，会把范海新的事情给忘了，现在范海新像是从迷雾中露出一点踪迹，也许只有这个电话可以追踪到他的准确位置。

费大雷心想，院长已经说了，如果范海新找不着或者死了，后果很严重。现在突然冒出了一丝希望，要能抓住这星火般的希望，也只有沈德立能帮上忙了。

他就这样一直想着想着，不知不觉就到了湾州大学的大门口，费大雷进入了校园，将车子停放在大学生活动中心楼下，拎着小包上了二楼的“校园心使工作室”。

费大雷突然眼前一亮，他发现门口正站着一位瘦弱的女孩，仔细看时，见那女孩就是齐思嘉。

齐思嘉朝费大雷微微笑了笑，费大雷没反应过来，只好僵硬地点了点头，一时语塞。

齐思嘉先开口问好道：“大雷医生，好久不见。”

费大雷这才转过神来，也说道：“你好，思嘉同学。”

两人进了屋，费大雷在自己的位置坐定，然后看着瘦弱的齐思嘉在对面坐下。

齐思嘉今天穿了一件淡蓝色的薄线衫，看起来更加显得瘦弱，她坐定后，两眼望着费大雷，在等他问话。

费大雷没想到齐思嘉今天会来，而且会这么早过来，距离他开诊的两点钟还有二十多分钟呢。

他想了想，打了个招呼说道：“思嘉同学，这段时间过得好吗？”

齐思嘉摇摇头说：“不，不好，每天都做梦。”

费大雷顺着她的话问道：“每天做梦？做什么梦？可以说来听听吗？”

齐思嘉眼神忧郁地说道：“都是梦见很不好的事情，梦见自己在天上飞，飞得很累很累，但是还是一直在飞，我也不知道我为什么要飞，也不知道自己要飞向哪儿，只是往前一直飞。”

费大雷将手中的笔转了个圈，然后说：“哦，这个梦是你的潜意识在暗示你很迷茫，不知道自己生活的目标，所以你一直在飞翔。你想要摆脱目前的状态，但是又没有方向。如果从我的角度来看，这就是一种轻度的焦虑引起的情绪反应。”

齐思嘉认真地听着，等费大雷说完，她说道：“是吗？大雷医生，也许你说得对，我这两年来，虽然成绩还过得去，可是我一点都不喜欢读大学。其实我只是想回到农村老家去，做一个普通的农民，每天种菜、做饭、洗衣服，大学里的一切都让我厌烦。”

费大雷心里明白，齐思嘉的确有轻度的抑郁表现，虽然没有影响到学习，但她的内心是痛苦的，她接受不了现在的大学生活。

他安慰道：“别胡思乱想了，思嘉同学，大学的生活是人生中最为宝贵的时光，你应该去好好珍惜。”

齐思嘉脸色苍白，她说：“是啊，我也知道我应该珍惜，可是我做不到，每天都有奇奇怪怪的梦萦绕着我，有时甚至分不清到底是真实的存在，还是只是个梦。”

费大雷摊了摊手说：“比如？”

齐思嘉微闭了一下眼睛，费大雷这才注意到，她有着长长的睫毛，闭起眼睛来就像是可爱的洋娃娃。

齐思嘉睁开眼睛说：“比如，我上次梦见我杀了我父母的事，就不知道是真是假。在梦中，那可是非常真实、非常清晰的，就和现实生活中的一模一样，我甚至感觉到了将我父亲埋进泥土时的紧张。”

费大雷像是触了电一般，全身悚了一下，他想，齐思嘉上次那般镇定地跟自己讲述的事情原来只是个梦境。

费大雷惊呆了，当初自己连这都没有辨别出来，他诧异地问道：“上回你说的只是个梦？”

齐思嘉没有抬头去看费大雷，只是自己点点头，坐在那儿默然不语，许久，她才说了一句：“就像是梦一样。”

费大雷被搞糊涂了，他说：“思嘉同学，你分不清梦境和现实了吗？”

齐思嘉若无其事地说：“有时候可以，有时候又不可以。”

费大雷心想，趁这回把她父母的事情问问清楚，免得让这个问题再次困扰自己。

费大雷问道：“那么，你父母是在你十三岁那年去世的吗？”

齐思嘉抬起头反问道：“大雷医生，你是说在梦中还是在现实当中？”

费大雷耸耸肩说：“当然是在现实当中。”

齐思嘉嘟了嘟嘴说道：“在现实当中，我已经完全不记得是怎么回事了，只是在梦中，我发现原来他们是我杀害的，上次我跟你说的，全是我梦中真实的情形。”

费大雷坐在那儿，觉得自己就像是一只木鸡，他完全被齐思嘉打败了，他不能分辨齐思嘉说的这些到底是真是假。

下午的时候，沈德立焦躁地坐在森林派出所会议室，正在听取岑晰溪刚刚收到的各路反馈回来的侦查报告，这儿现在是方之莉被杀专案组的指挥中心。

岑晰溪已经将那些材料进行了简单的汇总，为了节省时间，她概括性地介绍道："根据方之莉的通话记录和死亡时间综合分析，在方之莉死前的半小时左右，阮远致和方之莉通过一次电话，时长为48秒，之后半小时左右，阮远致的手机关机，阮远致不知去向。"

沈德立着急地问道："阮远致有车吗？"

岑晰溪换了另外一份材料，这是另外一名侦查员的访问笔录，她说："根据这份笔录看，阮远致自己有一辆SUV，不过如今在他的小区地下停车位上没有看见，同样不知去向。"

沈德立自言自语道："这么说，阮远致是自己开车去的郊野森林。"

岑晰溪一边点头一边说："是，我觉得阮远致和方之莉分别驾车去了郊野森林，在靠近郊野森林的时候，方之莉给阮远致打了电话，这也是他们之间最后一个电话，方之莉应该是先到了停车场，停好车之后，在那儿等待阮远致。"

沈德立的手指敲击着桌面，他说："阮远致到了之后，两人发生了争执，阮远致拿出一根木棍，反复击打方之莉，最后勒死了她。"

岑晰溪说道："嗯，我看这个过程分析得比较符合现有的发现，阮远致杀人之后，手机关机，驾着自己的车子逃离了现场，现在不知去向。"

沈德立从烟盒里拿出一支烟，抓起一个粗大的打火机，"啪"地点燃了，深吸了两口，歪着脑袋坐在那儿闷声不响。

岑晰溪继续整理剩余的材料，她一边看一边唠叨："所以嘛，这婚外情不是轻易可以搞的。在市二医院的同事眼里，阮远致还是位高冷的医生，你瞧，说杀人就杀人了吧。方之莉也是傻，自己有家有孩子，为什么要这样？"

沈德立没去搭理她，转而说道："一定是阮远致杀的人吗？"

岑晰溪面露惊色，问道："难道还能是其他人不成？"

见沈德立一言不发，岑晰溪继续说："当然，阮远致的去向有两种可能，一种呢，当然是亡命天涯了，等着我们去追捕。还有一种可能，他或许已经自杀了，这畏罪自杀的事情，我们也见得多了。其他的可能，我实在想不出来了。"

沈德立欲言又止："如果……"

岑晰溪立马追问道："如果什么？"

沈德立心中起了一团疑云，他担心还有其他的可能，但是又不确定，所以没有继续说下去，他转而问道："技术组有新的进展吗？"

岑晰溪继续翻看她手中的材料，嘴里说道："我刚刚联系过苏法医，他们刚刚结束第二次尸检，主要是研究那根击打方之莉的棍棒。苏法医认为，那根棍棒他说不上有什么特殊的地方，但是棍棒击打的部位却非常有特点。"

沈德立来了兴趣，问道："哦？击打的部位还有讲究？"

岑晰溪放下材料，认真地说道："是的，苏法医说，那些击打到的部位，都是一些非致命的部位，比如头部、腹部这些可能造成严重脏器损伤的部位都没有打到过，凶手像是有意在规避这些部位。"

沈德立大概知道这是什么意思了，他说："也就是说，凶手起先只是想要教训方之莉，后来才起了杀意，勒死了她？"

岑晰溪却说："不是，苏法医的意思是，凶手像是很懂人体的解剖学结构，知道规避那些可能引起脏器损伤的部位。"

沈德立坐直了身子，说道："他的意思是凶手懂得解剖学知识，这岂不是有所指？"

岑晰溪正色道："苏法医向来比较保守，他没有直说，但我觉得他就是这个意思，懂得解剖学知识，不就是说对方是个医生嘛。看来，苏法医也是倾向于阮远致杀人。"

沈德立又恢复了原先的姿势，背靠在椅子上，大口大口地抽起烟来。

4

森林公园的下午安静得像是世界末日，连一只白腰文鸟从草丛中振翅飞出的声音也可以清晰地听见。

小刘和海哥两人结成一对往森林深处搜去，这条路经过方之莉被杀的那个小小的停车场，一直盘旋而上，往森林腹地延伸而去。

小刘已经对停车场以及周边进行了细致缜密地勘查，可是没有发现有价值的痕迹物证，他并没有因此而灰心。他知道，这是常态，一个室外现场，不能期待太多，哪怕搜索几天没有任何发现，那都是再正常不过的事情。

海哥抱怨道："小刘，你觉得我们搜索的方向会不会搞错了？"

小刘知道海哥的意思，他肯定觉得凶手杀人之后，要逃也是往山下逃，不会往上山方向逃去。

但他却不这么想，凶手形成一个犯罪现场，从来不是按照规律来的，特别是在杀人现场，没有什么是不可能的。

小刘一边走一边四处张望，随口说道："海哥，什么是对？什么是错呢？我只知道这是我们的必经之路，但不一定是他的。"

海哥站在路边拍了几张照片，说道："这鬼地方风景倒是不错，以前我都没有听说过，方之莉怎么会知道有这么个地方的？"

小刘呵呵一笑道："这个自然简单，人家背后藏着秘密，不到这种荒郊野外来的话，在市区里不是太扎眼了？"

海哥沿着柏油路走在后头，他说："你说也是，方之莉也不考虑一下个人安全问题，她肯定不会想到阮远致会对她下手。"

小刘朝前看了看山坡上的弯道，然后说道："海哥，你也认为方之莉是阮远致杀的？"

海哥情绪有些激动地说："能说不是吗？方之莉死前最后一个电话打给他，苏法医分析的损伤击打特点也符合医生所为，阮远致是胸外科医生，他现在手机关机，人和车都不知去向，事实很清楚，我还能怎么看？"

小刘不说话，他只顾往前不停地走，在柏油的路面上想要看出车轮的痕迹或是人的脚印，显然没有可能，他只想在路面或路边发现点什么遗留物品。

小刘经常觉得，他每次搜索现场，就像是买彩票，中奖的概率极低，但这也是不得不做的事情，一旦有所斩获，案件就有可能获得转机。

海哥透过小刘的背影往前看，发现前方转弯处的路边有些涂着红白相间油漆的水泥护栏，便说道：“前头好像有个悬崖。”

小刘也在往那儿看，他发现其中一根护栏断了半截，心里一怔，说道：“海哥，看起来有情况。”

小刘一路小跑，跑到那根断了半截的护栏边，仔细地在那儿查看。

小刘发现，那根断掉的护栏明显是受到巨大的冲击力而断裂的，地面上散落着水泥的碎屑。

他伸出头去，朝路边看了看，发现路边果然是个悬崖。

海哥拍完照，说道：“小刘，这悬崖有点瘆人啊，下边还有一条河流，如果车子从这儿冲下去，肯定没命。”

小刘凝神说道：“我觉得是有一辆车子坠下去了，不过从撞击的方向上判断，车子是从坡上下来的，而不是我们上山的方向。”

海哥也蹲在地上看了看，说道：“嗯，不过这不影响我的分析，阮远致杀人之后，开车往山顶跑，后来又掉头下山，不小心从这儿冲了下去。”

小刘皱眉说：“如果是不小心冲下去的，路面上或许会有刹车痕，可是现在这路面上什么也看不出。”

海哥摊手说：“这也好解释啊，阮远致有可能是自杀，如果自杀，他就不必刹车了。”

小刘站在悬崖边，凝望着灌木丛生的悬崖，他看不到悬崖底下到底有没有一辆车子，远处有一条白色的河流从悬崖底下流出，河水蜿蜒向东而去，但听不到一点流水的声音。

小刘骂道：“这个鬼地方，我都不知道要怎么下去，如果阮远致的车子真在底下，我也无话可说了。”

一位行色匆匆、背着双肩包的小伙子满腹狐疑地冲进了森林派出所，来人便是方之莉的丈夫汤威虎。他刚刚下了飞机，就从机场直接打车到了森林派出所。

岑晰溪将汤威虎接到了专案组会议室，沈德立准备对他进行一些基本的访问。

汤威虎神色紧张地坐在沈德立面前，他连珠炮般地问道：“我妻子的遗体现在哪儿？到底是怎么回事？她是怎么死的？”

沈德立脸色很凝重，表现出对死者家属的尊重，他用他的男中音说道：“方之莉是昨天被人发现的，经过我们法医的检验，确定是被人杀害的，我们昨天第一时间通知到你，也是为了我们更快地侦破案件。”

汤威虎脸上的肌肉抽搐起来，他像是快要支撑不住似的，但他的问题不断：“确定是被人杀的？凶手抓到了吗？”

沈德立神情沮丧地说：“没有，我们正在努力，这次让你过来，是有些问题想要问你。”

汤威虎哽咽着点头说：“你问吧，我什么时候可以见到我妻子？”

岑晰溪在旁边说道：“等问完话，我会带你去，你妻子的遗体还在法医解剖室。”

汤威虎听了之后，掩面哭了起来。

沈德立问道：“你跟方之莉什么时候结婚的？”

汤威虎回答说：“七年前，我们的孩子现在都已经上幼儿园了。”

沈德立接着问道：“那么你们平时有过争吵吗？”

汤威虎摇头表示否认：“没有，我们从来没有争吵过，只是我平时常年在外出差，家里都是她在照料，沟通比较少，隔三差五打个电话，也没什么话好说。”

沈德立见汤威虎比较合作，便狠了狠心，抛出了最重要的问题，他问道：“那最近你有没有感觉方之莉有什么变化？”

汤威虎似乎听出了沈德立的意思，他说：“她这个人其实很顾家的，工作很忙，除了工作，她几乎哪儿也不去，好在她父母过来住，帮了她不少忙，不然她一个人带个孩子真是一点自由都没有，我没看出她有什么变化。”

沈德立有些失望，他知道汤威虎虽然态度真诚，可是他对方之莉一点儿都不了解，以至于方之莉感情发生了变化，他都不知道。

汤威虎有些坐立不安，他忽然说：“对了，前天晚上我收到一条短信，不知道和这事有没有关系，短信只有五个字：贱人必须死。”

沈德立听了之后，精神大振，他问道：“是你手机收到的吗？”

汤威虎掏出手机说：“是的，不过我已经删除了，我以为是谁在恶作剧。”

岑晰溪急忙插话问道：“发短信的号码你还记得吗？”

汤威虎说：“不记得了，反正是很长的一串数字。”

沈德立心里琢磨着“贱人必须死”这五个字，他脑海里浮现出一个画面，一位黑衣黑面的凶手又进入了他的幻境，那人前天夜里给汤威虎发了“贱人必须死”的短信，昨天在郊野森林将方之莉杀害。

沈德立心里开始动摇，本来他还觉得阮远致不太像杀害方之莉的凶手，现在看来，能在方之莉死前的头一天给汤威虎发短信，第二天又将方之莉杀害的，也只能是阮远致了。

沈德立想，这么看来，阮远致是有预谋的，他并不是临时起意要杀死方之莉。

5

小刘和海哥驾车绕到了山下，在森林派出所民警的帮助下，找到了一位白发苍苍的大爷，大爷看起来至少七十多了，可是精神依然不错。

小刘不安地问：“大爷，你确定有隧道通往对面的悬崖底下？”

大爷将他的烟斗在地上的一块石头上敲了敲，说道：“隧道肯定是有，五十年代留下的，那时候的人们发疯一般地到处找铁矿，这个山底都差点被挖空了。”

海哥插话说：“小时候我好像听我爸爸提起过，他说那些山洞里后来出了妖怪，失踪了好多人，所以被强制关闭了。”

大爷呵呵笑道：“哪有什么妖怪啊？我当年也在掘洞，是有人抽烟点着了火药，将其中一条隧道炸得塌了方，一个队二十来人全埋在里头了，好在我跑得快，不然也没命了。”

小刘虽然对那些不知名的隧道感到有些畏惧，可是他还是想通过这条捷径，到山那头去看看到底有没有从悬崖顶上坠落的车子，于是问道："这么说，隧道已经塌方，我们过不去了？"

大爷又抽了几口烟，摇头说道："不，那些隧道纵横交织，到处都是入口，到处都是出口，只要方向正确，总能找到一个出口通往那头。"

小刘又是紧张又是欣喜，他说："那能麻烦你给我们带个路吗？回头让派出所给你发点辛苦钱。"

大爷瞪了一眼小刘说道："你们这些年轻人，就知道钱！你们给钱，我就不去了，纯心给你们带个路，我倒是愿意。"

小刘被大爷说得有些尴尬，便咧咧嘴说："大爷真是好心人，那我们出发吧。"

大爷带着小刘、海哥他们一行五人沿着一条长满野草的小路往山脚走去，路边开满各种各样不知名的野花，小刘也没心思去欣赏了。

十来分钟之后，大爷将他们带到了一个山洞口子前，小刘一看，那山洞洞口呈半圆形，正好比人的身高稍高一些，地面上都是碎石子，洞里头黑乎乎的，什么也看不见。

大爷看着他们四位警察，说道："你们自己决定，进还是不进？"

小刘虽有些担心，可是他还是横下心来说道："进！沈队长还在等我们的结果呢。"

大爷二话不说，便从腰间摘下弯刀，将洞口遮拦的荆棘胡乱砍去，然后猫腰就往洞里钻。

小刘将勘查灯按亮，朝洞里照去，洞里一下子变得很亮。

五人进了洞，一直朝深处走去，地面不是那么平坦，但是也不影响往前。

小刘看到隧道不时有一些岔道，弯弯曲曲也不知道通往哪儿。

忽然，一个黑影在小刘面前一晃，小刘心里一阵发虚，等他回过神来，才发现原来只是一只蝙蝠，此时已经振翅飞远。

海哥的声音在"沙沙"脚步声的衬托下显得很响亮，他问道："大爷，这么多年过去了，你还记得这些隧道的走向吗？"

大爷咳嗽一声，说道："忘不了，我在这些洞里待了三年，每个角落都很熟悉，现在进来，有种故地重游的感觉。”

小刘关心地问道：“大爷，那你后来就没有偶尔进来看看？”

大爷弯着腰继续朝前走，他说：“没有，哪有这个闲心，黑咕隆咚的，我还怕那些冤死鬼出来拖我呢。”

小刘见大爷的影子在地上拖得很长，弯折得像是个怪物，他心里有些发怵，问道：“那些尸体后来没有被移出去吗？”

大爷回头说：“没有，谁敢去挖呀，如果整座山塌下来，那会死更多的人。”

大爷的话音刚落，小刘好像听到从远处传来一声尖叫声，他觉得有些奇怪，竖起耳朵再听时，却什么也听不到了，他问海哥：“海哥，刚才听到什么了吗？”

海哥摇头说：“没有啊，什么也没听到。”

大爷只顾往前走去，脚步加急了不少，他说：“别问听到什么，这种洞总能听到一些莫名其妙的声音，你就当作没有吧。”

小刘心里不确定，他觉得他刚才是有听到尖叫声的，可是现在安静得只有他们五人杂乱的脚步声。

好不容易看到前头有一丝亮光，大爷说道：“出去了。”

众人加快了脚步，往洞口鱼贯而出，小刘眼前一亮，一条河流正潺潺地在脚下流淌着，水流发出了“哗啦啦”的响声。

小刘发现，他们在大爷的带领下，果然来到了悬崖底下，他抬眼朝上头看去，想要确定一下方位，可天空中耀眼的阳光透过灌木丛，刺得让他睁不开眼睛。

众人忽听到大爷叫了一声：“那是什么？那不是一辆车子吗？”

小刘和海哥几乎同时发现了大爷所说的那辆车子，他们“哎呀”一声，便朝那辆车子的方向跑去。

小刘看那车子的确是一辆白色的SUV，车头倒插在水面上，车身悬挂在一棵差点被压折断的树上。

海哥在照相机的屏幕上将车子的照片放大，然后说道：“车牌的确是阮远致的，那么肯定就不会错了，阮远致的车子从悬崖顶上坠下来了。”

小刘跑到车前，想要先看看车内的情况，可是他发现车子被一些折断的树枝遮挡住了。

小刘伸出双手去扒开树枝，发现地面上有许多碎玻璃渣，但是地面上并没有发现血迹。

大爷不知从哪儿找来了一根粗大的木棍，将车前一根最粗的树枝撬开，整个车子显露了出来。

海哥急忙上前拍了概貌照，小刘这才发现，整部车子的玻璃窗都碎裂了，车里没人，也没尸体，驾驶座的门已经被刚才那根最粗的树枝挤压得变了形。

小刘小心翼翼地将头伸进驾驶舱，看了看钥匙的位置，如他所料，钥匙的位置是启动状态。

小刘对海哥说道：“海哥，你有没有觉得奇怪啊？”

海哥还在一边录像，他说：“你是说车里没人，对吧？”

小刘点点头说：“对呀，这车弄成这样，车里又没人，要怎么解释呢？”

海哥将摄像机关闭了，然后说：“很简单，说明阮远致命大，从悬崖上面坠落下来，刚好经过这些树枝的缓冲，人没死，不过现在他已经爬出车子跑掉了。”

小刘的眼睛在车身上扫着，他一边看一边说：“不，我觉得驾驶员在车子坠落之前就逃出了驾驶座。”

海哥眉毛一竖说：“你可不能乱说，且不说驾驶员在坠落前要逃出驾驶舱有多难，按你这么说，案件的性质都要变了，阮远致杀了人，他怎么会将自己的车子坠入悬崖，自己却逃之夭夭，这该如何解释？”

小刘在车旁踱着脚步，慢慢说道：“我怎么就没觉得阮远致杀了人，也许他也被杀了呢？”

海哥怔了一下，说道：“你是说阮远致也被杀了？凶手另有他人？是凶手将阮远致的车子坠入悬崖的？”

小刘频频点头，他说：“海哥，你没觉得你刚才所说的更符合逻辑吗？”

海哥默然不语，仰头望了望头顶的悬崖，半天才说：“按照你的想法，方之莉被杀，阮远致也被杀，方之莉的丈夫本来应该是最大的嫌疑人，可是他根本没有作案时间，有百分百的不在场证明。那么请问，凶手为什么要杀害他们俩？凶手的动机到底是什么？”

小刘脸上露出了难解的神情，他摇摇头说道：“这也是我想知道的，沈队长已经说了，这个案子有点怪，可是他一直没说哪里怪，我猜他说得就是这个。”

海哥好像想起了什么似的，他说：“难怪沈队长一直闷闷不乐的样子，原来他已经预感到不妙了。”

小刘和海哥只顾在那儿讨论，把大爷晾在了一边，大爷说：“你们看这车子要怎么弄出去？”

小刘哭笑不得，说道：“从隧道里弄走肯定是不可能的，大爷，你还有其他的办法吗？”

大爷朝四周瞧了瞧，说道：“我看是没有办法了，从悬崖吊上去也不是个办法。”

小刘摇头，大爷忽然眼前一亮说：“好像还有个办法，我们从隧道原路返回，去弄个大的竹筏，从河的下游逆流划上来，将车子放在竹筏上运出去，你们看怎样？”

小刘没觉得这是什么好办法，但可能是唯一的办法了，也只好悻悻地说：“嗯，这样的话，估计要好花几天时间吧。”

大爷看着远处山头即将西落的太阳说道：“今天肯定是没有办法了。”

6

沈德立没有想到，小刘他们果真在郊野森林的悬崖底下找到了阮远致的SUV，这让他又一次改变了主意。本来他还想着阮远致杀了方之莉，现在看来，小刘的分析更为可靠，凶手一定另有他人，阮远致很有可能也已经遇害，只是尸体不知去向。

岑晰溪去帮沈德立从森林派出所的食堂领了一份盒饭，还特意给他加了一根鸡腿，沈德立喜欢吃鸡腿。

岑晰溪将盒饭递给沈德立，说道：“沈队长，事情变化真快，转眼之间，阮远致从嫌疑人一下子转变为被害人。”

沈德立接过盒饭，打开盒盖，闻了闻扑面而来的香味，说道：“目前这个阶段，不管阮远致是什么身份，我们还是要围绕他做工作，他和方之莉是案件的中心，只是现在多出一个方向，那位黑衣人给了我们更多的可能。”

岑晰溪在沈德立身边坐下说：“沈队长，对于那位黑衣人，你是不是已经心中有数了？”

沈德立拿起那肥大的鸡腿咬了一口，说道：“那倒还没有，不过我感觉他不会离我们太远，我有信心抓住他。”

岑晰溪开始吃她自己的那份素食，正吃着，她听到背后的门被推开的声音，回头一看，原来是卢定凯。

岑晰溪笑着说：“卢定凯，你是不是闻到饭香了？正好赶上吃饭，我去帮你领个盒饭吧。”

卢定凯摆手示意岑晰溪不必着急，他说：“晰溪，我有要紧的事要向沈队长报告，吃饭不急。”

沈德立抬头看卢定凯很着急的样子，知道他必有重要的情况需要汇报。

卢定凯在沈德立的对面坐下，从随身携带黑色皮包里掏出一张纸，递给沈德立，然后说道：“这是一份饶州刑警的协查通报，沈队长，你先过目一下。”

沈德立放下手中的筷子，接过那张纸，凝眉看了看，说道：“一死一失踪，和我们的一样？”

卢定凯表情显得很严肃，他说：“是的，饶州虽然不属于我们江南省，可是和我们也交界，并案的可能性还是存在的。”

沈德立急切地问道：“这个女人的死因是什么？你和饶州刑警联系过吗？”

卢定凯又从皮包里掏出一个工作笔记本，翻到了最新记录的页面，说道："我已经和饶州刑警取得了联系，他们说女的死因也是被勒死，死前也被虐待过，只是虐待的方法和我们这起案子中方之莉的不一样。方之莉遭到的是棍棒反复抽打，而他们案件中的女死者是遭到了碎玻璃的反复切划，全身几乎没有完整的皮肤。"

岑晰溪面露恐惧的神色，她说："岂不是比方之莉受的罪还要狠？"

卢定凯没有表态，见沈德立面无表情地盯着他，便阴着脸说："还有更重要的，女死者的丈夫也收到了一条短信，短信的内容也是'贱人必须死'五个字。"

沈德立想要知道的就是这一点，当他听到"贱人必须死"这五个字的时候，他心里彻底明白了。

他知道，方之莉的死绝不是偶然的，而是那位黑衣人处心积虑地谋划过的。这是连环杀人案，目前掌握的就这两起案件，说不定还有更多。

卢定凯请示道："沈队长，你看我们要不要去一趟饶州，有些工作可能还必须从那边开始做。"

沈德立手中那张协查通报已经被他捏烂，他说："饶州是一定要去的，那边的工作也许更重要，看来我得自己亲自带队去。"

岑晰溪坐在那儿双手托腮说："沈队长，你不是刚刚聘请了大雷医生作为特别调查员吗？我觉得方之莉案件已经升级为连环杀人了，而且凶手的动机不明，我们不如请大雷医生过来看看？"

沈德立听了岑晰溪的话之后，才想起费大雷那张诚恳的脸。

他心想，现在看来，背后的那位黑衣人说不定也是位变态的杀人狂，至于动机，现在实在想象不出来，他说："嗯，你说得有道理，大雷医生是这方面的专家，或许他能分析出来黑衣人到底想干什么。"

夜晚时分，繁星点点，凉风习习，树影婆娑，光影晃动，怎么说也是个美好的夜晚。

阮远致在一丝凉意中忽然醒了过来，他感觉眼前一片漆黑，他起先怀疑自己是在梦中，但他感觉到一阵寒意袭击了双肋，才意识到这是现实世界。

阮远致觉得头顶上有一丝光线，他抬头去看，发现像是从天空中漏下的星光。

他心里一怔，感觉有些古怪，自己怎么会在这个地方呢？

他甩甩头，脑袋清醒了一些，终于想起了之前的一些情节，虽然现在头依然有些沉，可是被棍棒抽打到头部的闷痛好像刚刚发生过一般。

他想起来了，他本来是去和方之莉相会，快要抵达他们相约的郊野森林的时候，方之莉给他打了电话，询问他的具体位置。可是当他赶到那个观景台的临时停车场时，他发现方之莉已经被一个男人压在了地上。

他疯狂地冲了上去，那人站了起来，比他还高了半个脑袋。那人手持一根棍子，击打了他的头部，后来他就什么也不知道了。

阮远致呆呆地举头仰望，头顶的星空是圆形的，像个大号的圆盘。他意识到了自己是被关押在一个深井里，按照目测的高度，这井至少也有好几十米的深度，看来自己无论如何都无法逃出去了。

他低下头，收起搁在一边的左手，左手发出了“当啷”一声脆响，同时感觉到左手好像拖动了一根铁链子。

阮远致心里又是一怔，心想莫非自己还被铁链子捆绑着不成？

他又将左手动了动，这回真的确认了，他的左手腕绑缚着一根铁链，冰凉冰凉的。

阮远致开始瞪大了眼睛，借助着稀薄的灯光，他发现手腕上的那个铁环粗大厚实，几乎不可能挣脱。

阮远致心里产生了一丝绝望，他不知道下一步会发生什么，也不知道那人后来将方之莉怎么了。

夜空静谧得让阮远致有些耳鸣，他挪动了一下身子，想要爬起来，他忽然发现他的身旁似乎有一团黑乎乎的东西，吓了他一跳。

他见那东西一动不动地匍匐在地面上，便伸出右手去摸了摸。

这一摸，更加让他心里发毛，他摸到的是一个人的身体，那人穿着薄薄的衣服，摸上去冷冰冰的，他像是被电到一般，迅速地收回了手。

在昏暗的星光下，阮远致看不清地面上的人到底是怎么回事，他心想，莫非这人和他一样，也被人绑缚在这深井里？身体如此冰冷，难道已经死了？

想到这儿，他职业性地伸出手去，在昏暗中寻找那人的手腕。

阮远致果然摸到了一根铁链，铁链锁住的是那人的手腕，他摸了摸那人的脉搏，发现那人脉搏已经停止。

阮远致心里一凉，他这才发现，自己和这具尸体绑缚在同一个地方。

他转而又想，也许在不久的将来，自己也会落得这样的下场。

阮远致忽然发现，深井变得明亮了起来，他抬头一看，原来是一轮圆月正好挂在深井的上空。

月亮淡淡的白光外溢，将深邃的夜空也照得朦胧雅致，他想，难怪古人将月亮比作女子，逃亡的嫦娥也居住在这月宫之中。

阮远致哀叹一声，他想起了方之莉，他心里也明白，他和方之莉之间的感情世间不能容忍。方之莉的丈夫长期出差在外，他本不该动了情愫，可是在方之莉的频频献媚之下，他还是没有抵挡住诱惑，他们开始偷偷外出约会。

他万万没有想到，这次相约会是这样的结果，他无从得知，那人为什么要下如此毒手，将他拘禁于这个深井之中。

他低下头，发现地面也明亮了不少，原来这个深井底部的面积并不是想象的那么小，而是一个不大不小的斗室。斗室的一角有一条黑咕隆咚的隧道通向远方。他这才知道，原来想要逃出这个地方还可以通过这条隧道，不必爬上这几十米高的深井，这时他心里生出了一丝希望。

阮远致仔细看时，才发现刚才那具尸体也是个男人，身上穿着黑色的T恤衫和蓝色牛仔裤，看上去三十来岁，左手腕和他一样，被一根铁链子绑缚在地面上。

阮远致正在狐疑这尸体到底是什么时候死去的，他的眼睛瞟到了斗室的另外一角，那边的地面上也躺着一人，那人全身运动装，也依然一动不动。

他心里感到很紧张，心想那人大概也是具尸体，不然自从刚才自己醒过来，怎么会一点声息都没有，要知道这斗室里哪怕是睡着了的呼吸音都可以听得非常清晰。

阮远致挪动自己的身体，想要过去摸那人的脉搏，可是左手的铁链子限制了他的活动范围，他无法触及对方的手腕。不过，他已经看到了那人左手腕上的铁链。

阮远致终于明白了，这几十平米的斗室里，在他被劫持来之前，已经拘禁了两人，现在这两个人都已经死了，他应该会是第三个即将在这斗室里死去的男人。

阮远致咆哮了起来，声音在深井和隧道里传回了回声，传回的声音很古怪，听起来异常惊悚。

他站起身来，咬牙切齿地拖动那根铁链，弄得铁链叮叮当当乱响，可是根本无法挣脱。

挣扎了一阵子之后，阮远致才安静下来，此时那轮圆月已经转到了深井的正上方，斗室内光辉如昼。

忽然，阮远致被地面上的一束白光吸引，他眯起眼睛一看，原来在斗室的正中地面上有一把尖刀，月光正好映在刀刃上，强烈的反光冰冷瘆人。

他盯着地面上的那把刀，思绪开始胡乱地飘逸，忽然他想到了一个办法，他拖着铁链挪到了斗室的正中，伸手抓起那把刀子，想要撬开左手腕的铁链。

当刀尖插进铁链的时候，阮远致才发现，这把刀是如此的薄弱，根本无法撬动粗大的铁链。

他生气地将刀子扔在了地上，面对着眼前的两具尸体，又绝望地咆哮起来。

月亮开始西斜，在深井的上空消失，斗室里又恢复了原来的暗黑。

过了好久，阮远致的视觉才渐渐适应了暗黑，那把刀静静地躺在地面上，一丝暗黑在刀刃上游动，像是魔力加持过的冷兵器，诱使着他想入非非。

7

天刚刚亮起来，湾州的晨曦已经退去，街灯尽皆熄灭，忙碌的一天又拉开了序幕。

费大雷从睡梦中醒来，他想起昨天晚上答应了岑晰溪的请求，今天一早要去刑警队帮助分析方之莉被杀案。

他从床上爬起身，伸了伸懒腰，精神大振，脑海里一时冲出了很多人的影像，先是仍然失踪的物理学博士范海新，接着是说话神神秘秘的湾州大学女生齐思嘉，还有已经落网的恋鞋癖秦雨颂和妄想狂耿四海。

这些人在费大雷的脑海里表情各异，范海新躲在黑暗处呵呵傻笑，齐思嘉在雾霭的森林里执着独行，秦雨颂在闪电雷鸣中狂笑奔跑，耿四海正对着一座神庙虔诚祈祷……

忽然，一位黑衣人冲了进来，这些影像全部消失，费大雷睁大了眼睛，他猜测这位黑衣人便是沈德立经常跟他提起的凶案嫌疑人。

身材高大的黑衣人站在费大雷的脑海中，沉默不语，像是和费大雷在进行一场心理战。

床头柜上的手机闹铃响了起来，打断了费大雷的思绪，他从想象中清醒过来，伸手去按停了铃声。

像往常一样简单地吃了早餐，费大雷就急匆匆地开上了自己的车子，向刑警队奔去。

和岑晰溪约好是在刑警队会面，费大雷在刑警队停车场停好车子之后，发现岑晰溪已经在那儿等他，他心里一阵感动。

还没等费大雷开口，岑晰溪便帮他开了驾驶室的车门，说道："大雷医生，早呀。"

费大雷弯腰钻出驾驶室，笑道："晰溪，你比我还早。"

岑晰溪也跟着笑道："那是，特别调查员驾到，我能不早起迎接吗？"

费大雷故作震惊道："咦，我差点都忘了，我现在是半个刑警呢，你这么一说，我倒有些紧张起来了。"

岑晰溪伸手去拍了一下费大雷的手臂，说道："知道就好，能力越强，责任越大。大雷医生，这是你做特别调查员后的第一起案件，沈队长已经在他的办公室等你了。"

费大雷耸耸肩，说道："其实我很紧张，关于破案，那是你们刑警的事儿，我只是个医生，我能做的也只有分析凶手的心理。"

岑晰溪和费大雷一边说，一边向沈德立的办公室走去。

沈德立也早早地起了床，将这两天的材料又过目了一遍，此时的他有些迷惘。

他知道他自己手里的牌虽然又多了一张，卢定凯发现的那张协查通报上的案子肯定可以和方之莉的案子并起来搞，但是他心里没底的是，凶手到底还干了些什么。

正想着，岑晰溪推门进来，他抬头一看，费大雷就在她身后。

沈德立连忙站起身，朝门口走过来，伸手去紧紧握住费大雷的双手，嘴里说道："大雷医生，你瞧，你刚刚上任特别调查员，就出了这个案子，本来我们不想去打扰你，可这案子现在搞大了，我看是连环杀人，凶手的动机不明，希望你过来看看。"

费大雷谦虚地说："沈队长，说实话，我很没有信心，不知道你的这位黑衣人到底躲在什么地方，我担心事态还会扩大。"

沈德立心里一阵难受，他说："大雷医生，你是最能体会我们心情的，作为刑警，我只想将这些黑衣人绳之以法，不想让他们再继续下去。你来了，我就有希望了，以前的那两起案子，你指示的方向都非常正确，我相信你。"

费大雷坐下之后，岑晰溪开始捧出一堆材料，费大雷看时，她在旁边絮絮叨叨地解释着。

费大雷看着看着忽然发现，他自己的思路已然变成了刑警办案的思路，从尸体到现场，从现场到调查，一幕幕景象贯穿在一起，直通黑衣人的隐匿之处，他的想法已然不再仅仅是一位医生的思维。

岑晰溪见费大雷陷入了沉思之中，便到一边乖巧地给他泡了一杯咖啡。咖啡的香味从白色的瓷杯中悠悠地腾起，她感到精神为之一振。

费大雷也嗅到了咖啡的香味，他绷着脸扭头看了一下岑晰溪，然后又将眼睛转回了茶几上的那些厚薄不一的案卷上，一句话也没说。

沈德立靠在他自己的那张沙发椅上，心里在想着等会儿去饶州并案的事情，要不是今天要等费大雷过来，一早就出发走了。

过了老半天，费大雷才抱着双手喃喃自语道："贱人必须死……贱人必须死？"

岑晰溪也给自己泡了一杯咖啡，她吹了吹热气，轻轻地抿了一口，说道："大雷医生，方之莉被杀案和饶州的案子当中，死者的丈夫都收到了这条短信，我们已经在理论上并了案，沈队长今天早上就要赶到饶州去。"

费大雷舒了口气说道："理论上？我看完全可以并案，从心理学上。"

岑晰溪摊手说："哦？大雷医生此话怎讲？"

费大雷看了看沈德立那双焦躁的眼睛，说道："沈队长，匆匆看完卷宗，我觉得有些想法不吐不快。"

沈德立见费大雷比以往说话更为果断，知道他必有定论了，心中不免有些惊喜，他说："大雷医生，我就是喜欢你这不吐不快的感觉，快说吧，我洗耳恭听。"

岑晰溪也在一旁拍起手来，她真心希望费大雷能提出一些建设性的意见。

费大雷开始侃侃分析道："依我看，凶手在杀死死者之前都采取了虐待的行为，虽然虐待的手法有所不同，但他的目的是一样的，他无非就是想要让死者痛苦，但又不至于死亡，在职业分析上，我同意你们的看法，那人或许真的懂得医学知识。"

岑晰溪插话道："但是他最终还是勒死了死者，而且都在虐待不久之后。"

费大雷解释道："所以这里就有个问题，一般来说，一个虐待狂不会轻易让他的猎物死去，因为他可以在虐待的过程中享受到快感，如果在这么短的时间里就让对方死去，他得到的满足感远远不是他想要的。”

岑晰溪歪着头问道：“那是为什么呢？”

费大雷沉思了一会儿说道：“这个问题我也在想，你看，那人勒死死者之后，还发短信通知死者的丈夫，这明显是要给自己的行为脱罪。他认为自己是帮助死者丈夫除去了祸害，因为这些女人存在出轨的行为。”

沈德立一脸的凝重，他依然听不出费大雷想要表达什么。

费大雷又沉思了一小会儿，然后说：“我觉得那人真正的猎物不是这些女死者，而是女死者的出轨对象。”

岑晰溪瞪大了眼，她心里很着急，可是费大雷又顿住了，她急切地问道：“大雷医生，你就一句话说个清楚吧，我都快要急死了。”

沈德立心里却已经明白了费大雷的意思，但他坐在那儿像是一尊铁塔，默默地望着费大雷。

费大雷慢吞吞地说：“饶州那案子已经有几个星期了，那位失踪的男子有没有死亡我不知道，但是我感觉方之莉的情人阮远致现在还活着。”

岑晰溪按捺不住激动的情绪，她说道：“不会吧？大雷医生，你的意思是那人将阮远致拘禁了？”

费大雷点头说：“我就是这个意思，你看，那人说贱人必须死，意思是说他会让这些出轨的女人立即死去，但他并没有说要那些出轨的男人什么时候死去。那人有虐待的习惯，所以他不会让阮远致等人很快死去。他要享受那种感觉，我觉得他们应该是被关押在什么地方。那人最终会怎么让他们死去，我还没有思路。”

沈德立听了费大雷的分析，正和他自己刚才想象的大同小异，他说道：“大雷医生果然是我们的特别调查员，听你这么一说，我觉得有些豁然开朗了。阮远致没死，我没有想到过。那这样是不是可以说，那人和方之莉等人不一定熟悉，他只是想要除掉她们，获取虐待和杀戮的快感？”

费大雷搓了搓手说：“对了一半吧，持有这种心理的人，起初往往都有刺激因素。也就是说，他犯下第一起案件的时候，往往是他身边熟悉的人，但之后就很难说了。他会持续不断地去做同样的事情，互相之间就不一定有关系了。”

岑晰溪“哎呀”一声，叫道：“我知道了，这么说，只要我们好好地查饶州那起案子，顺着死者的关系圈调查，那人就一定会跳出来。”

沈德立瞪了一眼岑晰溪，说道：“你怎么就知道他只做过这两起案子呢？如果有更多，那么第一起案子还不知道发生在什么时候什么地方呢。”

费大雷左右看了看沈德立和岑晰溪，摇头道：“我看这里头的文章真是太多了。”

8

费大雷最终没有逃脱岑晰溪的死打烂缠，同意去方之莉死亡现场进行实地勘查，而沈德立自己在会见费大雷之后急匆匆地去了饶州并案。

经过费大雷的分析，虽然沈德立知道饶州案件不一定是黑衣人犯下的第一起案件，但目前来说，也只能把希望寄托在饶州了，其他的也只能走一步看一步了。

和费大雷同行的还有苏法医、小刘、海哥等几位技术组精锐人员，苏法医他们今天本来也要去那边处理阮远致的SUV，于是他们分别驾着两辆车一前一后地往郊野森林鱼贯而入。

岑晰溪沿袭了一贯的风格，飙车开在前头，她甚至还打开了天窗。郊野森林清爽的空气灌进车内，费大雷坐在副驾座上感慨万分，他说：“晰溪，你们警察的工作辛苦是辛苦了些，可是这种生活体验不是一般的工作可以有的，工作日时间还可以逛逛郊野森林。”

岑晰溪从后视镜里看到了紧随其后的苏法医，他驾驶着现场勘查车。她说道：“苏法医他们才是，他们几乎一年到头都在外边勘查现场，我大多数时间是和沈队长窝在专案指挥中心，帮他整理卷宗、领领盒饭什么的。不过，我从没有听苏法医他们说起现场勘查工作多有意思，我听到的几乎都是他们在发牢骚。”

费大雷哈哈大笑起来，说道：“这倒也是，一山望着一山高，从自己的角度去看人家的职业，总是有种仰望的感觉。”

岑晰溪笑着说道：“你们医生会发牢骚吗？”

费大雷将天窗拉上，车内立即安静了不少，他说道：“医生当然也会发牢骚，工作嘛，总有不顺心的地方，发发牢骚对调节心情有好处。”

岑晰溪忽然想到了那位凶手，于是说道：“对了，那位凶手如果是位医生，会不会是因为工作压力太大，又没处发牢骚，才杀人的？”

费大雷皱了皱眉说：“理论上也是有可能的，不过这位黑衣人不一样，我觉得他的目的性非常明确，专门找出轨的人下手。”

岑晰溪的方向盘打了右转，转过一道急弯，她说：“这么说来，你还是坚持要找到黑衣人犯下的第一起案件。”

费大雷看到前方路边有一个停车场，说道：“是，我坚持认为，如果你们找不到第一起案件，恐怕也找不到黑衣人。”

岑晰溪将车停在了路边，她扭头看了一眼费大雷，说道：“大雷医生，现场就在这儿。”

费大雷下了车，后边勘查车上的苏法医他们也停好了车，一起下车走了过来。

费大雷和苏法医握了握手说：“我们之间的专业算是最为接近的了，不过对于勘查现场，我却是在班门弄斧了。”

苏法医说：“我们法医不也一样吗？我和你一样，读的是医学院，进入刑警队之后才开始现学现卖。我们队里搞技术的，可能思维有些定势，我们只管肉眼可以看到的，而你却不同，你看到的都是现场没有的，你分析人的想法，很了不起。”

费大雷谦虚地说：“你抬举我了，我们工作的时候，经常靠的是感觉，没什么道理可言。”

苏法医伸出手去拍了一下费大雷的肩膀，说道：“所以说，这就是我不得不佩服你的地方，我们靠的是物证，你靠的是心证，显然，心证的难度要大得多了。”

费大雷走到了停车场边，说道：“哪有你说的那么神奇，只是一点小经验而已。”

苏法医和小刘分别将方之莉在现场的状况给费大雷作了介绍，海哥在一旁给他们拍了一些工作照。

他知道沈德立是喜欢这些工作照的，他每年在年终的时候都会出一本画册，收集刑警们一年来努力工作的照片，以此回忆、纪念、激励全体刑警。

费大雷听完介绍，他对苏法医和小刘说："其实我一直培养不起来对现场的感觉，看看卷宗上的照片感觉还好一些，可以一个人静静地思考，现在一到现场，好像就晕了，也许这就是我们工作方式的不同之处吧。"

小刘笑道："我们更喜欢到现场工作，因为现场总是有我们想象不到的新发现。"

费大雷调侃道："那你今天有新的发现吗？"

小刘尴尬地说："没有，新发现不是随时随地都有，运气好才可以撞上。"

费大雷认真地问道："你们也相信运气？"

小刘又呵呵笑了起来，说道："嗯，运气是很重要的，一个人眼睛的观察力很容易受到限制，昨天没有看到的，说不定今天就看到了，这很正常，所以我们会对现场反复进行勘查，没事就去现场遛遛，说不定就会有新的发现。"

费大雷会意道："我知道了，现场就是你们的灵感来源。"

苏法医接话说道："我想更需要灵感的是大雷医生吧，不如我们去悬崖底下看看阮远致的SUV，那场面非常特别，我猜十有八九可以激发你的灵感。"

岑晰溪将车门打开，说道："大雷医生，据说通往悬崖的是一条黑咕隆咚的隧道，如果你不害怕的话，我倒是愿意陪你走一遭。"

费大雷被岑晰溪逼到了绝路，他只好说道："晰溪，你别逼我，你敢去的地方，我一个大男人还会害怕不成？"

小刘顺道去找了昨天带路的大爷，可是大爷位于森林深处独栋的水泥房已经挂上了一把生锈的大锁，看样子已经出门了。

小刘心想，凭他多年的勘查经验，昨天走过的隧道今天应该还记得起来，隧道里真正有麻烦的地方只有几处岔道，到时候注意一下地面上留下的鞋印，还是可以解决问题的。

于是一行人在小刘的带领下，沿路来到了昨天那位大爷指示的隧道入口。

小刘站在隧道口前，记忆迅速恢复，顿时自信满满，他觉得自己完全可以沿昨天的原路穿过隧道，去往阮远致 SUV 的坠落地。

岑晰溪探头探脑地看了看那黑乎乎的洞口，叹道："我的妈呀，这种洞亏你们也找得到？"

海哥指着洞口的一块石头说道："晰溪，你站到那儿去，我帮你拍个照，这样的现场不是谁都能遇上的，你如果以后做了队长，还能拿照片出来教育年轻人呢。"

岑晰溪翘起嘴巴说道："我才不呢，又不是来观光，这黑咕隆咚的隧道有什么好留影的？说到队长，我感觉现在给沈队长提包都不配，你就别糗我了。"

小刘"嘿嘿嘿"地在一边傻笑，他说："海哥，人家晰溪才一个小姑娘，你就要让她做给年轻人炫技的教育片，你是觉得晰溪老了吗？要不是大雷医生在此，人家晰溪早跟你翻脸了。"

海哥固执地说："我是认真的，我这不是为她着想吗？"

小刘把头摇得像是拨浪鼓，仰头叹道："唉，真是有代沟，算我没说。"

岑晰溪被他们的闲聊晾在一边，只有无奈地说道："你们今天是来耍嘴皮子的，还是要带大雷医生勘查现场？"

费大雷见到他们吵吵嚷嚷的，身处在这种氛围中，心里莫名地有些触动。

他发现，影视剧里的那些警察形象和现实中的完全不一样，换句话说，眼前吵吵嚷嚷的伙伴们才是最接地气、最可爱的刑警。

小刘大喝一声："跟我来！"

说完，他带头走进了隧道之中。

费大雷跟在海哥身后，岑晰溪殿后，几人呈蛇形遁入隧道之中。

费大雷发现这隧道弯弯曲曲的，不时还有些岔道，他也不知道小刘是怎么记住这隧道走向的，一度担心大家会在隧道当中迷路。

苏法医昨天也没有进来过，他一边走一边警觉地四处张望，经过一处岔道时，忽然冲出一大群黑蝙蝠与他擦肩而过，着实吓了他一跳。

小刘一边走一边在跟他们胡侃，以此消除大家在隧道中穿行带来的寂寞和不安。

他开始将昨天从大爷那儿听来的一些传闻绘声绘色地描述起来，特别是提到当年二十多人被埋在洞中的情节时，说得更是细致详尽。

走在最后的岑晰溪听了之后有些疑惑，她说："小刘，我怎么听你说埋掉了二十多人，感觉有些不对劲儿呀？"

小刘在前头没有停下脚步，碎石子"咔嚓咔嚓"的声音非常刺耳，他说道："晰溪，哪儿不对劲儿了？有想法你可以提。"

岑晰溪接着说："也许是我多虑了，我也不知道是不是进入刑警队之后脑子有些变态了，我怎么觉得那二十多人的死亡存在着阴谋呢？"

岑晰溪的话音落下，隧道里顿时安静了下来。

小刘知道岑晰溪说的是什么意思，他停下了脚步，回头用勘查手电往后头照了照，说道："晰溪，你怀疑那二十多人是被谋杀的？"

海哥被手电白晃晃的灯光照得有些不舒服，他说："小刘，你要看晰溪就看，别把手电打我脸上呀。我说，昨天那带路的大爷明明说是有人抽烟不小心点着了火药，炸塌了隧道才出的事，你们怎么不信？"

岑晰溪反问道："这怎么让我相信？"

苏法医接腔道："如果当初尸体进行了检验，可能说服力会大一些，谁知道竟然连尸体都没有挖出来。"

小刘也不无遗憾地说："是，如果当初进行过现场勘查，那就不会留下你所说的疑团，晰溪，你如果愿意，等方之莉案子结了，你陪我们重新勘查吧。"

没有说话的费大雷心里一直在想这个问题，他觉得岑晰溪说的不是没有道理，凭着自己跟刑警队合作的这几次经验，他也变得多疑起来，于是随口说道："晰溪的想法如果属实，那么昨天给你们带路的大爷或许就是当年点燃火药的始作俑者。"

这句话比当年那火药还要威猛，让小刘浑身颤抖了一下，他想起刚才大爷家门上的那把生锈的大锁，心中不免开始焦躁起来。

岑晰溪非常赞同费大雷的说法，她说："大雷医生最懂得心术，我担心方之莉案子还没破，倒可能顺手破了几十年前的一个案子。"

苏法医一时不知该如何是好，他最后还是说："这个……且往后放放，我们出洞要紧，沈队长都快要到达饶州了吧，我们的工作可要和他同步起来。"

出了隧道，小刘长吁了一口气，说道："总算出了迷宫，晰溪，你看这像不像是密室逃脱的场景？"

岑晰溪朝前看去，果真见到一辆SUV倒插在水面上，她说："是啊，这个场景确实有些特别。"

费大雷第一次看到如此博人眼球的场景，他仰头朝悬崖顶上望去，站在那儿想象着这辆车子如何从上面坠落下来。

海哥急忙抓拍了这个镜头，因为他发现费大雷情不自禁地流露出一种诧异的神情，在他眼里，费大雷在刑侦领域只能算是一只菜鸟。

只有苏法医一个人皱着眉往地面上看，因为他发现了地面上有一滴血迹。

起先，苏法医没敢确定那是血迹，心想要真是血迹，小刘他们昨天就应该发现才对，小刘那双贼亮的眼睛不可能会漏掉这么显眼的一滴血。

苏法医在那滴暗红色的圆点前蹲下身来，仔细一看，不禁大惊失色，果真是血！而且这血迹还没有完全干涸。

岑晰溪见苏法医蹲在地上不说话，便走到跟前问道："苏法医，你发现什么了吗？"

小刘听到身后有动静，便回过头来，他也看到苏法医蹲在了地上，便也好奇地走了过来。

苏法医抬头看了看他俩，脸上的表情异常古怪，他说："你们自己看吧，这要不是血迹，还能是什么？"

小刘脸色大变，他心里一阵不安，昨天他都仔细搜索过的，这么明显的血迹怎么可能会漏掉呢？他嘴巴里嘟囔道：“不会吧，怎么会有这种事？”

费大雷这时也走到了苏法医身边，苏法医抬眼问道：“大雷医生，你怎么看？”

费大雷没发表意见，他只是摇摇头，目不转睛地望着苏法医，苏法医说：“依我看，这血迹不会超过六个小时。”

岑晰溪立即盘算起来，她说：“现在才九点多钟，这么说这血迹是今天夜里三四点钟才滴下的了？”

小刘摸摸头，心中的不安少了许多，至少他昨天的工作没有留下纰漏，可是他还是非常不解，问道：“今天夜里滴下的血迹？今天夜里有人来过这儿？”

海哥跑了过来，说道：“不会吧，这种地方还会有人来？莫非阮远致的确是和车子一起坠下来的？”

小刘表示不同意，他说：“不可能的，昨天我反复核实过，车门被断枝所压，就算他随车一起坠落下来，也根本不可能从车里爬出来。”

苏法医站起身来说道：“不必争了，我们赶紧再搜索一下，我感觉应该还有其他的血迹，这血迹是行走的时候滴落的。”

小刘往河边的方向搜去，岑晰溪跟着苏法医往隧道方向折回，费大雷站在那儿不知所措，他不知道现在他需要做些什么。

小刘很快就发现了那些间或可见的血迹一路通向河边，他回头朝苏法医喊道：“苏法医，这人受伤之后下了河。”

苏法医也在折回的方向上找到了血迹，他回应道：“小刘，我这边也有，看来这人是从隧道里出来的，我们需要回到隧道，找到血迹的来源。”

费大雷被他们快速有效的工作成果所震撼，他发现勘查现场真是一件刺激而有趣的工作，心里暗暗下了决心，要好好利用他自己这特别调查员的身份，有机会多参加他们的现场勘查。

折回到隧道之后，苏法医带头向隧道深处走去，在雪亮的勘查灯照射之下，他发现地面上一直都有点点滴滴的血迹，只是刚才来时没有注意到。

小刘有些自责地说道："真是抱歉，刚才只顾着吹牛，差点把这么重要的变化都给疏忽了。"

苏法医打了个圆场道："又不是你一个人的错，我们都错了，只顾闲聊，忘了大事，不是你说的吗，现场总是会有新的发现的。"

岑晰溪有些紧张地说道："我感觉越接近真相，就越是恐慌，这血迹一定和案子有关。"

苏法医忽然在一处岔道口停了下来，他左右照了照两侧的岔道，然后说："注意了，血迹来自左边隧道，不是我们刚才来的方向。"

小刘也朝左侧的隧道照了一下，说道："不急，我先看看有没有足迹。"

海哥凑了上来说道："废话，怎么可能会没有足迹，我先拍张照吧，不然等你们走进去，地面就不再原始了。"

海哥的闪光灯一闪，将左侧的隧道照得通亮，就在刹那间，岑晰溪发现隧道深处有一大片暗红色的东西，她尖叫了起来："啊！那是什么东西？"

小刘的勘查灯已经照到了那个位置，苏法医敏锐地发现，那是一摊血，他不由心里一惊。

"血泊。"苏法医冷冷地说。

小刘在前头开路，等他们慢慢挪到血泊边上时，苏法医又说："这个血泊太大了，我敢说那人身受重伤，在这儿停留了至少半个小时以上的时间，或许还在这儿昏迷过。"

除了苏法医在讲话，其他人都变得沉默，费大雷更是惊诧于眼前所见。

等海哥拍好照片，他们又开始继续前行，前方的血迹越来越密集，看来，距离那人受伤的地点越来越近了。

岑晰溪发现似乎有些不对劲儿，如果这样走下去，那人受伤的位置一定是在隧道当中。半夜三更的，这几十年未曾启用的荒废隧道中怎么会突然有人活动并且受伤呢？

正想着，前头的小刘惊叫一声，岑晰溪从未听过小刘发出这样的声音。

她顺着小刘的灯光望去，看到前方竟然出现了一个斗室，斗室的地面上躺着两个人。

岑晰溪感觉自己的小心脏都快要跳出胸膛了，心脏撞击的声音非常大。

苏法医冷静地说："慢，先待我看看是活人还是尸体。"

费大雷心里也有些紧张，不过他还是说："苏法医，如果需要，我也可以帮把手。"

苏法医也不客气，他说："嗯，那好，我们一起过去看看吧。"

岑晰溪接过苏法医的勘查手电，照射着那两人的位置，苏法医和费大雷两人走上前去，确定那两人的生死。

苏法医触摸过左边那人的脉搏之后，对着费大雷摇了摇头，费大雷也上前去捏了一把，说道："看来已经死亡了。"

苏法医将那人的衣服往上翻起，发现尸体的背部尸斑非常明显，他确定地说："不用看了，早就死了，只是尚未腐烂。"

岑晰溪站在背后说："苏法医，你看看他的左手，是不是有根东西绑着？"

苏法医抓起那人的左手臂，说道："是一根铁链，这人被一根铁链绑着。"

费大雷已经转移到斗室右侧的另一人身边，他也说："我这边这具尸体也被铁链绑着。"

岑晰溪心里有些慌乱，一时接受不了眼前的情景，她无法相信这一切竟是真的。

不过，没等她的心情平复，她又听到了小刘的一声惨叫，她立刻将勘查手电转到了小刘那边，他发现小刘身边的地面上有一把血淋淋的尖刀，尖刀的旁边有一根铁链，铁链上还挂着一只断手。

苏法医也跟着灯光转过头来，看到了岑晰溪勘查手电照射之下的尖刀、铁链和断手。

他眉头一皱，陷入了深思之中，他也想不明白，眼前的这个现场到底是怎么回事儿。

苏法医冷静了下来之后说道："奇怪，真是奇怪，这隧道里竟然藏着这么多的秘密。"

海哥没想那么多，他拿起相机对着断手一阵抢拍，然后说：“你们不要被黑乎乎的隧道影响了自己的判断，这无非就是个现场。凶手在这儿设局，用铁链子将他们捆绑，在这儿关押了三个受害人，今天夜里，凶手剁了其中一个人的左手，没想到那人却逃出了隧道。”

小刘摇摇头说道：“不不不，我不这么看，我觉得这一路上的血迹不像是逃跑时留下的，而是慢慢走出去的，如果是被人追杀的状态，那么这些血迹的形态显然不是这样的。”

苏法医抓起那只断手研究了半天，说道：“小刘说得对，我看这断手也不像是被人剁下来的，从这断面上看，倒像是自己慢慢割下来的，如果用地上这把刀来切割，那是非常符合的。”

岑晰溪快人快语，她说：“如果你们说得都对，结合我们自己的案子，我觉得这断手必定是阮远致留下的，你看，阮远致是胸外科医生，他有这个技术将自己的手割下来，要不是医生，用这刀切割自己的手臂，应该会大出血死亡吧，大雷医生？”

费大雷越来越觉得眼前的现场不可思议，他听到岑晰溪在问他，便说：“嗯，我想也是，手臂上有好几根大血管，哪怕只是切断一根桡动脉，如果不懂得止血的话，出血量就足以致人死亡。”

苏法医补充道：“那些割腕自杀的人们，正是切断了自己的桡动脉才出血死掉的。”

岑晰溪噘嘴说道：“嗯，这么说，我这拙见还是有理论支撑的。”

海哥有些不服气，他反驳道：“晰溪，依你这么说，这个狭窄的斗室里关押了三个人，阮远致是割腕脱身，那么其他两个为什么死在这儿？”

岑晰溪马上应道：“说明其他两个不是医生，不懂得解剖学，他们不敢切下自己的手腕，最后饿死在这儿，你看他们都瘦成啥样了。”

海哥嗤之以鼻，他说：“这不是你随便可以下定论的，这要看苏法医的死因鉴定。”

苏法医叹了口气说：“至于这两人的死因，虽然还没有解剖，我感觉有晰溪说的这种可能。他们瘦骨嶙峋，明显是恶病质体征，事情没有这么凑巧，两人同时患上重疾，只能用饿死来解释了。”

海哥还是不服，愤愤地说道："尸体还没有解剖，化验也没有进行，你们说的我都持保留意见，我觉得没有这么蠢的凶手，千辛万苦地将人用铁链绑在这儿，还丢把刀在这儿，给他们生还的机会。他就不怕这些人逃出去报警？"

海哥将眼神投向费大雷，言下之意就是要费大雷来解释解释，支持他的这番言论。

岑晰溪疑惑地望着费大雷，问道："大雷医生，你说呢？"

费大雷抓抓头，对海哥说道："这个有点复杂，不过在我看来，苏法医和晰溪他们说的不是没有道理。从我的角度看，凶手既然可以将他们绑缚在这隧道之中，他就完全有这个能力将他们杀死，但是事实上他没有这么做，他需要的是快感，他将他们囚禁在这儿，用铁链捆绑，知道他们无法脱身，他感到很痛快。"

费大雷眯了一下眼睛，继续说道："但是凶手给了他们一种选择，就是在这斗室里留下一把刀，囚困于此的人自然知道，只有切下自己的手腕才能脱身。凶手这样做，他是有考虑的，因为他知道，这些人只要切下自己的手腕，就会失血死亡，所以他根本不担心有人会跑出去报警。"

费大雷说完，岑晰溪鼓起了掌，她说："凶手没有想到，他拘禁的第三人竟然是名医生，阮远致现在已经成功地逃出了隧道。"

海哥冷冷地说："如果阮远致逃出已经六个多小时了，那为什么我们警方没有收到他的报警信号？"

小刘想到了逝于河中的那些血迹，说道："说不定他蹚河而走，不料被河水淹死了。"

苏法医迫不及待地下了命令："我们还是救人要紧，大家一起去河里看看吧。"

几人又出了隧道，没想到的是，他们在河面上发现了一只竹排，竹排上有一人正弯着腰在那儿将竹排系在一棵树根上。

小刘一眼就看了出来，那人正是昨天给他带路的大爷，他没想到大爷昨天刚提到竹排拖车的事情，今天就二话不说划着竹排来到了这儿，真是出乎他的意料。

小刘瞅了一眼岑晰溪，还做了个鬼脸，岑晰溪当然知道他的意思，她刚才在隧道里和费大雷还怀疑大爷可能在几十年前点着了火药活埋了二十多人呢。

小刘冲大爷喊叫了一声：“大爷，你怎么这么早就来了？”

大爷腰都没直一下，似乎已经知道他们的到来，他说：“哦，不早了，你看都快要十点钟了，我一大早划竹排过来，这水流太急，逆流而上很慢。”

海哥上前说道：“大爷，真是辛苦你了，好心总有好报，我们今天的工作全靠你了。”

苏法医过去打了个招呼，然后问道：“大爷，你一路上来的时候，水面上可曾发现了什么特别的东西？”

大爷呵呵一笑道：“死鱼死虾肯定是有，可我一直忙着赶路，没看见有什么死人。”

苏法医心里一怔，心想他怎么知道他们要找的是一个死人呢？

大爷系好了绳子，挺起了腰，似乎见到苏法医双眉紧锁有些疑惑，他乐呵呵地对苏法医说：“怎么？你们法医要找的难道不是死人吗？”

苏法医这才解开了疑惑，他说：“大爷，现在运送这车子倒是不急，眼下我们要沿着水路找一个人。”

大爷眼一瞪说：“真有那么回事啊？我上来的时候没怎么注意，你们如果想找，那我就划船送你们。”

苏法医招呼大家上了竹排，大爷将刚刚系好的绳子又解开了，然后他跳上船，撑开一支长长的竹篙。竹排离开了岸，顺水而下。

大爷不停地用竹篙调整竹排的方向，竹排在河水中慢悠悠地向下游飘去。

苏法医的眼睛不停地在四处张望，他发现这条河两边到处都是水草、荆棘，水草丛中不时地可以看到一些鸟窝，一派原始风貌。

他心想，如果阮远致真的下了这河，说不定就会被水流冲进这些草丛中。

岑晰溪也在四处张望，她担心阮远致已经死亡，不然怎么到现在都没有人报警呢？

海哥手举着一架微型摄像机，在船头拍摄整个搜索的过程。

竹排大约划出了二三公里之后，小刘忽然叫道："你们看，左岸那儿是不是有个什么东西？"

大家朝小刘手指的方向看去，发现左岸不远处似乎有个人的影子，纹丝不动地趴在河边。

大爷连忙将竹篙一插到底，止住了竹排的前行，然后他慢慢地调整方向，将竹排的头部对准了那个人影。

竹排慢慢地划到了岸边，苏法医第一个跳了下去，鞋子沾满了水，这时候他也顾不上那么多了，因为他发现趴在岸边的正是一个人。

岑晰溪见苏法医将那人翻转过来，她记得阮远致照片上的面貌和这人长得一模一样，于是说道："这人就是阮远致。"

费大雷此时也跳下了竹排，他麻利地检查了一下阮远致的身体，伸手摸脉搏，贴耳听心音，然后说道："苏法医，阮远致还活着，只是生命体征比较微弱。"

苏法医愣了一下说："救人要紧，大爷，竹排出去要多长时间？"

大爷摇头说："至少也要三个小时。"

小刘上前说道："不用了，我们先用竹排将阮远致送到隧道那边，我一个人就可以背着他从隧道出去，这样节约时间。苏法医，你负责准备车子就可以了。"

苏法医见阮远致左手腕上用一块碎布包扎得紧紧的，颜色已经完全染红，心里便明白了一切，阮远致果真是自己切下了左手，他说："也只能这样了，救人才是最要紧的。"

接下来，大爷划着竹排将阮远致送到了隧道口，小刘背起他穿过隧道，岑晰溪驾着车，费大雷护送，向城里奔去。

经过大家的一番折腾，阮远致终于被送到了市一医院的急诊室。

急诊室的医生对阮远致进行了简单的清创处理之后，直接就将他送进了 ICU，又是输血，又是吸氧，几乎上了最高级别的急救措施。

苏法医看着监护仪上显示的血压，心凉了半截，阮远致的收缩压只有43毫米汞柱，这已经是重度的失血性休克，几乎接近死亡的边缘了。

苏法医对岑晰溪叹了口气说："这个阮远致可能保不住了，血压太低，输了血都没什么反应。"

岑晰溪看着玻璃窗那侧全身插满各种管子的阮远致，也叹了口气说道："这就是黑衣人想看到的结果吗？"

费大雷在一边说："不，他想看到的是阮远致割腕之时喷血而死的样子。"

岑晰溪握着拳说："那真是太变态了。"

直到深夜，苏法医才将隧道里的那两具尸体转移到了法医解剖室，并进行了初步的解剖。

苏法医感觉有些累了，他让岑晰溪帮他开了一瓶矿泉水，拉下口罩"咕噜咕噜"一口气喝了半瓶，然后说："晰溪，谢谢你，没想到你亲自给我喂水。"

小刘正在给其中一具尸体按印指纹，他打趣说："沈队长都没有享受过如此高的待遇，哎呀，怎么我好像也渴了。"

岑晰溪听出了小刘话外的不正经，便讥讽道："小刘，你如果渴死了，我会让沈队长追认你为烈士的。"

小刘一听更来劲儿了，他说道："晰溪，你就这么忍心看着亲爱的队友倒下？"

岑晰溪从箱子里又掏出一瓶矿泉水说："谁跟你亲爱的，你以为你是谁呀，有种你让尸体开口说话。"

小刘装作很委屈的样子说道："能让尸体开口说话的是苏法医，我这么一个小喽啰，哪有这般能耐？"

苏法医喝好了水，精神大振，小刘和岑晰溪的一番打趣更使他倦意全消，他指着左边解剖台上的尸体说："编号为2的尸体现在已经确认为饶州那位失踪的男人，面貌和沈队长发过来的照片基本一致，而且他的左腿胫骨粉碎性骨折，愈合不过半年，沈队长说那人半年前出过一次车祸，这也对得上。”

小刘已经按好了最后一只指纹，他将指纹卡收进一只信封，然后说：“关键是编号为1的尸体。”

苏法医扭扭腰，瞄了一眼右侧解剖台上的那具尸体说道：“编号为1的尸体为男性，年龄40岁左右，身高171厘米，目前身份不明。”

岑晰溪有些遗憾地说：“按照你的意思，这具尸体瘦得更明显，他被拘禁的时间可能更长一些，也就是说，他可能才是黑衣人犯下的第一起案件。”

苏法医点头说：“对，如果时间序是这样，那么按照大雷医生的意思，饶州案件目前来说还不是重点，重点是这位编号为1的尸体。”

小刘脱掉被油墨涂抹得黑漆漆的手套，说道：“找到男1号，就找到黑衣人了。”

岑晰溪有些心里没底，她说：“话是这么说，可找到男1号才是本案的开始，我又有点灰心了。”

小刘斜了岑晰溪一眼说：“你真是让人扫兴，刚找到重点就打退堂鼓。”

岑晰溪一脸茫然地说：“沈队长还在饶州摸底呢，谁知道他也会跑偏。”

苏法医开始收拾解剖器具，今天的解剖工作基本告一段落，他收拾好那些装了脏器检材的瓶瓶罐罐，准备送去化验室进行毒物化验。

海哥也将照相机收进照相包，默不作声地准备打道回府，他知道回去之后还是没得休息，今天一天的照片需要归类处理，该打印的得打印，该备份的得备份。

岑晰溪不是技术组的成员，可是她也不轻松，她在脑子里整理思路，准备给沈德立打电话汇报一下今天一天的工作。

忽然，岑晰溪脑子里蹦出了躺在ICU中的阮远致，她大叫道：“对了，如果阮远致醒过来，他岂不是可以描述出凶手的模样？”

小刘一点面子都没有给她，说道：“你做梦吧，晰溪，苏法医都说不行了，还会有奇迹吗？”

9

午夜，黄州城郊的一间出租房里，一位身材魁梧的年轻人正在地板上做俯卧撑，他一边做一边默默计数：“98，99，100……”

年轻人收起双腿，敏捷地将身体弯成了弓形，然后倒在了地上，在那儿深深地喘气。

“贱人必须死！”

他嘴里念叨着，带着一丝恶意，此时他的脑海中浮现出一个姑娘，那姑娘满脸惧色，脸上的肌肉抽动得像是颠簸的拖拉机座椅。

他得意地笑了起来，又在嘴里哼了一句：“贱人必须死。”

他想，这不是他的错，那姑娘是个贱人，贱人必须死。

他一直闭着眼睛，好让那姑娘的影像持久地驻守在他的脑海里，眼前一直浮现着她痛苦的表情，他需要这种感觉。

那姑娘叫小翠，是和他一起长大的，他们在同一个村子里无忧无虑地度过了最美好的童年，后来小翠去了城里，而他依然待在了农村。

谁知道，命运就是这么巧，他在大学里又遇到了小翠，两人很快就坠入了爱河，做了一切该做的事，直到大学毕了业。

他和小翠读的是药学院，毕业了一起来到他的家乡黄州打拼，那几年黄州的房产特别火，小翠便放弃了本行，去了一家房产公司做销售代表，而他则在一家药品零售连锁企业做了药房管理员。

让他没有想到的是，小翠毕业后变化大得让他惊讶，她经常早出晚归，有时候喝得酩酊大醉才回来。

终于有一天，他发现小翠和她公司的副总经理搞在了一起。

那天晚上，他喝了两瓶二锅头，觉得天旋地转的，小翠回来后，他将小翠绑了起来，然后让她交代她的丑行。

最让他痛心的是，小翠对她的出轨行为竟然完全没有羞愧感，还将他臭骂了一通，说他没钱又没前途。

他借着酒劲，拿出一把尖刀，开始在小翠脸上刻字，左脸刻上“贱人必须死”，右脸也刻上“贱人必须死”。

小翠痛得尖叫不已，他一怒之下，从墙上扯下一根电线，直接将小翠勒死。

小翠死后，他没有丝毫的悔恨，他想到了和小翠勾搭在一起的那个40岁的老男人，他决定除掉他。

当他在野外截获了那个送她回来的男人之后，他忽然觉得如果可以将这个男人秘密地拘禁起来，让他自己慢慢地死去，那是一件多么痛快的事情。

他想到了一个地方，他曾经听他爷爷说起过，湾州郊野森林有纵横交织的荒废隧道，心想如果将这男人关押在那儿，天不知地不知的，没人知道这个活该死去的人会永远地消失在那儿。

他打造了一副成色相当不错的铁链，将那隧道的斗室改造成了简易的监牢。

当他看到昏迷中的副总经理手上套着的铁链时，他忽然想到了恶作剧，他将随身携带的一把刀子抛在地面上。

他决定赌上一把，如果男人敢切去自己的手腕谋求逃脱，他相信男人一定会因失血而死去，那种感觉真是爽得不要不要的。

“滴滴……滴滴……”

他每天固定的睡觉时间到了，他从回忆中回到了现实，但是依然没有睁开眼睛，他决定今天晚上就这样躺在地上美美地睡上一觉。

10

湾州的早晨永远都是忙碌的，苏法医一早来到刑警队，直奔DNA实验室，不过实验的结果让他有些失望。

1号尸体的DNA信息在联网的失踪人员亲属数据库里没有匹配的对

象，也就是说通过亲子鉴定的办法找到死者的真实身份是不可能了。

苏法医从实验室出来的时候，迎面撞上了岑晰溪，岑晰溪见他满脸愁容，便问道："DNA 肯定没戏吧？"

苏法医摆手示意道："一如既往地失败了，我们总是没有好运气。"

岑晰溪则压低声音神秘地说："谁说没有好运气？沈队长昨天晚上连夜赶回了湾州，他一回来就去了市一医院，你说这也神了，阮远致竟然在那个时刻醒了过来。"

苏法医瞪大了眼睛，问道："醒过来了？血压恢复了？"

岑晰溪说道："具体我也不是很清楚，我只知道沈队长在医院里守了一晚上。"

苏法医挥挥手说："沈队长现在有没有回办公室？我们去看看吧。"

两人急忙朝沈德立的办公室走去，走到门口时，发现沈德立办公室的门开着，岑晰溪轻声说："回来了，他今天早上有个会，我先把他截住问问。"

正说着，沈德立从门里走了出来，见苏法医和岑晰溪堵在门口，便问道："怎么了？"

岑晰溪笑着说："我们就是想了解一下阮远致的情况。"

沈德立的双眼仍然炯炯有神，一夜的疲劳好像对他没什么影响，他说："阮远致都说了。"

苏法医心率突然加快，他问道："都说什么了？"

沈德立抬起眼皮说："阮远致说他并不认识那位凶手。"

岑晰溪失望地看着沈德立，继续问道："就这些？"

沈德立将身后的门带上，然后说："当然不是，阮远致还说那人的口音是黄州口音，我想我们工作的重心要转移到黄州去。"

岑晰溪感到有些失望，阮远致好不容易醒来，可是提供的信息实在太少，只有黄州口音这么点儿线索，想要通过这找到黑衣人，那真是比登天还难。

她想，黄州口音最多只能说明黑衣人从小生活在黄州，但现在是否居住在黄州，没有人知道，如果那人不在黄州，那么黄州的工作做得再细，估计也是白忙。

岑晰溪回到自己的办公室，坐在那儿闷声不响，忽然她的手机响了起来，她低头一看，竟然是费大雷。

她接起电话，向费大雷道了声早安，然后问道："大雷医生，这么早你有急事吗？"

费大雷在电话那头关切地问道："那位阮医生醒过来了吗？"

岑晰溪正好将阮远致的情况给费大雷简单地介绍了一下，费大雷安慰道："晰溪，你别灰心，我觉得这个案子还是非常有希望的，打电话给你就是想跟你分享一下我昨天晚上的想法。"

岑晰溪打趣道："大雷医生，你通宵帮我们想办法呀？这加班费我们可出不起哟。"

费大雷呵呵笑道："晰溪，加班费不用你掏，下次好好请我吃一次牛排就好。"

岑晰溪连忙说道："嗯，肯定没问题。"

费大雷开始分析，他说："我想纠正一下我的看法，我感觉凶手的目标还是在女性身上，他虽然对女性作案的时间比较短，可是他对于女性采取的动作重复次数都非常多，玻璃切割、棍棒殴打，这就反映出一个心理，他对女性特别嫉恨。所以我觉得，你们如果去黄州工作，要找的不应该是男1号，而是和男1号偷情的那位女性，找到了那位女性，黑衣人就出来了，我觉得黑衣人和这女性可能有密切的关系。"

沈德立坐在会议室里心急如焚，不由自主地从包里掏出一盒烟，正想要来一支，可是看到墙上"禁止吸烟"的标志，便将烟盒又塞回了包里。

这时，张局长从门外走了进来，他穿着笔挺的警服，方脸上挂着一贯的严肃，他边走边将眼睛在会场里扫着，像是在寻找谁，沈德立立即坐直身子，注视着张局长。

当张局长的眼神和沈德立相接时，他停住了脚步，向他招了招手，沈德立站起身来，随他一起来到会议室外的走廊。

张局长开门见山问道："听说受害人阮远致医生开口了？"

沈德立脸上露出悦色，他说道：“是的，我正要给您汇报呢，张局长，阮远致说了一些情况，对我们下一步的工作还是非常有价值的。”

张局长“哦”了一声，听出了沈德立的意思，便说道：“详细的就不用说了，你们刑警就该把案子办好，去吧，例会你就不用参加了，时间宝贵。”

沈德立本来还要介绍一下阮远致说起的那些事儿，没想到张局长放过了他，其实他急得早就想去黄州了。

沈德立本来想带岑晰溪一块儿去黄州，可是他想到一个女孩跟着去外地出差，工作不是很方便，便放弃了这个念头。

他带了几个得力的骨干，驾着一辆吉普车，便朝黄州奔去。

黄州距离湾州百来公里，虽然不是很远，可黄州也不属于江南省。

两省交界的地方就是山多，高速公路不断地穿过一个又一个隧道，经过近两个小时的疾驰，终于来到了黄州出口。

黄州非常重视湾州来的刑警，派了一位能干的刑警接应沈德立。

见面后，那位瘦高的刑警自我介绍说：“我姓叶，叫我小叶好了。”

沈德立也不客气，说道：“小叶，我这次来可能会麻烦你们，案件在身，也是没有办法的事。”

小叶握着沈德立的手说：“不必客气，我会尽力的。”

沈德立跟着小叶的车子，一路来到黄州刑警队，坐下之后，沈德立介绍了方之莉被杀案的来龙去脉，他特别强调了阮远致提到的那位持黄州口音的黑衣人，说明此番来黄州就是想要找到这位黑衣人。

小叶坐在那儿陷入了沉思，听完沈德立的介绍，老半天才说：“沈队长，我也知道你的意思，凶手持的是黄州口音，但现在不一定居住在黄州，你们此番来，犹如大海捞针。”

沈德立干咳了一声，说道：“这个很明显，不过，就算是大海捞针，我们也准备赌上一把。”

小叶轻描淡写地说：“如果你们觉得凶手的第一起案子犯在我们黄州，那么我想说的是，黄州今年以来没有积案，所有凶杀案件都已经告破，估计这并案的工作很难开展。”

沈德立心里一怔，他没想到会是这样的结果，不免有些失望，他说："哦？既然没有凶杀案件，那么失踪人员呢？"

小叶知道沈德立的意思，便回答道："这个应该也不大可能，我们黄州接到报失踪的，一般都会提取失踪人员亲属的血迹进行DNA鉴定，我相信你们湾州的法医已经在数据库里比对过了。数据库都是联网的，如果你们比对的结果是阴性，那么你所说的男1号肯定不在我们黄州。"

沈德立的心灰到了极点，不过他仍然没有放弃，他说："你说的是一般情况，还有不一般的情况吗？"

小叶耐心地解释说："不一般的情况有，比如有的不是父母亲报的失踪，只是一般朋友或者单位报警的，都没有条件采集DNA。你也知道，派出所每天接到的报失踪事件不在少数，大多数家属都在一两天内找到了相关的人员，派出所也没有精力逐一落实进度。"

沈德立见缝插针地说："行，小叶，我想要这批名单，如果有办法的话，你帮我搞定吧。"

小叶客气地说："沈队长，这没什么问题，我会帮你搞定，你什么时候要？"

沈德立听到了肯定的答复，心中大悦，他说："越快越好。"

11

黄州通往湾州的湾黄高速公路边有一处服务区，开设有一间别致的小咖啡馆，午后的阳光虽然强烈，但室内强劲的空调将炎热驱散得无影无踪。

一位身穿黑色棉质T恤的年轻人坐在角落里，双手不停地在一个笔记本电脑上敲打着键盘，他在记录他的梦境。

他梦见了一大群饥肠辘辘的狼在追他，他跑啊跑啊，一直跑向天际，天际那边是一个无底的深渊，他忽然看到一轮圆月从深渊中腾空而起。

他感觉自己瞬间也变成了一头狼，可回头看时，狼群已经消失了踪影，他得意地对着圆月咆哮起来……

早上醒来的时候，他发现地板上都是他的汗渍，他给公司的经理打了电话，请了一天假。

此刻，咖啡活跃了他的思维，他心想，是该告一段落了，自从将小翠的情人送进了湾州的荒废隧道后，他又相继送了两个进去，让他兴奋的是，那把刀一直摆在那儿，至今还没有哪位敢剁去自己的手臂。

他抬起头，朝玻璃墙后的高速公路上望去，高速公路上的车辆快得像子弹，他想象不出自己的车子如果不停留，是不是也会如这般在高速公路上飞驰。

他哑然地笑了笑，想到那些关押在隧道里的可怜人，他就有种快感。

其实他是希望他们剁去自己的手臂的，他不止一次地想象着他们剁去手臂时，看着自己的血液喷出的那种感觉，他每次重返隧道时，都希望看到地面上留下一只断手。

昨天晚上的梦境让他开始有些担忧，醒来之后，他立即做出了决定，决定今天请假去湾州了解一下这件已经持续了两个多月的事情。

不能再拖延下去了，他握了握自己的拳头，在心里暗暗地发誓。

12

下午晚些时候，小叶已经帮助沈德立整理了一份名单，名单是近三个月来黄州地区关于失踪人员的接警记录，并已经剔除掉检验过亲属 DNA 的，现在名单上还有 500 多个。

沈德立接过名单翻了翻，厚厚的一沓。

他知道，500 多个失踪人员，想要一个一个去落实基本不可能，他快速地浏览着这些失踪人员的年龄和简要案情，希望从中发现自己想要的线索。

来之前，岑晰溪跟他提起过费大雷的建议，他非常认同费大雷的建议，他希望从那位不曾谋面的女性身上入手。

他想，按照黑衣人的习惯，他应该是先杀死了一位出轨的女性，然后将男 1 号拘禁在隧道之中。如果一切如愿，那么这位女性很可能也是失踪状态。

沈德立不停地往下翻看那一大沓名单，当他翻到第四页的时候，一位名叫翟翠月的女孩进入了他的视线。

沈德立细细地往下看具体的接警记录：翟翠月，女，24 岁，信隆房产公司销售经理，失踪三天，男友怀疑其与公司副总经理私奔。

沈德立心里抖了一下，看了这么多记录，就这个翟翠月的案情里提到了出轨的情况。

他再往下看，报警人名叫王启帆，是翟翠月的男朋友。

沈德立猛然一拍大腿，指着翟翠月的名字对小叶说：“小叶，这个你帮我落实一下。”

小叶凑过眼来也看了一下翟翠月失踪情况的记录，说道：“没问题，我联系一下派出所，看翟翠月后来有没有找到。”

沈德立焦急地说：“不，不用联系派出所了，我们直接去王启帆的公司。”

小叶有些反应不过来，他说：“沈队长，你的意思是直接去找她男友王启帆？”

沈德立站起身说道：“我担心慢一分钟就会错失良机。”

小叶明白沈德立的焦急心情，虽说他怀疑沈德立的直觉，不过还是立即带着沈德立他们驱车前往瑞德医药公司的总部。

接待小叶的是公司总经理杨总，杨总厚厚的眼镜片后一双大眼睛充满着疑惑，他说：“王启帆？你们找王启帆？他犯什么事儿了吗？”

小叶说明来意之后，杨总更是惊讶，他说：“不可能，王启帆的电脑壁纸一直是他女朋友的照片，他不可能会杀人，要不是他今天请假，你们可以当场质问。”

杨总带着沈德立来到王启帆的办公桌边，小叶去启动了王启帆的电脑，沈德立果然在液晶屏上看到了一位扎着马尾辫子的漂亮姑娘。

小叶在电脑前的椅子上坐了下来，他拖动鼠标，打开了资源管理器，快速地查找着。沈德立站在一边儿干着急，也不知道小叶要干什么。

过了一会儿，小叶突然说："沈队长，你的直觉非常准，这张电脑壁纸设置的时间是在王启帆报失踪的前三天，我怀疑那个时间就是翟翠月被杀的时间。他杀了翟翠月之后，心里发虚，所以才设置了壁纸，显得他们关系非常密切。我有办法了，我让派出所去联系一下翟翠月的公司，看看他们公司的副总是不是也失踪了，我担心男 1 号就是那位副总经理。"

沈德立听了小叶的分析之后，便拽着小叶的衣服往外跑，他边跑边说："来不及了，我们直接去王启帆的住处，先把他控制起来才是上策。"

几人一起跳上车子，小叶驾着车一路呼啸而去，只花了半个小时不到的时间就冲进了王启帆位于城郊的出租房。

当他们进入房间的时候，沈德立被眼前的景象惊呆了。

房间正中的墙面上挂着一个考究的相框，相框里裱着一张皱巴巴带着皮纹的淡黄色方块，虽然只有巴掌那么大，但上边歪歪扭扭的几个字让沈德立毛骨悚然："贱人必须死"。

夜幕再次降临，费大雷坐在办公室里，他刚刚看完今天收住入院的几位新病人的病历，将病历整理了一下，然后准备下班回家。

他拿起手机，按亮了屏幕，本来是想看看几点了，却没想到被自动切换的手机壁纸深深地吸引住了。

手机屏幕上显示的是白雪皑皑的阿尔卑斯山，天空中一轮明月挂在空中。

费大雷的思绪像是被按下了播放键的播放器，隧道里的那个斗室瞬间出现在他的脑海。

这两天来，也许是他的潜意识在默默地工作，他忽然想到，斗室上空的那个天井口子，圆得像是一轮月亮。

费大雷当即拨打了岑晰溪的电话，他说："晰溪，有件事非常重要，不知道你现在是否有时间。"

岑晰溪的语气显得有些诧异："大雷医生，什么事情这么神秘？我现在有时间呀。”

费大雷快速地说道：“晰溪，我想要再去看看昨天我们去过的隧道。”

岑晰溪笑了起来：“大雷医生，你怎么也这么不淡定了？黑灯瞎火地去隧道，不会是开玩笑吧？再说了，小刘他们刚刚外出勘查一个火灾现场去了，现在去那儿可没人带路哦。”

费大雷不肯放下执念，他说：“不是有你吗。”

岑晰溪认真地说：“好，没问题。”

半小时后，两人驾着车朝郊野森林驶去，月亮已经高高地挂在天上。

夜晚的森林安静得像是梦魇，通往郊野森林的路没有路灯，只有汽车的远光灯照得一些鸟儿和小兽在树丛中乱窜。

岑晰溪不知道费大雷葫芦里卖的什么药，追问道：“大雷医生，你这么神神秘秘的，我都怀疑你的用心了。”

费大雷没想到岑晰溪会说出这么一句话，他支支吾吾地说：“晰溪，好像学过擒拿格斗的是你啊，我可不想羊入虎口。”

岑晰溪“咯咯咯”地笑了起来，说道：“大雷医生，看你说的，难道在你的心目中我是一只虎？”

费大雷更不知所措了，他语塞道：“这……我只是想到现场印证一下我的想法，你看天上的月亮快要当空了，你可以开快一些吗？”

岑晰溪“嗯”了一声，踩着油门朝隧道口飞奔而去。

在隧道口附近，岑晰溪找了个位置停好车，然后就下车和费大雷一起往隧道那边走去。

费大雷打着一只登山手电走在前头，岑晰溪跟在后头，轻车熟路地来到了昨天白天到达过的那个斗室。

斗室里两具尸体和那只断手已经被苏法医送去法医解剖室，刀子和那些铁链也被小刘拿去检验比对，现在除了地面上残留的血迹，空荡荡的什么都没有。

岑晰溪见费大雷站在斗室的中央，仰头望着头顶黑乎乎的天井，一句话也不说，她终于憋不住了，问道：“大雷医生，你在看什么呀？”

费大雷依然望着天空，嘴巴里吐出几个字：“我在等月亮。”

岑晰溪大吃一惊，她想不出费大雷到底是什么意思，于是喃喃自语道：“等月亮？我们手上不是有手电吗，不必等月亮吧。”

正说着，月亮渐渐地移进了天井的正上空，斗室内变得光辉如昼，费大雷才说：“晰溪，我知道了。”

岑晰溪疑惑地问道：“知道什么？”

费大雷缓缓地说道：“我知道凶手的杀人规律了，你注意到了吗？方之莉被杀的那天正好是月圆之日，饶州的那起案件也是，正好距离方之莉被杀一个月的时间，我猜男1号被抓的时间是在两个月前，同样是月圆之日。”

岑晰溪有些不解，她说：“可是男1号也刚刚死去，他不吃不喝的，能挺住这么多天吗？”

费大雷解释道：“这隧道里阴冷潮湿，完全有可能，要不是亲眼所见，我也不会相信，一个人在极端状况下，生命力是多么强大。”

岑晰溪有些半信半疑，她说：“就算是这样，可这对于我们侦查破案又有什么价值呢？”

费大雷关了手中的手电，斗室中只留下了天井中泄下的月光，月光如洗，惨白色的光芒烘托出恐怖的氛围，他慢慢地说：“有没有价值我不知道，我只知道，每当月圆之时，他就会想到杀人。”

岑晰溪抬头看了看有些残缺的月亮说：“只要今天不是月圆之日就好，等下次月圆，我们早就抓到他了。”

王启帆背着一个沉重的双肩包走进了隧道，他进入的入口和岑晰溪他们的不一样。

他先是将车子停在了森林的另一个角落，急匆匆地进入隧道，打算了结他想要了结的东西，他决定炸掉那个斗室，让那三位被拘禁的男人永远长眠于地下。

他知道这个时间进入隧道，抵达斗室之时，月亮正好垂直照射而下，每次都是那样，只不过今天的月亮不是很圆。

他坚信月亮里有嫦娥驻守，嫦娥驻守在那儿一直到地老天荒。

他仰慕嫦娥对于爱情是那么的坚贞，不像小翠她们，守不住寂寞，出轨了还要找各种理由搪塞，他没办法不杀死她们。

当他将小翠出轨的情人抓进这隧道的时候，他从斗室的天空中看到了一轮圆月，洁白的圆月好像就是一种见证。

他忽然明白了，这一定是嫦娥的意思，是嫦娥在冥冥之中成就了他的那些行为，不然也不可能那么顺利。

后来的那两位，他事先都做了许多工作，只有符合要求的才可以进入他的名单。

他刻意选择了月圆之夜，他体会到了月圆代表着的真正含义，嫦娥会用吉祥之光为他加持，惩罚这些女人和男人。

如今都做了三次了，没一个警察找过他，要不是昨晚的那个梦，他本来是想一直继续下去的。

王启帆进入隧道之前，他抬头看过天空，看到了月亮旁边的那轮黑影，感觉有些不祥。

他加快了脚步，朝斗室方向走去，地面上“咔咔咔咔”的声音让他觉得很烦。

忽然，他停住了脚步，似乎感觉到有什么不对劲儿的地方，他仿佛从空气中嗅到了异味，那是血腥的味道。

他的心脏“突突突”地跳动着，他开始幻想是不是最近抓来的那人已经剁去了手臂。

他侧耳倾听，听到了“嗡嗡”的说话声，先是一个人，后来好像又有一个人，后来的那个好像是女声，他紧张得头皮有些发麻。

他想，难道斗室已经暴露？这个时间会到这儿来的也只有警察了吧？

他摸了摸身后沉甸甸的双肩包，心里的恶意横了下来，他迅速地将双肩包从肩上卸下，“唰”地拉开拉链，从里头摸出一根导火索。

他准备孤注一掷了，不管前方是不是警察，知情者必须死。

正想着，他看到远处有两人打着手电朝他这边奔来，他“啪嗒”一声，迅速打着了打火机。

“警察！”

王启帆听到了一个女孩儿的喝声。

他狂笑起来，二话不说便将打火机朝导火索上靠去，导火索遇到火光，迅速地开始喷起了火花，“刺刺刺”的声音干涩而恐惧。

岑晰溪看到了远处的火花在黑暗中耀眼得像是魔鬼狰狞的笑容，她当即拉着费大雷折返，朝隧道的另外一端跑去。

“轰隆隆，轰隆隆……”

身后的隧道不停地在塌方，发出了震耳欲聋的响声，响声带着浓厚的灰尘向岑晰溪他们扑过来。

岑晰溪感觉自己就要跑不动了，好在费大雷一直拽着她，始终没有放弃。

跑出了隧道，两人踹着粗气躺在草地上，在静谧的月光下，隧道早已恢复了平静，只有一些灰尘冲出了隧道，仍然在月色下飞舞。

费大雷转头关切地看了看岑晰溪满是灰尘的脸，调皮地说道：“还好，没有破相。”

岑晰溪心里已没有了畏惧，她咧开嘴笑道：“我敢打赌，不是月圆之日，那人随时也会出没。”

13

隧道的现场发掘工作持续了近半个月，王启帆的尸体终于被挖了出来，他的身体被炸得支离破碎，苏法医花了好长时间才将他拼凑起来。

岑晰溪有感而言：“他灵魂的分裂远大于身体的破碎。”

小刘应沈德立的要求，去买了一些安神补品感谢给他带路的大爷。

小刘来到大爷家门口，见大爷家的门虚掩着，便推门而入。

小刘刚进门，简直不敢相信自己的眼睛，一根麻绳将大爷的尸体挂在屋顶的电风扇上，屋内臭气熏天，一群苍蝇正在他尸体四周飞来撞去。

小刘后来在大爷的餐桌上发现了一份遗书，遗书虽然写得很毛糙，但完全可以看懂。

“你们开始挖洞，我就知道我的末日来了，我知道他们终于要见天日了。

“我年轻的时候比较犟，他们成天逼我没日没夜地掘洞，我实在受不了，是我点燃了火药，埋掉了他们。

“后来，我看到他们的孩子没有了父亲，我天天都在忏悔。村民们都搬走了，我还是固执地选择在这个地方安家，就是想给他们守住这座坟，这是他们共同的坟墓。

“我一个人破坏了 27 个家庭，我明白了什么叫作罪孽。”

小刘将大爷的尸体从电风扇上卸下来，见大爷的眼睛一直睁着，便伸出手去，轻轻地将他的眼皮抚平。

小刘没有将这件事情告诉费大雷，就是因为费大雷在隧道里的那句话，他觉得什么都在费大雷的意料之中。

一切都结束的那个晚上，费大雷在家睡觉，半夜里忽然被一阵电话铃声惊醒。

他睡意蒙眬地接通之后，听到电话里又是一阵“呵呵呵呵”的傻笑，这回，他断定那声音一定是范海新。

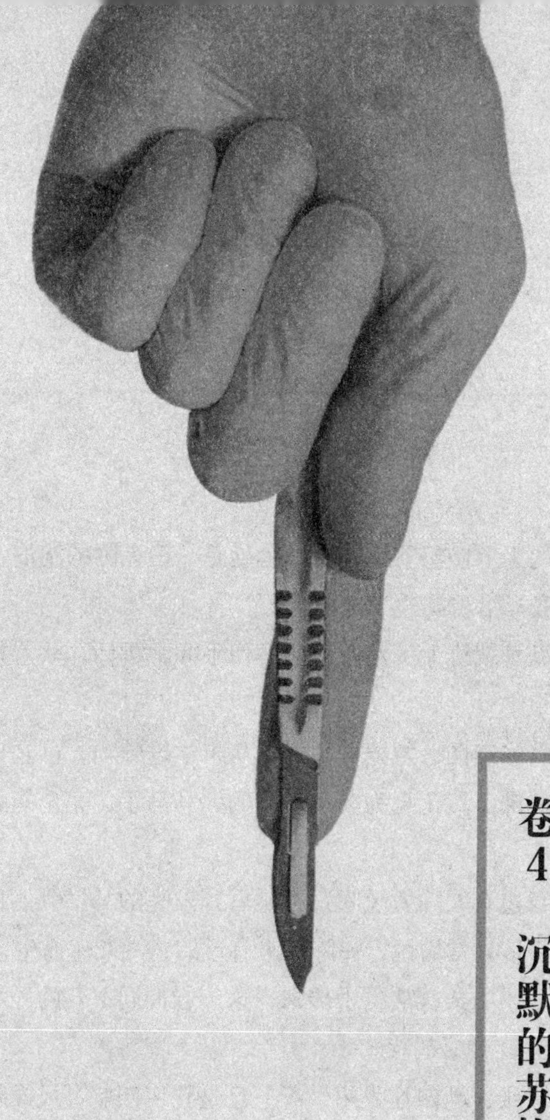

卷4 沉默的苏格拉底

1

白云在蓝蓝的天上慢悠悠地转着，远处是一望无际的湖泊，茫茫的绿色草原上，一匹骏马沿着湖边飞驰而过。

岑晰溪一个纵身就跳上了马背，骏马似乎非常听话，驮着岑晰溪继续在草地上纵情奔跑。

岑晰溪觉得有些奇怪，她记得她好像从未学过骑马，可是自己却在马背上怡然自得，仿佛已然化身为久经考验的训马高手，完全能够驾驭这匹黑色的野马。

岑晰溪感觉身边有一阵微风吹过，她看到发亮的马鬃飘然自在，随风摆动，此时她的心情异常愉悦，一阵从未有过的感觉油然而生。

突然，一阵急躁的杂音从空中传来，这声音如同军营的号令，洪水一般从四面八方包围而来。

岑晰溪一阵紧张，她四处张望，天上已是狂风四起，风卷着残云，湖面迅速结了冰。

草原上的碧绿瞬间变得枯黄，一阵闪电过后，天火降下，整个草原陷入了火海之中。

岑晰溪紧紧地夹着那匹马，可是她发现那马似乎已经累得不行了，转瞬间被她夹成了两段。

她应声倒下，她的身体和那已经断掉前半身的马一起向前滚去。

在滚动的时候，岑晰溪觉得眼前的一切都变慢了，她看到了马匹体内的心脏仍然还在跳动，她甚至看到了一个个红细胞被心脏挤出断裂的血管，喷到了她的身上……

岑晰溪“啊”的一声尖叫，猛地从梦中醒了过来。

她大口大口地喘着气，心中的余悸仍未消除。

她感觉那从四面八方包围而来的杂音又开始响了起来，她愣了一下，这才意识到，原来是她的手机铃声在响，这应该是响第二遍了。

岑晰溪抓过手机，瞄到了手机屏幕上的时间是3点13分，显示是费大雷的来电。

“喂，大雷医生？”岑晰溪觉得有些奇怪，费大雷从来不会在这个时间打电话给她的。

费大雷在那头抱歉地说：“晰溪，对不起，我不该这个时候打扰你。”

岑晰溪听到费大雷的声音很疲倦，嗓音很干，心想估计他也是在半夜中醒来，她开玩笑地说：“大雷医生，你不会是梦到我了吧？”

费大雷咳了一下说道：“那倒没有，我不是在做梦，但真的像是在做梦。”

岑晰溪听不出来费大雷到底是什么意思，便沙哑着声音问道：“大雷医生，你快说吧，我都困死了。”

费大雷这才说道：“晰溪，那个物理学博士范海新你怕是都忘了吧？但他却成了我的噩梦。”

岑晰溪怔了一下，这才想起答应帮助费大雷寻找范海新的事情至今仍被搁置在那儿，于是问道：“他又来骚扰你了？”

费大雷闷闷地说：“我巴不得他来骚扰我呢，他来骚扰我，至少证明他仍然活着，我最担心的是他会自杀。你也知道，他在医院里也曾经尝试过，要不是抢救及时，早就没命了。现在可好，人虽然活着，却不见了踪影，今天他的父亲带着律师又来过医院了，给了我们三天时间，如果三天找不着范海新，他就要走司法程序了。”

岑晰溪的心情非常郁闷，她觉得沈德立有些不近人情，如果案子遇到阻碍，他随便就支使费大雷帮忙分析，而对于费大雷的一点小请求却一直搁置着爱理不理，她毅然地说：“大雷医生，这回我一定让沈队长帮忙。”

费大雷的语气显得很无奈：“晰溪，这件事只有你们可以办得到，范海新如果不回来，估计我这副主任马上就要没得当了，如果事情发展成那样，我那个特别调查员的帽子估计也戴不下去了。”

岑晰溪一听急了，她说："大雷医生，这可不行，我们还是非常需要你的，你知道的，现在的案子越来越棘手，现场的人证、物证越来越少，没有你提供的帮助，我们会很麻烦。"

费大雷只顾叹气，岑晰溪发下了狠誓："大雷医生，你放心，等天亮我就跟沈队长说去。"

第二天一早，沈德立刚刚走进他自己的办公室，就见后边的岑晰溪跟着走了进来，他说："晰溪，今天没什么事吧？"

岑晰溪手里捧着一杯牛奶，洁白的奶色从玻璃杯里透出来，仿佛那个杯子变得更有立体感了。

她歪着脑袋调皮地说："沈队长，难道你希望有事情吗？"

沈德立将手中的包放在他那张宽大的办公桌上，然后回头说："晰溪，你自从进了我们刑警队，每每出去都险象环生，虽然已经逃过好几劫，但是我不希望这样的事情继续下去，所以……"

岑晰溪心里一凉，她感觉沈德立的语气怪怪的，好像要打算实现他以前的那个诺言似的，心想莫非他已经真的准备将她调去秘书科？

她站在那儿，呆呆地望着沈德立，像是在等待他的宣判。

沈德立一转身，坐到了他自己的座位上，继续说道："所以，我打算让你去秘书科工作，以后不用跟我了。"

岑晰溪听到沈德立的宣判之后，一下子急得差点哭了出来，她呜咽着说道："为什么呀？我做错什么了吗？"

沈德立摇摇手，示意岑晰溪坐下慢慢说，可是岑晰溪站在那儿就是不坐。

沈德立只好耐心地说："原因我不是说了吗，这是为你的安全考虑。最近几起案子，都差点要了你的命，这样下去，迟早……"

沈德立吞掉了后面的话，他觉得如果说出来，那真是太刻薄了，可是岑晰溪补充说道："迟早会出事，对吧？"

沈德立默默地看着岑晰溪不说话，此时四目相对，两人心里都仿佛突然通了电，都知道对方想要说什么。

两人僵持了一会儿，还是沈德立先开了口："晰溪，这都是为你好，你要理解我的一片苦心。"

岑晰溪觉得沈德立话里有话，便追问道："什么苦心呀？我真的不明白你为什么要这么做，做刑警是我自己的选择，又不是你逼的，你有什么好担心的？"

沈德立被说得开不了口，他甚至有点口吃了，他说："有……有些事我是必须做的，你以后会明白的。"

岑晰溪越听越糊涂，她不能理解沈德立到底想说什么，可是任凭她怎么纠缠，沈德立就是不说清楚。

岑晰溪气呼呼地站起身来想要离去，可是她想到了她本来是想让沈德立帮助费大雷查找范海新的，场面闹成这样，她一时竟开不了口了。

沈德立见岑晰溪欲言又止的样子，知道她肯定有事找他，便关切地问道："晰溪，你还有事吗？"

岑晰溪本来想一句话不说就此离去，可是她想到半夜里费大雷无可奈何的样子，还是控制住了自己，她说："是，是大雷医生的事情。"

沈德立微闭起眼皮说道："哦，大雷医生的那事，我答应过他空下来帮他看看的，如果今天没什么事儿，我就安排人去查，那位跑掉的病人叫范海新吧？"

岑晰溪默默地在心里骂道：亏你还记住了范海新这个名字，人家大雷医生帮我们看了好几起案子了，找一个范海新却拖了这么久。

可是岑晰溪嘴里却说："大雷医生说如果找不到范海新，他就不再担任我们的特别调查员了。"

沈德立惊愕地望着岑晰溪说："这是他的原话？"

岑晰溪纠正了一下说："那倒不是，大雷医生只是说如果找不着范海新，他的副主任可能就做不成了，那样的话，他也不方便做特别调查员了。"

沈德立这才安了心，他本以为费大雷想通过特别调查员的帽子来压他，现在看来，费大雷确实有麻烦，正好手头没案子，他决定今天就找人落实一下，于是说道："晰溪，这个问题你不用担心，我今天就落实，你先去

秘书科报到，大雷医生那边到时候还需要你联络。”

中午休息的时间，郝景天带着一个笔记本电脑往沈德立的办公室走去，他按照沈德立的要求，做了一上午的工作，终于摸清楚了范海新的基本情况，趁中午沈德立有空，急着赶去汇报。

郝景天敲门进了房间，沈德立正在看一份局里下发的红头文件。他见郝景天进了门，便放下文件随口说道：“好你个郝景天，半天就搞定了？出去度假刚回来，还能继续这么高效率地工作？”

郝景天不好意思地摸摸头说：“没有，雕虫小技而已，外面的世界再精彩，也不如自己的行当实在，出去之后，我才发现除了这行当，其他的还真的什么都干不了。”

沈德立瞪了他一眼说：“你小子还想跳槽不成？”

郝景天被沈德立一瞪，心里乱了方寸，他知道自己的话表达得不够得体，于是立即补充道：“不是，不是，打死我也不敢，只不过有点小感触而已，只是因为这泰国之旅要不是女朋友在做攻略，我简直成了盲人，什么都不懂，什么都不会。”

沈德立顿了顿说：“好了，闲话不说了，说说范海新的事情吧，对了，你把晰溪也叫过来吧，大雷医生那边需要她去沟通。”

郝景天给岑晰溪打了个电话，没一会儿，岑晰溪就蹦蹦跳跳地进了沈德立的办公室。

沈德立见她心情不错，便调侃道：“晰溪，看来秘书科的工作你很满意。”

岑晰溪弯腰坐下，说道：“当然，秘书科只有我和科长两人，科长对我可照顾了，我非常喜欢。”

郝景天打趣说：“晰溪，你这叫作见异思迁，我看沈队长这边更需要你，你还是回来吧。”

岑晰溪朝郝景天翻了个白眼说：“拜托，是沈队长不要我，不是我要走，知道吗？”

岑晰溪说完，还故意不去看沈德立，沈德立觉得有些尴尬，他长吁了一口气，也没说什么。

郝景天见冷了场，便开始谈工作，他说："范海新这个人我查了查，基本情况已经有了。"

沈德立将手边的一个工作笔记打开，又从笔筒里拿了一支笔，准备开始记录。

岑晰溪也将随身带来的笔记本准备妥当，静静地听郝景天介绍。

郝景天将他的笔记本电脑打开，他已经准备好了范海新的情况，他不时地看看屏幕，慢条斯理地说道："范海新，男，今年26岁，湾州大学物理学博士，家住湾州市余湾区檀溪镇，他本科和硕士都是在湾州大学读的，是真正的高材生。"

岑晰溪旁边奚落道："反正比我强多了。"

郝景天的话并没被打断，他继续说："我跟檀溪派出所联系过，问了一下他的家庭情况，发现范海新从小母亲早逝，只有个酗酒爱赌的父亲。他父亲再婚后，他便跟着外婆长大，不过现在外婆也已经去世多年了。"

岑晰溪补了一句："范海新估计对他父亲没什么感情，因为这次逃出去好像都没有和他联系。奇怪的是，他父亲却到医院去索赔好几次了，要价是100万。昨天还带着律师去医院，给医院下了通牒，声称三天之内不交人，就要走司法程序了。"

沈德立点燃了一支烟说道："走司法程序？好啊，这样反而可以拖延一点时间，到时候范海新找到了，这种自诉案子自然就结了。"

岑晰溪一听急了，她说："沈队长，这事真拖不得了，我不想看到大雷医生被解职。"

沈德立干咳了一声，转头继续问郝景天道："范海新有犯罪记录吗？"

郝景天呵呵笑道："这哪会有？从小就是优等生，没那回事，我几个系统都查过了，没有发现什么劣迹。"

沈德立说道："有最近的活动轨迹吗？"

郝景天摇头说道："没有，范海新自从逃出第七医院之后，就一直没有任何活动轨迹在案，不知道他现在哪儿。"

岑晰溪急忙说："他不是跟大雷医生打过电话吗？没办法追踪到？"

郝景天摊摊手说：“从那些电话上看，像是经过网络转接的，网关在国外，没办法定位。”

岑晰溪骂道：“狡猾的狐狸，又不是在做什么伤天害理的事情，为什么搞得如此神秘？”

郝景天不确定地说：“这个很难说，有没有事情要看调查的情况。”

沈德立将身体靠在座椅上，想了一会儿说道：“先调查一下再说吧，不管怎么说，一个精神病人流落在外头，很难讲不会做出麻烦的事情。”

刚刚说完，沈德立的手机响了起来，他斜眼看了看，是刑警队值班室打过来的。

“沈队长，文教路派出所报警，街边一个小超市烧起来了，现在死伤数量不明，但目前送去医院抢救的至少已经有 13 人了，数量还在上升。”

2

沈德立情急之下，还是让岑晰溪开了车赶往文教路 378 号的现场。

岑晰溪驾着车，如鱼游水般地在大街小巷一路穿行，不一会儿便来到了火灾现场，她轻车熟路地停好车，并且帮沈德立拿包下车。

沈德立站在街边，看到沿街的一家店铺有滚滚的浓烟冒出，消防队员正在那儿朝里头喷水，他有些好奇的是，街边站满了哭哭啼啼的十岁左右的孩子们。

“还好是白天，群众报警比较及时，要不然火势很难控制，后果不堪设想。”

沈德立扭头一看，原来是文教路派出所的富所长，于是问道：“这些孩子是怎么回事？”

富所长叹口气说：“起火的是一楼的小超市，可是这二楼三楼却正好是一家艺术培训机构，暑假里每天都有近百人在这儿学画画、钢琴，这个时间段，上边的孩子是最多的。”

沈德立抬头朝二楼三楼望去，见上面的那些窗户也在冒着黑烟，心里有些疑惑，他说："上面的火势控制住了吗？"

富所长指着那些消防员说："好在他们过来得快，二楼的火已经很大了，三楼刚刚上去，现在送去医院的都是二楼的孩子，据反馈回来的不完全统计，伤者数字已经上升到了17。"

沈德立瞪了富所长一眼："17个？"

富所长被沈德立的眼神吓了一跳，他说："是的，17个，刚刚反馈回来的消息是，有一位小女孩由于皮肤烧伤面积过大，已经停止了呼吸。"

岑晰溪站在一边，听了之后心里一揪，但她没说什么，她觉得眼前乱糟糟的，一些孩子蹲在地上哭，一些家长在那儿骂骂咧咧的，一位消防员背着一位小男孩从楼梯上正往下冲，而路边的120急救车正在那儿准备接应……

富所长表情严肃，他说："沈队长，临时指挥中心设在我们所里，你是不是现在过去？"

沈德立站在那儿没动，他问道："小超市的店员控制起来了吗？"

富所长摇头说道："小超市今天正好歇业，小老板回老家去了。"

沈德立心里感到非常疑惑，又瞪眼道："什么？小超市是关着的？"

富所长确定地说："是的，门是消防员撬开的，肯定上了锁，火是从里头烧起来的，具体原因不详，技术组还没到，勘查结果估计至少要到晚上才能知道。"

沈德立左右看了看，没看到刑警队的现场勘查车，便扭头朝岑晰溪道："打电话给苏法医，怎么拖拖拉拉的还没到？"

岑晰溪掏出手机打了电话给苏法医，苏法医却在那边吼道："晰溪，不是我不过去，是张局长让我们先去医院，他说生命第一，务必督促医生抢救伤员。"

沈德立听了之后，一肚子的火，对岑晰溪说："就随他去吧，换辆车子叫小刘先过来，火势已经控制住了，需要尽快查明起火原因。"

岑晰溪第一次经历这么复杂的现场，她一边哆嗦着给小刘打电话，一边看着小超市滚滚而出的浓烟向她这边飘过来，呛得她连连咳嗽。

突然，一声巨大的爆炸声响起，小超市的玻璃窗被炸得粉碎，碎玻璃四处飞溅，沈德立大叫一声："趴下！"

可是一切都太晚了，岑晰溪感觉脸上一热，一块碎玻璃刺穿了她的脸颊，鲜红的血随即流了出来。

岑晰溪将手捂在脸上，血液从她指缝里流出，滴在地面上。

沈德立见状说："你也去医院吧，反正你现在是秘书科的人。"

岑晰溪的眼泪流了出来，她不想离开现场，她说："沈队长，不碍事的，压一压就不流了。"

富所长赶紧跑去120急救车那边讨来了一些纱布和绑带，帮岑晰溪包扎，岑晰溪擦去泪水，见沈德立背对着她，也就默默地站在那儿。

小刘和海哥赶到现场的时候，现场的火情已经基本得到了控制。现场那些哭泣的孩子们以及围观的人群也已经被随后赶来的交警特警疏散，现场外围有缺口的地方都拉上了警戒线。

小刘弯腰钻进警戒区域，看到沈德立威严地站在一辆闪着警灯的警车旁，显得异常刚毅，他走上前去抱歉地说："沈队长，我来晚了。"

沈德立斜了小刘一眼，没去刻意怪罪他，说道："抓紧去小超市里头看看吧，我要真相，17个孩子受伤，1个死亡，你懂的。"

小刘听了之后，心里感到一阵痛楚，他知道案情就是命令，17伤1死，不搞明白现场情况，他这个技术员肯定不称职，到时候各级领导压下来的指示肯定会接踵而至。

小刘坚毅地看了现场一眼，一句话没说，便拎着他的勘查包和海哥一起往小超市那边走去。

小刘走到那间不大的小超市门口，门上头的超市标识已经被烧得只剩下了铁框，超市的卷闸门已经被撬开，火场的烟灰将卷闸门的铝片熏得漆黑，内衬的玻璃窗已经完全碎裂，可以往里清楚地看到店铺里的货架，货架上的商品已经面目全非，只剩下了焦黑的残渣。

小刘将勘查箱放在小超市的门口，示意海哥先行拍照摄像，自己站在外边凝神观察。

等海哥完成拍摄工作之后，小刘套了一双长筒消防靴走进小超市，地面上都是消防员灭火留下的积水，水面上漂浮着污迹。

小刘一边走一边仔细地四处查看，对于这样的火场，他还是有些经验的，最要紧的就是要查看起火的原因以及助燃剂情况。

他先在地面上提取了一些积水，装进了一个玻璃瓶中，递给海哥，让他送回刑警队检验助燃剂成分，这项工作非常有必要，对于确定火场的性质经常有着决定性的意义。

小刘发现，地面上有一些大块的钢瓶碎片，按照形状推断，他觉得应该是煤气瓶爆炸所形成，这正好可以解释刚才的大爆炸。

他开始寻找现场燃烧最为严重的部位，因为通常这个部位便是起火点，找到了起火点，才能进一步的勘查，确定起火的原因。

一路往里走去，四周的墙面和货架看起来都被烟熏得无法分辨原来的颜色，整体颜色也分辨不出浓淡差异，看样子想找到起火点有点难度。

小刘忽然注意到了超市右侧靠墙的一个货架底层，那个部位看起来有些变形，他眼前一亮，便走到了跟前，蹲下身子，仔细地在那儿观察。

小刘伸手去动了动那个变形的货架，发现货架的材质很硬，应该是合金材质。

他细看时，见那货架变形的原因是材质熔化导致的变形，他觉得脑袋一热，一个想法在心中形成。

小刘立即检查了所有的六排货架，那些货架没有发现同样的变形，他开始觉得这个形变有着特殊的意义。

他想，莫非这个部位的火势最猛？否则怎么会只有这个部位的金属熔化呢？

小刘站在那儿左思右想，如果是这个部位先着的火，那么是什么东西在这个部位先燃烧了起来呢？

小刘需要还原货架物品的摆放位置，他想知道这个位置放的是什么物品，有没有自燃的可能，毕竟一个门锁紧闭的超市，没有人可以进入放火。

小刘掏出手机给沈德立汇报，他要求尽快让超市小老板回到现场，核实物品摆放情况。

汇报结束，小刘正要起身去检查超市里的电路，他担心电路出现问题引发火灾，可是他看到地面上有一根细细的铜丝，他捡了起来，发现铜丝上还挂着一个小小的二极管。

小刘迷惑了，心想这二极管应该是从一个电路板上掉下来的，莫非这个货架摆放的是电子产品？

3

岑晰溪心不在焉地坐在临时指挥室里，她心想现在这起案子一发，刑警队所有的力量都投入其中，费大雷的事情估计又要黄掉了。

她心里既懊恼又惭愧，她觉得欠了费大雷太多人情，刚刚许下的诺言转眼间又要食言，她想着费大雷每次来刑警队分析案子，都是那么尽心尽力，可沈德立正好相反，根本没有把费大雷的事情放在心上。

岑晰溪听到门外一声喧哗，接着走进来一位仪表端庄、穿着制服的人，她一看，原来是市局的张局长。

沈德立见到张局长进来，急忙站起了身，打招呼道：“张局好。”

张局长进来之后，向在座的人们挥挥手，示意大家坐下，然后说道：“至今有 4 个孩子在 ICU，仍没有脱离生命危险，医院那边由卫生局和教育局在负责，市长已经给了我们明确的指示，务必尽快破案。还好，没有限期，但是我们也不能有丝毫的放松，尽快将起火的原因查明，公布事实真相，消除社会影响。”

会场上一片沉寂，岑晰溪如坐针毡，她知道像这种现场，要搞清楚起火原因真不是那么容易，她深深地为在现场勘查的小刘捏了把汗。

张局长接着说：“我们已经收到一些情况，有人在网上散布传闻，说这场火针对的就是这群孩子，有凶手故意制造了一切。”

富所长清清嗓子说：“这个不太可能，有目击者证实，火肯定是从小超市开始烧的，而小超市今天就没开过门，谁能进去放火？我担心的是超市自身的商品出了问题，意外失火。”

沈德立接上话说：“案件的性质我们暂时还不敢确定，不过，我们刑警队的技术组已经在现场勘查，我相信对于起火原因总会有说法的，另外，我们已经控制了小超市的老板赵庆丰，正在带回来调查。”

张局长点点头表示赞许，他说：“现场勘查务必细致，容不得半点马虎，如果定不了案，我们会很被动，等会儿我还要去市政府开协调会。”

岑晰溪突然脑中一热，冲动地说：“对了，网上的传闻虽然没有什么真凭实据，但是我想，既然受害的都是孩子，那么有没有一种可能，嫌疑人针对的就是楼上的艺术培训机构，想间接地伤害那些孩子。”

张局长听到岑晰溪的话之后，转头去看了一眼，看得岑晰溪脸上火辣辣的，她第一次在局长面前发言，紧张得心脏都差点要蹦出来了。

沈德立斜眼瞪了岑晰溪一下，严厉地说道：“晰溪，现在不是讨论案件性质的时候，在起火原因确定之前，一切分析都是空的。”

富所长毫不留情面地对着岑晰溪说：“绝无可能，据我们刚刚了解的情况是，这家小超市不是第一次起火，上个月的时候，也是在白天，火起来的时候很快被扑灭了，所幸没酿成什么后果。”

沈德立在工作笔记本上快速地记录着，一边写一边问道：“刚刚出来的情况？是谁反映出来的情况？起火当时报警了吗？”

富所长接着回答道：“是小超市隔壁的一个卖茶叶的店主说的，她说不会记错，因为火势不大，很快就扑灭了，所以就没有报警。”

沈德立停下笔，说道：“这个情况非常重要，富所长，我叫两位侦查员跟你们的人一起去核实一下，我想知道更详细的情况。”

岑晰溪心里不是滋味，她知道自己刚才太冲动，一直以来，现场的情况都是瞬息万变的，自己刚说出的话，遭到了完全的否定，如果这家店以前确实失过火，那么这次人为纵火的概率就更低了。

岑晰溪坐在那儿，一只手遮着受伤的脸颊，低头不语。

等沈德立安排好人员之后，紧接着，张局长简单地做了一些动员之后便离开了会议室。

沈德立心中莫名地焦躁起来，他突然有种不好的预感，总觉得这个案子有什么地方不对劲儿，他拨了苏法医的电话，想要询问医院里的情况。

苏法医在医院急诊室的一间病房里检验着那具女孩的尸体，女孩的母亲已经赶到了急诊室，哭喊着要进去抱走孩子。

苏法医了解到，女孩今年11岁，小学五年级，今天正好在二楼学习钢琴，准备下个月的钢琴十级考试。起火的时候，指导老师只顾着自己逃出了琴房，她没跟上，就困在了火场当中，等消防员救出她的时候，全身几乎都被烧伤了。

苏法医看到女孩尸体皮肤上的水疱都有着红色的生理反应，他觉得要认定女孩的死因是没什么问题的，但他还是按照规定提取了女孩的血液，后面送回去检验一氧化碳的含量，烧死的死者往往血液中的一氧化碳含量很高。

苏法医见注射器中从女孩心脏中抽出的血液颜色呈樱桃红色，心里便已经明白大半，这是典型的炭氧血红蛋白颜色，不用说，女孩是被大火活活烧死的。

口袋里的手机震动了起来，苏法医脱下手套接了电话，是沈德立打来的电话，他焦急地问道：“苏法医，女孩的死因有没有问题？”

苏法医一怔，心想沈德立是不是过于谨慎了，他又将视线在女孩的尸体上扫了一遍，说道：“沈队长，死因不会有问题，是烧死的。”

沈德立没好气地说：“我不是这个意思，我要知道的是这个女孩的死是不是必然的？”

苏法医心里直打战，他觉得沈德立这个问题实在过于尖锐，他当然知道沈德立的意思，无非就是说这把火烧起来的目的是不是针对这个死去的女孩的。

他思忖了几秒钟，然后战战兢兢地说道：“沈队长，我了解到的情况是，女孩本来是有条件逃出来的，只是她的钢琴老师只顾自己先行跑开了，要不然，这个女孩不至于烧伤得如此严重。我看不出有任何的针对性。”

沈德立丝毫没有放松质问：“那如果是针对所有的孩子呢？”

苏法医心里更没底了，他说：“其他孩子我也去急诊室里简单看过一番，除了烧伤，他们身上没有其他损伤，所以……”

沈德立有些生气地说：“一楼起火，二楼三楼是不是必然也会烧起来，你们从现场的情况怎么来看这个问题？”

苏法医无奈地说：“沈队长，我现场都还没去过，二楼三楼是什么样的结构，火情是如何形成的，我还没和小刘沟通过，这样吧，尸体我也看得差不多了，我现在就去现场，小刘刚才给了我电话，说现场找到一点东西比较可疑。”

沈德立急了，他说：“找到什么东西了？”

苏法医刚才跟小刘通电话的时候没听太明白，小刘只是说什么东西和起火点有关，他只好说：“听小刘的意思，他可能已经确定了起火点。”

沈德立强调说：“必须要仔细勘察，这个案子非同寻常，张局长已经来过指挥中心，他说市长也非常关注，我们容不得半点马虎，起火原因决定着这起案子的性质，如果仅仅是意外事故，那么善后处理要简单得多，如果是人为故意，这起案件将会轰动全国。”

苏法医听到说案件可能会轰动全国，他的血压都升高了不少，他说：“沈队长，我们技术组会努力还原现场，争取尽快找到事件真相。”

4

费大雷从岑晰溪那儿得知了范海新家的真实住址之后坐立不安，他不知道该不该去找范海新的父亲范文轩谈谈。他总觉得如果可以登门拜访，或许可以改变范文轩的主意，给医院多留一些时间。他知道沈德立只要出手相助，范海新应该是可以找到的。

费大雷最后还是决定去余湾区檀溪镇一趟，不管之前范文轩在医院对自己的态度何等恶劣，但是他还是决定上门去，他不相信范文轩在他自己家也会那般对待自己。

费大雷开着车向檀溪镇驶去，他一路上都在想着如何与范文轩沟通的事儿，好几回都差点儿闯了红灯。

时间过去了近一个半小时，费大雷来到了檀溪镇的口子上，他记得岑晰溪说范文轩家住在镇北街 72 号，便将车子往前开过一座石拱桥，蓝底白字的路标提示北街往前。

费大雷开过石拱桥时，眼睛朝左侧望去，见桥下的溪流蜿蜒西去，傍晚的阳光暖暖地照射在水面上，水面上泛起一片金色的波光。

费大雷还是第一次来檀溪镇，之前他听人说起过，檀溪是个古镇，历史要追溯到北宋年间，那时候这儿是个渔村，后来发展成了一个小镇，因为民居都是沿着檀溪而建，所以便被称为檀溪镇。

费大雷见溪流两边都是一些古色古香的房子，那些房子白墙黑瓦，看上去是明清时期的建筑风格，他便知道这条金光闪闪的溪流一定是那史书上记载的著名檀溪了。

费大雷驶过那座桥，在前方的十字路口向左，便是北街。

车子转进北街之后，他在前方右手边找到一处停车场，停车场上大大的“免费”二字让他觉得非常惬意。

停好车，费大雷便沿街开始寻找北街 72 号的位置。

北街就是一条商业街，但不是步行专用，店铺前的人行道很窄，游客稀少，店铺里的店员见费大雷走过，纷纷向他吆喝兜售商品。

费大雷边走边看店铺里的那些特产，都是些传统糕点、小吃之类。他对这些食品一直没什么兴趣，再说，他今天来的目的是找范文轩，所以他每过一个店铺，只是在注意挂在店铺门上方的门牌号。

大约走了五六分钟，费大雷终于看到了前方一个店铺的门牌号是 72 号，他加快脚步走到店铺门口，门口一位大叔正在向他吆喝：“檀溪粽子，檀溪粽子，五元一个，十元三个，小伙子，来几个尝尝？”

费大雷定睛一看，原来这叫卖的大叔正是范文轩，他脸上立即浮出了笑容，说道：“范叔，你好。”

范文轩也许是听到了费大雷叫他范叔，他露出了疑惑的神情，过了一会儿，他应该是认出了费大雷，说道：“原来是大雷医生，白大褂脱掉，我还真认不出来了。”

费大雷见他态度好像不是太坏，便说道："范叔，我今天过来就是想找你谈谈。"

范文轩立即翻了脸，愤愤地说道："谈什么谈？我不是已经说过了吗，三天内，如果交不出人，那我们只有法庭上见了。"

费大雷见他翻脸比翻书还快，急着说："范叔，我没有别的意思，就是想让你把时间再往后靠一靠，多给我一点时间。说实话，我的一个朋友在刑警队，他已经答应帮我找人，你知道找不到范海新我也很难过。"

范文轩的脸上露出一丝狞笑，他冷冷地说道："刑警队？你以为刑警队是神啊，什么都能找到？"

费大雷见他态度稍有放缓，便逢迎着说道："范叔，刑警队虽说不是神，可肯定不像我们老百姓，人家那都是天天破大案的，找个人不是小菜一碟嘛。"

一对青年男女从费大雷身边经过，范文轩赶紧吆喝道："檀溪粽子，檀溪粽子，五元一个，十元三个，小伙子小姑娘，来几个尝尝？"

那两人头都没转一下便从费大雷身边过去了，范文轩回过来说："看你，把人都撵跑了。"

费大雷歉意地说："真是对不起，范叔，你看这事儿可以商量吗？"

范文轩将他身前的铁锅掀开，一锅的檀溪粽子在沸水中翻滚着，散发着清淡的香味，费大雷的眼球一下子就被吸引了过去。

范文轩突然说："破大案？那我问你，我们檀溪六七年前的案子怎么到现在都没有破？"

费大雷心头一紧，不知范文轩说的是真是假，于是皱着眉问道："真的吗？"

范文轩拿一根竹棍在锅里鼓捣了几下子，然后说："我们檀溪镇上谁不知道？好好的一家子，一夜之间全没了，凶手一直没有抓到，现在已经成了悬案。"

费大雷听范文轩这么一说，仿佛感受到了一阵寒意从脑枕后压过来，他说："灭门惨案？"

范文轩重新将铁锅盖上，缭绕的雾气像是断了线似的，消散在空中，他说："跟灭门差不多，一家六口，只剩下一个小女孩，变得痴痴傻傻的，后来也不知道去了哪儿。"

费大雷深有感触地说："那挺惨的，案子就发生在檀溪镇吗？"

范文轩抬起眼，用很奇怪的眼神看看费大雷，说道："对面南街，不是我们北街。"

费大雷朝南街方向看去，对面是一条沿河的步行街，熙熙攘攘的，人流量比北街大多了，便随口说道："那边的生意似乎更好一些。"

范文轩叉着腰说："那是当然，历来都是这样，那边风水好，我们北街只能喝他们剩下的汤水。"

费大雷微笑着，定定地望着范文轩，范文轩的脸色又晴转多云了，"大雷医生，不是我不给你面子，100 万不能动。"

费大雷心中一怔，心想套了半天近乎等于白说，他带着祈求的语气说道："范叔，那么时间可以往后挪一挪吗？"

范文轩斩钉截铁地说："不行，三天后法庭见。"

说完，他不再看费大雷一眼，坐在店铺中的一个小木凳上生闷气。

忽然，店铺二楼的楼梯口有个人影闪过，费大雷抬眼看去，人影已经消失得无影无踪，他觉得那人影像极了范海新，心中不免生疑，问道："范叔，楼上是谁？"

范文轩这时恶狠狠地瞪着范文轩怒道："你快走开，你一直站在这儿，影响我的生意，懂不懂？"

5

文教路派出所一间普通的办公室里，庆丰超市的赵庆丰坐在一张黑色的转椅上，对面坐着问话的是卢定凯，沈德立则坐在一边，像猎人狩猎一般，双眼圆睁，直勾勾地盯着哆嗦不停的赵庆丰。

卢定凯刚刚完成前面关于个人基本情况的问答部分，他一边记录一边继续问道："赵庆丰，下面我问的一些问题，你可要如实回答，如果有故意隐瞒或者说谎的话，是要负法律责任的，你知道后果吗？"

赵庆丰战战兢兢地说："嗯，我知道，我一定会如实回答。"

卢定凯接着问道："你的超市主要经营的是哪些商品？"

赵庆丰脱口而出："就是一般的那种小店，卖的是些食品饮料、日用品、一般的文具等等。"

因为小刘在现场发现了二极管，据小刘分析，他担心是电子产品的集成电路发生了短路引起的火灾，特意关照卢定凯要注意这方面的问题。

卢定凯心里最想知道的是电子产品类的商品，可是赵庆丰并没有提及，他又不好直接挑明，他怕赵庆丰回避，于是问道："还有没有其他的品类？"

赵庆丰想了想说："没有了，就这么个小超市，整个店铺也没几排货架，哪有那么多的货？"

卢定凯看了一眼身边抽烟的沈德立，他本来不想说的，却偏偏脱了口："有没有电子产品之类的东西？"

赵庆丰立即表示否认，他说："没有，绝对没有，我这么小的店铺，怎么会卖电子产品呢？"

卢定凯想到了电子玩具，有些遥控类的电子玩具也有集成电路，便问道："那么电子玩具呢？"

赵庆丰摇头说："没有，我从来没有卖过玩具。"

卢定凯见赵庆丰坚决否认，便加重语气说道："赵庆丰，我重申一下，如果你没有如实回答，是要负法律责任的，你知道吗？"

赵庆丰哆嗦了一下，说道："你们找我来，到底是为什么？我又没有犯什么罪，我那小超市也是小本生意，一年到头没什么大的收入，你们到底想要干什么？"

卢定凯事先没有将庆丰超市起火的事情告诉赵庆丰，他担心赵庆丰如果知道超市起火会推卸责任，他接着问道："那么我问你，你记得你超市里货架上的商品摆放情况吗？"

赵庆丰瞪大眼睛说："当然了，总共只有六排货架，我每天都要往货架上补货，每个商品放在什么位置，一清二楚。”

卢定凯拿了一张白纸给赵庆丰，然后说：“要不这样吧，你在这纸上把你超市里的货架画出来，然后在货架上分别标明摆放的商品，可以吗？”

赵庆丰接过卢定凯递给他的纸说道：“这没什么问题，只是你们为什么要我画，可以告诉我吗？”

卢定凯只是将笔递给他，没去理他。

赵庆丰接过笔，先是在那儿愣了一下，然后才开始在那张白纸上画了起来。

他先是画了六排货架，然后开始在货架上标注商品的名称。

卢定凯的眼睛一直盯着赵庆丰正在标注的笔尖，而沈德立只盯着赵庆丰画好的右侧靠墙的货架底层，那个位置是小刘所说的货架变形位置，是目前唯一可能的起火部位。

赵庆丰最后才标注到右侧靠墙的货架底层，卢定凯的心都提了起来，他也急切地想知道这个货架上放置的到底是什么。

赵庆丰开始在那架子上标注：软面抄、英语抄写本、塑料直尺、水笔。

等赵庆丰标注完毕将笔放下，卢定凯看了看沈德立，沈德立的脸上疑云重重。

卢定凯一时不知如何继续问话，焦虑地坐在那儿。

沈德立将转椅转到了赵庆丰对面，问道：“赵庆丰，我们调查发现，上个月你超市里失火过一次，那是怎么回事啊？”

赵庆丰抬起头看了下沈德立，犹豫地说道：“是有那么回事，可不是什么大事，火很快就扑灭了，我连火警都没报。”

沈德立眼神直直地瞪着赵庆丰，问道：“那么起火的原因是什么？”

赵庆丰看上去很纳闷的样子，他似乎根本没有想到沈德立会提起那件一个月前的事情，他说：“路由器着火，那个路由器可能是个杂牌，我买的二手货，估计用了好几年了，一定是设备老化，烧起来了，好在是白天，否则肯定酿成大祸。”

沈德立心里一怔，心想这路由器不就是电子产品吗？路由器里肯定有集成电路。

沈德立接着问道："那么你的路由器是安装在什么位置呢？"

赵庆丰左右看看两人，说道："放在进门左侧收银台底下，那个位置最需要Wi-Fi，我平时没事也在那个位置玩手机，所以就安装在那里了，现在换了个新的，还是安装在同一个位置。"

沈德立心里又是一怔，心想如果这路由器安装在门口，那儿距离发现二极管的地方可是有十米以上，二极管岂不是和路由器没有关系？

他招招手，示意卢定凯去办公室外边。

两人来到隔壁的一间办公室，卢定凯急切地问道："沈队长，你看赵庆丰的话可不可靠。"

沈德立咧咧嘴说："我看是可靠的，看样子他应该还不知道超市起火的事情，否则他装不了这么像，现在的问题是起火点处的二极管到底和路由器有没有关系。"

卢定凯忽然想起来说："沈队长，你让郝景天去现场看看不就得了。"

沈德立点头说："嗯，你打个电话叫郝景天过去，现场那边联系小刘接应就行，他还在那边，告诉他这个问题目前最为要紧。"

卢定凯也点头说："好，我马上去联系。"

6

逸天艺术学校有两层教学楼，因严重烧伤而死亡的那个小女孩当时就在二楼的209琴房练习车尔尼740钢琴练习曲。

小刘望着散落一地的钢琴琴键击锤说："你看这些击锤，本来它们是美妙乐章的演奏者，现在却成了一堆烧毁的废铜烂铁。"

苏法医此时已经从解剖室来到了现场，他刚刚跟小刘沟通过一些现场细节，现在听见小刘在那儿感慨，便说："毁掉的不仅仅是琴键，还有弹奏它们的孩子们，这可能会是他们一辈子的噩梦。还有，你没有看到医院里的那幕惨剧，就不知道那些孩子们的父母亲是多么伤心。"

小刘长叹一声说道："我理解，小时候我妈妈也逼我去学琴，可是我根本就不喜欢，一弹琴就哭，我妈妈很伤心，可怜天下父母心啊。现在事情闹成了这样，估计那些父母想死的心都有了。"

苏法医环视着那些已经被烧毁的十几间大大小小的琴房，说道："沈队长担心这场火针对的是这些孩子们。"

他转头看了一眼正在地上拨弄一块木板的小刘说："特别是这个琴房里死去的小女孩。"

小刘将地上的一块焦黑的木板翻了个身，发现是块钢琴的盖板，上面还有钢琴品牌的标识，他说："这不一定，目前看不出有针对性，一楼的起火点我还是敢确定的，就在发现二极管的货架位置，那个部位火势最猛，温度最高，货架都烧得变形了，其他位置看不出有可能，所以这跟报警的群众反映的情况是一致的。一楼起火，然后火势蔓延到了二楼和三楼，怎么说也要时间吧？如果针对二楼和三楼，需要这么麻烦吗？直接上二楼来点火不就行了吗？"

苏法医在小刘的身边蹲了下来，他瞅着那钢琴品牌说道："可二楼三楼都是孩子，他们的动作比较缓慢，疏散没有那么及时，才导致了目前的惨剧，如果有人别有用心，是不是正好？"

小刘愣了一下，转头说道："可是一楼的卷闸门是锁着的呀，显然不可能有人进去放火，光凭这一点就可以排除人为纵火的可能了。"

苏法医心里不是很有底气，虽然他也去一楼看过，但对于火为什么会在那个位置烧起来依旧觉得很茫然，他说："小刘，关键是这把火是怎么起来的，这个问题你敢定吗？"

小刘长吁短叹道："我也想知道，总之今天如果搞不定是交不了差的，这样吧，晚上的专案汇报我就不去了，我就待在这儿闭门思过吧。"

苏法医用膝盖顶了一下小刘，说道："你这个问题搞不定，让我去专案指挥中心丢脸吗？这个技术组长真不好做，我本来只要做好法医工作就好，现在却要全面负责现场勘查，我真的不想做了，不如等这次案子结了之后，推荐你来做组长吧。"

小刘诡诈地一笑说："苏法医，你如果不做了，千万别把我往火坑推呀，我这辈子最大的理想就只是做个现场痕迹勘查员，可不想做什么组长。”

苏法医听到小刘话里有话，便说：“看得出来，你小子心里是有大梦想的，好吧，你就不要谦虚了，我也没有让贤的意思，等案子结了，我给你报个功吧。”

小刘嘻嘻一笑，说道：“这个可以有。”

正说着，郝景天走上楼来，苏法医回头一看，打招呼道：“计算机专家来了。”

郝景天捂着鼻子说：“沈队长让我来看看，不过这样的现场我能帮上什么忙？”

小刘平时经常和郝景天一起踢足球，关系铁得要命，他打趣说：“小郝，你来了就好办了，用大数据一算，案件性质就出来了。”

郝景天被灰烬散发的烟雾呛得连连咳嗽，他边咳边说：“兄弟，今天我可没有什么大数据，沈队长让我来，是要我看个什么二极管，他说你在现场捡到了二极管。”

小刘站起身来说道：“是，是有个二极管，小郝，如果你不来，我还没想到要找你看看呢，对了，二极管应该也算是你的专业。”

郝景天伸出左手去向小刘要东西，烟雾缭得他眼睛都湿了，他说：“东西呢？给我瞧瞧。”

小刘招手让郝景天往楼下走，他说：“东西我已经收起来了，在楼下的检材箱里，我们下楼去看吧。”

三人沿着楼梯往下走，郝景天四处张望着黑乎乎的天花板说：“这些房子一过火，就不成了样子，真不敢想象它原来的样子。”

苏法医哀叹道：“对我来说，这里变成什么样已经不重要了，我只想医院里不要再有人逝去，我看到那小女孩的妈妈，哭得已经不像个人样了。”

来到楼下，小刘从他自己的痕迹检材箱里取出一个透明的塑料袋，他核实了一下塑料袋中的二极管之后，将它交给了郝景天。

郝景天接过袋子，将它平放在自己的手中，隔着那薄薄的透明塑料膜往里看，看到一个被烧焦的二极管，二极管的硅材料耐热性能好，并没有因此而彻底烧毁。

郝景天想，这个二极管看起来个头不是很大，正如小刘所说，它应该是来自一块集成电路板，可是表面黑乎乎的没办法看出印制的字迹，很难分析出这到底是什么电路板上使用的，可是跟二极管相连的铜丝却让他耿耿于怀。

小刘见郝景天在那儿发呆，便问道："小郝，你看明白没有？我都急死了。"

郝景天回过神来说道："我感觉这个不像是路由器电路板上的二极管。"

小刘皱眉问道："就凭这块小黑炭，你就可以断定不是来自路由器？"

郝景天若有所思地说："小黑炭我不敢说，但这铜丝……"

他指着二极管上的铜丝接着说："这铜丝的焊接工艺过于粗糙，不像是大厂里做的，你所说的赵庆丰那个路由器是个大品牌，应该不会有这么差的工艺。"

苏法医听了之后觉得非常有道理，他说："专家就是不一样，人家可以从工艺层面进行分析。"

小刘咬了一下嘴唇说："看来这个二极管的确有名堂，我再回现场找找路由器，超市收银台这个位置已经被烧得一塌糊涂，我还没有仔细搜查过，现在看来，很有必要检查一下路由器被烧毁的状况。"

苏法医挥挥手说："你赶紧去吧，天马上就要黑下来了，我担心你今天晚上要住这儿了。"

小刘走后，郝景天继续在那儿翻来覆去地看那塑料袋中的二极管和那根连接在一起的铜丝。

他又发现，不仅仅是焊接工艺的问题，现在看起来，这根铜丝的粗细也不太对劲儿，他从没见过正规工厂会用这么粗的铜丝配置在集成电路上，哪怕是小规模的非品牌加工商，也不至于这么做，至少存在成本因素。

他回头对苏法医说："苏法医，我敢说这东西是自制产品。"

苏法医听不明白，他问道："你能说得具体一些吗？"

郝景天又将袋子翻了个身，说道："有人做了个电子小产品，可这个小产品不只是个玩具，也许是位电子产品爱好者别有用心的作品，我得回去好好研究一下这个二极管的规格。"

苏法医终于有些明白了，可是他想不出这东西和这场火有什么联系，他说："也许，这只是个巧合。"

可是郝景天却忽然两眼放光，他说："不，也许这不是巧合。"

苏法医眼巴巴地望着郝景天，在等着他分析，可是郝景天却什么也不说。

苏法医的电话忽然响了起来，他接通之后，发现是化验室的林语打过来的，林语说："苏法医，告诉你一个好消息，你们现场送过来的那瓶水检出了汽油成分。"

苏法医心里一紧，喊道："你说什么？"

林语在那边也大声说："我说，你们现场送过来的那瓶水检出了汽油成分。"

苏法医呆呆地站在那儿，纳闷道："汽油？"

郝景天见苏法医挂掉电话，便说道："如果两者结合起来……"

苏法医还没回过神来，又听见郝景天在那儿自言自语，便对他说："你说吧。"

郝景天将二极管收起，说道："刚才我发现这个是自制产品之后，我就产生了一个想法，我怀疑这个二极管来自一个远程遥控装置，只要他事先可以进入这家超市，之后便可以遥控。"

苏法医不太懂，他摊摊手说："然后呢？"

郝景天继续说道："然后，我听到你电话里说现场有汽油，如果他远程控制，使设备起火，汽油助燃，那么火势一定很大，这样的话，小刘对于现场起火点的分析不就正好成立了吗。"

这时候小刘从现场走了出来，他说："小郝，我支持你的看法，那只路由器被烧毁的部件都在收银台下，跟这场火没什么关系。有人利用了遥控设备，点燃了超市，起火点是在发现二极管的位置。"

7

晚上的时候，因为现场技术组提前解释了起火的原因，沈德立便早早地召开了第一次专案讨论会，他听完郝景天的汇报之后，陷入了深深的沉思之中。

沈德立微闭着眼睛，左手反复地搓揉着有些倦意的眼皮，在他的脑海中，他仿佛又看到了一位黑衣人，那人躲在一间堆满电子元件的小房间里，正专注地摆弄着手中的焊枪。

沈德立感觉自己幻化成了脑海中的一个刑警，猛地扑向前去抓那黑衣人，那黑衣人也不躲藏，不慌不忙地在手边的一个按钮上摁了一下，沈德立全身突然起了火，烧得他差点号叫起来。

“沈队长。”

岑晰溪叫了他一声，沈德立这才从想象中逃脱出来。

岑晰溪见沈德立睁开了眼，拿起手中的笔放在嘴唇上说：“沈队长，你看下一步工作要怎么安排？”

沈德立知道，今天晚上第一次汇报会算是成功的，至少确定了现场的起火点，而且在现场发现有汽油助燃的情况，最有突破性的发现是嫌疑人利用了遥控装备点燃了超市。

沈德立想，超市的小老板赵庆丰逃不脱干系，最大的嫌疑人也许就是他了。

沈德立睁大眼睛说：“卢定凯，赵庆丰那边继续审问，顺便查一下他有没有购买过或者制作过遥控装置。”

卢定凯点头道：“嗯，这个人我会去好好查，赵庆丰完全有可能会故意离开超市，这样超市起火，最多算个意外。”

岑晰溪也说道：“如果是赵庆丰制造了这一切，那么他针对的真有可能是楼上的逸天学校，说不定他们之前有过什么矛盾，楼上楼下闹矛盾的不是常有的事吗？”

郝景天表示不解，他摇摇头说：“损人不利己，要真是赵庆丰干的，那么真的想象不出他会如此变态，他店里的那些货可是值好多钱的。”

岑晰溪此时的思维活跃了起来，她说：“说不定他买过财产保险呢，他这样做既释放了胸中的愤恨，财产损失又可以得到赔偿。”

沈德立轻轻地拍了拍桌子说道：“好了好了，就先这么着吧，一切都要靠调查证实，坐在这儿瞎想解决不了问题，大家散了吧，要吃夜宵的自己去派出所食堂领去。”

一会儿的工夫，在场的众人分别去文教路派出所的食堂领取了一份海鲜炒粉干，坐在会议室的桌边吃了起来。

小刘挨着岑晰溪，他边吃边说：“晰溪，你不是调去秘书科了吗？怎么还过来陪我们熬夜啊？”

岑晰溪瞪了小刘一眼，说道：“谁陪你呀？是案子需要，你懂吗？”

小刘看了看岑晰溪脸上的那块被血浸红的纱布说：“嗯，我懂了，你是来给沈队长挡子弹的吧，真乃女中豪杰呀。”

岑晰溪气红了脸，说道：“小刘，你有没有口德呀，我告诉你，就算我去了秘书科，这刑警队我爱来就来，不关你的事。”

沈德立正在一边默默地吃他那盒粉干，此时转过头来说：“小刘，你们要再吵下去，我就把你也调去秘书科。”

岑晰溪急忙说：“他如果去了秘书科，我肯定不干，整天就知道烦我，沈队长，我看还是再给他安排一个现场，让他去现场待着吧，省得他在这儿唠叨。”

小刘正要反驳，沈德立的电话在桌子上震动了起来，他拿起手机接听。

小刘望着沈德立，他看见沈德立的脸色正在变得发青。

沈德立挂掉电话，他放下筷子说：“黑衣人又来了，风塘路，又一起火灾，还是街边的超市着火，楼上是奥数培训班，现场乱成一团，死伤多少孩子暂时没有统计数字。”

岑晰溪放下快餐盒就往楼下跑去，她准备好了车子，等沈德立急急忙忙地上了车，便踩下了油门，向风塘路奔去。

坐在副驾座的沈德立在靠背椅上左右摩挲着，他感到很困惑。

岑晰溪感觉到了沈德立的迷茫，于是说道：“沈队长，看来我之前的先入为主全都错了，超市的小老板现在还在我们的询问室，他不可能做下第二起案件吧。”

沈德立目光如注，他看着街灯往身后退去的样子，说道：“黑衣人太猖狂，一天犯下两起纵火案，要不赶紧抓住他，他肯定还会继续作案，黑衣人的企图已经非常明显，文教路受害的是艺术培训学校，风塘路受害的是奥数培训班。”

岑晰溪灵活地绕过前方一辆油罐车，等车子平稳后说：“黑衣人针对的是孩子们，培训机构一般都安装了监控视频，所以他将控制起火的遥控装置安装在了楼下的小超市。”

沈德立听岑晰溪提及了遥控装置，心想对于目前来说，弄明白遥控装置的原理是最为迫切的事情，他拨通了郝景天的电话说道：“郝景天，你给我听着，今天晚上你就别睡了，连夜研究遥控装置的事儿。”

郝景天在那头有些委屈，他说：“沈队长，可是现在我手中只有一个二极管啊。”

沈德立不由分说，他喊道：“务必搞清楚，如果技术上有问题，可以找湾州大学的老师帮忙，我不信连湾州大学的教授也搞不定。”

经过十来分钟的奔袭，他们来到了风塘路的火灾现场。

风塘路同样也是闹市区，岑晰溪往前望去，滚滚浓烟已经将整条街道都侵袭了，情景和白天是那么的相似，消防队员正在那儿紧张有序地往建筑上喷水，满脸污垢的孩子们站在街边哭泣，交警和特警正在严厉地疏散人群。

沈德立站在那儿，双眉紧锁，他看到苏法医带着小刘、海哥也赶到了现场，只是现场暂时被消防控制，尚未转交给刑警，他们也只有待在一边等候时机。

小刘凑了上来，他说：“沈队长，这回我有目的性了，等我们接管了现场，我直奔重点，找到起火点，看有没有类似的集成电路残片。”

岑晰溪接话说：“肯定是有的，就看你有没有这个本事找到。”

小刘斜瞪眼道："晰溪，你不信我？"

苏法医解围道："好了好了，在现场注意点形象，你没看见那些家长在那儿哭泣吗？你必须努力去找，这可是破案的关键所在。"

沈德立扫了他们一眼说："如果有你们说得这么简单就好了，恐怕就连这么点小幸运都不一定有。"

岑晰溪胆怯地望着现场那边，她担心现场会像白天那样发生爆炸，她回过头来说："我也觉得是，案子搞不下去，最终还是要回到研究嫌疑人的动机上。"

小刘冷笑道："我就知道晰溪不相信我们的现场勘察技术，你是不是又要去请你家那位大雷医生了？"

岑晰溪一下将手中的勘查手电砸在了小刘的身上，疼得小刘"哎哟"一声，岑晰溪说："什么我家你家的，人家大雷医生现在是我们刑警队的特别调查员，叫他过来办案是再正常不过的事情了，怎么事情到了你嘴里，都变了味儿了。"

沈德立狠狠地瞪了他俩一眼，说道："你们还有没有分寸，在现场随意打骂，像什么话？刚才苏法医都已经提醒过你们一次了，你们是不是想脱掉警服不干了？"

两人变得默不作声，岑晰溪噘起了嘴巴，站在那儿面对着现场，她看见那座六层楼高的建筑顶上挂着很大的一块广告牌：学奥数，来新源！

夜半两点，湾州大学电子工程学院九楼的一间国家级实验室里，郝景天正在和一位看上去三十来岁的年轻人热烈地讨论着。

年轻人是湾州大学有名的遥控器设计专家，他叫卢永祥，他最后总结说："一句话，这种二极管不是使用在传统意义的遥控设备上面，而是通过 Wi-Fi 技术实现远程控制，我同意你的看法，这是一个自制设备，要实现远程控制点火技术，这人的电子技术功底相当不一般，在我这儿，只有研究生才可以接触到，本科生也只是了解理论而已。"

郝景天木然地望着卢永祥，说道："按你的意思，凶手还是个研究生？"

卢永祥将那个装有二极管的袋子交还给了郝景天，然后说："我们这儿的研究生不可能做出这种伤天害理的事情。你想想看，一个人从小学到大学，然后考进研究生，需要付出多少心血？怎么会去做出这种事情呢？”

郝景天也没去争辩，他知道象牙塔里的卢永祥永远都无法相信，总是有那么一批人在丧心病狂地作案，他轻描淡写地说：“或许有呢。”

卢永祥义愤填膺地说：“那除非有病。”

郝景天点头说：“是，或许有病。”

卢永祥将身边的一台微电流检测仪关闭了电源，嘴里说道：“说到有病，我倒是想起了一个人，我们湾州大学确实有这种事。就我们这幢楼，二楼就是物理系，物理系有个博士，还是我的好朋友，他的确是个天才，天体物理无人能及，可惜后来却得了精神病。”

郝景天将二极管装进了自己的硬皮袋，说道：“真是天妒英才，本来可以成就一番事业的。”

卢永祥将手搭在刚刚关闭了电源的微电流检测仪上说：“是的，原先他还经常到我这儿帮我做一些实验，他自己也做了不少遥控和监听设备。”

郝景天心里一怔，问道：“卢教授，你说那人在你这儿做了一些遥控设备？”

卢永祥没事似的说道：“对啊，物理系和电子工程本来就是同门。”

郝景天忽然想到了岑晰溪经常提到的范海新，他问道：“那人是不是叫范海新？”

卢永祥瞪大了眼睛说：“你怎么知道？我只知道范海新后来住院了，住的还是精神病医院。”

郝景天心里“咯噔”一下，他说：“这下子坏了，卢教授，我要赶紧回去，谢谢你帮了我的大忙。”

走出电子工程学院的大门，郝景天便迫不及待地给沈德立打了电话，他神秘地说：“沈队长，我告诉你一个天大的秘密。”

沈德立正在参加张局长主持的一个全局专案动员会，他压低声音说：“你说，那边的情况怎样？”

郝景天抬眼看了看九楼实验室窗口的灯依然亮着，才拉大了声音说道：“沈队长，我这不是过来找湾州大学的卢教授看那个二极管嘛，卢教授果然牛，他没看一会儿便认定这是遥控装置，不过是由 Wi-Fi 控制的新型遥控装置，这超出了我的想象。”

郝景天顿了顿接着说：“这不是重点，重点是卢教授说他认识范海新，就是从第七医院跑掉的那位物理学博士。卢教授说，范海新曾经在他实验室里制作过遥控装置，你说这难道只是个巧合吗？”

沈德立的声音还是低低的，他说：“你说那个范海新？会是他点的火？你等下，我出会议室再说。”

郝景天连忙说：“好，我等着。”

郝景天心里异常激动，他没想到来湾州大学讨教二极管的事，却意外获得了一条新线索，他简直不敢相信。

沈德立走到了会议室外边的走廊里，声音才变得正常起来，他说：“郝景天，你刚才是说范海新？他懂得制造遥控装置？”

郝景天已经上了车，他发动了汽车说道：“是，卢教授亲口对我说的，范海新以前经常去他的实验室。”

沈德立心里一阵发毛，他万万没有想到，费大雷托付给他寻找的范海新此时竟然成了他自己想要立即会见的嫌疑人。

沈德立想，一个懂得制造遥控装置的精神病人，谁也没有把握说他不会做出这等事来。文教路和风塘路两个现场已经让他焦头烂额了，而且据张局长刚才通报说，风塘路的情况更加糟糕，因为火势太猛，目前已经造成三个孩子死亡，躺在 ICU 没有脱离生命危险的还有好几个。

沈德立掏出手机，找到了费大雷的电话，正要拨打，他感觉一阵尴尬，费大雷多次向他请求寻找范海新，自己却一直拖着，现在好了，他自己却需要费大雷提供一些信息以便于尽快找到范海新。

沈德立犹豫了一下，还是摁下了费大雷的手机号码，看到手机界面上“正在拨号”几个字，他觉得心情非常不好。

费大雷从昏睡中醒来，他本以为又是范海新打来的骚扰电话，可是一看手机，却是沈德立，他的声带又干又哑，说道：“沈队长，这大半夜的找我有急事吗？”

沈德立也顾不得先前自己的失礼了，他说："大雷医生，长话短说，我想你也看过新闻了，今天湾州发生了两起火灾，一大批孩子被烧伤，还有几个孩子已经死去，我们正在调查，现在的线索指向了范海新。"

费大雷猛地一惊，他说："范海新？"

沈德立隔着玻璃看到会议室里热烈地开始讨论了，张局长表情严肃地坐在那儿一声不吭，他对费大雷说："是，我打电话给你，是想要了解一下范海新的情况，我想对于范海新的奇思怪想，没有谁比你更清楚了。"

费大雷将床上的白色枕头竖直了起来，垫在自己的背后，他说："是，范海新我很了解，可我不知道他是怎么成为嫌疑人的？"

沈德立简要地将现场的发现以及湾州大学的情况讲述了一遍，然后问道："我想知道的是，像范海新这样的人，他既懂得技术，又患了精神疾病，是不是真的可能做出这种事来？"

费大雷听得一愣一愣的，他白天的时候和范海新的父亲纠缠了半天也没能达成所愿，现在可好了，让湾州不眠的两起案子或许就是范海新所为，他说："沈队长，我和你想的一样，像范海新这样的人，他不仅有妄想症状，而且有强烈的反社会人格，其实他跑出去，我还是有些担心他犯事的，可不知道会犯下这么大的事情，那可是一大批孩子呀。"

沈德立顿觉信心满满，他说："既然大雷医生都这么说了，我就下死命令了，不找着范海新，誓不罢休。"

费大雷无奈地说："沈队长，这回真拜托你了，我也希望你能找着，这样我这边也有个交代。对了，我今天去了范海新老家，听范海新父亲说，檀溪那边以前发生过灭门惨案，凶手一直不知道是谁，是不是真有那么回事？"

沈德立忽然想起了檀溪那边一把火烧死了一家人的案子，其实当时是有嫌疑人的，只是嫌疑人一直在逃，于是说道："大雷医生，怎么对那起案件感兴趣？那案子已经定过性的，是家庭内部的事情，一把火烧死全家，嫌疑人就是那家的男主人，可是后来我们一直没有抓住他。"

费大雷叹了口气说："不，我只是想到了随便问一下，沈队长，你先忙吧，抓住范海新告诉我一下。"

沈德立连忙说："一定一定。"

8

梅樱走进了《湾州早报》办公楼 17 楼她自己的办公室，她在这个办公室已经待过三个年头了，她随手将卡其色的 LV 手袋放在了桌面上，熟练地开启了工作用的笔记本电脑，今天早上，她给自己安排的工作是组稿。

梅樱知道，昨天湾州的两场大火的各线现场记者一定会给她发回来不少调查资料，她需要做的是整合这些资料，全面地报道这所有湾州人都关注的新闻。

梅樱看着电脑在启动，伸手将一杯玫瑰花茶冲好。

她想，这一定是条大新闻，应该说是她工作以来最大的新闻，虽然不知道后续会怎么发展，但她已经嗅到了这条新闻的价值，因为主编一早就打电话给她，让她将这起事件定为头条。

梅樱不像那些经常在外面跑采访的记者，她不认识刑警那边的人员，没有办法获取到内部情况，她判断的依据是主编的重视程度，她预计今天一整天的时间都将耗费在这条新闻上，说不定还要加班，主编一直强调要抓住重点，这应该就是重中之重了。

电脑启动完毕，梅樱点开浏览器，打开湾州早报的主页，主页上已经有一些关于昨天两场火灾零碎的短篇幅报道，她快速地浏览了一下，就点开了自己的电子邮箱。

果然和梅樱想象的一样，她的电子邮箱早已被各种消息占满，从邮件的标题和发件时间上可以看出，外线记者也是拼了，最后一篇的发信时间竟然是清晨 4 时 31 分。

梅樱的眼睛掠过这一时间，她看到这条标题上方的那封邮件特别醒目，标题是“梅姐，我是凶手，点开看一下”。

梅樱本来想去拿茶杯喝一口茶，可是刚伸出的手本能地缩了回来，她将光标移动到了标题上方，轻轻地点击了一下左键。

邮件打开了，梅樱开始往下看：

梅姐，千万别以为这是标题党，我真的是凶手。

昨天的两场火表达的是我对这个世界的愤怒，你肯定已经知道，一场是琴房的盛宴，另一场是奥数的洗礼，我感觉都非常成功。虽然我不能目睹他们逃亡时的慌乱，但我从你们网站的图片上同样可以感受到，世界因我而改变。可以说，我成功地通过你们的报纸传递了我的愤怒。

接下来会发生什么，我也不知道，我只知道，我的愤怒会继续，一直到世界末日，人们毁了我的世界，我也要毁掉他们的世界。

沉默的苏格拉底

梅樱一口气看完了简短的几行字，她在邮件的最后看到了署名：沉默的苏格拉底。

梅樱看完之后，她的思维仿佛一下子冻结了，她不知所措地坐在那儿，尽管玫瑰花香随着雾气萦绕在周围，她却丝毫没有闻到。

一阵高跟鞋走路的声音干扰了梅樱，她这才从震撼中回转过神来，她万万没有想到，这个时候会收到这么一封邮件，她甚至摘掉眼镜，搓了搓眼睛，又重新看了一遍。

的确是事实，梅樱这回才相信，她收到了挑战，她第一反应就是，自称是凶手的人怎么会给自己发邮件，她担心那人已经盯上她，会给她的安全带来威胁。

梅樱感觉到自己握着鼠标的手有些发抖，她觉得一阵莫名的恐惧从心底升起。

就这样呆坐了至少三分钟，梅樱将邮件打印了一份出来，拿起打印稿向主编办公室走去。

一大早的时候，沈德立就派了一支小分队前往檀溪调查范海新的行踪，因为费大雷提醒过，昨天在檀溪范海新老家看到二楼有异动，后来范文轩没有回应，他无从得知那个背影是否是范海新本人，但他怀疑是。

沈德立无所适从地坐在办公室里，他现在是孤家寡人一个了，将岑晰溪调去秘书科是他自己的决定，但是现在看来，没有岑晰溪的辅助，他的工作乱成了一团糟。

一天的计划没有了时间表，一大堆的材料没有了头绪，失去了岑晰溪，他无法有序地工作，但他又下不了决心让岑晰溪回来。

沈德立拿着手机坐在他的队长铁王座上，他深深地吸了口气，这口清凉的空气仿佛冲破了他重重的记忆阀门。

"救我……"

沈德立微闭着眼睛，他不仅听到了自己孱弱的呼救声，还在脑海里看到了自己像软体动物般蜷缩在血泊之中。

他不会忘记，曾经的那个自己是多么软弱不堪。在一次围捕中，他中枪倒下了，他唯一生还的希望就是有人击倒站在自己面前的"黑色屠夫"。

差不多二十年了，沈德立在记忆中叩问自己，那时候人们听到"黑色屠夫"四个字，简直是闻风丧胆，刑警队投入了所有的警力，经过了三个多月的努力仍毫无收获。

沈德立想起来了，那时候他刚刚进入刑警队不久，他师父带着他去大街小巷彻夜盘查，那次纯属偶然，他看到了"黑色屠夫"站在了他的面前。

可是他不知道为什么那时候会如此胆怯，他还没有动手，"黑色屠夫"就一枪击中了他的腹部，剧烈的疼痛和汩汩而出的鲜血使他感受到了死亡的滋味，他只能孱弱地喊出"救我"。

想到这儿，沈德立心里非常愧疚，要不是师父及时赶到，他这条命肯定就没了。可是师父急急忙忙赶到的时候，"黑色屠夫"的枪又响了，师父扑在他的身上，为他挡住了这一枪。

枪声时时刻刻都在沈德立的脑海中激荡，一直激荡了二十年，师父走了，而他却幸存了下来，"黑色屠夫"再也没有了消息。

"沈队长。"

沈德立听到了岑晰溪熟悉的声音，他摆脱了记忆的纠缠，憔悴地看了看门口春风满面的岑晰溪。

岑晰溪笑着说："沈队长，秘书科那边没什么事，我想你今天应该是忙得晕头转向了吧？要不要我帮你整理整理材料？”

沈德立觉得头有点沉，但还是平静地说：“好，没你还真不行，我都不知道该如何安排我今天的时间，局里、专案组、现场，到处都需要我。”

岑晰溪轻盈地走了进来，说道：“你看，把我调走你后悔了吧？沈队长，要不这样吧，你可以暂时把我借回来，等这起案子搞定，再把我踢去秘书科也行。”

沈德立朝岑晰溪笑了笑，然后说：“嗯，这个主意不错，只是我出尔反尔，违背了我做事的原则。”

岑晰溪走到沈德立的办公桌边，熟练地开始整理那些乱七八糟的专案材料，边整边说：“如果能帮助你更好地破案，要那么多原则有什么用？”

沈德立心里一怔，如果一切讲原则，自己那条命在二十年前就没有了，要不是师父冒着生命危险扑向自己，现在哪能坐在这刑警队长的位置上？

沈德立又抬眼看了看岑晰溪，总觉得面前的这个女孩经过了几次的洗礼，变得和以往不太一样了。

岑晰溪一抬头，看到沈德立正望着自己，脸上变得火辣辣的，她说：“怎么？不认识我了？”

沈德立淡淡地说：“不是不认识了，而是要重新认识一下。”

岑晰溪有些不好意思起来，她不知道沈德立说这话有什么含义，她只觉得，自己似乎天生与刑警有关，这个职位让她心动。

平心而论，她也害怕牺牲，可是当她进入刑警队后，她就感觉到由衷的兴奋隐隐而来。

当岑晰溪正在帮沈德立准备今天的工作时间表的时候，沈德立接起一个电话，这是一个陌生来电。

“喂，你好。”

沈德立习惯地打了个招呼。

“您是刑警队的沈队长吗？”对方是位女士。

沈德立眉头皱了一下，不置可否地问道：“你有什么事？”

女生的声音稍稍有些激动，她说：“沈队长，是这样的，我是《湾州早报》记者梅樱，我们主编让我给您打个电话，我有重要的事情要向您报告。”

沈德立的身子坐直了起来，他心里有些疑惑，记者有重要的事向他汇报？大案子发了之后，他的确会偶尔收到一些不明来源的线索报告，但是收到记者的爆料还是第一回，于是他冷静地问道：“梅记者，不知道你有什么事情要告诉我？”

梅樱激动地说：“沈队长，我这里收到了一封电子邮件，发信人叫‘沉默的苏格拉底’，他自称是昨天两场火灾的凶手，不知道这个可不可以帮助到你。”

沈德立一听，浑身顿时起了鸡皮疙瘩，他没想到这个梅樱记者的料这么猛，他说：“这个情况对我们很重要，你可以将邮件转发一份给我吗？”

梅樱非常客气地说：“当然可以，沈队长，您把电子邮箱给我，我这就给您发过去。”

岑晰溪把电子邮箱发给了梅樱之后，一会儿的工夫，便收到了梅樱转发的电子邮件。

沈德立和岑晰溪两人读完邮件后互相对看了一眼，岑晰溪先说了：“沈队长，我看这‘沉默的苏格拉底’不像是冒牌货，很可能真的是凶手。”

沈德立此时想的不是这个，他说：“敢写信挑战的我只遇到过‘黑色屠夫’。”

岑晰溪疑惑地望着沈德立问道：“‘黑色屠夫’是谁呀？”

沈德立眼睛微闭了一下说道：“那是二十年前的事情，他也写信给报社，挑战我们警方的极限。”

岑晰溪脸色更为疑惑了，她继续问道：“那后来呢？后来抓住了吗？”

沈德立遗憾地说：“后来就没有后来了，我们看到过他，但是没有抓住他。”

岑晰溪不无遗憾地摇头说：“那真是太可惜了，看到过‘黑色屠夫’的是我们刑警队的哪位刑警呀？”

沈德立摇头拒绝回答，他换了个方向说：“晰溪，那时候你还在你妈妈的怀里呢。”

岑晰溪也有了些惆怅，她说："唉，我从小就没有爸爸，可是妈妈却从来不说我爸爸是怎么没的。"

沈德立转移了话题，他说："这位'沉默的苏格拉底'看起来是个难缠的家伙，我一定要抓住他。"

岑晰溪将那份邮件打印了出来，她看了看之后，递给了沈德立，说道："沈队长，你留一份吧。"

沈德立接过纸张，瞄了一眼说："晰溪，这份我给张局长送去，你帮我再打印几份，对了，你联系一下大雷医生，就说我有事找他，这回他必须来。"

9

不管沈德立的语气有多强硬，岑晰溪还是使用了她对付费大雷一贯的手法，她软磨硬泡地将费大雷接到了文教路派出所的临时专案指挥室。

此时的会议室里，沈德立早就坐在了那儿，他将那封邮件亲自交给了张局长之后，便急匆匆地赶到了文教路派出所，张局长完全同意沈德立的看法，这个"沉默的苏格拉底"绝对是个老谋深算的角色，就像当年那位一直杳无音信的"黑色屠夫"一样，对湾州刑警队发起了挑战。

沈德立见到了费大雷，也没有过多寒暄，直接说道："大雷医生，作为刑警队的特别调查员，你务必要搞定他。"

说完，沈德立将手边的那些文字图片资料一股脑儿都推给了费大雷，最后递到他手里的便是那封电子邮件的打印稿。

岑晰溪给费大雷倒了一杯温开水，讨好地说："大雷医生，你觉得'沉默的苏格拉底'会不会是范海新？"

费大雷没说话，静静地坐在那儿开始看资料，他一张张地翻看着刑警们这两天来收集到的各路信息，有的是打印稿，有的是毛糙的速记，至于那些现场图片，大多是烧毁的残迹，以及严重烧伤的孩子们。

费大雷最后才看了那封电子邮件，他一边看一边在脑子里起草黑衣人的形象。

短短的几行字，费大雷大约花费了十几分钟的时间，岑晰溪坐在旁边心急如焚，她担心费大雷从这些有限的材料里不能得出有价值的线索，因为她自己完全没有方向。

沈德立坐在会议室的另外一端，眼睛微闭着，像是在打瞌睡，实际上，他的脑海里尽是关于黑衣人的画面。

一位有着超高技术的学者模样的黑衣人躲在某个阴暗的房间里，相继点燃了昨天的两场火，旋即又给《湾州早报》发了封挑衅的邮件。

他到底想要干什么？他的下一个目标到底指向了哪里？

他决定让岑晰溪把费大雷接过来的时候，他就坚定地认为，黑衣人一定是位胆大妄为且心狠手辣的家伙，他不知道逃跑的范海新是不是符合这个形象。

沈德立心里清楚，唯一见到过“黑色屠夫”的也只有他了，师父见过，可师父却在那件事情之后长眠了，只有他一个人对类似的凶手有过面对面的交锋，他可以感受到“沉默的苏格拉底”的嚣张气焰。

费大雷忽然放下手中的邮件说：“沈队长，晰溪警官，我有种不祥的预感。”

沈德立听了之后，突然睁开了眼，他看着费大雷有些苍白的脸，心里不是个滋味。

岑晰溪则乖巧地坐在那儿，目不转睛地看着费大雷，她急切地等着费大雷说些什么。

费大雷喝了口温开水，温润的无色液体滋润了他的嘴唇，他说：“首先我想说的是，‘沉默的苏格拉底’不是范海新。范海新是我的病人，我对他太了解了，之所以说不是，基于以下理由：首先，邮件中‘沉默的苏格拉底’称呼梅樱记者为姐姐，就不符合范海新的做法。范海新目中无人，骄傲自大，他根本就不懂得如此礼貌地称呼梅樱记者为姐姐。如果他写信，他一定是直呼其名，并且会说，他就是范海新，他不会用什么‘沉默的苏格拉底’这种文绉绉的昵称隐匿自己。”

岑晰溪快速地在工作笔记本上记录着费大雷的发言，她心里其实早已有这种感觉，范海新不会是凶手，只是没有什么依据，她仔细地听着费大雷继续说道："能写出'沉默的苏格拉底'这样昵称的人，学识一定不会低，我相信他应该拥有大学文凭，他一定臣服于苏格拉底这样伟大的哲学家。他喜欢哲思，喜欢独立思考，喜欢孤独，他不太喜欢交际，可能是交际恐惧症患者。"

沈德立慢悠悠地轻轻点头，他在费大雷的发言中不断地萃取他需要的信息，可是到现在为止，他还没有获取到他想要的。

费大雷接着分析道："邮件中，'沉默的苏格拉底'明确表示他袭击的目标是琴房和奥数班，袭击成功之后，他感觉到很快乐，并且他希望把这种恐惧通过媒体传播出去。可以设想一下，一个对琴房和奥数班有着偏见和抗拒的人，他的童年是什么样子的。我相信，他曾经也有同样的童年经历，在强迫中完成了琴艺的学习和奥数的培训，这些经历或许已经使他获得了学术上的小小成功。可是他很不快乐，他不愿意接受现实中的自己，他想成为他理想中的自己，可是羁绊他的童年经历使他无法扭转未来，他绝望了，所以……"

沈德立突然坐直身子，打断了费大雷，他只想要他想要的，他觉得费大雷的分析不错，但他需要可以操作的，于是他问道："大雷医生，按你的意思，凶手的年龄大概是多少？"

费大雷被沈德立打断之后，就没再继续说下去，转而开始回答沈德立的问题，他说："至于年龄，我觉得，'沉默的苏格拉底'是个年龄不大的孩子。凭我的经验，他应该是十八岁不到的未成年人，因为他的心智没有发育完全，他的偏执人格明显有着未成年人的痕迹。"

沈德立自言自语道："十八岁不到？这是什么概念？"

费大雷补充说道："十八岁不到，就是说是青少年，十岁以上，十八岁不到，这个年龄的人本身也处在叛逆期，做事容易冲动，加上'沉默的苏格拉底'有着偏执人格，做事情不计后果，所以我觉得他的年龄应该是在这个区间里。"

岑晰溪突然站起来说："如果真是这个年龄，又有大学文化，很可能就是少年班的大学生了。”

费大雷摇摇头说：“可是据我了解，我们湾州的大学并没有少年班。”

沈德立此时的脑海中已经开始网罗各种可能的对象群体，他需要符合这个标准的所有人群。

岑晰溪反驳道：“大雷医生，可是谁说凶手一定要在湾州呢？”

从医院里传回来的情况让沈德立着实感到不安，两场火加在一起，死亡的人数已经上升到了5个。最近逝去的一个是教师，这位教师为了挽救孩子们，多次冲进火场，结果被一块烧毁的广告牌砸伤了脑袋，经过抢救，下午的时候刚刚停止了呼吸。

张局长已经给沈德立打过两次电话，可是沈德立依然没有找到“沉默的苏格拉底”的蛛丝马迹。

沈德立也不是没有手段，他派出郝景天去处理了湾州早报网站的服务器，可是郝景天在托管于电信机房里的服务器工作了几个小时，竟然无法获知“沉默的苏格拉底”发信的IP地址。

郝景天心里很清楚，他遇到的绝对是位技术高手，不仅是那自制的Wi-Fi远程遥控点火装置，现在发邮件竟然也查不出IP地址，这可恼了他。他虽然知道自己被骂是活该，可被骂了心里总是不舒服，他坐在机房里在网上查一些技术资料，希望能突破这一难题，哪怕只要确定IP地址前面的字段，也能提示发信的日标城市，这对于确定排查范围有着决定性的意义。

而原本派去调查范海新的卢定凯小分队依然在檀溪那边调查，沈德立虽然接受了费大雷的意见，可是现在他心里乱如麻，就算把这支队伍调拨回来，也没有可以调查的方向。

沈德立对着专案组墙上的警徽直叹气，费大雷的意见还是太宽泛，一个少年大学生，这么大的范围，要上哪儿找去呀？

警徽的光芒在墙上放射开来，沈德立咬了咬嘴唇，心里怒道，难道只能这样干等着，等“沉默的苏格拉底”再一次出手？

10

天色黑下来的时候，裕捷公司董事长孟加裕和他的妻子玛丽莎吃过晚饭，来到他自己家别墅的草坪上喝茶。

玛丽莎看起来才二十来岁，跟孟加裕双鬓发白的年龄不是很般配，可是这并不影响他们之间的亲昵。

玛丽莎娇气地说："加裕哥哥，你看到梅兰妮了吗？"

孟加裕站起身来四处瞧瞧说："以往梅兰妮看到我们来草坪，她一定会跟着来的，她不会拒绝我的饼干。"

玛丽莎开始在别墅周围找她心爱的小狗，她说："都是你惯坏的，你看，现在连你的饼干它也不稀罕了。"

孟加裕坐在秋千上晃荡起来，悠然地看着远处有一轮明月正在冉冉升起。

忽然，玛丽莎尖叫起来："快来呀，加裕哥哥，你来看看，我们的梅兰妮好像死了。"

孟加裕急忙从秋千上翻下身来，向玛丽莎奔去，远远地看见梅兰妮躺在别墅后边的屋檐下，身上似乎绑着一捆什么东西。

孟加裕跑到梅兰妮身边时，玛丽莎已经泣不成声，她瘫坐在梅兰妮的身边，哭红了眼睛。

孟加裕觉得奇怪的是，梅兰妮的确是死了，可是身上绑缚的那些东西他实在想不明白，这一定是有谁故意杀死了他的爱犬，并且在狗的身上绑上了一堆黑色塑料袋。

孟加裕伸出手去，胆怯地捏了捏梅兰妮身上的塑料袋，摸上去软软的，他明白了，塑料袋里装的一定是液体。

他没去顾忌玛丽莎的感受，开始研究起那塑料袋，他担心杀死梅兰妮的人别有用心。

“嘭！”

梅兰妮身上的塑料袋忽然炸裂了，孟加裕感觉到了里面的液体喷射而出，溅到了他和玛丽莎的身上，他此时闻到了一股浓烈的汽油味，随之而来的便是熊熊大火，将他们团团包围。

玛丽莎艰难地从地上爬起来，可是已经来不及了，她身上的火焰将她变成了一个火球，而孟加裕也更加没有办法，因为他身上的火焰比玛丽莎的还要凶猛。

两人在草地上狂奔，没一会儿，便倒在了地上。

这起火灾虽然不是针对学生的，可在这个节骨眼上，沈德立还是将之列为重点，虽然没有打算从中捞取到什么有价值的线索，但他心里总是不甘心，两天之内的第三起火灾，很难讲一定没有关联，他还是抱有侥幸心理的。

在接到报警之后，苏法医带领着技术组，沈德立带着侦查员，都早早地来到了现场。

苏法医先去检查了两人已经局部烧焦的尸体，尸体的残骸上可以闻到汽油的气味，他可以确信，尸体的燃烧是因为有汽油助燃。

苏法医立即走过去向别墅门廊下站着的沈德立报告：“沈队长，我感觉有些蹊跷，两具尸体上都可以闻到汽油的味道，我们是不是可以遐想一下。”

沈德立听了之后非常惊讶，他感觉自己刚才赌一把的决策非常正确，他说：“‘沉默的苏格拉底’，这回你真的跑不了了。”

小刘沿着两具尸体奔跑的路径一路往别墅后搜去，他惊异地发现，别墅后的地面上躺着一具狗的尸体，尸体已经被烧得没了样子，但是从体型上还勉强看得出来这是一条狗。

小刘蹲在地上仔细地查看，他发现地面上有一大片草地都已被烧毁，心想这火肯定是从狗开始的，但他怎么也想不明白，火是怎么起来的。

小刘心里当然想过，这场火会不会和昨天那两场火有共同之处，虽然从针对性上来讲毫无关系，但他也听到了苏法医说尸体身上有汽油的味道。

小刘从旁边的一棵树上折下一节小树枝，用粗的那一端在狗的身上拨弄起来。

小刘发现，狗的毛皮几乎烧没了，只剩下黑乎乎的肌肉和骨骼，散发的焦味很难闻。

小刘左手捂住了鼻子，右手不停地在狗尸体上拨弄着，忽然，他看见灰烬中有一颗黑乎乎的椭圆形东西，心里一阵激动。

他放下树枝，从勘查箱里拿出一把镊子，将那东西夹起来，放在戴着手套的手掌心上。

小刘的感觉没有错，他看到的是一个小小的二极管，尽管这个二极管已经被烧得乌漆墨黑。

小刘心里异常激动，昨天晚上奥数班那场火，他并没有找到二极管，因为那家超市烧到最后倒塌了，现场的清理工作需要大量的时间，估计到了最后，也很难找到这么一个小小的二极管。

小刘回头招手，大声喊道："小郝，快过来看看，这边有你要的好东西。"

郝景天听到小刘在喊他，便往这边跑过来，他在心里猜想着小刘给他找到了什么东西。

等郝景天跑到小刘身边时，小刘将手中那个黑乎乎的二极管递给他说："小郝，这东西是不是你最想得到的？"

郝景天一看，原来是二极管，他瞪大了眼睛，见那二极管和昨天的尺寸大小和形状基本一致，便惊讶地说："果真是远程控制的，看来，沈队长的预感真的没错，这些案子有关联。"

小刘用镊子指着地面上狗的残骸说："综合来看，问题在这条狗的身上，我觉得是凶手先弄死了狗，然后将点火装置绑在了狗的身上，当狗的主人孟加裕和玛丽莎靠近狗时，火就起来了。"

苏法医走了过来，他说："对，尽管孟加裕和玛丽莎跑开了，但因为身上有大量的汽油助燃，他们没能幸免。"

郝景天一头雾水，他摇摇头说："没有这么凑巧吧？当孟加裕和玛丽莎靠近狗时，火就起来了？有这么巧的事情吗？"

小刘也摇了摇头说："看起来我的这个设想似乎不太合理，凶手怎么知道孟加裕和玛丽莎靠近狗的呢？"

苏法医站在那儿干瞪眼，他无法想象这个现场是如何形成的。

郝景天抬起头在别墅的屋檐四处张望，忽然，他发现屋顶角落的一只摄像头轻轻地转动了一下，他心里一阵抖动，但是他很快就将眼神投向了地面，装得像是没事儿似的。

小刘已经捕捉到了郝景天的轻微表情变化，他轻轻地说："小郝，怎么了？"

郝景天同样轻轻地说："没事没事，咱们换个地方说话。"

三人先后离开，来到别墅门廊处，郝景天朝四周看了看摄像头分布情况之后才说："沈队长，我们已经被监控了。"

小刘这才明白刚才郝景天让他们换个地方说话的真正目的，狗那个位置一定是被一只摄像头监视着，想到这儿，他的头皮一阵发麻，感觉自己像逃过一劫似的，他不确定凶手会不会在远处对他下手。

沈德立眉头一皱，问道："郝景天，你什么意思？我们被监控了？"

郝景天详细地说了起来："沈队长，是这样的，我刚才在狗那边勘查时，发现屋顶有个摄像头在转动，我觉得那摄像头一定是有人在操控，那人一定就是凶手。他将绑缚了远程点火装置的狗放在了他的视野下，当孟加裕和玛丽莎去找狗时，他可以看见，这样，他便可以启动点火装置，烧死孟加裕和玛丽莎。"

沈德立听得嘴巴都张大了，好久才说："好一个'沉默的苏格拉底'，这可比'黑色屠夫'厉害多了。"

小刘从来没有听说过"黑色屠夫"，他问道："'黑色屠夫'？这是个什么角色？"

沈德立没说话，苏法医知道一些关于"黑色屠夫"的传闻，他对小刘说道："不懂了吧，'黑色屠夫'出来的时候，你还穿着开裆裤呢。"

小刘鄙夷地回击道："如果我那时候穿开裆裤，估计你也差不多，最多款式不太一样吧。"

郝景天心里非常着急，因为他刚刚被沈德立骂过，这回他想扳回一局，于是说道：“沈队长，我主动请缨，我觉得‘沉默的苏格拉底’这回真的跑不了了。”

沈德立听了之后，心里乐开了花，他知道像郝景天这样的技术员，如果敢说出这样的话，估计心里已经十拿九稳，他点点头说：“嗯，技术的事情我就不问了，你说了我也不懂。”

可是小刘急了，他问道：“小郝，这种事可不要随便吹牛，你有什么办法抓住他？”

郝景天冷静地说：“当然是使用我的技术手段了，你瞧，‘苏格拉底’先生远程控制了孟加裕家的摄像头，那一定是通过网络吧？那么他必定在孟加裕家的路由器上做了手脚，我只要获取到路由器的管理员权限，那么他就暴露在我的眼皮底下了。”

岑晰溪这时候抱着几瓶矿泉水走了过来，她说：“好一场网络战呀，郝景天，我为你点赞。”

小刘歪着嘴巴说：“谁知道他有没有这个本事，如果比技术，我更仰慕‘沉默的苏格拉底’。”

岑晰溪嘲讽道：“小刘，你就知道助长他人气焰，灭自家威风。我相信郝景天一定能抓住那个‘苏格拉底’先生。”

郝景天拿出他的笔记本电脑，开始使用各种软件，尝试进入孟加裕家的路由器，他心里知道，必须沉下心来，和“沉默的苏格拉底”进行一场远程拉力赛。

小刘见郝景天开始了工作，便说：“晰溪，我记得你的大雷医生好像说那位‘苏格拉底’先生还是个未成年的小孩？”

岑晰溪瞟了他一眼说：“那又怎样？大雷医生什么时候错过？”

小刘仰头道：“我不是说大雷医生有什么错，我是说，我们在这儿卖力地干活，只是在对付一个小孩？”

说完，他哈哈地笑了起来。

岑晰溪脸一沉，说道：“我们面对的只有狡猾的嫌疑人，没有小孩。”

站在一旁好久没说话的沈德立说道：“起初我也是半信半疑，大雷医生帮我们办了好几起案子，确实都没有错过，现在站在这儿，我彻底信了，这个系列的案件，不仅仅是技术问题，这位‘苏格拉底’先生肯定是个未成年的孩子，他的思维实在太孩子气了。”

苏法医愤愤地说：“十足的恶魔，他已经夺走了七条生命，我不会原谅他。”

岑晰溪眨了眨眼说：“像不像恶魔倒是不一定，等我们抓住他的时候，说不定他还是满脸的稚气。”

沈德立摇了摇头说：“但我们必须尽快抓住他。”

郝景天发现他的笔记本电脑屏幕上出现了一个通知：“登录成功，已获得管理员权限。”

他“耶”了一声，然后开始敲打键盘，一边敲一边说：“苏法医，小刘，你们回到狗的位置，假装在那儿勘查现场，注意，要装得跟平时一样，不要被他看出半点的假装痕迹。”

苏法医明白郝景天的意思，他招呼小刘一起往别墅后边走去。

岑晰溪看着郝景天的屏幕在快速地闪屏，她看不明白那些快速闪过的字符到底是什么意思，只听见郝景天在自言自语：“嗯，获得权限，获取登录用户数量，获取用户操作记录，获取对方 IP 地址……”

沈德立没去看屏幕，他只想要结果，至于郝景天是如何通过技术找到对方位置的，他一点都不关心。

郝景天忽然说：“沈队长，他又在动那台摄像头了。”

沈德立心里一喜，他知道郝景天已经得到了控制权，于是说道：“不错，不过，他到底想要干什么？”

岑晰溪这时模仿费大雷的语气说道：“他需要一种满足感，他躲在黑暗的角落，窥视着一切，包括我们的工作，他不仅仅是想毁掉这些人，而且他希望通过我们的手将他的愤怒传递到全世界。”

郝景天目不转睛地盯着屏幕上的数字，摄像头的位置信息在不停地变化着，他说：“晰溪，听你说的像是诗歌似的，难道那位“苏格拉底”先生的心境是如此的轻松？”

正得意的时候，郝景天忽然发现屏幕上的那些数据不再更新了，他以为是自己的网络连接出了问题，可是测试之后，一切都正常，他纳闷了一会儿，咆哮道：“不好，沈队长，我被他发现了，他跑了。”

沈德立心里一惊，说道：“你把他的位置固定下来没有？”

郝景天哭丧着脸说：“就差一步，就差一步了，我真是该死！”

岑晰溪叹了口气说：“郝景天呀郝景天，活该你被骂，看来，这场战争我们要失败了。”

沈德立一句话不说，气鼓鼓地站在那儿生闷气，他心里明白，想完全靠技术将“沉默的苏格拉底”抓住，绝对没有那么简单。

沈德立也不去管郝景天趴在电脑前反复尝试了，他打了个电话给卢定凯说：“我要孟加裕的家庭资料。”

卢定凯此时正在派出所里梳理孟加裕的基本情况，他听到沈德立的指示之后说：“沈队长，手头里已经有一些，但不完整。”

沈德立的气还没消散，他不太高兴地说：“有多少给多少，我感觉那位‘苏格拉底’现在正在嘲笑我们。”

卢定凯一边翻看孟加裕的户籍资料，一边说：“嗯，孟加裕早年离过婚，现在的这位妻子玛丽莎是他从美国带回来的，他的原配夫人也是位留学美国的高材生。”

沈德立现在想要查明的就是孟加裕一家的情况，黑衣人对孟加裕和他的妻子下手，不可能没有逻辑关系，昨天的两场火也许仅仅是黑衣人反社会人格的表现，可今天孟加裕的死一定是个人之间的关系问题，仇恨？还是其他？

沈德立急切地问道：“原配夫人是什么情况？现在住在哪儿？”

卢定凯开始在一个关联系统上查找，查出的信息非常简单，他说：“原配夫人名字叫沈梦秦，现年39岁，持美国绿卡，现居住在费市，从事的职业是经济师。”

沈德立心里一惊，凶手莫非是她的孩子？她有孩子吗？她的孩子现在在哪里？

这些问题不停地冲击着沈德立的大脑中枢，他感觉事情到了临门一脚的那一步。

沈德立将刚才想问的话说了出来：“卢定凯，你查一下沈梦秦有没有孩子。”

卢定凯查了半天之后说：“查不出来，沈梦秦是美籍华裔，我们系统里没有她的详细情况。”

沈德立脱口叫道：“去民政局，沈梦秦和孟加裕离过婚，说不定在民政局有离婚协议书，你今天晚上就去查阅一下，我怀疑他们的孩子便是‘沉默的苏格拉底’。”

卢定凯委屈地说：“可是民政局晚上不上班啊。”

沈德立不管卢定凯的争辩，他只顾说道：“这个我不管，你自己想办法吧，今天晚上必须要搞明白，过了今晚，还不知会发生什么事情。”

11

晚上十二点钟快要到的时候，梅樱终于处理完了今天一天的事务，昨天两场火的新闻综述已经全方位的进行了汇总，她相信这篇全面详实的报道会出现在明天的头版头条位置，经过和刑警队长沈德立的反复磋商，最终争取到了随文刊出“沉默的苏格拉底”发给她的电子邮件原文，这可是其他报社不可能拥有的东西，她感觉明天的报纸将搅动整个湾州，甚至全国都会为之瞩目。

梅樱的目的不是帮助“沉默的苏格拉底”传递恐惧，她的出发点非常简单，要给社会上的老百姓一个警示，一个反思，选择权在读者自己手里，但作为记者，她需要这么做，如果大家什么都不知道，“苏格拉底”可能会带来更深重的灾难。

梅樱不知道的是，沈德立他们在现场绞尽脑汁，而且他们已越来越接近事件的真相。

梅樱将整理好的新闻稿发给了栏日主审，然后伸了伸懒腰，一天的工作算是结束了，她需要回去洗个热水澡，然后美美地睡一觉。

梅樱刚将手机塞进 LV 手袋，准备离开她坐了整整一天的办公室，手机却在这个时候响了起来。

她拉开手袋将手机拿了出来，见是个陌生来电，犹豫了一下，还是接了起来。

“喂，你好。”

梅樱的嗓音明显带着疲倦。

“喂，梅樱姐姐，我是‘苏格拉底’。”

梅樱打了个寒颤，听出对方是个男孩的声音，虽然中音浑厚，但听得出来，是带着青春期还在发育的那种青涩。

“苏……苏格拉底，你在哪里？”

梅樱一时不知道如何应对，她没有那些外线记者那般随机应变的能力。

“我在哪里不重要，重要的是，我想告诉你，明天我会再次发难，做一次更大的，希望你明天的报纸头条出现我的名字。”

“苏格拉底”说得很认真，像是在宣誓。

梅樱支吾着说：“你不要胡来，听我的，你不是叫我姐姐吗？既然我是你姐姐，你就应该听我的。”

“苏格拉底”突然愤怒地咆哮道：“我为什么要听你的？我一辈子都在听人家的，任由人家摆布，我的命运应该由我自己来主宰，你们无法阻止我！”

梅樱被愤怒的“苏格拉底”吓了一跳，她终于渐渐平静下来了，她说：“‘苏格拉底’，我知道你不喜欢听别人的，可是你想想看，你这样做带来的只是灾难，并不能改变什么。”

“苏格拉底”不为所动，他说：“我不是要故意去杀那些孩子，因为我也是他们中的一员，我要诛杀的是那些孩子的父母亲，我要让他们知道，他们强迫一个孩子去接受地狱般的历练是要付出代价的。”

梅樱终于明白，“苏格拉底”就是因为从小遭到父母亲的严格管教而导致了心理扭曲，走向了极端，这和她今天在新闻综述中引用第七医院费大雷医生曾经在一本杂志中的观点不谋而合，看来就是这么回事，可是要如何去阻止“苏格拉底”继续犯罪，她感觉很无助。

梅樱本想拖住“苏格拉底”，然后将情况报告给沈德立，可是“苏格拉底”却挂了电话，手机听筒中只留下了死一般的沉寂。

梅樱呆呆地站在那儿，她茫然地望着空荡荡的办公室，白班的同事们早都下了班，隔着玻璃墙的办公室灯火通明，十几位编辑正在忙碌着。

梅樱从未有过这般的纠结，她正有股冲动，撤回已经发给栏目主审的那篇稿件，“苏格拉底”越是想出现在明天报纸的头条，她越是不想让他得到满足。

梅樱拿出手机，她想给主审打电话，可是她却在手机的通讯录里看到了沈德立的名字，她身不由己地摁了下去。

“梅记者，这么晚找我有事吗？”

梅樱听得出来，电话中是沈德立的声音，她忍不住说道：“沈队长，我有重要的事情要向你报告，‘苏格拉底’给我打电话了。”

沈德立正在文教路派出所的专案指挥室部署明天的工作计划，听了梅樱的电话立即终止了讲话。

梅樱继续说：“‘苏格拉底’说还要来一次更大的。”

沈德立骂了一句：“畜生。”

然后，他猛地拍了一下桌子，说道：“梅记者，他说了什么时候吗？”

“明天。”梅樱自己都感觉说出的话似乎不是那么真实。

沈德立大叫道：“好，明天我和他决战。”

梅樱轻声道：“沈队长，‘苏格拉底’具体多少岁我不知道，但我听得出来，他绝对是个孩子。”

半夜里，卢定凯将民政局档案室管理员老李从睡梦中拖起，自己开着车送他到了单位。

老李从他办公室抽屉里找到了一大串钥匙，钥匙在深夜里“叮叮当当”地发出了清脆的碰撞声。

“我说小卢，你们的工作节奏我实在不敢恭维，明天早上过来不也一样吗？”老李抱怨道。

卢定凯见事情已经办妥，现在只要去档案室找到孟加裕和沈梦秦的婚姻档案，说不定就有意外的惊喜，他奉承道："我也是奉旨行事，我们队长要求高，事情都不过夜的。老李，好在今天遇上你，你帮上我大忙了，不然，我回去可要挨骂了，改天我请你吃饭。"

老李在一间档案室门口停下来，他回头说："档案都在这儿，我们一起找。"

打开门，老李和卢定凯一起找孟加裕和沈梦秦的婚姻档案。

过了十多分钟，卢定凯顺利地拿到了他想要的那只牛皮纸袋。他迫不及待地将封口处的线头拉开，抽出了里面的档案。

卢定凯发现，里面总共就没有几张纸，他看到最上面的一张便是一份离婚协议书，他快速地浏览了一遍，发现孟加裕和沈梦秦果然有个孩子。

卢定凯看完之后，他彻底明白了，因为孟加裕的公司在美国有业务，长期去美国出差，和玛丽莎好上之后，沈梦秦决定退出，孩子跟了沈梦秦。

让卢定凯全身出汗的是，孩子的名字居然叫苏格拉·沈。

卢定凯的手不停地抖动着，他顾不得老李在那儿用奇怪的眼神看着他，赶紧拨通了沈德立的电话说道："沈队长，搞定了，'苏格拉底'就是他们的孩子。"

沈德立还坐在专案组等着卢定凯的消息，没想到等到的果然是肯定的答案，他故作镇定地说："慢慢说，是怎么回事。"

卢定凯激动得有些语无伦次，他说："'苏格拉底'就是苏格拉·沈，孟加裕和沈梦秦离婚前有个孩子，孩子跟了沈梦秦，户籍不清，但这不重要，因为他的名字就叫苏格拉·沈，肯定是我们要找的那位'沉默的苏格拉底'。"

沈德立心里非常激动，奋战了两天两夜，终于水落石出了，他心里骂道："沉默的苏格拉底"，我不会让你再沉默了。

卢定凯继续说："按照离婚协议书的时间推算，苏格拉·沈今年应该是十五岁，才十五岁，这有些出乎我的意料，沈队长，你说我们会不会搞错？"

沈德立果毅地说道："不会搞错，这样的年龄就对了，我虽然没有遇到过这么小的黑衣人，可这正符合大雷医生的判断，我想应该不会错。”

卢定凯想了想说：“要是这一切都是真的，倒是符合一个事实，费市不是正好有一所全国最有名的科技大学少年班吗？莫非“苏格拉底”在那儿上学？”

沈德立冷静地说：“嗯，有可能。卢定凯，你回来吧，我还有任务布置给你。”

12

苏格拉·沈一如既往地失眠了，他终日神经紧张，夜不能寐，他将这一切都归结于他母亲的错。

他躺在自己卧室的一张沙发椅上，这是他长久以来的习惯，因为床上摆满了各种各样的电子元件。他对于遥控技术的痴迷无人能及，可是他妈妈偏偏逼迫他进了科大少年班的经济系。

他不喜欢搞什么经济，可他妈妈自己是个经济师，终日 SOHO 在家，利用时差帮助美国的一家会计事务所工作，她说生活在自己的国家又可以拿到美国的薪水，是一件两全其美的事情，所以她让“苏格拉底”继续她的模式，以后接她的班。

“苏格拉底”不仅仅不喜欢经济系，他还不喜欢他母亲安排的一切，他从小就觉得母亲是个偏执的人，动不动就和他父亲吵架，又迫使他学这学那，一点儿玩的时间都没有。

他不会忘记，他从小生活在湾州，母亲带着哭哭啼啼的他去文教路的逸天艺术学校练琴，他最恨那些黑白琴键了，他甚至有一次在钢琴上撒过一泡尿，结果遭到了母亲的一顿毒打。

不仅要无休止地练琴，他还记得，一场又一场的奥数培训更是让他反胃，他不是不喜欢数学，可是奥数班的那些机械的学习方法使他彻底对数学失去了兴趣。

他喜欢电子玩具，可是母亲却一直不会满足他，认为一个孩子就应该学习，玩电子玩具是玩物丧志。

本来父亲是爱他的，可是父亲却是那么不可靠，跟玛丽莎走了，抛下了他和母亲，从此母亲将她所有的期望都加在他这棵弱小的幼苗上。

他不负众望地考上了科大少年班，母亲也因此移居到费市，虽然少年班是住校的，可是每个周末他还是得回家，母亲还有许多任务等着他。

他烦透了，终于有一天他爆发了，母亲他是不敢动的，他想到了报复这个社会，他觉得是这个社会造就的环境毁了他，他要毁了这个社会。

复仇的欲望在燃烧着他的灵魂，他开始着手准备了，他把目标锁定那曾经带给他恶梦的逸天艺术学校，他远程侵入了学校楼下庆丰超市的路由器，反复地让路由器工作，他知道路由器因为没有散热器，反复工作容易发热起火，这样可以制造一场火灾，烧掉楼上的学校。

可是这一切没有像他预料的那样，路由器后来真的起火了，可是赵庆丰及时地灭了火，这场远程控制的计划就此终结。

他有些不甘心，开始研发一款 Wi-Fi 控制的点火装置，他将点火装置带上汽油袋，只要能够点火成功，那么在汽油的助燃之下，超市会陷入一片火海，楼上的学校自然完蛋。

他对母亲撒了谎，说是去和同学聚会，可是他却从费市逃到了湾州，将他精心制作的装置偷偷地藏进了超市的底层货架。

晚上的时候，他回到了费市，他计划第二天中午趁逸天学校里人最多的时间点火，那样最有轰动效应了，他需要轰动。

他正是躺在这张沙发上摁下点火按钮的，这是他手机上的一个应用，他自己开发的一个可以远程控制点火的应用。

他非常自信，一天搞两场火，一定会让警察忙得团团转，可是警察却对他毫无办法。

糟糕的是，他对他爸爸和玛丽莎下手之后，本来是想看看警察是如何慌乱的，可没想到的是，他遇到了高手，那个不曾谋面的家伙截获了他的操作记录。

他知道事情已经败露，这也是他没有想到的，他本来以为他所做的一切都是天衣无缝的，警察打死也不会想到，一个远在300公里以外的小鬼将湾州整座城市搞得人心惶惶。

他没有想到警察会这么快就盯上他，他决定最后再干一票大的，也算是对决吧，他知道这次估计会栽在警察手上，但他还是义无反顾。

他给梅樱发了邮件，本来是想借《湾州早报》示威一下，可现在看来必须加急了，他只好冒险给梅樱打了电话，他提出了明确的要求，并且告知自己要干一票大的，他心想一个记者不会错过这般轰动的新闻，自己一定会出现在明天的报纸头条。

“沉默的苏格拉底，一个神秘的杀手。”

他希望标题是这样的，这比较符合他的个性，他是神秘的，从来都独来独往。

他知道，此时的母亲正躺在隔壁的卧室睡觉，在他决定明天大干一票的时候，他就想好了母亲的归宿，虽然一切都已经准备妥当，但是他心里还是有些怕怕的感觉。

就等明天天亮了。他觉得一阵倦意袭来，不知不觉就在沙发上睡着了。

当卢定凯带着几个人赶到费市刑警队的时候，已是上午七点钟，此时的费市刑警队只有寥寥几个早到的人，整个院子非常安静。

卢定凯联系上了一个约好的大学同学猴子，简要地说明了来意，可是猴子却摇头说：“算了吧，如果‘苏格拉底’今天真的有计划，他已经出门了。”

卢定凯正要生气，沈德立那边打来了电话：“卢定凯，太晚了，我们动作还是慢了些，铁路那边传来了消息，‘苏格拉底’已经上了早晨第一班发往湾州的高铁，高铁已经启动，将在一个半小时后到达湾州东站，我打算在湾州东站和他摊牌。”

卢定凯急着说：“沈队长，那我怎么办？我是回去吗？”

沈德立不慌不忙地说：“不急，你还是待在费市，盯住‘苏格拉底’的母亲，看她有没有什么异常的举动。”

挂了电话，卢定凯对猴子说：“新任务，盯住‘苏格拉底’的母亲沈梦秦，包在你身上了。”

猴子去街边买了几块煎饼，塞给了卢定凯，自己爬上了驾驶座说：“好吧，谁让我是你的同学呢，几块煎饼给兄弟们当干粮充饥吧，等案子结了，我请你们吃本地火锅。”

卢定凯接过煎饼，分给了同行的几位刑警，然后自己也大口大口地吃了起来，他说：“我们沈队长主意多，对谁都不放心，我们永远也猜不透他的心思。”

猴子踩了油门，车子动了起来，他转头做了个鬼脸说：“这就对了，你资历太浅，姜还是老的辣，我们谁也没有见过沈梦秦和‘苏格拉底’，谁知道他们是怎么回事。”

车子到了沈梦秦居住的小区门口，猴子又说：“沈梦秦住在7幢1单元25楼的2501，你看我们要怎么做？”

卢定凯从包里掏出一张照片说：“我手里只有一张沈梦秦的照片，我们可要好好想想，怎样才能盯上她。”

猴子接过照片一看，见照片上是一位非常有文艺范的女人，怀里抱着个稚气可爱的娃娃，于是说道：“这个两三岁的孩子就是现在的‘苏格拉底’吧？”

卢定凯点头说：“应该错不了，从照片上看，谁知道这么可爱的娃娃长大了会变成变态杀手。”

猴子将车子熄了火，说道：“唉，科大少年班，人人羡慕的学术圣地，可惜了。”

卢定凯将车门拉开说：“我先上楼去假装敲门，熟悉一下现在的沈梦秦长什么模样，然后我们在单元楼下注意25楼的电梯动静就可以见机行事了。”

猴子伸出大拇指说道：“果然比我聪明，我们在车上等你。”

卢定凯下了车，走进小区，找到了7幢，他走进1单元，按了上行的电梯。

电梯很快就到了25楼，卢定凯走出电梯后发现，这个单元是一梯两户的结构，他看到左手边的门上有块铭牌，上面印制着“2501”的字样。

卢定凯走上前去，摁了一下2501房间的门铃，门铃“叮咚叮咚”响了起来，他的心里一阵忐忑。

不一会儿，门开了，出来一位打扮精致典雅的少妇，她疑惑地望着卢定凯问道：“你找谁呀？”

卢定凯仔细地打量了一下沈梦秦，满脸堆笑道：“不会吧？难道我弄错了？”

卢定凯侧身朝门上边的铭牌看了看说：“真是不好意思，我按错电梯了，我阿姨家在27楼。”

沈梦秦嘴角露出一丝微笑说：“没事，按错电梯是常有的事儿，记得少玩手机。”

卢定凯下意识地将手机收了起来，说道：“打扰到你了，真是抱歉。”

从费市开往湾州的高铁正在飞驰，每小时300公里的速度让车窗外的景物极速地往后退去，“苏格拉底”坐在二等座车厢靠窗的位置，他喜欢看窗外。

此时的他正在浮想联翩，他急切地想要得到一份纸质的《湾州早报》，他想看到自己的名字出现在报纸的头条，那是多么显赫的事儿呀。

他心里清楚，他不仅仅是想要自己出名那么简单，而是想要让整个世界都知道，他“苏格拉底”不是可以随意摆布的，他也有自己的主张，他可以以他的方式改变世界——塑造或者破坏。

“需要咖啡吗？”

穿紫色制服的列车员是个漂亮的女孩，她走过“苏格拉底”的座位时，温柔地问道。

“苏格拉底”朝列车员笑笑，然后摇摇头，他母亲一直禁止他喝咖啡，说是孩子喝咖啡有损肠胃。

他继续把头转向窗外，按照他对车窗外景色的判断，列车已经进入江南省了，距离湾州只剩不到半个小时的时间了。

他拿出手机，刷开屏幕，屏幕左下角一个叫“飞蛾”的APP是他自己在安卓平台上开发的，他可以通过“飞蛾”控制那些隐藏在某处的遥控点火装置。

他点开“飞蛾”看了看，两处待命的装置一切正常，绿色代表正常，如果装置的位置、网络环境发生了变化，图标将会变成红色，那是非常危险的，那样代表着装置已经被人发现，如果那样，他会果断切断和装置间的联系，防止警察追踪过来。

他今天是决心豁出去了，他的计划非常简单，他知道，今天在湾州外国语学校有一场盛大的奥数比赛，参赛人数预计会超过两千人，他已经在合适的位置放好了他的装置，“飞蛾”上显示一切正常。

他没办法挡住诱惑，他想亲眼去目睹点火后的盛况，他觉得这比卫星发射现场更为壮观，同时有几千人在逃亡，夹杂着哭喊声，那场面绝对终生难忘。

想到这儿，他嘴角露出了稚嫩的笑容，他将手机塞进口袋，然后正襟危坐地在那儿观赏一列高速而去的列车，这种视觉冲击是无与伦比的体验。

余光中，他撇见车厢连接处走过来一位男性列车员，浓眉大眼的，像是电影中的暖男。

他禁不住多看了一眼，暖男走得越来越近了，他忽然发现暖男似乎也在注视他，他心里一抖，连忙将眼神瞥向了桌面。

桌面上是一袋肯德基早餐，他刚刚吃完汉堡和鸡翅，还喝了一杯原味豆浆，包装物都塞在了袋里。

暖男不紧不慢地从他的座位边上走了过去，屏住呼吸的他这才放松下来，他感觉自己像是逃过了一劫，手心里不知不觉出了不少汗。

他最怕这些列车员了，如果警察打扮成列车员的样子，突然出现在他面前，在这封闭的空间里，他完全没有办法逃离，就算是户外空间，他羸弱的身段也不是警察的对手。

他偷偷地回头看了看，暖男已经消失在后侧的车厢尽头。

他长长地吁了口气，然后就听见列车的喇叭在播音了：“湾州东站就要到了，请所有乘客做好准备下车。”

列车停靠在 19 号站台，“苏格拉底”背起小小的双肩包走出车外，湾州今天是个阴天，空气的温度正好合适，他往四周看了看，一切都像往常一样，人们忙忙碌碌地向出口走去。

“苏格拉底”在出口处刷票，闸门打开，他走了出去。

忽然，“苏格拉底”感觉有些不对劲儿，他似乎看到旁边人工检票通道的检票员有些面熟。

他转过脸去，发现那检票员虽然穿着一身笔挺的铁路制服，可是像极了昨晚在别墅监控里看到的那位女警察。

他觉得自己陷入了警察的包围之中，于是立刻拔起双腿逃离站厅。

人工通道的那位检票员果然奋起直追，而且站厅里好几个方向同时出现了几个人，奋力向他奔来。

他听见有人喊道：“晰溪，你去堵住3号出口，这边我们处理。”

岑晰溪感觉身上的铁路制服太紧绷了，完全是为了好看，一点都不利于奔跑，但她还是很快转移到了专案组临时编码的3号出口。

岑晰溪站在那儿，见“苏格拉底”夺命狂奔，没想到的是，“苏格拉底”并没有向其他出口逃去，他跑到站厅的中央位置，那儿展示着一辆漂亮的红色特斯拉跑车。

“苏格拉底”跑到车边，一跃而上，他高高地站在车顶，突然从口袋里掏出了手机，随手刷了两下，然后大叫道：“你们给我站住，你们如果过来，我就发动火灾！”

五六名便衣警察被“苏格拉底”的叫声制止了脚步，站在那儿不知所措。

岑晰溪说：“沈队长，这回必须你亲自上了。”

沈德立二话不说，朝站厅中央的特斯拉走去，他双眼一直望着屹立在那儿的“苏格拉底”。

沈德立知道，这是一场决战，他不知道“苏格拉底”手里到底有几张牌，他只知道，郝景天破解了“苏格拉底”的网络，技术组刚刚在湾州外国语学校解除了“苏格拉底”布置的远程点火装置，学校应该安全了。

沈德立无法确定“苏格拉底”手里还有什么牌，郝景天只是说在“苏格拉底”自己家里还有一个网络信号，但他不知道那个信号到底意味着什么。

沈德立在进入 3 号门的时候，他刚刚给费市的卢定凯打了电话，让他密切注意事件的变化。

“你别过来，否则……”“苏格拉底”愤怒地喊道。

沈德立停住了脚步，他发现这个位置已经比较近了，他可以饿虎扑食般地冲向“苏格拉底”，制止他做出蠢事，他说：“苏格拉·沈，我是刑警队长，我们可以谈。”

“苏格拉底”怔了一下，问道：“我的名字有没有出现在《湾州早报》的头条？”

沈德立眉头皱了一下，想起今天的报纸上梅樱最终还是将“苏格拉底”的邮件刊登在了头版头条，他说：“如你所愿，你已经上了头条，如果你好好配合，我们还可以继续谈。”

“苏格拉底”笑了起来，他说：“和我谈的是梅樱姐姐，我和你们警察有什么好谈的？”

沈德立心里一阵发毛，他几乎预感到已经控制不住“苏格拉底”了，他突然冲出身去，要去夺取“苏格拉底”手中的手机。

可是一切都已经太晚，“苏格拉底”伸出手指朝屏幕摁去，他的脸色忽然变得很难看，他发现湾州外国语学校的那个图标变成了红色，自己已经无法操控点火。

“苏格拉底”气得嘴角哆嗦了起来，他觉得受到了侮辱，他想一定是昨天那位不曾谋面的警察侵入了他的网络。想到这儿，他立即点击了另外一个仍是绿色的按钮，那是他控制自己家中一个装置的按钮。他知道这个时候，他的母亲正在帮助美国的会计事务所工作，他要点燃整个房间，他觉得那是他母亲最好的归宿。

卢定凯正和猴子商量再次和沈梦秦接触的办法，突然 2501 的窗户火光冲天，他惊讶地站在车前，久久不能说话。

“快去救火！”猴子大声喊道。

车里几位刑警急忙冲了出来，往小区中间跑去，卢定凯看见 25 楼的火实在太大了，他在那儿问道：“这到底是怎么回事？”

浓烟从阳台上滚滚地冲了出来，突然，卢定凯看见阳台上出现了一个人影，站在阳台上惶恐地四处张望。

卢定凯从那小小的身影判断，那应该就是沈梦秦，沈梦秦已经被火势逼到了阳台。

一阵爆破声之后，一团更为猛烈的火舌伸向了阳台，阳台顿时变成了火海。

卢定凯忽然发现，沈梦秦从火海中跳了下来，小小的身体像一块石头般垂直落地。

地面上传来沉闷的落地声，卢定凯心里一沉，知道沈梦秦一定是没命了。

他这才开始狂奔向 7 号楼的楼下，但他知道这一切都已经太晚，沈梦秦不可能从 25 楼坠下还有生还的可能。

13

两天后，一场 11 级的台风袭击了湾州，城市遭到了防不胜防的洗劫，许多交通要道都瘫痪了，但是天气却变得格外好，蓝蓝的天上白云朵朵，给经常雾霾的湾州换了新颜。

经过主编的同意，梅樱第一次外出采访，她在一家咖啡厅和费大雷见了面，让她感到意外的是，费大雷身边还有一位穿着时尚的漂亮女孩。

费大雷介绍说：“这位是刑警队的岑晰溪，我喜欢叫她晰溪警官。”

岑晰溪脸颊上深陷出两只酒窝，说道：“梅樱记者，我只是听众，我很好奇大雷医生在接受采访的时候会说些什么。”

梅樱要了一杯卡布奇诺，然后开始了正式的采访，看得出来，她是打算按照密密麻麻的采访纲要有序地进行采访。

岑晰溪坐在旁边没有打扰他们，只是默默地听费大雷在侃侃而谈。

采访的核心问题是关于“苏格拉底”的精神状态和破坏力。

费大雷说得非常隐晦，岑晰溪觉得，费大雷一点都不像刑警队的特别调查员，他只是在医学层面上进行剖析，用词特别谨慎，似乎一点都不知道湾州有“苏格拉底”这般上了头条的人物。

采访结束之后，费大雷提出，由他做东，在咖啡厅楼上综合体里一间相当不错的餐厅请两位美女吃饭。

岑晰溪和梅樱都爽快地答应了，可是等一杯红酒下肚之后，费大雷像是中了毒似的，浑身抽搐了起来，吓得岑晰溪目瞪口呆。

费大雷痛苦地说：“我感觉有鬼上身了。”

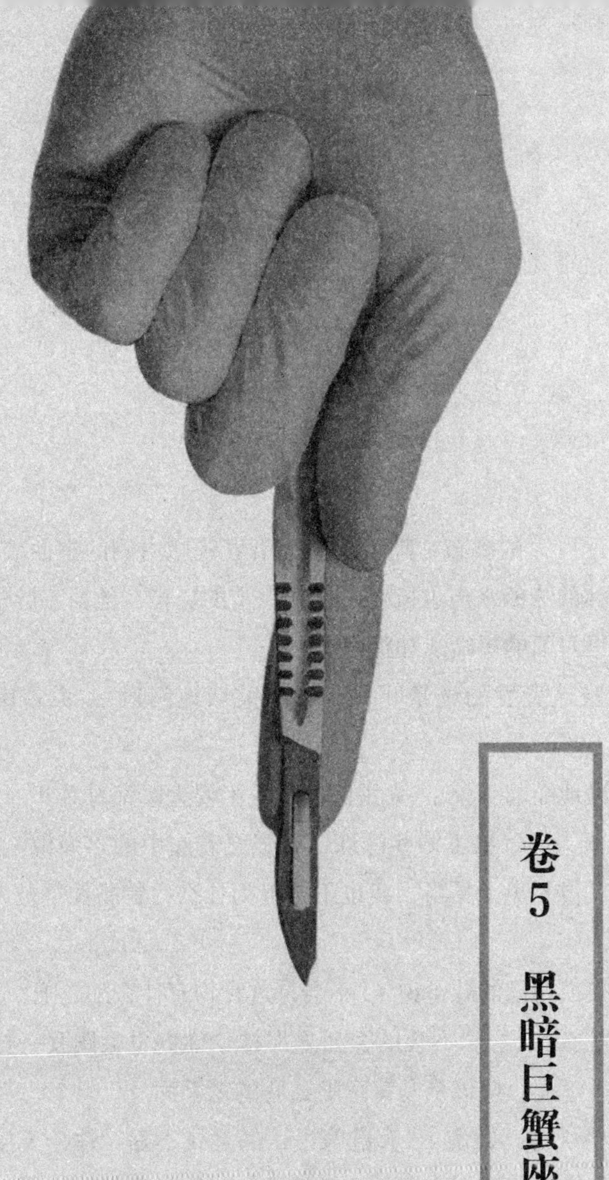

卷5　黑暗巨蟹座

1

味傣餐厅巨大的瀑布“哗啦啦”地沿着餐厅内侧的整面墙奔泻而下，有着热带雨林韵味的水声也掩盖不住费大雷的痛苦，他捂着肚子，尴尬地望着坐在餐桌对面的岑晰溪和梅樱。

岑晰溪被这突发的场景吓住了，她关切地问道：“大雷医生，你没事吧？”

梅樱拘谨地缩起身说：“大雷医生，要不要去医院看看？”

费大雷额头上冒出了一些汗珠，他强忍着腹中的疼痛说：“偶尔会来那么一次，就像是鬼上了身，我也不知道为什么，胃肠像是被人用刀子绞了一般。”

岑晰溪摸摸自已的肚子说：“不会是这食物有什么问题吧？”

费大雷摇摇头说：“不会的，如果那样，你们也会跟我一样，可现在只有我一个人疼痛，应该是肠痉挛吧，我的老毛病。”

梅樱有些忧虑，她说：“大雷医生，都是我不好，你今天接受了我的采访，还要你破费请我们吃饭，这样吧，这餐还是我买单吧。”

费大雷苦涩地笑了笑说：“梅樱记者，你不要误会，我不会因为买不起单而紧张得闹肚子。”

岑晰溪忽然想到了一件事，她说：“大雷医生，莫非你还有什么心事？”

费大雷摇了摇头说：“我能有什么心事啊？”

岑晰溪敏感地想到了范海新，她继续问道：“不会是因为范海新的事情吧？对了，范海新的爸爸这几天有没有找你麻烦？”

费大雷低下了头，说道：“范海新，这个该死的范海新，我也不知道他到底跑哪儿去了，他爸爸没有找我，不过，他的代理律师已经正式通知医院，他们已经将案子起诉到法院，法院也正式受理了案件，他们的要价果然是100万。”

梅樱不知道费大雷因为范海新而摊上的官司，她说：“大雷医生，你们是不是遇到医闹了？”

费大雷连连摆手说：“不不不，这不是医闹，是我们的过错，一个病人跑掉了。”

岑晰溪辩解道：“大雷医生，那也不完全是你的错，你是医生，按理说你开出了处方，剩下的事情都是护士处理的，那位不小心让范海新跑掉的实习生也是护士，你要负的责任应该是相当有限的。”

费大雷叹了口气说：“完全不是这样，院长要找的只会是我，我虽是精神一科的副主任，可主任一职却一直空缺，我才是实际的负责人。”

费大雷话没说完，感到肚子又一阵绞痛，他皱着眉停住了讲话。

过了好一会儿，费大雷才说道：“不过，现在不是了。”

岑晰溪心里一怔，她说：“大雷医生，你说什么？院长撤了你的职？”

梅樱坐在那儿不知所措，她不知道这顿饭会变得如此尴尬，她没想到她打算采访的费大雷遇到了严重的事业危机。

费大雷微闭着眼睛，脸上的痛苦消除了不少，他慢慢地觉得肚子比刚才好受多了，现在已经不那么疼了，他说：“是的，我现在已经不是什么副主任了，做回了普通医生。”

岑晰溪担心地问：“大雷医生，那你还继续担任我们的特别调查员吗？”

费大雷咧嘴说：“那要看你们是不是还相信我了。”

从味傣餐厅回到家，岑晰溪直奔浴室，冲了个冷水澡，此时，她感到无比懊悔。

她知道，本来这次沈德立都已经答应了帮助费大雷去找范海新，可是事情才开了个头，却又被“沉默的苏格拉底”耽误了。

冷水从岑晰溪的头顶倾斜而下，她闭着眼睛，感觉自己无法面对费大雷。

岑晰溪记得，费大雷是她引进刑警队的，虽说当初是因为沈德立正好没时间，但怎么说整个刑警队也是她第一个遇见费大雷的。

费大雷帮助刑警队侦破了好几起恶性的变态杀人案，可以说是无人不知，可是刑警队对费大雷的回报呢？除了一张五块钱成本费就可以制作的“特别调查员”证书，什么都没有，就连人家一个病人的事情都搞不定。

岑晰溪越想越气，她想起沈德立那张脸就来气，她忽然觉得沈德立真的太不近人情了，要不是因为费大雷真心喜欢这活儿，他打死也不会如此这般白忙乎，这年头，街头上有几个理想主义者呀？但她自己想想也是无奈，如果沈德立不帮忙，自己也只能是一厢情愿了。

洗完澡，岑晰溪吹好头发，穿上睡衣，然后来到了客厅，客厅里妈妈正在那儿剥新鲜的豌豆。

“明儿早上给你炒饭吃。”妈妈头也没抬地说道。

岑晰溪用手摞了摞耷拉在额前的发丝说：“嗯，好啊，豌豆配上哈尔滨红肠，妈妈，你的炒饭在不断创新嘛，我记得上次我可全部吃光了。”

“你看你，转眼都要出嫁了，饭都不会做，你说你以后怎么办啊？”妈妈只要提到婚嫁之事，劲头儿就会越来越大。

岑晰溪噘起嘴巴说：“嫁嫁嫁，嫁给谁呀？你女儿这么没用，谁会要我啊？”

妈妈将手中的一颗豌豆扔进白瓷碗中，忽然变得很生气：“莫非你还要我养你一辈子不成？晰溪，你不嫁可以，可你也该去找一个男朋友了，上回王阿姨帮你介绍的那个老师不是挺好的吗？”

岑晰溪想起了上次不愉快的相亲，妈妈的闺蜜王阿姨介绍了一位大学老师给她认识，可是谈话一点都不投机，她果断放弃了，想到这儿，她说：“妈，女儿又不是真的嫁不出去，不可能随便找个人就嫁了。”

妈妈一翻眼说：“人家好好一个大学老师，怎么就随便了，你也不想想，你一个破警察，人家还不一定稀罕呢。警察满大街都是，我看你是中了你爸的毒，你还真自以为是了呢。”

岑晰溪难得从妈妈口中探到爸爸的消息，她转了转眼睛问道：“妈，你这是什么意思？我爸以前也是警察吗？我怎么从来没听你说起过？”

妈妈默默地坐着，眼睛盯着那碗新鲜翠绿的豌豆，突然两行热泪夺眶而出，哭诉道：“你爸最爱的也是我做的炒饭，以前不管他加班到几点回来，我都会给他做一碗热乎乎的炒饭，可惜他已经吃不到了，一个破警察有什么好的，可是他偏偏要去做警察……”

岑晰溪心里想，妈妈从小就不准她提起爸爸，她只知道她的爸爸叫岑永木，她一直以为爸爸是坏人，直到今天她才知道，爸爸原来也和自己一样是位警察，也许妈妈这次会告诉她爸爸后来是怎么了，她轻轻地推了推妈妈的双肩，问道：“后来呢？”

妈妈却说：“后来……后来反正没什么好事，不然你也不会从小就没有爸爸。”

妈妈不说，岑晰溪心里也知道，最大的可能就是——爸爸后来牺牲了。

2

又是一个阳光灿烂的早晨，九月的湾州阳光充足得有些多余了，知了依然发疯般地叫着，岑晰溪抵达刑警队的时候，见沈德立一脸阴郁地从车里钻了出来。

岑晰溪故意扭头不去看他，但沈德立早就看见了她，他喊道：“晰溪，你准备一下，财经职业学校出了点事情，需要我们去看一看。”

岑晰溪听了之后心里一惊，学校里出事情？这不是刚刚开学第一天吗？第一天就出这么大的事情？她问道：“不会有学生死了吧？”

沈德立挥挥手说：“那倒没有，只是说学校里许多学生早上起来出现了头晕症状，严重地全身僵直，送医院的都已经好几个了。”

岑晰溪“哇”地喊了一声，好多学生同时出现问题，她心想学生不会是中毒了吧？于是说道：“沈队长，我去开车，你在这儿稍等。”

岑晰溪发动了沈德立的专用警车，才想起自己现在的身份，她不是调

去秘书科了吗？沈德立在抓到“沉默的苏格拉底”之后，既没说要岑晰溪重新回秘书科工作，也没说要重新调她回来。

沈德立爬上车，岑晰溪正要开口问，没想到沈德立先说道：“晰溪，你还是回来吧，我这儿没你不行，你看现在案子这么多，我没个助手案子就办不好。”

岑晰溪心里一乐，这正中她下怀，她感觉自己已经离不开刑警岗位了，虽然只是沈德立的助手，但她觉得可以参与到案件中去，学到的东西大大地满足了自己的需要，她“嗯”了一声，装着满不在乎的样子继续开她的车。

沈德立给岑晰溪简单地介绍了一下：“苏法医他们已经打头阵去了，财经职业学校是寄宿制的学校，全校大约有 2000 名中专生，昨天学生报到，所有学生都已经到校，住进了新修的宿舍大楼，可是谁也没想到，今天早晨早操的时候，不停地有学生头晕，操场上倒下了一大片。”

岑晰溪觉得很纳闷，她随口说道：“怎么会有这种事情呢？早操的时候，这些学生应该还没有吃过早饭吧？”

沈德立紧了紧身上的安全带，因为岑晰溪又开始了漂移模式，他说：“你不会是怀疑学生早餐中毒了吧？”

岑晰溪点点头说：“我本来是这么想的，可是事实上他们并没有吃过早餐，难道是昨天的晚餐？”

沈德立哈哈笑了起来，说道：“晰溪，你这就没有常识了，通常来说，中毒事件不会拖这么长时间的，昨天的晚餐，如果真中了毒，那么发作的时间应该是在昨天晚上，怎么可能拖到今天早晨才发作？你想想看，到了早晨的时候，一般的人早就饿得肚子咕咕叫了，胃里面哪里还会有什么食物啊？”

岑晰溪见前面一段路没有车，便加大了油门，车子有些推背的感觉，她说：“也对，难道不是中毒？”

沈德立接着说道：“说到中毒，还有一种可能，就是装修材料中毒，我听说财经学校的新宿舍大楼是暑期的时候赶工完成的，我担心甲醛会超标。”

岑晰溪皱了皱眉说：“不会吧，如果甲醛超标，不是可以检测出来吗？那工程验收能通过吗？”

沈德立转头看了看汽车仪表盘，见发动机的转速已经超过了3000，汽车发动机发出了轰鸣的声音，他冷冷地说：“问题就出在这儿，如果一个甲醛超标的工程最终通过了验收，现在出现了后果，相关的人员可是要负法律责任的。”

岑晰溪默默地说：“真是什么事情都有，为了进度连这么多学生的健康都不顾，变态变态变态。”

湾州市财经职业学校位于城南的一座山麓下，远远看去，学校被伸出的山体拥抱着，美得像是精心修饰的郊野公园。

岑晰溪的车子进入学校大门的时候，见停车场上已经停了许多车，两名保安在那儿忙碌地指挥着秩序，她知道，那些大腹便便的官员模样的人有可能就是教育局来的。

岑晰溪在保安的指挥下停好了车，跟着沈德立一起往操场走去。

沈德立和苏法医约好在操场碰头，因为主要的现场在操场，一些严重的学生已经被转移去了医院，那儿仍有一些孩子躺在地上。

来到操场，岑晰溪见苏法医正在跟一名医生一起给一位孩子检查身体。

岑晰溪见那孩子是个女孩，十五六岁的样子，长得水灵灵的，穿着宽松的校服，像是含苞欲放的花朵。

女孩躺在碧绿的草地上，微闭着眼睛，脸上露出痛苦的表情。

苏法医见是沈德立和岑晰溪，便轻轻地说道：“医生检查的情况是，除了心跳有些加速，其他一切正常。”

沈德立皱皱眉说：“一切正常？那为什么她的表情这么痛苦？”

医生是个头发有些花白的中年女人，她正在给孩子测量体温，听到沈德立的声音之后，回过头来说：“哦，这个的确有些奇怪，生命体征一切正常，可姑娘却浑身紧张，她自己也说不出到底是哪儿不舒服。”

岑晰溪冲医生问道：“医生，你看像中毒吗？”

医生摇摇头说：“不太像，我做内科医生快三十年了，可从来没有遇到过这种事情，如果是中毒，总会有中毒症状的。正好你们法医也在，苏法医，你说这会是中毒吗？”

苏法医也犹豫地摇了摇头说：“如果是中毒，一般会有腹痛、腹泻或者呕吐之类的症状，可是现场发病的孩子总共有23位，没有一位出现过类似的症状，我看不像是中毒，可这群体性的表现，如果不是中毒，那又要作何解释呢？”

医生将体温计从女孩口中拔出，对着蓝天看了看刻度说道：“你看，体温也很正常，36.7℃，奇怪了，正如苏法医说的那样，中毒是会有症状的，现在看来，只有一种可能了，急性传染病。”

岑晰溪听到“急性传染病”几个字，心里吓得有些发毛，她本能地捏了捏拳头说：“急性传染病？那岂不是太可怕了？”

沈德立觉得事情有些招架不住，他说：“如果是这样的话，卫生局可能才是这起事件的排头兵，我们警察可能要往后靠一靠了。”

医生将体温计消了毒，冷静地说：“情况的确比较复杂，我看我们现在接触了病人，都需要进行隔离消毒处理。”

沈德立没想那么多，他说：“苏法医，你还是带你们技术组去孩子们的宿舍看看吧，群体性事件，一级勘查。”

苏法医站起身来说：“这个我知道，我会仔细勘查的，这么多学生出了事，上头一定盯得紧，再说，如果家长们闹起来，不知道会弄成什么样呢。”

岑晰溪心里乱了分寸，她看了看躺在地上脸上表情僵硬的那位孩子说：“怎么会这样？到底是哪儿出了问题？”

按照惯例，湾州大学开学的第一周会邀请费大雷去学校坐诊。

费大雷知道，第一周可能会是学生们在新学期里最为不适应的阶段。新生自不必说了，老生也有可能因为环境的改变，不能适应学校的生活，导致一些心理障碍问题。

费大雷昨天和学校确认过，今天早上过去坐诊，他虽然卸去了副主任一职，但“校园心使”这个位置他最舍不得了，他决定继续做下去，只要校方没有提出反对的意见。

正要出门，院长匆匆忙忙地来到住院部楼下，见他叫道："大雷医生，你赶紧准备一下，卫生局下了指示，让我们第七医院去五个医生，财经职业学校出了点事，二十多个学生出现不同程度的症状，他们搞不明白是怎么回事，局长点名让我亲自带队过去，你跟我一起去吧。"

费大雷明白，一般来说，这种院长带队去外面的工作，都是要科室负责人跟着去的，不是要排场，而是提供一种学术权威性。

他心想，自己不是已经被撤职了嘛，去这种场合也许不太合适吧，于是说道："院长，我不太合适吧？"

院长斜视了他一眼说："怎么，撤了你的职，你还在生闷气不成？等官司出结果了，我这院长也做不成了，到时候我也做回普通的医生，跟你一块儿坐门诊，如何？"

费大雷尴尬地笑了笑说："好吧，到时候有你这老专家坐阵，我给人家看病就不用紧张了。"

等几位科室负责人都到齐之后，大家便一起上了一辆医院外出就诊用的别克商务车，费大雷一身不吭地坐在后排，只听其他几位医生在车里天南地北地闲聊。

"这是要我们去心理干预吗？"

"如果学生们中毒，心理干预又有何用，卫生局领导是不是搞错了？"

"学生的事情就是大事情，如今的领导都怕出群体性事件，我们这些医生召之即来，挥之即去，备在那儿也不多余。"

"话不能这么说，病房里的事情多着呢，我们走了，事情谁来做啊？"

院长咳嗽一声说："喂，我说你们这些人怎么回事？这种群体性事件，你们就不能考虑得远一些吗？话说，卫生局要我们七院过去，那是看得起我们，明年我们要盖一幢新的住院大楼，经费从哪儿来？没有他们批，钱你们自己掏啊？"

车厢里安静了下来，费大雷依然没有说话，凭他这段时间和刑警队的接触来看，他觉得医院如果和外面的世界比较起来，医院简直就是一个小小的象牙塔，外面的世界才是广阔的丛林，看似平和的世界，总有洪水猛兽在游荡。

车子很快来到了财经职业学校，保安见是医院的车子，便开了门让他们进了学校。

来到操场边，费大雷跟着院长下了车，他看到了草地上躺着几个穿着校服的学生，表情古怪，心里正疑惑着，忽然听到了熟悉的女生声音："大雷医生。"

岑晰溪一阵风似的跑到了费大雷的身边，笑道："大雷医生，怎么你们精神科医生也来了？"

费大雷也笑了笑，说道："上面的指示，我也是来打酱油的，不过，我看这些孩子好像是有些问题。"

沈德立见到费大雷他们来了，也忙着凑了上来打了个招呼，说道："大雷医生，你们辛苦了。"

费大雷咧咧嘴说："沈队长，说起辛苦，我们医生哪能和你们刑警相比啊？你们成天扑在现场上，可是你们的辛苦外面却一点都不知道。"

沈德立摇头说："最好是不知道，外面一炒作，我们工作的压力就更大了，压力大了，就容易把案子办歪了。"

费大雷深有体会地说："跟你们这么久，我太有感触了，今天这事件还好，外面还没有传播。"

岑晰溪插上来说道："估计很快就会传播开来，现在的传播手段已经无法控制了。"

沈德立皱皱眉说："先不去管它了，再大的压力也得扛住，大雷医生，你们是来？"

费大雷侧脸去看了一眼正在问询病人的院长，说道："我要开始忙了，卫生局想得比较全面，应该是让我们早期介入心理干预吧，免得这些孩子在事件之后留下心理阴影。"

沈德立沉思了一会儿说道："嗯，这个我还真不太懂，我只知道在现场取证，苏法医他们已经去宿舍楼那边勘查去了。"

岑晰溪指着眼前的那位学生对费大雷说道："大雷医生，你先检查一下这个孩子吧，医生刚刚给她做过检查，什么问题都查不出来，可是她仍然感到很痛苦。”

费大雷蹲下身来，开始观察那位躺在地上的女孩，他见女孩的表情很夸张，面肌紧绷，表情痛苦，像是身体正遭受着巨大疼痛那般。

费大雷伸出手去将女孩的左手臂拉起，可是他发现，女孩的手臂非常僵硬，像是一根钢管焊接在了身体之上，拉动手臂就会拖动整个躯体。

费大雷心里一怔，他想，这到底是怎么回事？要果真如此这般疼痛难忍，女孩不可能还能安静地躺在地面上，可能早就哀号起来了，毕竟只是位十几岁的孩子，没有那么强的自控力。

费大雷轻声细语地对那女孩问道：“孩子，你叫什么名字啊？”

地面上的女孩眼睛睁开了一条缝，斜了费大雷一眼说道：“辛芷络。”

费大雷听到女孩的声音很微弱，像是病入膏肓的样子，他依然轻声地问道：“芷络同学，你哪儿不舒服啊？”

辛芷络这回眼睛都没有睁开，说道：“全身都不舒服，我也说不清楚具体是哪儿。”

费大雷忽然有些明白，辛芷络的症状像极了癔症的表现，癔症说白了就是因为精神因素导致了躯体的反映，而躯体本身并没有什么实质性的病变。

费大雷暗示说：“芷络同学，刚才那位医生阿姨已经给你检查过了，并没有发现你患有什么疾病，你看你的手臂不是好好的吗？”

辛芷络没有睁眼，表情还是很紧张，费大雷继续说道：“芷络同学，你要相信我，我是大雷医生，你随着我的指令去做，你的痛苦就会解除。”

费大雷耐心地在那儿让辛芷络随着他的指令做各种动作，岑晰溪站在边上惊呆了，她发现辛芷络竟然在费大雷的努力之下，脸上的表情逐渐放松，虽然没有那么愉悦，但也算是自然了，更神奇的是，辛芷络的手臂也能灵活自如地运动了，最后她竟然从地面上坐了起来，开始“呜呜咽咽”地哭了起来。

费大雷像大哥哥一般安慰道：“芷络同学，一切都好起来了，你的身体并没什么问题，你的问题都是你自己想出来的，好了，现在请你仔细地想一想，你的症状是怎么开始的？”

沈德立看到这一切后感到无比惊讶，他虽然没有当面说出那些赞扬的话语，可是在他心里，却感到叹为观止。

辛芷络坐在地上回忆了一会儿说："我想起来了，我本来也没觉得哪儿不舒服，只是看到其他同学痛苦的样子，也开始觉得身体不自在了，后来觉得身体开始变得僵硬，就倒在了地上。"

费大雷听完，他已经完全明白了，这是一起群体性癔症事件，一定是有一个学生先行感到了不适，然后其他的学生受到了暗示，开始一个接着一个出现症状。

费大雷回头对沈德立说："沈队长，看来不需要你们刑警出动了，这里只是发生了一起精神科案例，我敢说这些孩子都没有问题，传播性的心理暗示，什么事都没有。"

还没等沈德立说话，岑晰溪便说道："大雷医生，这真神奇，芷络同学不治而愈，其他同学也有希望了。"

沈德立瞪了岑晰溪眼说道："谁说不治而愈？大雷医生刚才不正在给芷络同学做心理治疗吗？大雷医生，你帮我们解决了一个大问题，不然我们今天可有得忙了，你知道的，23个孩子，不是一个小事。"

岑晰溪抢着道："沈队长，人家大雷医生一次又一次帮我们解决难题，你瞧那位范海新的事情又黄掉了。沈队长，你到底要什么时候才帮他找回来？"

沈德立被岑晰溪将了军，在费大雷面前感到非常尴尬，他只好说："大雷医生，这都是我的不对，唉，我也不知道这件事情真的会把你逼上绝境，大雷医生，请你相信我，我一定会帮你找回来的。我还要向卫生局反映情况，帮你把副主任的位置给要回来。"

费大雷一边将辛芷络扶起来，一边说道："副主任的事情我还真不是很在乎，我宁愿做回普通医生，给病人看病才是医生的天职，正如你们刑警，破案才是硬道理，对吧？只要沈队长能帮我把范海新找回来，起码我的一桩心事可以搁置下来了。"

岑晰溪煽风点火道："不是范海新狡猾，恐怕是我们没怎么用心吧，如果真的像案子一样去办，哪怕是孙悟空，估计也抓回来了。"

沈德立干咳了一声说道："这个都是我不好，大雷医生，今天晚上我请你吃饭，算是我向你赔罪。"

费大雷叮嘱辛芷络试着开始走动，果然什么事都没有，辛芷络的身体可以正常走动，费大雷回头朝沈德立笑了一下说："好，不过这饭局不重要，重要的是范海新。"

3

财经职业学校的事情处理好之后，费大雷连中饭都没顾得上吃一口，便马不停蹄地来到了湾州大学，"校园心使工作室"是他寄存理想和关爱的地方，每当他看到那些疏通了心理障碍的学生快乐地离开，他的成就感便油然而生。

果然如他所料，工作室的门口已经有四五个大学生在那儿等候着，见到他来了，都纷纷站起身向他问好。

费大雷心里有种莫名的感动，他从那些学生的眼里看到了渴望，虽然室外的阳光灿烂得如同盛开的向日葵，可这些孩子却像是深陷在漆黑的漩涡中，他们渴望逃出精神世界的折磨，摆脱焦虑、抑郁或是恐惧。

费大雷让他们按照先后顺序，一个个单独询问沟通，他发现，这些学生们带来的问题都是以往他经常遇上的，他不厌其烦地给他们尽心阐释，悉心指导，一直到了下午四点多钟才处理完所有的求诊者。

费大雷扭了扭腰，喝了口自己带来的一瓶矿泉水，目送最后一位女孩的背影离开了工作室。

费大雷看了看手机，还有一点儿时间，他打算在那儿待到五点钟，如果没人过来，他就去赴沈德立的晚餐。沈德立虽然不是很近人情，但是沈德立工作起来的那股劲儿，他还是觉得很有魅力的，他一度被他深深吸引着。

无色透明的矿泉水瓶在桌子上静静地竖立着，费大雷看到了瓶中的水面微微凹陷，光润的表面只能用纯洁来形容。

"大雷医生。"

费大雷扭头去看，工作室门口站着一个女孩，正是齐思嘉，齐思嘉今天穿着一身白色的连衣裙。

费大雷像是遇上了好久不见的朋友般念道："思嘉同学，好久没有你的消息了，最近好吗？"

齐思嘉轻盈地走进工作室，像往常一样胆怯地坐在费大雷的对面，一句话不说。

费大雷闻到了一股清新的香水味，他引导性地问道："思嘉同学，近来还做梦吗？"

齐思嘉抿抿嘴说道："做，每天都有很多梦。"

费大雷见齐思嘉开了口，便接着说道："那可以分享一下吗？"

齐思嘉抬起眼看了一下费大雷，像是要取得费大雷的信任似的，费大雷给了她一个自信的眼神。

齐思嘉说："昨天晚上就做了一个梦，梦见一群外星人追杀我，我拼命地想要逃，可是感觉很无力的样子，一直逃不了。大雷医生，当时我心里非常恐惧，觉得自己命悬一线，那种恐惧感真的很真实，好在后来醒过来了，不然我觉得我快要熬不过去了。"

费大雷默默地点着头说："嗯，这个梦其实就是对于未来不确定性的一种担忧，在你的潜意识里，外星人象征着未来，而未来又是不确定的，未来会向你挑战，每个人对于自己的未来都充满了担忧，所以不必害怕，未来确实不可测，但是未来总是会变得美好的，对吧？"

齐思嘉摇头问道："大雷医生，那你会担忧你的未来吗？"

费大雷经常会听到求诊者问这类问题，因为求诊的人总希望能找到和他们想法相似的人，特别是坐在面前的医生如果也和他们一样，那么他们就会心安不少。

费大雷犹豫了一下说道："哦，这个，我也会啊，每个人都在担忧，只是如果在可控范围内，那就没什么，如果自己失去了控制，就会演变成焦虑症。"

齐思嘉像是很想知道费大雷的心思，她追问道："那么大雷医生，你最近担忧的是什么呢？"

费大雷干咳一声说道："哦，每个人有每个人自己的担忧，我嘛，最近担忧的是……”

费大雷本来不想说出自己真实的情绪，可是当他看到齐思嘉苍白的眼神时，他觉得齐思嘉确实需要存在感，于是他忍不住说了出来：“其实也就一点小事，我的一个病人跑了，现在家属把医院告上了法庭，我呢，事业上受到了一点影响，也不知道下一步会发生什么。”

费大雷没有想到的是，齐思嘉忽然说：“是范海新吧？大雷医生，我不知道他是你的病人。”

费大雷皱着眉问道：“思嘉同学，你认识范海新？”

齐思嘉静静地说：“是，他是我的男朋友。”

费大雷惊讶地叫出了声：“什么？范海新是你的男朋友？”

齐思嘉默然地低下了头说道：“是呀，大雷医生，你觉得很奇怪吗？”

费大雷坐在那儿不知道说什么才好，他看着眼前的齐思嘉，嘴里支吾着说：“这这这，这简直太让我意外了。”

齐思嘉沉思了一阵子，然后说：“其实，范海新生病可能跟我也有一定的关系。他以前不是这样的，是我跟他分手之后，他才开始变得行为有些异常，说是要离开地球，去什么巨蟹座。”

费大雷点头说道：“是，这些我在医院里听他说起过，后来呢，他从医院逃出去之后，联系过你吗？”

齐思嘉肯定地说：“他来找过我，他跟我说，他要带我一起离开地球。可是我见他思维混乱，就没去理他。我不知道他是逃出来的，直到后来他爸爸来找我，我才知道，他是从医院里逃出来的，只是我一直不知道，他竟然是你的病人。”

费大雷觉得事情越来越蹊跷，他问道：“范海新的爸爸你也认识？”

齐思嘉点头说：“是的，我们曾经是邻居，我老家在檀溪镇南街，他们是北街，我小的时候，范海新来给我补过功课，算是我的家教。”

费大雷这才弄明白他们之间的关系，恍然大悟般地说道：“哦，我终于知道了，思嘉同学，你也是我们湾州余湾区檀溪镇的居民，范海新以前帮你补习功课，所以就从那时候埋下了爱情的种子，直到你上了大学才发了芽，对吧？”

齐思嘉冷冷地说："不是那样，在我上初中的时候我们就已经好上了，那时候范海新已经读大学了，年龄差距虽然有些大，可我们还是相爱了。我爸爸妈妈发现这件事情之后，非常恼火，让我了结这段不应该的情缘。我当时不知道怎么办才好，后来我的爸爸妈妈被害之后，这件事就这么继续下去了，再后来，我也考上了湾州大学。"

费大雷万万没有想到过，齐思嘉也许就是范文轩所说的檀溪灭门惨案中最后变得痴痴傻傻的那位幸存者，他试探着问道："思嘉同学，你听说过檀溪六年前发生过的一起灭门案吗？"

齐思嘉说道："就是我家。"

费大雷感到心里被一股激浪冲刷，他一下子冷静不下来，说道："思嘉同学，真是抱歉，我不该问这些，只是因为工作上的事情，偶然知晓了这些，请你不要介意。"

齐思嘉表情冷漠，说道："大雷医生，我没有怪你，我以前也跟你提起过，我梦见过我杀死了我的父母亲，可我不知道究竟是不是梦境，我记得你还安慰过我。"

费大雷开导说："是的，梦境有时候会窜进现实，潜意识和意识之间没有绝对的门槛，精神虚弱的时候，潜意识就可能跨越门槛，梦主本身不一定有所觉察。"

齐思嘉终于有些动情，她说："大雷医生，遇上你真好，你帮助我疏通了思维，不然我会一直很痛苦，因为我一直以为，我的父母是我亲手杀害的。"

4

晚餐安排在一家西式餐厅，这当然又是岑晰溪的意思，岑晰溪觉得只有西式餐厅才和费大雷的气质相当，既然刑警队做东，那么就干脆大方一些。

费大雷驱车来到餐厅时，天色已经黑了。

当他进入餐厅后，发现只有岑晰溪在那儿等他，他好奇地问道："晰溪，怎么就你一个人，难道是你私人请我？"

岑晰溪掩面一笑说："大雷医生，我一个月没多少工资，不如下次我请你吃兰州拉面吧，一人一碗热腾腾的牛肉面，既好吃又省钱。"

费大雷在岑晰溪对面坐下说："沈队长有事？"

岑晰溪点点头说："是呀，刑警队长就是忙，既要办大案，还要接待家属，解释疑惑。这不，那位"苏格拉底"的七大姑八大姨都来刑警队了，沈队长只能自己一个人去扛，家属需要说服，说服就要权威，一般的小民警，人家理都不想理。"

费大雷叹口气说："是啊，医院里也一样，跟家属接触至少也要主任级别的，不过我现在无官一身轻，科室里的事情暂时可以撇在一边，只需要安心做医生。"

岑晰溪看得出费大雷眼神里的失落，她安慰道："大雷医生，我觉得你还是有机会回到副主任的位置上的，只要沈队长……"

"大雷医生，我迟到了，对不起。"

岑晰溪一看，见是沈德立风风火火地出现在眼前，他站在那儿朝费大雷挥手示意。

"晰溪，怎么还没开始上菜呀？"沈德立又说。

费大雷客气地站了起来说："沈队长，你不来，我们两个小辈怎敢私自做主啊。"

沈德立在岑晰溪的边上坐下说："大雷医生，你这就见外了，我说我们都是一个战壕的了，怎么还把我当长辈？这我坚决不从，我也没大你们几岁，你们这样看我，简直就是在排挤我。"

岑晰溪解围道："沈队长年轻着呢，下回我请你去滑冰吧，乐迪广场有冰场，一年四季都开。"

沈德立摆摆手说："你就别耍我了，别说是冰，就算是水泥地板，我也不敢啊，我就怕倒下了永远爬不起来了。"

沈德立这话触到了费大雷的伤处，他说："倒下了就很难爬起来了。"

沈德立沉默下来，他示意服务员开始上菜，然后低声说道："大雷医生，不瞒你说，这段时间以来，你也知道，刑警队的案子很多，我也没闲下来过，还有，刑警队也不能随意就动用一切手段，去找一个没有任何犯罪嫌疑的范海新。"

岑晰溪"唉"了一声说："只是最后确实伤害到了大雷医生。"

第一道菜上来的时候，沈德立的手机又响了起来，他一看又是刑警队值班室的电话，生气地骂了一句："糟糕，又出事了。"

费大雷和岑晰溪对视了一眼，最后都将眼神投放在了沈德立的手机上。

沈德立"嗯啊哦嗯"地对着手机回应了几句之后，匆匆挂掉了电话，他说："又是财经职业学校，这回那边真出事了，五名女生吊死在学校后边山顶上的凉亭上。"

费大雷一听大叫道："啊！这是我的失策呀！"

岑晰溪不解地问道："大雷医生，你这话是什么意思呀？"

费大雷一脸苦涩地说："你没听出来吗？沈队长说五位女生吊死在凉亭，我有种预感，这很有可能是PTSD，心理创伤后应激障碍。今天早上的事情虽然已经完美解决，可是对于这些未成年的学生来说，他们的心理承受能力是有限的，很有可能在事后做出过激的行为，我当初不应该那么大意，没有严格要求学校注意这一点。"

沈德立已经站起身来，他说："学校是有责任的，要不是在早上的事情过去之后学校停了一天课，学生们就不会有离校的机会，怎么也可以避开这次事件。"

岑晰溪也站起来，从小包里掏出车钥匙说道："尽管大雷医生这么说，可我还是觉得不是很放心，五位女生同时上吊，闻所未闻，事情可能没有这么简单吧？"

沈德立朝费大雷说："大雷医生，你作为我们的特别调查员，就陪我们一起去现场看看吧，我当然希望现场的性质如你所说，虽然这比较残酷，可总比谋杀好很多。可要不是这样，这件事估计不会这么简单就可以了结吧。说老实话，这种现场我也是头一回听说。"

费大雷点头说："这次我必须去，要真是如我所说，这可是个深刻的教训。五个孩子，本来可以好好地活在这个世界上，你看现在……”

岑晰溪已经先行出了餐厅，她将车子从停车场开出，等沈德立和费大雷上了车，便飞速地朝财经职业学校奔去。

来到学校的时候，岑晰溪发现学校门口已经停了好几辆警车，其中一辆便是苏法医他们的现场勘查车，她将车子停靠在勘查车的旁边，然后下了车。

学校的保安急忙从保安室里跑了过来说：“你们是刑警队的吧？他们都已经上山去了，我送你们上去吧。”

沈德立问保安道：“去山顶有多远？”

保安着急的脸上露出一些惶恐，他指着学校门口右侧的一条小路说道：“去山顶也就四五百米吧，走路可能需要二十来分钟，这条路平时人少，也只有这边的学生才会偷偷上去。”

保安一边说，一边往那条小路走去。

岑晰溪发现这条山路虽然铺着粗糙的大理石，但是年久失修，路面不是那么平整，路面上的枯枝败叶就更不用说了，厚厚的一层铺了一地，应该已经很久没有人清扫过了，她问道：“这条路不是学校管理的吗？”

还没爬几步，保安就有些气喘吁吁了，他说：“这条路就是废弃的野路，也不知道什么年代留下的。学校强调过好几回，不允许学生私自上山，可总有些不听话的学生私自上去，要不是今天停课，她们不可能上山去。”

费大雷默默地跟在后头，他担心的就是这些孩子要真是如他所说的那样，那他可能一辈子都不会原谅自己。

差不多过了二十来分钟，四人已经陆续接近山顶。

岑晰溪往山顶望去，看到远处一座简陋的凉亭耸立在山顶上，凉亭的四个挑梁上分别悬挂着一具尸体，凉亭的中心位置也悬挂着一具，五具尸体在空中虽然没有飘来荡去，可是岑晰溪已经觉得自己的腿有些软了。

岑晰溪倒吸了一口凉气，她被眼前这怪异的情景着实吓了一跳，她的眼睛斜了斜身边的费大雷说：“大雷医生，这样的现场可能还真需要你来帮我们分析分析。”

凉亭四周的地面上搁置着几盏氙灯，白色的光将整个现场照得如同白昼般通明，一台小型的柴油发动机在“突突突”地嘶吼着。

沈德立见海哥仰着头给那些悬挂在凉亭挑梁上的尸体拍照，小刘此时正打着一盏勘查灯在附近的草丛中搜索，苏法医则在凉亭旁的空地上准备了几张白色的塑料布，应该是等尸体卸下后在现场临时检验用的。

沈德立上前主动打了个招呼说：“苏法医，辛苦了。”

苏法医回头一看，见是沈德立他们来到了现场，便说：“沈队长，你们来得挺快的嘛，这个现场真是有些奇怪，五个孩子同时在这儿上吊，这到底是为什么？”

沈德立瞅瞅费大雷，说道：“案件要我们自己办，如果现场有心理学问题，我把大雷医生也请来了，大雷医生自然会帮我们解决。”

费大雷看着那些尸体，他发现尸体都悬空离地好几十厘米，怎么也想不通尸体是如何被吊起来的，他问道：“苏法医，这些孩子自己不能完成这样的动作吧？”

苏法医一边将一块塑料布在地上摊平，一边说道：“不，小刘已经在凉亭护栏上看到了她们留下的鞋印，他分析说是孩子们自己吊上去的。”

小刘见沈德立来到了现场，也走了回来，接着苏法医的话说道：“是，我觉得是这样，他们先将绳子挂上凸起的挑梁，然后站在护栏上，在脖子上套上绳索之后，跳下护栏，身体就悬空了。”

苏法医解释说：“只要身体悬空，要不了一两分钟，人体就会失去意识，终结生命。”

岑晰溪瞪大了眼睛，疑惑地问道：“小刘，挑梁上的四位，你这样解释我还可以接受，可是凉亭正中的这位呢？要怎么解释？她脚底下并没有垫脚用的东西，怎么完成身体的悬空呢？”

小刘瞧了一眼岑晰溪，说道：“你说到点上了，这个问题我也解释不了，没有垫脚的东西，这女孩怎么也没办法将身体悬空的。”

费大雷惊讶地说：“这么说，还有外人出现？有人帮助她吊上去的？”

沈德立没有说话，站在一边默默地听他们讨论。

苏法医铺平了塑料布之后说："这个问题好解释，如果他们的死亡时间有个先后，挑梁上吊着的四位学生可以先帮助中间的这位吊上去，比如说踩在她们的背上，不就可以完成了吗？然后这四位学生分别爬上护栏，整个现场就可以解释了。"

听了苏法医的解释，岑晰溪脸上的疑惑并没有散去，她说："嗯，苏法医这个说法有些道理，不过，没有你们死亡时间这个客观数据的支撑，我觉得慌兮兮的，案子看多了，什么都不相信了。"

费大雷这时已经通过地面上几块铺设的通行踏板走到了中间缢吊着的那具尸体的前侧，他一看到尸体的那张脸，脸都白了，他说："这位是芷络，是辛芷络！"

岑晰溪还在尸体的背侧，她听到费大雷说死者是辛芷络，心里猛地一震，她还记得早上费大雷在财经职业学校一开始接触到的那位女生便是辛芷络。

"怎么会是她？"岑晰溪惊讶地说道。

费大雷唉声叹气地说："我担心的就是她，没想到果然是，这太可怕了。都是我的错，我没有足够地重视，没有跟学校强调一下，才导致……"

岑晰溪安慰道："现在说什么也没有用了，大雷医生，你也不要太难过，我们的现场并没有定性，或许苏法医和小刘他们等会儿有新的解释呢？"

沈德立这才说了一句："我们分析现场总是在变化之中，这些孩子现在到底是怎么死的，是自杀还是他杀，都得等苏法医检验完尸体之后再下定论。"

苏法医见海哥已经拍好了照片，便招呼几位一直站在旁边的派出所民警、协警一起处理尸体。

苏法医让他们先放下缢吊在凉亭中间的辛芷络，他现在最不放心的就是这具尸体，只要辛芷络的尸体没什么问题，这个现场就比较好解释。

因为条件极其有限，山顶上一时也找不到垫脚的石料或者木头什么的，一位大个子民警在辛芷络尸体下方半蹲下身体，自告奋勇对其他同伴说：

“你们过来吧，爬上我的后背，然后上去剪掉绳子，把尸体放下来。”

苏法医补充道：“也只能这样了，你们剪的时候，务必要小心，要留下绳结，我们还要看绳结的系法，这可能关系到我们的案件性质。”

一个瘦猴般的协警“嗖”的一声便跳上了大个子民警的背部，他颤巍巍地在大个子民警的背上站立起来，身体摇摇晃晃的，要不是一只手抓住了辛芷络的尸体，早就落地了。

他拿出一把不锈钢剪刀开始去剪尸体颈部的绳子，他发现那绳子紧绷着，剪刀一用力，绳子便裂开了，他朝底下接应的人们大叫道：“注意，绳子马上就断了。”

只听见“咔嚓”一声，绳子断裂的瞬间，辛芷络的尸体应声往下坠去。

围在大个子身边的四位见尸体坠落下来，脸色煞白，目目相觑，一时不知怎么办才好。

苏法医见尸体马上就要落地，急忙冲了过去，一把将尸体抱住，说道：“你们这样会把尸体摔坏的！”

见苏法医吃力地抱住了尸体，那四位才怯生生地伸出手帮了一把，将尸体安稳地放在地面的一张白色塑料布上。

海哥围着尸体快速地拍了几张照片，苏法医才开始检验尸体。

苏法医发现，尸体颈部绳子压迫形成的索沟深陷，很明显可以看出，索沟皮肤有暗红色的出血表现，这提示是生前缢死的，也就是说死因没什么问题了，确定是缢死的。

接着，苏法医开始去按压尸体下半身的暗红色尸斑，他压过之后大吃一惊。

他发现，这尸斑按压之后，颜色很快就可以褪去，而刚才自己去按压过凉亭挑梁上悬挂的尸体尸斑，那些尸体的尸斑已经相对固定了。

苏法医回头对沈德立说：“沈队长，这就怪了，和我分析的正好相反，辛芷络的死亡时间在其他四位同学之后。”

沈德立隐隐地感觉到，他将会又一次面临挑战，没有垫脚的东西，辛芷络自己不可能做到吊上凉亭中间的横梁。

5

岑晰溪见情况果真不一般，便说道：“大雷医生，既然辛芷络自己做不到，那就是说，辛芷络应该是在四位同学吊死之后，被其他的黑衣人吊上凉亭中间的横梁的。”

费大雷搓着手，眉心皱得像是大象的皮肤，他说：“这就更加要命了，如果辛芷络不是自杀，那这场戏未免演得太大了些。怎么会这样呢，本来早晨只是一场小小的误会，现在却演化成了五位学生死亡的严重惨剧。”

小刘开始帮助苏法医指挥那些派出所的民警和协警，准备卸下其他四具尸体，他歪过头来对大雷医生说：“大雷医生，我有种预感，这事可能还会继续演化下去，黑衣人不可能因此就放弃了。”

岑晰溪骂了小刘一句：“小刘，你还嫌事情不够大吗？五个孩子就这样不明不白地离开了世界，你也不想想，他们的背后都有一对悲痛欲绝的父母。”

小刘撇撇嘴说：“晰溪，这又不是我能够控制的，你如果不信，就等着瞧吧。”

费大雷解围道：“晰溪，这个确实如小刘所说，我也有种不好的预感，现在问题的关键是要搞清楚这件事情的原因，黑衣人到底是什么动机，他为何在这个凉亭布下了这个局？”

沈德立长长地吁了一口气，说道：“大雷医生说得是，目前来说，我们要集中精力把现场搞明白，不能让黑衣人再继续下去。”

晚风吹过，天气凉爽，大家都感觉到了有些口渴，这时候，学校大门口的保安正好搬了一箱水上来，大家一抢而空。

喝好水，人们开始陆续卸下其余的四具尸体，苏法医一个人承担了这四具尸体的初步检验工作。

苏法医发现，这四具尸体的死因没什么问题，死亡时间也大体相同，如果结合小刘在凉亭护栏上发现的鞋印综合分析，那么可以推测，这四个学生是自己吊上去的。

苏法医将最后一个裹尸袋的拉链拉上，然后说："沈队长，尸体的基本情况我已经有数了，这四个学生的死在先，她们自己爬上护栏，吊死在凉亭的挑梁上。"

苏法医见沈德立目光炯炯地瞪着他，有些心惊胆战，他以为自己说错了什么，愣了一下之后继续说道："然后，辛芷络最后吊上了凉亭中间的横梁，不过，我觉得晰溪刚才假设的不一定对，也许是辛芷络自己吊上去的，黑衣人只是参与其中，也许是帮助，也许是胁迫，等辛芷络死亡后，黑衣人带走了垫脚的东西。"

小刘补充了一句："或者，黑衣人就像大个子警官一样，只是蹲在了地面，辛芷络站在他的背上？"

岑晰溪一愣，一个想法快速地在她脑袋里产生了，她说道："说得也是，不过，我也觉得苏法医前面的判断可能也有问题，如果那四个学生在黑衣人的威逼之下，吊上了挑梁，也不能说是自杀吧？"

苏法医摇头说："晰溪，你误会我了，我从来就没有说过她们是自杀的，她们也有可能是遭到胁迫的。"

费大雷听到这儿，他忽然想起了什么，嘟囔道："等等，我得马上赶回医院，有件极其重要的事情。"

沈德立疑惑地问道："大雷医生，你真有事要急着赶回去？"

费大雷急忙说："沈队长，我想起了一件事，实在太重要了，你可以派辆车送我回去吗？"

沈德立两手一摊说："当然可以，我让晰溪送你吧。"

费大雷也没客气，说道："那就劳驾晰溪了。"

岑晰溪觉得有些怪，费大雷为什么在这个时候提出这种要求，心想他到底有什么事儿？明明知道大家在勘查现场，忙得热火朝天，这个时候说要回医院去，有些不好理解。

不过，岑晰溪不可能将自己的疑问说出来，她只是淡淡地说："大雷医生，那我们走吧。"

两人顺着石板路向山下快速地走去，此时的山林安静得可以听到落叶被他们的脚底板碰擦出的声音，“咔嚓咔嚓”，听起来挺瘆人的。

岑晰溪打破了沉默，说道：“大雷医生，你……”

费大雷边走边说：“晰溪，你是不是在想我为什么要急着赶回去？”

岑晰溪见费大雷自己说破了，也就顾不上那么多了，她说：“是的，大雷医生，你的事真有这么急吗？”

费大雷回头看了一眼黑暗中的岑晰溪，见她的眼眸在黑暗中显得特别明亮，他说：“晰溪，你们刚才的讨论让我想起了一件事。”

岑晰溪一怔，心想莫非费大雷急着赶回去是为了案子的事情，自己真是错怪他了，于是问道：“大雷医生，你想起了什么事？”

费大雷低头看路，说道：“我想到了范海新。”

岑晰溪更是感到纳闷，她疑惑道：“范海新？这和范海新有什么关系？”

费大雷停下了脚步说：“关系可大了。晰溪，你还记不记得，范海新曾经说过他来自巨蟹座，还说什么巨蟹座正在遭遇危难，召唤他出手营救。”

岑晰溪说：“嗯，那是我第一次去医院的时候听你说的，这有关联吗？”

费大雷又迈开步子开始往山下走去，他说：“我记得他曾经说起过，巨蟹座是十二星座里最暗的一颗星，而今天正好是巨蟹座在一年当中最黑暗的一天，他认为那是巨蟹座遭遇危难的表现，我感觉事情有些巧合，所以急着要赶回去翻看他的病历，看他说的日期到底是不是今天。”

岑晰溪感觉山风吹进了她的衣领，一阵凉飕飕的感觉侵袭了她的整个上半身，她说：“我懂了，大雷医生，你担心这是范海新搞得鬼？范海新在幕后操控了这一切，用五个学生的身体去换得所谓的巨蟹座的安宁？”

费大雷的脚步声越来越快，他急促地说：“晰溪，你跟我想得一样。”

6

来到了山下，岑晰溪还没等费大雷坐稳，便驾着车子飞向了第七医院。

车子一路狂奔，没半小时就到了第七医院，两人急匆匆地下了车，迫不及待地奔向病房。

费大雷进了病房之后，便冲进了病案室，在堆成小山一般的病案堆里找出了范海新的病例。

岑晰溪见那病例足足有好几本小说那么厚，才知道了费大雷对范海新的治疗花了多少心血，没想到范海新却毫不留情地跑了，现在还惹出了大麻烦。

费大雷开始快速地在那儿翻看，没一会儿，他便抽出了其中的一页纸说道："晰溪，找到了，你过来看看，日期不会错，范海新说的日期果然就是今天，巨蟹座在今天这个日子是一年当中最为黑暗的。"

岑晰溪凑过去看了看，病例上果然清清楚楚地写着：每年都会有那么一天，巨蟹座面临终极黑暗，死亡将无法阻止，唯有巨蟹女前去守护，潜能方能释放……

岑晰溪不禁失声说道："唯有巨蟹女前去守护……大雷医生，你看这是不是有所指呀？"

费大雷看了看岑晰溪，说道："晰溪，问问沈队长那些死去的女孩是不是都是巨蟹座的？"

岑晰溪这才醒悟过来，她急急忙忙地给沈德立拨打了电话，电话接通之后，她结结巴巴地问道："沈队长，我想问一下，辛芷络和其他四位女孩的出生日期搞清楚了吗？"

"晰溪，你有没有将大雷医生送回去？如果送到了，就赶紧回来，我们这儿需要车。"沈德立在那边答非所问地说道。

岑晰溪急了，又说："沈队长，我现在大雷医生的办公室里，大雷医生发现了一个重要的线索，这些女孩的死很有可能与范海新有关，具体的我也不说了，我现在只想知道，那些女孩的生日是不是巨蟹座？”

“什么巨蟹座？辛芷络和其他四位女孩的身份已经都搞清楚了，我不知道你说的巨蟹座是什么意思，这和案子有关系吗？”沈德立表示非常不解。

岑晰溪更急了，她说：“你告诉我她们的出生日期就可以了。”

过了好久，沈德立才将五位女孩的出生日期一一报给了岑晰溪。

听完后岑晰溪傻了，虽然这些女孩不在同一天出生，但都是六月底和七月初出生的，她对费大雷说道：“大雷医生，死的五位果真都是巨蟹座的女孩。”

费大雷心里一惊，他万万没有想到今天的案件会跟范海新有关系，他平复了一下心情说道：“晰溪，虽然我不太愿意接受这个现实，但现实毕竟就是现实，下一步要怎么搞，我也不知道。”

岑晰溪二话没说，又拨通了沈德立的电话，说道：“沈队长，立即抓捕范海新！我们通过现场和范海新在第七医院的病例综合分析，认为范海新有重大的犯罪嫌疑。”

“你说什么？就凭一个出生日期是什么巨蟹座，你就让我去抓范海新？”沈德立疑惑道。

岑晰溪详细地将自己和费大雷的发现向沈德立汇报了一遍，最后强调道：“沈队长，看来这次不抓住范海新我们是没有退路了。”

沈德立一直没帮费大雷找回范海新，这回真如同岑晰溪说的那样，一点退路都没有了。

他对星座没什么概念，但岑晰溪刚才分析得头头是道，逻辑完全符合犯罪现场分析思路，从目前看来，将范海新列为重要嫌疑人是迫在眉睫了。

沈德立呆呆地站在山顶的凉亭边，面对着黑魆魆的夜空，他不知道巨蟹座在什么位置。

他心里有些犯糊涂了，范海新为什么会如此疯狂，将一个天文现象和神话故事跟现实生活结合在了一起。

五具尸体已经被殡仪馆的工作人员抬下山去，苏法医还需要连夜对尸体进行解剖，现场的进一步勘查工作还在继续，小刘今晚估计得在山顶过夜了。

沈德立看着技术组的民警们有条不紊地忙碌着，他感慨万千，今晚原本只是巨蟹座最黑暗的日子，但因为范海新，却也成了湾州最为黑暗的夜晚。

范海新到底在哪儿？沈德立开始筹谋，他给郝景天打了电话，命令他必须利用信息技术，锁定范海新的位置。

因为他觉得，范海新和那些一般的犯罪嫌疑人不一样，他是个物理学博士，善于使用技术。

不过，沈德立就想让这些技术狂栽在郝景天手上，他想让史书上的那句古话翻转过来，“魔高一尺，道高一丈”才是正确的。

接完沈德立的电话之后，郝景天立刻紧张地投入了工作，从沈德立的语气里可以听得出来，似乎如果今天搞不定范海新他就完了。

挂了电话之后郝景天还骂了一句：“拜托了，范海新同志，给个面子，上网来溜溜，不然我要喂鱼去了。”

上回沈德立让郝景天追查范海新，他已经掌握到范海新的部分手段。

范海新防范之心特别强，似乎随时随地都害怕会被人监控了似的，他给费大雷打的匿名电话也是通过代理服务器拨出的，使用的还是国外的电话软件，要搞到国外服务器上的 IP 记录，这比登天还难。

郝景天经常浏览一些黑客论坛，那些论坛汇聚着国内外无数的黑客高手，让郝景天十分佩服。

他不知道黑客们为何对技术如此狂热，论坛里每天都有无数人在讨论，为的可能只是某软件公司的一个很小的技术漏洞。

郝景天忽然想到，如果自己在论坛里发一个英雄帖，招募高手搞到代理服务器的 IP 记录，说不定就可以搞定范海新了。

想到这儿，郝景天立即开始发帖，他“噼里啪啦”地打好了内容：“招募英雄，获取日本‘樱花 9274’代理服务器 IP 记录，报酬 1000 积分。”

发送完之后，郝景天就在那儿焦急地等待着，没想到不到三分钟，论坛就提醒有一条短消息，他点开站内短信，是一位陌生会员给他发来的短信：你要哪一天的？

郝景天激动地将范海新给费大雷打电话的日期告诉了对方，很快，对方给他发了个 27mb 大小的附件。

郝景天先检测了一下，确认不是木马之后才打开了压缩包，见文件果然是一个服务器日志文件，他的心脏跳得厉害。

郝景天将文件导入一款分析软件，他很快就得到了他想要的 IP 地址。

随后，他将 IP 地址输入进了 IP 地址库，出来的结果几乎让他泪奔。

他心里暗暗骂娘，他费尽周折搞到的宝贵数据表明，范海新就躲在他爸爸范文轩的家里！

7

范海新躺在檀溪镇北街 72 号二楼的一间小房间里，他今晚最担心的就是巨蟹座的劫难。

范海新想，要不是从第七人民医院跑出来，在今天这样特别的夜晚，费大雷一定会在病房里格外安排人手严加管束，不会让他有丝毫的异常举动。

范海新不喜欢费大雷，他一看到这个自称是精神病医生的年轻人就讨厌，他管束病人简直就像是对待犯人，无论自己做什么，都会遭到费大雷无休止地盘问，他还在那些病历上像记录犯罪嫌疑人的口供一样记录他的言语，所以他不喜欢回答问题。

范海新从第七医院跑出来的这段时间，他一直躲在他爸爸的阁楼上，实在没有其他地方可以躲藏。这段时间里，他过得人不像人，鬼不像鬼，他爸爸以前都不怎么管他，谁知道这次倒是非常殷勤，每天给他送吃送喝，唯一的要求就是他不能私自外出。

范海新的要求其实很简单，只要不送回到第七医院，他什么条件都可以接受。虽然他想回到湾州大学的实验室中看看他自己制作的那些玩意儿，可是他爸爸犀利的眼神像是两把尖刀，迫使他不得不打消这个念头。

范海新记得，当初他刚刚从第七医院逃出来的时候，他去湾州大学看望过一次齐思嘉，齐思嘉对他不冷不热，还说他真的有病。

范海新对自己有没有病这件事情一直很困惑，他一直觉得自己根本就没有病，难道自己来自巨蟹座他们都看不出来吗？他最痛恨的就是将他关在第七人民医院的病房里，他哪里受得了关押在那儿的那些疯子的骚扰？

想到这儿，范海新气得从那张小木板床上站了起来，他看了看窗外檀溪对岸的南街灯火，那儿已经夜深人静了，他记得齐思嘉的老家就在斜对面，他每每看到那幢普普通通的房子，心里就会涌起一阵酸楚，那儿留下了他和齐思嘉大把的眼泪。

范海新抬头望天，正望见了巨蟹座的位置，他看到那儿暗得像是要吞噬一切的黑洞，他看不到星星，甚至连星云也感觉不到，他一阵揪心，不知道巨蟹座能不能熬过今晚。

范海新忽然想，不如今晚自己去一趟巨蟹座，那儿一定需要自己，只有他亲自去解救，巨蟹座才能幸免于难。

想到这儿，范海新开始想办法，他在房间里来回踱着步，急得团团转，怎么也想不出合适的办法。忽然，他看到了床下的一根绳索，他蹲下身去捡了起来。

这时，楼底传来了一阵声响，范海新一怔，他心想一定是他爸爸送夜宵上来了，其实他对夜宵一点都不感兴趣，可他爸爸却每天在这个时候要送上一份。

楼梯上响起了一阵脚步声，听起来很沉闷。

范海新急忙将那根绳子塞进了被窝，他知道，如果这绳子被他爸爸看见，那往后的日子就不好过了。

范海新轻轻地躺上床，微闭着眼睛，装作什么事都没有发生。

脚步声仍然不紧不慢地传上来，范海新故意侧了个身，将脸朝向床内侧的墙体。

忽然，范海新觉得身后有一阵疾风压来，他感觉自己被一个人死死地压在了床面上，他扭头一看，发现身后的人竟然不是他爸爸。

“范海新，你被捕了！”沈德立大吼道。

范海新的头皮一阵发麻，他绝对没有想到，这个时候竟然会有警察出现，他瞪着眼睛惊恐地望着沈德立，不知道沈德立会把他怎么样。

范海新见沈德立的身后出现了一个位女警察，他仿佛觉得在什么地方见过她。但是他的记忆恍惚，不能确信是不是真的见过，他着急地叫道：“你们是哪里的警察？我犯了什么罪？”

沈德立将手铐顺利地套上范海新的双手腕，他胸中的怒火简直能把范海新活活烧死，他说：“范海新，我等你很久了，你别给我装蒜，跟我回刑警队，给我好好交代。”

当郝景天确定了范海新的位置之后，沈德立当即决定抓捕范海新，等岑晰溪从第七医院回到财经职业学校，他立即带着几个人，扑向了余湾区塘栖镇。

本来一路上他还担心范海新会逃走，可没想到事情这般顺利，他们堵住了正在一楼的厨房里准备夜宵的范文轩，以迅雷不及掩耳之势将范海新一举抓获。

范海新瞪了岑晰溪一眼，突然说：“我想起来了，我在第七医院见过你，你一定是和大雷医生一伙的，你们是来抓我回医院的吧？”

岑晰溪因为在医院病房里看过范海新的病历，心中早已愤怒不已，说道：“范海新，你觉得你做过的事情就只是逃出医院这么简单吗？”

范海新哈哈大笑起来，说道：“当然，我做过的事情绝不是你们想象的那么简单，我做的事情你们理解得了吗？”

沈德立抓住范海新的右手将他往楼梯口押去，范海新虽有些不太情愿，但是还是不得不服从。

到了一楼，范文轩见到他们押范海新要走，急着冲过来叫道：“我儿子犯什么罪了？他从医院里跑回来也是我们自家的事，你们警察掺和什么？”

沈德立朝一起过来的卢定凯说：“把他也一起带走。”

卢定凯会意，一把抓住正要窜向沈德立的范文轩，对他说：“范文轩，

你也跟我们走一趟。”

范文轩使出浑身的解数，想要挣脱卢定凯铁钳般的双手，可是卢定凯的力气实在太大了，他弯曲着身体暴躁地叫道：“警察无故抓人，到底还有没有王法了！”

卢定凯知道，只要范文轩不使用暴力，他绝不会给范文轩戴手铐，毕竟现在的嫌疑人是范海新，而不是故意隐匿范海新的范文轩。

卢定凯客气地说：“范文轩，你不要逼我，只要你好好地配合我们，去刑警队把事情说清楚，就没有你的事了。”

范文轩见沈德立他们已经将范海新塞进了一辆商务车，只好也跟着卢定凯上了后面的那辆越野车。

岑晰溪坐在范海新的身边，她见范海新上了车之后便安静了下来，就不再紧张了。她相信，只要安全回到刑警队，沈德立肯定有办法让他开口。

到了刑警队，范海新也没怎么反抗，乖乖地跟着沈德立去了审讯室。岑晰溪也一起帮助沈德立押送。

沈德立让范海新坐在一张钢制的椅子上，那椅子黑如古时精钢所制，寒气逼人。

就算是这炎热的九月，范海新的屁股接触到那张椅子时，身体也不由地哆嗦了一下。

还没等范海新坐稳，沈德立便突然开始发问：“范海新，你知错吗？”

范海新拘谨地坐着，他哆哆嗦嗦地说：“错？什么错？我犯什么错了？”

沈德立想起了山顶凉亭中悬挂着的那五位女孩，他恨不得撕碎眼前支支吾吾的范海新，他怒眼圆睁地说道：“难道你自己做过的事情，还需要我来告诉你吗？”

范海新的眼睛在沈德立和岑晰溪之间扫来扫去，好久才说：“我知道我错了。”

沈德立终于放松了一些，他心想这个范海新也不是难缠的料，只要他老老实实地将犯罪事实交代清楚，苏法医的技术组肯定有办法在现场找到相应的物证锁定犯罪事实，之后就算司法鉴定认定范海新无刑事责任能力，那么案件总是能结掉的。

岑晰溪听到范海新认错了，心情也好了不少，她心想，这个案子的侦破有些意外，本来看似一个莫名其妙的现场，没想到费大雷正好在现场，真是无巧不成书。这回，费大雷又可以好好露露脸了，而陪费大雷去医院查看范海新病历的又是她岑晰溪。

想到这儿，岑晰溪心中涌起了巨大的成就感，她信心满满地望着范海新，说道："范海新，知错就对了，你把你的过错清清楚楚地说出来吧。"

范海新又看了一眼岑晰溪，说道："这位女警官，我认识，你和大雷医生是一伙的。"

岑晰溪觉得范海新记性不错，时隔几个月范海新竟然还能想起她。她说："其他的你不要管太多，你只要把你做错的事情说出来就好了。"

范海新又左右扫了扫沈德立和岑晰溪，说道："我错了，我不应该从医院里跑出来，让你们费心了。"

沈德立定定地看着他，就等范海新继续将犯罪事实交代清楚，可是范海新说完这句就不再说了，好像已经说完了他想说的一切。

沈德立恶狠狠地瞪了范海新一眼，咆哮道："继续呀！你不知道我们这是什么地方吗？刑警队！办大案的地方！"

范海新的眼中流露出一丝恐惧，他颤巍巍地说："警官同志，可是除了这个，我不知道我还犯了什么错……"

沈德立怒气冲天地骂道："你还给我装，我看你还能装多久，你不说是吧？等下我看你到底受不受得了，现在说和过会儿说，那认错态度是完全不一样的，坦白从宽这个道理你总知道的吧，范海新博士？"

这是沈德立最惯用的办法，可是这对范海新似乎不管用，范海新噘着嘴说："警官同志，我真没做过其他什么错事。"

经过半个小时的煎熬，沈德立差点就被范海新气疯了。

他心想，像他这样久经沙场的刑警队长，竟然败在了范海新手下，范海新除了一句"没做过其他什么错事"外，任你怎么说，他什么都不肯交代。

岑晰溪也颇感意外，她本来以为范海新会老老实实地交代情况，可是没想到结果却变成了这样，她见范海新如此坚持，心里不禁开始打起了退堂鼓，莫非范海新真的不是背后的黑衣人？

审讯室的门外传来一阵敲门声，岑晰溪站起身来去开门，见门外站着的是卢定凯，她问道："那边的情况怎么样？"

卢定凯负责在另外一间办公室里询问范文轩，他得到的是同样的结果，范文轩一口咬定，范海新这几天寸步未离开檀溪镇北街72号，甚至没有下过楼。

卢定凯对岑晰溪摇摇头说："情况不妙。"

岑晰溪意识到问题的严重性，于是便走出了审讯室，关上门之后才说："我们这边更不妙。"

卢定凯示意岑晰溪走得远些，生怕说话的声音被审讯室里的范海新听了去，他说："晰溪，范文轩说他可以保证范海新一直在他家的楼上，因为他知道范海新得的是精神病，出去容易惹事，而且他已经起诉第七医院，更不能让范海新出门，如果被人家看见，那么他一定会败诉。"

岑晰溪生气地说："真是可恶，范文轩这种行为已经构成敲诈罪了吧？范海新明明在他家中，他却起诉第七医院。"

卢定凯安慰道："这个我们先别去管，眼下最要紧的是财经职业学校的案子，范文轩的说法似乎不无道理，我感觉事情有些微妙。"

岑晰溪顿了顿说："范文轩排除了范海新的作案时间，范海新自己又不肯交代一切，这个问题还真不知道要怎么办才好。"

两人陷入了思索之中，这时，沈德立从审讯室里走了出来，岑晰溪见他依然愁容满面，心里知道肯定还是没有进展。

卢定凯如数地将范文轩的询问情况向沈德立做了汇报，沈德立站在那儿默默地望着夜空，生气地说道："真是糟透了，怎么会遇上这样的对手？"

岑晰溪的眼睛转了一下，她以安慰的口吻说道："沈队长，说不定真不是范海新干的呢？"

岑晰溪本以为可以安慰沈德立一下，可是她没想到沈德立却勃然大怒：

"你说什么？说范海新是凶手的是你，现在说他不是凶手的也是你，你精神分裂啊？"

岑晰溪被沈德立吼了一阵，心里十分委屈，她差点儿哭出声来："沈队长，人家不是为你着想吗？你说范海新这样一个博士要真做了什么坏事，他的良心肯定会受到谴责，他应该会交代出来的，可是现在他并没有交代，说明他很有可能真没干坏事。"

沈德立露出鄙视的眼神说道："算了，没什么好说的，你愿意相信他，你去信好了，我不信！"

沈德立"我不信"三个字像是带了回音似的，在岑晰溪的耳际回荡。

8

深夜三点钟，专案组在留夏派出所一间宽大的会议室中临时成立。

会议室里烟雾缭绕，男人们在大口大口地抽烟，岑晰溪捂着鼻子，觉得快要撑不下去了，可是她坐在那儿大气都不敢喘。

张局长威严地坐在对面，像这样的大案，他是一定是要到场的。他坐在那儿一言不发，不停地用一个外加了黑色漆皮的大玻璃杯喝茶，茶水浓得有些发黑，看颜色就知道一定苦涩不堪，可他连眉头都不皱一下。

沈德立止不住打了个哈欠说："我们目前的工作主要就是这些，结合技术组的现场勘查数据，我们认为，辛芷络上吊无论如何是无法自己完成的，所以肯定存在着五名死者之外的第六个人，我们手中目前有一位嫌疑人，就是第七医院跑出来的精神病人范海新，人已经到位了，这小子嘴巴硬得很，就是不肯开口。"

沈德立来留夏派出所之前，将审讯范海新的工作都交给了卢定凯，他督促卢定凯务必在天亮之前拿下口供，卢定凯虽然没有十足的信心，但也只能保持旺盛的精力继续轮番对范海新父子进行审查。

岑晰溪在刑警队审讯室外被沈德立训斥了一顿之后变得沉默不语，甚至连送沈德立来留夏派出所的路上也没吭一声。

张局长看了看沈德立，对坐在一角的费大雷说："大雷医生，你说说意见吧。"

费大雷这回不是沈德立邀请过来分析案件的，他是作为第七医院代表来的。

案子发生之后，消息很快就报送到了市长办公室，市长得知五位学生死亡，急忙打电话给教育局、卫生局，让他们互相协调配合，把事情落实清楚。

第七医院选定费大雷作为代表的原因是显而易见的，因为费大雷和刑警队之间一直有合作，让费大雷到刑警队配合工作，那是再合适不过的事情了。

费大雷眨了眨眼睛说："这个……大家都知道，范海新是我的病人，我对他的情况了解是比较深入的，这条线索也是我这儿出来的，也许大家对我的期望比较高，只是我要让大家失望了。现在沈队长已经辛苦审查了一晚上，范海新并不交代，我还真的有些担心……"

费大雷继续说："刚才我好好地想了想，这件事的起因还是要回溯到今天上午，上午的时候，辛芷络和其他二十几位同学一样，群体性癔症，这两件事情之间到底有没有关系，本来不是我这个医生的职责，但是我费大雷现在戴着你们给我的特别调查员这顶帽子，我还真想试试，看能不能搞清楚他们之间的关系。"

沈德立干咳了一声说道："大雷医生，你就直说吧，你想了解什么？"

费大雷瞧了一眼沈德立，然后说："沈队长，我想知道，今天早上的事情后来查得怎么样了？到底是谁第一个发病？"

这有些出乎岑晰溪的意料，她不知道第一个发病的人又和五位女生之间有什么关系。

忽然，岑晰溪旁边一位胖乎乎的派出所民警站起身说："大雷医生，我来告诉你吧。"

岑晰溪抬眼看了一下，见这位民警虽然长得胖，但也非常精神，他继续说道："晚上案发以后，我按照所长的要求去询问了一些学生，好几个同学反映，早上第一个发病的学生叫龚海天，是位男生，三年级毕业班的，我就找龚海天聊了聊，他也承认是他最先发病的，他的症状和其他同学没有很大的区别，也是抽筋和全身僵直，他也没有想到，会有那么多同学跟他一起发病。”

费大雷听到第一位发病的学生已经确定，心里宽慰了不少，他非常佩服警察的工作深度，他说：“嗯，那么龚海天知道下一位发病的人是谁吗？”

胖民警歪头想了一会儿说：“嗯，我想想……对了，我想起来了，他说当时他操场是为了去找他的女朋友，对，他的小女朋友就是辛芷络，辛芷络在他之后发病。”

整个会场“啊”了一声，案情似乎正在悄悄发生变化，沈德立更是觉得惊讶，他忽然发现，费大雷似乎正在理顺一些因果关系。

费大雷点点头，说道：“后面不用说了，龚海天和辛芷络之间这个环节我们有必要了解清楚，我不能肯定他们之间有没有深入关联，但我觉得不搞清楚，没法让人放心。”

沈德立若有所思地说：“大雷医生，不瞒你说，你不提，我也要把他们之间的关系查个清楚，我们双管齐下吧，范海新我们绝不会放松，龚海天这边更是要抓紧查，只是学生还在睡觉，怎么也得等到天亮他们起床。”

这时候，门外走进一个穿着浅灰色连衣裙的四十来岁的女人，她找到一张空椅子便大大方方地坐下来自我介绍道：“我是疾控中心的老林，领导叫我到你们专案组来汇报工作。”

沈德立连忙笑着说：“我是刑警队长沈德立，谢谢你来协助我们的工作。”

老林也没客气，给沈德立回了个笑脸便接着说：“因为我检测出了一点东西，所以觉得有必要亲自过来一下。”

岑晰溪已经准备好了纸笔，这是她必须仔细记录下来的，未来的日子里，沈德立随时都会向她要。

老林着重介绍了上午群体性癔症之后，她到学生们居住的宿舍里采样了空气进行检测，结果表明，空气中污染物甲醛的成分严重超标。

沈德立不太懂那些指标的含义，便问道：“这个超标严重吗？”

老林解释说：“当然严重，如果长期这样，这些孩子迟早要出事，早上的时候，第七医院的医生硬说是群体性癔症，有了这个结果，他们还敢说吗？”

老林显然不知道费大雷也在场，费大雷见她向自己发起挑战，便说：“我是费大雷，第七医院的，癔症就是癔症，我们临床医生有自己的判断标准。”

场面变得有些尴尬，沈德立急忙说：“这个问题后面讨论，我们还是继续探讨数据吧。”

老林正要说话，这时候会议室角落里的一位瘦猴刑警站了起来，说道：“老林，我倒是有个问题，像你说的这个污染程度，学生们才住了一天，会有这么大的反应吗？”

老林噘嘴说：“这个……我倒不是很肯定，我毕竟不是医生，不过应该是有可能的。”

费大雷力争道：“这个不是随便可以定论的，空气污染物要引发身体中毒反应，需要一定的蓄积，身体也需要一段时间，才会出现中毒的症状。况且，导致的中毒症状也不是癔症这样的，癔症是一种精神症状，是受主观意识影响的，说简单些，患者主观认为自己可能得了某种病，可能出现什么症状，他的身体就会跟着出现相应的变化。”

老林不吭声了，她尴尬地坐在那儿，岑晰溪这时候说：“大雷医生，是不是可以这么说，龚海天主观上认为自己中了毒，而且他觉得中毒之后就是抽筋、身体僵直，所以就变成那样了？”

费大雷朝岑晰溪点点头说：“是的，就是这个意思，实际上龚海天并没有真正中毒。”

老林有些不服气地说：“大雷医生，你敢保证吗？”

费大雷礼貌地笑了笑说：“我敢保证，你如果不信，可以抽他的血去化验。”

沈德立见他们又吵起来了，便解围道：“抽血化验的事我看有必要，这起案件实在复杂，收集数据还是要尽早。目前，我还是更相信大雷医生的判断，龚海天其实没有中毒，只是癔症发作，诱发了其他同学发生了同样的症状。”

瘦猴警察站在那儿没动，见沈德立圆好了场，接着说："我调查到，龚海天的父亲其实就是财经职业学校暑期装修的承包商，老林这边检测出来的装修污染物超标情况，龚海天是不是早就从他父亲那儿得知了？所以他才住了一晚上，便夸张地表现出来了，就是大雷医生说的癔症。"

费大雷听了这个情况之后，瞪大了眼睛，他说："原来如此，这正是我想要回溯的，这个解释是最合理的，由于龚海天比其他同学提前知道了空气污染的情况，所以他的精神压力是不一样的，早上起来的时候，压力终于压垮了他，所以癔症就发作了。"

岑晰溪觉得这有些多余，她纳闷道："大雷医生，你追溯这个跟我们的案件有什么关系呢？"

还没等费大雷解释，沈德立瞪了岑晰溪一眼说道："当然有关系，辛芷络死了，龚海天是她男朋友，龚海天又是癔症发作的第一个人，龚海天父亲是学校暑期装修的承包商，老林检测出学生宿舍空气有严重的装修污染，你敢说这些事情之间没有关系？"

岑晰溪摇摇头继续对大雷医生说："我看不出来，大雷医生，你觉得呢？"

费大雷点头说："晰溪，我想说的沈队长都说了，我毕竟不是警察，其他的我也说不上来，我希望你们能从这些复杂的关系中理出一些头绪来。"

9

虽然屋外的天空已经微微亮了，可是坐在刑警队审讯室里的卢定凯却毫无感知。

卢定凯连续坐在那儿已经好几个小时了，突然觉得困意袭来，他掏出一支烟来，"啪"地点燃了，斜视了一眼坐在对面一动不动的范海新，发现他似乎比自己还能扛，精神抖擞的眼神毫无疲倦的样子。

卢定凯不得不服，他几乎将他这几年积累的审讯经验全部都试了一遍，可是范海新却一直说没有做错过什么，他一辈子就做了一件错事，就是从第七医院那儿逃出来。

卢定凯微闭起眼睛想了想，自己这儿如果没有突破，沈德立临时成立的专案组估计也没有突破点，他知道张局长去了那边，局长亲自坐阵，刑警队的日子一定不好过。

卢定凯知道，张局长在专案组一般都很少说话，但是不说话不代表威严不在，就算自己坐在这审讯室里，他也能感觉到张局长远程传送过来的压力波。

卢定凯心想，现在就两种可能，要么范海新本来就不是本案的嫌疑人，要么范海新心里盘算着警察这边没有证据可以锁定他。

卢定凯做出了决定，他吸完了最后一口烟，叫了一声："范海新！"

范海新好久没有听到卢定凯喋喋不休、让人厌烦的问话了，他身子抖了一下，疑惑地看着卢定凯。

卢定凯感觉这是一个很好的契机，他怒道："范海新，是不是要我先说！"

范海新又怔了一下，不过，他很快又恢复了平时的样子，耸耸肩说："随你吧，反正我什么事都没有干过，你们最多把我送回第七医院，反正我已经在那儿待了一年多了，怎么说也比在你这儿强。"

卢定凯听范海新的语气有点挑衅的味道，便掐灭烟头说道："范海新，我实话告诉你，那几个女孩死得很惨，我们在现场已经找到了很多证据，无论如何你是逃不掉的。"

范海新瞪大了眼，仿佛听到了爆炸性新闻似的，他说："什么？什么女孩？"

卢定凯不给范海新喘息的机会，他连珠炮般地说道："你不要回避，现场的一切我们都已经掌握，你，范海新，湾州大学巨蟹座联盟盟主，今天，哦，不对，昨天，昨天是你们约定的殉难日，你以为你们这些破东西能瞒得住我们？我告诉你，我已经给了你很多机会了，但是你没有好好把握，现在我说出来了，结果是不一样的。"

范海新眼睛瞪得更大了，卢定凯继续说："不过，我最后再给你一次机会，你在接下来的三分钟时间内，必须要将你昨天所做的一切全部交代清楚，否则，后果相当严重，你是博士，你应该清楚之后会发生什么。"

说完，卢定凯重重地坐在他自己的那张椅子上，等着范海新说话。

范海新听了卢定凯这些话之后，态度看起来谦逊了不少，他似乎在努力地回忆什么东西似的，在最后的关头他说："警官同志，我全说，那一定是'黑暗巨蟹座'干的，我知道他们的底细。"

"黑暗巨蟹座？"

卢定凯坐在那儿吃了一惊，他没想到，自己苦苦等待的结果竟然不是范海新的坦白交代，此时的范海新突然给了他另一个方向，这让他有些猝不及防。

卢定凯在心里默默地念叨着"黑暗巨蟹座"这个名字，期待着范海新继续说下去。

范海新咧咧嘴说："不过，我想知道更多关于案件的细节。"

卢定凯气不打一处来，心想范海新这小子花花肠子倒是蛮多的，自己现在反而倒是被他吊住了胃口，他闷闷地说："你想知道什么？"

范海新似乎有些反客为主了，他问道："你说那些女孩死得很惨，和我们巨蟹座联盟有关？"

卢定凯点点头表示肯定，其实他心里对什么巨蟹座联盟一点概念都没有，他也是从其他侦查员那儿道听途说而来，他说："你们巨蟹座联盟酿下的大祸，你作为盟主难逃干系吧？"

范海新搓了搓手，手腕上的手铐互相碰撞，发出了"叮叮当当"的声音，他没有正面回答，只是试图知道更多，他问道："女孩是不是吊死的？"

卢定凯的心"咯噔"了一下，心想这就对路了，案件发生之后也不过才几个小时，范海新就被他们在檀溪镇北街72号给控制了，现场的任何细节外界应该都不可能知道，既然范海新知道"吊死"这个细节，哪怕他真的不是犯罪嫌疑人，估计他也真的了解这案子背后的黑衣人。

卢定凯不置可否，他不想被范海新牵着走，他说："然后呢？"

可是范海新不管那么多，他似乎得到了卢定凯肯定的答案似的，说道：“如果是吊死的，那我心里就更加明白了，‘黑暗巨蟹座’，不会错，它的头头是湾州财经职业学校的辛芷络。”

范海新说话的口气并不大惊小怪，言语之中透露出一种随意，可他的话音刚落，卢定凯却差点昏了过去，他感觉自己的血压陡然增高，脑袋涨得难受。

范海新继续说：“辛芷络读初中的时候就找过我，说要加入我的巨蟹座联盟，可我的联盟成员要求高中生以上，所以后来她上了财经职业学校之后又来找我，我就同意了。可是加盟之后，她的主张和我有冲突，她宣称的殉难日并不是我联盟的主张，我主张的是一切自愿，而她要逼迫其他成员自杀。在我极力阻止之下，她甩开我，在财经职业学校成立了‘黑暗巨蟹座’社团，她自己担任团长，我担心她逼迫巨蟹女自杀，所以就和她断绝了关系。”

范海新说到这儿，歪着头说：“现场是不是吊死了好几位女孩？那些女孩都是巨蟹座的吧？”

见卢定凯一声不吭，范海新自顾自地说道：“要真是这样，那一定是辛芷络逼迫她们就范的，这个该死的女孩！”

说完，范海新敲着椅子的金属护手，看上去非常气愤。

卢定凯听完范海新的分析，半信半疑地望着范海新，这个结果绝对是他没有预料到的，财经职业学校山顶凉亭上的那五具尸体又一次出现在他的脑海中。

卢定凯按捺住久久不能平息的心情，走出了审讯室。

他想，既然辛芷络是“黑暗巨蟹座”的团长，如果按照范海新的逻辑，悬吊在山亭挑梁上的其他四位女生很有可能是辛芷络逼迫上吊自杀的。

可是辛芷络自己又是怎样吊上凉亭中间横梁的呢？卢定凯不断地在思索着这个问题，苏法医他们认为辛芷络自己是不能上吊的，她的身后一定还有一位黑衣人，不找到那位黑衣人，这个现场还是无法解释。

卢定凯掏出手机，他急着要将这些重大线索向沈德立汇报。

沈德立那边的讨论会刚刚结束，张局长下了最后的指示：必须尽快查明真相，消除社会影响。

当卢定凯给他汇报了范海新的最新情况之后，沈德立也是大感意外，他一时接受不了山顶现场死者之间的关系变化，他从来没有想过，辛芷络会是逼迫四位女孩上吊自杀的幕后策划，虽然范海新的话不能全信，但逻辑是通畅的，此刻也不得不接受这样的现实。

沈德立站在留夏派出所会议室的窗边，他看到远处天空的颜色已经渐渐变成了鱼肚白。

他想，既然辛芷络是现场的中心，那么最后的黑衣人一定和辛芷络有关，龚海天作为辛芷络的男朋友，似乎有脱不开的干系，也许目前看来，龚海天是再合适不过的黑衣人。

沈德立一边想着，一边下意识地从烟盒里掏出一支烟来，刚刚叼上嘴巴，岑晰溪便走了过来问道：“沈队长，范海新有没有交代？”

沈德立沉默了一会儿，将思路迅速理清，说道：“卢定凯那边审查范海新的结果是，辛芷络逼死了那四位女孩。龚海天，对，我想到了，是龚海天帮助辛芷络吊上凉亭横梁的。我们刚才做出的决定不变，过会儿就去找龚海天。”

岑晰溪一下子摸不着头脑，她纳闷地问道：“辛芷络不是受害者吗？她变成逼迫四位女孩上吊的凶手了？”

沈德立将范海新最新交代的情况大致地说了说，然后像是求证一般问道：“晰溪，依你看，范海新的话可信吗？”

岑晰溪听了之后心里非常激动，她仿佛已经忘了在审讯室门口的那些不快，她说：“就是嘛，不是每个嫌疑人都是真凶，我感觉范海新肯定没有撒谎，你看他那么老实，怎么会撒谎？”

沈德立又瞪了岑晰溪一眼说：“我说小姑娘，你能保证一个看上去老实巴交的人就没干过坏事吗？”

岑晰溪争辩道：“其他人我不管，反正范海新看起来不像那种人。”

沈德立摇摇头，点燃了烟，吸了一口说道：“晰溪，这你就错了，虽然我也相信范海新这次说的是真话，但像他这样的人，不能保证他以前没干过坏事。”

岑晰溪不说话了，她走到会议桌边开始收拾她铺在桌面上的那些材料，准备随时出发。

沈德立抽完那支烟，看了看手机上显示的时间，说道：“同志们，出发，财经职业学校，目标龚海天！”

两辆蓝白条纹的警车一前一后披着晨光向财经职业学校飞驰而去。

路上几乎没有行人，车辆倒是间或着有几辆，岑晰溪遇上这种路况反而觉得没有了挑战，她稳稳地把着方向盘，脑海里尽是范海新，她甚至担心卢定凯把范海新怎么样了。

岑晰溪觉得，沈德立这个人还真是糟糕，他怀疑一切，人家范海新现在什么事都没有了，还死活怀疑他不一定干净。说实在的，从某种意义上来说，范海新还帮助刑警队找到了新的方向。否则，按照原计划确实也是去找龚海天，可是找到了又怎样？没有范海新提供的重要线索，对龚海天的审查要从哪里开始？不都是迷雾吗？

岑晰溪余光中看到后视镜里的沈德立靠在后排的座椅上，闭着眼睛，也不知道他是不是睡着了，不过按照她一贯的观察，沈德立肯定不会睡着。

看到沈德立疲倦的样子，岑晰溪心中忽然又涌起一阵怜惜。她知道沈德立这个刑警队长不好做，最近的案子难度都很大，关键是刚搞定一起，马上就会跟着来一起，这是永远不变的规律，偶尔两起案件还一起来，那就更难处理了。好在沈德立却像一个永不停摆的时钟，总是能准确地出现在那些黑衣人的身后，并抓住他。

“还没到？”沈德立忽然从后面说。

“快了，还有两公里，已经靠近学校了。”岑晰溪歪了歪头，她也觉得有些累了，毕竟她整个晚上都没有合过眼。

沈德立说道：“差点儿睡着了。晰溪，你说这龚海天如果看到我们突然出现在他面前，他会有什么表现？”

岑晰溪想也没想就说：“要真是龚海天帮助辛芷络上吊，他看到我们，肯定会乱了方寸，毕竟只是个职业高中的孩子。”

沈德立皱了皱眉说：“你什么意思？这还需要假如吗？你怎么这么没有自信，必定是龚海天，我越来越有这种感觉了。”

岑晰溪呵呵笑道：“你是不是中了大雷医生的毒了？大雷医生也没有直说，他也只是猜测。”

沈德立坐直身子说：“那倒不是，我也有自己的直觉。”

岑晰溪苦笑了一声说：“沈队长，我崇拜着你呢，我感觉自己这段时间以来从你那儿学了太多的东西了，只是感觉消化不良，遇到事情就是自信不起来。”

沈德立开玩笑说：“晰溪，我们老的总是要被你们淘汰的，未来是你们年轻人的。”

岑晰溪一个刹车，说道：“到了，沈队长。”

沈德立下了车，等后面那辆车跟上，几人便找到了保安，说明了来意。

保安很配合地将沈德立他们带到了龚海天宿舍门口，轻轻地说道：“沈队长，还有十分钟，学校的起床铃声就要响了，你看是等一下呢，还是现在进去？”

沈德立瞅了一眼保安，说道：“现在。”

保安手有些抖，他轻轻地用钥匙将506宿舍的门打开，用手指了指靠门边的那张床说：“沈队长，龚海天好像没睡在这儿。”

沈德立心中一怔，他见保安所指的那张床上，一条灰色毛毯叠放得整整齐齐，看样子整晚都没有人在那儿睡过。

这时候，右手边床铺上的一位同学爬了起来，他眨巴着眼睛说道：“老师，怎么了？”

保安招招手说：“喂，龚海天呢？”

那同学眯着眼朝龚海天床铺上看了看说：“他……他怎么这么早就起床了？”

保安又问道：“你昨天晚上睡觉的时候有没有看到过他？”

那同学像是大梦初醒般，想了半天才说道：“熄灯的时候我是看到过的，可是后来我睡着了，我什么也不知道，他不在这儿睡，还能去哪儿呢？”

可能是一晚上没有开窗的缘故，岑晰溪在宿舍内可以明显地闻到一些装修材料存留的难闻异味，她心想这种工程标准也能蒙混过关，难怪昨天会发生集体癔症的事情，或许同学们早就受不了了。

沈德立心里有些着急，心想龚海天现在消失一定是有原因的，这就更加印证了他自己原先的想法，这回他更加确信龚海天真的和辛芷络事件相关，他下定决心必须马上找到龚海天，才能真相大白，山顶凉亭的现场到底是怎么形成的，龚海天应该是最清楚的了。

这时候，宿舍里其他两个同学也醒了过来，用惊诧的眼神望着沈德立他们。

沈德立让他们起来，问长头发的那位同学道："龚海天昨天一直在学校吗？"

长头发的同学搔搔头说："没有呀，学校昨天停课，我们自由活动，龚海天以前跟我一块打篮球的，可是昨天他没去，我也不知道他去了哪里，昨天晚上在食堂吃饭我也没见着他，一直到了晚上九点多吧，应该是九点多，他才回来，好像挺慌张的，我问他发生什么事了，他一句话也没说，后来熄灯了，我也不知道他到底有没有睡觉。"

沈德立心里揣摩着，龚海天到底会去哪儿？人总要睡觉的，酒店？或是回家去了？

岑晰溪从后面推了推沈德立的胳膊，此时她也在思考这个问题，她凑近沈德立的耳边轻轻说："我估计是回家去了。"

沈德立默默地出了宿舍，这时候学校的起床铃声响了，是一曲好听的钢琴曲，可他不知道那曲子叫什么名儿。

可能是沈德立碰巧盯着保安，保安有些紧张地说："这个……我完全不知道龚海天在晚上是怎么溜出学校的。"

沈德立一句话也没说，他觉得此时已经没有必要去搞清楚龚海天是怎么从学校里溜出去的，现在最要紧的是要定位龚海天并找到他。

沈德立匆匆向车子走去，他的担心绝对不是岑晰溪可以想象得到的，他有种不祥的预感，龚海天此番离去，应该是有什么更为重要的事情，但他到底要做什么，沈德立心里一点儿底都没有。

岑晰溪从后面追了上来，问道："沈队长，是去龚海天家吗？我在手机上查了一下，龚海天的常住地址就在我们湾州，就是他父母亲登记的住宅那儿，他家的电话内网上是有记录的，要不要先打一个过去问问？"

沈德立先说了声"不"，然后低声说："我们直接过去，这个电话还不能打，如果中间有什么变故，我们就会很被动。"

岑晰溪不知道沈德立担心什么，只是觉得沈德立可能又想多了。

上了车，岑晰溪便发动了引擎，不顾后面那辆车子有没有跟上来，飞一般地朝龚海天的家奔去。

龚海天家住在城东的潜江边，岑晰溪通过一条横跨城市东西的高架快速路迅速地从城西转移到了城东，此时天早已大亮，从高架上往东看去，一抹朝霞已经将天空熏染得艳丽无比。

沈德立心里一直在打着算盘，考虑可能会出现的各种情况，他有些担心龚海天的父母会过于激动，不过这种情况他见多了，一大早就到人家家里把他们的儿子带走，许多家长都会非常愤怒。

岑晰溪将车子在滨江小区门口停好，她熄了火，坐在那儿等后面的那辆车子，沈德立说："我们先走，他们会跟上来的。"

岑晰溪下了车，和沈德立一起走进小区，她发现滨江小区的环境美不胜收，沿着一条弯曲的溪流，一直往里走去是第7幢花园洋房。

小区里已经有一些老年人在溪边打太极拳，岑晰溪和沈德立从他们身边匆匆而过，吸引了他们目光。

到了第7幢楼下，岑晰溪确认了7幢101室的位置，房间里都拉着窗帘，估计一家人都还没有起床。

她放下心来，朝沈德立轻声说道："没起床就好，我们就在这儿守着吧，等他们到了，我们再敲门，对吧？"

沈德立也已经通过那些窗帘确认了房间内的状况，便点点头，没说一句话。

岑晰溪左右看了看101室旁边的那些养护得很好的花花草草，简直是羡慕极了，她最喜欢这种精心布置的格局，整个房间被绿色包围，在这样的环境下生活，真是一种享受。

可是岑晰溪忽然想，龚海天的父亲却是财经职业学校的装修承包商，在装修的过程中弄虚作假，不顾学校里有那么严重的污染，仍然通过手段坚持交付使用，而他自己又是如此追求生活品质。

岑晰溪越想越气，不由得骂了一句："这些人真是没良心。"

沈德立干燥的脸上露出了一丝苦笑，说道："良心？如果有良心，也不会培养出这样的孩子。"

岑晰溪"嘘"了一声，她听到了房间里传出来一丝动静，她侧耳倾听了一下，房间里传出的是"汪汪汪"的声音。

岑晰溪压低声音说："是狗叫，我猜家里可能是有人起床了。"

这时候，后面那辆车的几位刑警此时已经赶来，沈德立做了简单的人员站位安排，他担心会遇到龚海天一家的反抗或阻拦。

岑晰溪不紧不慢地走进单元门，来到 101 室的门前，她摁下了门铃，门铃"叮咚叮咚"地响了起来。

沈德立站在一边就等人来开门，可是门铃响了一会儿，停了下来，屋里除了"汪汪汪"的狗叫声，没有任何其他声音。

岑晰溪看了沈德立一眼，见他正瞪着自己，便又摁了一次门铃，门铃又"叮咚叮咚"地响了起来。

屋里又传来一阵狗叫声，接着又传来了狗抓门的声音，岑晰溪心里一紧，她觉得有些不对劲儿，她想屋里很可能没人。

沈德立着急地伸出手开始在门上敲了起来，可是结果还是一样。

岑晰溪低下头去，忽然看到了门把手上似乎有些血红的颜色，她浑身起了鸡皮疙瘩，立即半蹲下身子仔细瞧了瞧，叫道："沈队长，这里有血！"

沈德立也低头去看，见岑晰溪已经将手机手电筒打开，他看到 101 室的门把手上尽是血迹，看上去还有些湿漉粘稠，心里自然明白，事发还不是太久。

"不好，这是我没想到的。"沈德立说话时带着悲愤。

岑晰溪对单元门外几位已经站好位的刑警喊道："你们快来，里面肯定出事了。”

沈德立也喊道：“去找保安和物业过来，我们要攻进去！”

沈德立一边喊，一边仍然不放弃在门上乱敲，里面的狗叫得更凶了，就是听不见有人活动的声响。

过了好久，保安和物业都神色紧张地赶到了101室门口，沈德立见他们手上携带的工具非常有限，生气地说：“你们来也没用，我们现在要进去，有撬压工具吗？”

保安是一位中年大叔，他看了一眼沈德立，战战兢兢地说：“还有更简单的办法，他们家一楼南边的阳台是落地玻璃窗，敲碎了就可以进去。”

沈德立不容分说，拔腿便出了单元门，窜进围绕房子的那些花草，奔向了南侧的阳台。

岑晰溪也尾随而去，她心里也非常想知道里面到底发生了什么，门把手上的血迹已经明摆着很有可能出了命案。

沈德立跑到南侧，见阳台上一扇超大落地玻璃窗紧闭着，内侧也可以看到窗帘遮掩。

岑晰溪这时也跑到了沈德立的身边，她递给沈德立一把消防斧，那是她从物业老伯伯手中抢过来的。

沈德立接过消防斧，从阳台的扶手处一跃而过，落地之后，他抡起斧头就朝落地玻璃砸去。

“咔啦啦！”

大玻璃窗应声而碎，岑晰溪被吓得缩了一下身子，她从小就非常害怕玻璃碎裂的声音。

沈德立见玻璃窗已经碎裂，伸手去撩开里面的窗帘，他看到了客厅里躺着一男一女两具尸体，尸体的头部都有大量的血迹，地面上到处都是血迹。

岑晰溪已经爬过阳台护栏，她躲在沈德立的身后，也看到了客厅里的这一幕，她失声道：“我的天！怎么会这样？”

沈德立凝眉在那儿呆站着，他的眼睛在那些房间的门上扫着，可是那些门都紧紧关闭着。

岑晰溪在沈德立身后说："沈队长，你看我要不要进去确认一下？龚海天会不会……"

沈德立没回头，只是闷声说道："你怕他死在房间里是吧？"

岑晰溪"嗯"了一声，也没再说什么。

沈德立摇头说："不会的，龚海天一定是杀了他父母，现在早就逃走了。"

岑晰溪惊讶地说："不会吧，沈队长，你说是龚海天杀了他的父母，这是为什么呀？"

沈德立的嘴角抽动了一下，说道："为什么？你就是问题多，抓住龚海天就知道为什么了。"

没征得沈德立同意，岑晰溪便从他的身边窜过，她走进了客厅，转而又回过头来，从沈德立手上夺过那把消防斧，朝那些关着门的房间走去。

沈德立急忙叫道："晰溪，你干什么？"

岑晰溪一句话也不说，抡着斧头径直往里走。

这下子沈德立更急了，他叫道："晰溪，小心地上的足迹，等下苏法医他们来了，会搞不清楚的。"

岑晰溪将房间里的那些门逐一打开，可是没有看到有龚海天，在她的想象中，或许可以找到龚海天的尸体，可是房间里确实没有。

苏法医带着小刘、海哥也迅速赶到了滨江小区，小区里此时已经乱得拥挤不堪，早起的人们已经听到了101室的风声，都往这边挤过来看热闹。

苏法医他们跨过单元楼下的警戒线，沿着墙边绕行到了101室的南侧。

岑晰溪这时候已经退出了客厅，站在阳台上，她看见苏法医他们到了，便说："苏法医，龚海天的父母都死了，太惨了。"

苏法医将勘察箱递给岑晰溪，然后也一跃翻过阳台护栏，脚底下踩到了一块碎玻璃，身体一滑，差点儿摔倒在地，好在岑晰溪搀扶了他一把，才站稳了身子。

苏法医疑惑地问道："好家伙，凶手破窗而入的吗？"

岑晰溪摇摇头说："不。"

这时小刘也一跃而入，他说："那我知道了，砸碎玻璃窗的一定是沈队长了，晰溪不可能有这个胆子。"

岑晰溪见小刘在地面上摇晃，也去扶了他一把，小刘微笑着说："谢谢晰溪警官，沈队长呢？"

沈德立从客厅了钻了出来，说道："苏法医，小刘，你们赶紧进去看看，现场死了两个，我估计就是龚海天干的，我暂时要走了，捉拿龚海天要紧。你们现场如果有新的发现，要第一时间告诉我。"

苏法医不停地点头道："是是是，沈队长，如果有新发现，我会立即向你汇报的。"

岑晰溪抬起脚给小刘看了一眼说："我的鞋底，你看清楚了，我在室内走动了一圈，到时候不要弄错了。"

海哥将岑晰溪和沈德立的鞋底拍了一张照片说："嗯，我给小刘把鞋底存下来，我担心他记不住。"

沈德立带着岑晰溪走后，苏法医接管了现场，海哥先对客厅各个部位拍照固定，然后用数字录像机进行摄像。

等这些事情都忙完之后，小刘用通行踏板开道进了客厅，他仔细地勘查着地面的情况。

小刘发现，地面上除了岑晰溪、沈德立以及两位死者的鞋印之外，还有一双不明来源的运动鞋底鞋印，鞋印在地面上分布很乱，与之相伴的是龚海天父母亲的鞋印，他心想案发当时三人一定发生了比较大的打斗场面。

苏法医跟在小刘身后，他的主要目标是两具尸体，当他走到男尸边上时，发现男尸的右手上有密集的血点，心里怔了一下，他想，这密集的血点应该是打击他人时造成的，莫非逃走的凶手也被他打伤了不成？

苏法医蹲下身来仔细看男尸右手的那些血点，他发现除了血点之外，还伴随着一些灰白色的浆状物，他心想这应该是脑组织吧。

苏法医朝远处的女尸头部看看，女尸头部都是血迹，他急忙踏过地面上的两块通行踏板，走到了女尸身边，蹲下身来仔细查看。

苏法医见女尸的头部血肉模糊，损伤处果然可以看到脑组织溢出，他对小刘说："现场有变化，男尸右手上的脑组织一定是女尸的，不可能是凶手的，要不然凶手遭到如此严重的打击，早就昏迷在这儿了。"

小刘"咦"了一声回过头来，继续听苏法医说："简单来说，这男的杀了这女的，然后凶手又杀了这男的，案件经过应该是这样。"

小刘边听边朝四处张望，忽然他眼睛一亮，他看到了沙发底下有一个哑铃，哑铃上尽是血迹，他说："我找到凶器了。"

10

龚海天躺在湾州财经职业学校校长办公室的沙发椅上，他身上好几处疼痛的地方让他无法忍受，那是被他该死的父亲用哑铃打的。

想到昨天半夜里的那场打斗，龚海天心有余悸，他万万没有想到，事情会变成那样，父亲杀了母亲，而他杀了父亲。

昨天半夜，龚海天突然出现在家里，他质问父亲，为什么让不合格的装修工程蒙混过关，导致了大批学生中毒，他不相信医生说的那是什么群体性癔症，他坚信那是中毒，不然不可能一下子倒下了二十多位同学。

龚海天最心疼的当然是辛芷络，那是他最爱的人，早上的时候，辛芷络也在操场出现了抽筋、僵直的症状，当时他也只能看在眼里，因为他自己也那样僵直着躺在地上不能动弹。

可是当时龚海天的心里却非常清楚这是为什么，因为他在开学的头一天晚上听到了父亲和校长的通话，父亲反复跟校长提及到装修污染严重的事情，一开始听起来父亲是在回避，想要将大事化小，后来似乎是在跟校长讨价还价，他知道父亲最后一定是在向校长行贿，校长才答应将父亲装修的宿舍投入使用的。

龚海天记得，父亲从小就教育他做人要诚实，不能撒谎，他不能接受父亲这样做，特别是当他看到辛芷络躺在操场上可怜的样子，他心疼得要命。

龚海天想起昨天下午的时候，学校里放了假，他本来是想去约辛芷络去附近工业园的一家星巴克坐坐，可是他从宿舍找到教室，又从教室找到图书馆，找遍了整个学校都没有找到辛芷络的影子，晚上的时候，他甚至坐公交车去了辛芷络的家，在那儿窥视了半天，也没有发现她。

等龚海天匆匆忙忙地回到学校再次确认找不到辛芷络之后，他心里就有了想法，他觉得辛芷络很有可能死了。

龚海天记得，辛芷络自从组织了一个“黑暗巨蟹座”的社团之后，就经常跟他说起巨蟹座的传说，她甚至说要通过自杀的方式去巨蟹座，还说所有巨蟹座女孩都肩负着拯救巨蟹座的使命。

起先的时候，龚海天以为辛芷络那都是开玩笑，可是昨天早上辛芷络出现症状之后，他隐约地感觉到辛芷络很有可能会走向极端，事件的刺激会让人想法变得不一样，而且他曾经听辛芷络说起过，昨天晚上是巨蟹座最黑暗的日子，巨蟹座出现危难，需要巨蟹女前去拯救。

龚海天赶回家去质问父亲，让他去把辛芷络给找回来，而且扬言说要告发父亲和校长。

父亲咆哮起来，大骂龚海天是不孝之子，说他所做的一切都只是为了龚海天有个好的将来。

龚海天当时说，父亲不是要给他一个好的将来，而是要毁了他。

父亲伸手去打龚海天，这时候母亲过来阻止，也指责父亲犯下的过错。

突然，眼前的一幕让龚海天呆住了，父亲生气地拿起地上他经常使用的一只哑铃，砸向了母亲的头部，母亲连叫都没叫一声就倒在了客厅。

龚海天现在想想都觉得头皮发麻，他有些想不起来当时是怎么将哑铃从父亲手中抢过来的，又是怎么将哑铃砸向他父亲的。

龚海天在沙发上转了个身，他忽然听到校长办公室门外有脚步声，他心想一定是校长回来了。

11

岑晰溪和沈德立早就到了刑警队，此时郝景天也已经展开了工作，他查遍了所有可以利用的系统和资源，可就是没有发现龚海天的蛛丝马迹。

沈德立觉得有些没有头绪，他着急地在办公室里来回踱步，他心里一直在回忆昨天早上以来的一幕幕场景，觉得简直就像是一部电影，剧情转换得过快，他还没来得及整理。

沈德立长长地吁了一口气说道："晰溪，你帮我把大雷医生的电话接通，我要求助大雷医生。"

岑晰溪觉得沈德立有些奇怪，怎么这个节骨眼上要求助费大雷，现在不是已经表明了龚海天便是一切的开端了吗？找费大雷也不可能找到龚海天的行径呀。

岑晰溪摇摇头，但她还是乖乖地拨打了费大雷的电话，电话响了一阵子，费大雷那边才接通。

"晰溪，我有件重要的事情要跟你们沟通一下。"

还没等岑晰溪说话，费大雷便急切地在电话里说。

岑晰溪皱了皱眉，仿佛费大雷可以看到她古怪的表情似的，她说："大雷医生，我们正好有事要问你，我叫沈队长接电话哦。"

沈德立接过电话，他本来是想问问像龚海天这样的人，心理会不会变态，下一步会逃往哪里，又会去做什么，可是没想到费大雷却说："沈队长，你们没有把范海新放掉吧？"

沈德立哈哈笑道："不会，我们怎么可能把范海新给放了呢？大雷医生，你又有什么想法了吗？"

费大雷着急地说："自从你们专案组回到单位之后，我一直在翻看范海新以往所有的病例，我发现范海新不是那么简单，他提及的'黑暗巨蟹座'应该是他自己创立的，而不是辛芷络，我在他的病历里找到了答案，他说‘黑暗巨蟹座’是辛芷络离经叛道所创立纯粹是瞎扯，山顶现场应该是范海新一手造成的，我感觉是他逼迫辛芷络五人上吊的，所以他现在所说的全是谎言。”

沈德立皱皱眉，不太愿意相信费大雷的分析，不管费大雷怎么说，其实他现在对范海新已经不再关心了，毕竟范海新还在审讯室里，由卢定凯在那儿陪着，不管事情发生什么样的变化，也不会有什么严重的后果，对他来说，眼下最要紧的是龚海天。

沈德立想了想，然后客气地说："大雷医生，你的意见相当宝贵，我们会在审讯的过程中结合进去，只是我现在遇到了一点难题，我不知道龚海天跑到哪儿去了，像他这么变态的人物，这个世界也没有几个，他杀了他父亲。”

费大雷好像一点都不诧讶沈德立释放出的重磅消息，他说："沈队长，如果范海新真的是整个事件的始作俑者，那么龚海天的事情其实跟山顶现场并没有关系，他杀死了他父亲，一定是有别的原因，这不属于变态，只是你们常见的激情杀人而已。”

沈德立正要继续说话，已经听到费大雷声音的岑晰溪突然打断了他，她说："沈队长，我想到了，如果两件事情并不相关，那么龚海天一定去找校长了，他杀了他父亲估计是因为装修污染的事情。年轻人一身正气，他不能容忍自己的父亲将不合格的宿舍交付给学校使用，才导致了家庭内部的劫难，能让不合格的装修工程获得通过的一定是校长，龚海天杀死他父亲之后，要去找的下一个人便是校长。”

沈德立感觉到电话听筒里有其他来电的提示音，他放下手机看了一下，是留夏派出所所长打过来的，他立即挂了费大雷的电话，对所长说："怎么了？”

所长在电话那边大叫道："沈队长，不好了，财经学校又出事了，龚海天绑架了校长。”

岑晰溪握了下拳头，然后说："沈队长，我去开车。”

湾州市财经职业学校行政楼的西侧有一个水塔，一般的学生都不知道那是什么年代建立的。

水塔现在早已经废弃，也不知道龚海天是怎么想的，校长早上刚刚进入办公室的时候，便被他用刀劫持到了水塔的顶端。

龚海天押送着校长从废弃水塔的底部进去，沿着锈迹斑斑盘旋而上的铁楼梯往上爬去。

这件事龚海天是有准备的，他带上了校长办公室里的一只手持大喇叭，打算让校长在水塔的顶端向全校学生道歉。

龚海天不会原谅他自己的父亲，更不会原谅校长，事情发展成这样，他也就豁出去了，他想，还原一切真相，也许才是最好的结局。

龚海天的行为果然起到了他想象中的效果，此时高高耸立的水塔底下簇拥着无数的学生，还有一些已经到校的老师。

看到围观人群漠然的脸，龚海天拿起大喇叭激动地说道："老师们，同学们，你们不要误会，我是龚海天，是湾州市财经职业学校一位普通而又诚实的学生，不诚实的人是贾校长。"

龚海天见浑身哆嗦的校长站在塔顶像是自己的一只猎物，他有些得意，他没想到曾经不可一世的校长现在竟然表现得如此低贱。

校长的脖子上已经有了好几道血痕，那是龚海天用刀划出来的，他蹲坐在塔顶，似乎在等待龚海天的审判。

龚海天见塔下的人们正仰着头在等他继续说下去，便又用大喇叭喊道："校长经常教导我们要做一位言而有信的人，可是他自己却并不是这样，他和我的父亲一起制造了阴谋。学生宿舍的装修污染严重超标，他不顾学生的身体健康，只是因为他拿了我父亲20万元现金。20万元，就可以让他的良心变质。同学们，你们不要害怕，我已经杀了我的父亲，你们说，我们这位亲爱的校长先生，我要怎么处置他？"

人群中发出了一阵惊恐的叫声，龚海天将刀尖在校长的背部摩挲着，他继续说："我只要轻轻地往下一推，校长便会得到应有的惩罚。"

"你不能这么做！"

龚海天听到水塔底下有一位女生在喊，他定睛一看，原来是一位穿着制服的女警察。他皱了皱眉说："没人可以阻挡我，警察也不能。"

在底下喊话的是岑晰溪，她和沈德立此时已经赶到了现场，她见龚海天在上面胡作非为，忍不住喊了一句。

沈德立见情况危急，心中一阵焦躁，他知道，如果不及时阻止，校长随时都会有丧命的危险。

想到这儿，沈德立急忙掏出手机给张局长打电话，他向张局长要求派特警队过来，否则他没有信心能够制止事态变坏。

水塔上的龚海天见岑晰溪也不再喊话了，更加得意地喊道："今天便是校长的审判日，校长的归宿由全校同学来裁决，如果大家保持沉默，我就知道大家想要的是什么结果了。"

留夏派出所所长带着一位神色慌张的女人来到了沈队长的面前，所长说："这位女士是副校长，沈队长，你可以听听她的想法。"

副校长肯定没有经历过如此让人揪心的时刻，此时见到了沈德立，像是见到了救星，其实沈德立心中也没有很好的方案，他正在思忖着如何突破上去，可是这太危险了，如果龚海天发现有人上去，他只要轻轻一推，被绑着双手的校长就会从高空坠落，那么营救就没有任何意义了。

副校长对沈德立说："沈队长，只要能保住校长的性命，你要我们学校做什么都可以。"

沈德立眨眨眼说："眼下想不到合适的办法，时间拖长了，我看凶多吉少。"

副校长更慌了，她说："这些年来，校长为学校可以说是呕心沥血，经常吃住在学校，付出的不止一点点，沈队长，求求你们救救他，他老婆刚刚生下二胎，孩子才三个月呀。"

沈德立默默地说："嗯，我知道了，我们会尽力的。"

龚海天似乎越来越胆大，他开始在水塔顶上狂笑起来，然后说道："同学们，你们想听听校长大人的检讨书吗？"

水塔下边一片沉寂，人人都屏住了呼吸，岑晰溪站在那儿，脑子一下子僵化了，她不知道这种事情要怎么处理，只是死死地盯着龚海天，似乎想从中找到机会。

校长在龚海天尖刀的威胁下，不得不开始了检讨："同学们，我作为你们的校长，对不起你们了。"

刚说了一句，校长便哽咽着说不下去了，龚海天将尖刀顶在他背后往前推了推，校长的身体差点儿从六十多米高的水塔顶上滑下。

校长似乎没有勇气面对水塔下的全体师生，但在尖刀地威逼下还是说道："同学们，老师们，我作为你们的校长，对不起你们了。"

"自从我接任财经职业学校校长一职以来，也算是尽心尽力，为学校做了不少事情，可是我迫于生活压力，起了私心，从学校的各项工程中获取了不少好处。"

"这次暑假期间，学校的学生宿舍装修工程是我一手管理的，正如龚海天同学所说，我从他爸爸那里拿到了 20 万元现金，同意他将不合格的工程投入使用，导致了昨天上午二十多位学生出现不良症状，甚至有五名学生在山顶凉亭中上吊死亡。"

校长说到这儿，龚海天制止了他的讲话，问道："你说的五名学生死亡，可有辛芷络？"

校长点头说："有的，辛芷络同学也在五位死者的名单里面。"

龚海天咆哮道："都是你的错！你不知道辛芷络是我最爱的人吗？五位死者，说得倒是轻巧，失去的生命可以回来吗？你如果不知道生命的可贵，为什么还要在这儿苦苦求饶？"

校长战战兢兢地想转过头去看一看龚海天愤怒的脸，可水塔顶上的平台空间实在狭窄了，根本没法转身。

沈德立见情形变得越来越糟，便从留夏派出所所长手上接过一只大喇叭，开始对龚海天喊话："龚海天！我是刑警队队长沈德立，请你冷静一下，我有话对你说。"

刑警队的审讯室隔壁配备了一间极其简陋的临时监室，是专门给尚未完全排除嫌疑的嫌疑人准备的。

范海新直挺挺地躺在硬板床上，思绪飘逸，他暗暗得意，心想这个世界除了医生他没办法对付，甚至是警察他都可以随便摆弄，那个什么刑警队长，不也就随便轻信他了吗？

范海新的眼前出现了辛芷络的画面，他一想到这个女孩，就觉得是命中注定的。这个巨蟹女是那般忠诚，在他住院的时间里，辛芷络操持了一切，将“巨蟹座联盟”遮掩下的“黑暗巨蟹座”发展成了很大的社团。

范海新想起昨天傍晚的时候，当他和辛芷络秘密聚集在财经学校山顶凉亭的时候，辛芷络先是逼迫四位女孩吊死在凉亭的挑梁，然后跪在地上对范海新说：“盟主，我做到了，她们四位巨蟹女已经前去巨蟹座，巨蟹座有救了。”

范海新当时想都没想就说：“芷络，你也一起去吧。”

辛芷络先是有些犹豫，可后来还是非常顺从地爬上了范海新的背，吊死在凉亭的中间横梁上了。

范海新后来偷偷溜回檀溪，他忙着贩卖糕点的老爸根本不知道。

范海新想到这儿，心里一阵难受，要不是警察的介入，他早就该到了巨蟹座，他不放心先去的辛芷络，他担心她不能带领四位巨蟹女完成任务。

范海新烦躁地从硬板床上爬起来，将手中的一副手铐甩得哐当作响，可也想不出有什么办法逃出这个监牢。

似乎是这“哐当哐当”的声音引起了别人的注意，这时候，范海新发现监牢的门突然开了，外边的光线刺眼地照射进来，范海新眯起了眼睛。

“范海新！”

范海新听得出来，这是之前那位叫作卢定凯的刑警的声音。

范海新没回答，他不喜欢回答警察，他继续眯着眼，直到看到面前出现了两个人，一位是穿着警服的卢定凯，而另一位竟然是费大雷医生。

范海新万万没有想到，费大雷这时候会出现在他的面前，他支支吾吾地说：“大……大雷医生，你怎么来了？”

费大雷是在张局长的示意下参与进来的。

张局长召集了特警队研究解救人质方案，特警队提出的意见是，如果在水塔底下铺设弹性气垫，动静势必很大，估计龚海天不会给他们机会，但是如果预先寻找合适部位埋伏狙击手，然后派出直升机前往水塔进行谈判，龚海天肯定会被转移注意力，到时候再寻找机会控制现场，或许可以成功解救人质。

当费大雷被选定为应急谈判组心理咨询成员时，他却要求范海新同去，他的理由非常简单，他觉得如果将事件真相挑明，龚海天的愤怒会转移到范海新身上，而范海新在警察手里，可以确保安全，这样救下校长的概率更大。

营救的时间太宝贵了，张局长虽然觉得费大雷这招有点险，但也顾不得那么多了，他果断同意了费大雷的提议，所以让卢定凯带着费大雷来找范海新。

费大雷进了监室，直截了当地说："范海新，我已经在你的病历里面找到了答案，山顶凉亭的五位女生都是你干的好事，你没跟警察说实话，可是我全部说了。"

范海新最怕的就是这位身穿白大褂的医生，他支支吾吾地说道："这……这不完全是我的意思，那些巨蟹女是自己愿意的，再说那是她们的使命，这可不是什么谋杀……"

卢定凯严肃地说："范海新，废话少说，现在有个机会，如果你愿意配合，也算是你戴罪立功了，对你后面的处理会有好处的。"

范海新像是抓到了救命稻草，他说："只要不送去第七医院，我什么都愿意配合你们。"

卢定凯冷冷地说："帮我们去救一个人，剩下的事好商量。"

沈德立在水塔底下一边耐心地和龚海天沟通，一边焦急地等待特警队的到来。他心里很明白，如果特警队不来，他自己是没有办法搞定的，哪怕他带人冲上去，得到的也不会是好结果。

沈德立突然远远地听到了飞机引擎的巨大轰鸣声，他抬头望去，发现天空中出现了一架直升机，机身上印着几个大字："湾州特警"。

沈德立明白了，张局长让特警做了篇大文章，自己只要能继续稳住龚海天，剩下的事情特警肯定有把握搞定。

岑晰溪也抬头望去，他看到慢慢靠近的直升机里露出个熟悉的脑袋，她按捺不住喜悦地叫道："大雷医生，是大雷医生！"

沈德立有些想不明白，直升机里怎么会出现费大雷，特警这是要唱哪出戏呀？

直升机很快就靠近了水塔，沈德立见龚海天的视线已经被吸引了过去，他也就停止了喊话。

直升机开始围着水塔盘旋了一圈，然后悬停在龚海天和校长面前的半空，一位特警开始对龚海天喊话，沈德立知道这一定是在稳定龚海天的情绪，防止他出现过激行为。

过了一会儿，费大雷开始对龚海天喊话："龚海天同学，我是湾州市第七人民医院的医生，我们长话短说，我知道你一定很关心辛芷络的事情，你知道吗？辛芷络的死跟校长没有任何关系，你是辛芷络的男朋友，我想你一定知道'黑暗巨蟹座'的事情，但你未必知道这个社团后面还有一位盟主，那就是范海新，他是我的病人，做事不计后果，其实辛芷络是在他的示意下吊死的。"

龚海天半信半疑地望着一直悬停在他面前的直升机，他说："你是医生，我相信你，可你说的那位范海新在哪儿呢？"

费大雷让范海新的脑袋露出窗门，然后说："他就是范海新，你可以当面问他，辛芷络的事情真的和校长没有关系。"

费大雷将话筒移到了范海新的嘴边，说道："你自己说，辛芷络是怎么死的？"

范海新什么也不说，只是点了点头表示肯定。

龚海天见状立刻惨叫道："范海新，我要和你拼命！"

说完，龚海天放下校长，站起身来，挥舞着手中的尖刀，像是要朝直升机扑过来。

说时迟那时快，直升机的底舱忽然打开，一团红色的包裹自由落体往地面坠去，临近地面的时候，包裹忽然像是爆炸了一般充满了气体，迅速变成了一张巨大的气垫，稳稳地落在了地面的草地上。

龚海天显然高估了自己的跳跃能力，他连边都没有挨上直升机，身体就朝地面坠落而下。

“嘭！”

龚海天的身体坠落在刚刚撑开的红色气垫上，沈德立、岑晰溪以及派出所的几位民警发疯般地爬上气垫，朝他扑去，将他死死地压在气垫上。

校长被几位沿着楼梯上去的民警救了下来，但因为涉嫌受贿犯罪，下来的时候，虽然松绑了龚海天给他系上的绳索，但却被民警戴上了手铐。

直升机上的特警指挥员宣布解救工作结束，命令在远处教学楼里埋伏的狙击手解除瞄准监视，然后便飞离了学校。

岑晰溪在龚海天被押上警车之后，久久地望着蓝天，仿佛刚才的一幕一直在天空循环回放。

岑晰溪忽然想，接下来要怎么处理范海新呢？她完全不知道范海新是怎么被带上天空的。

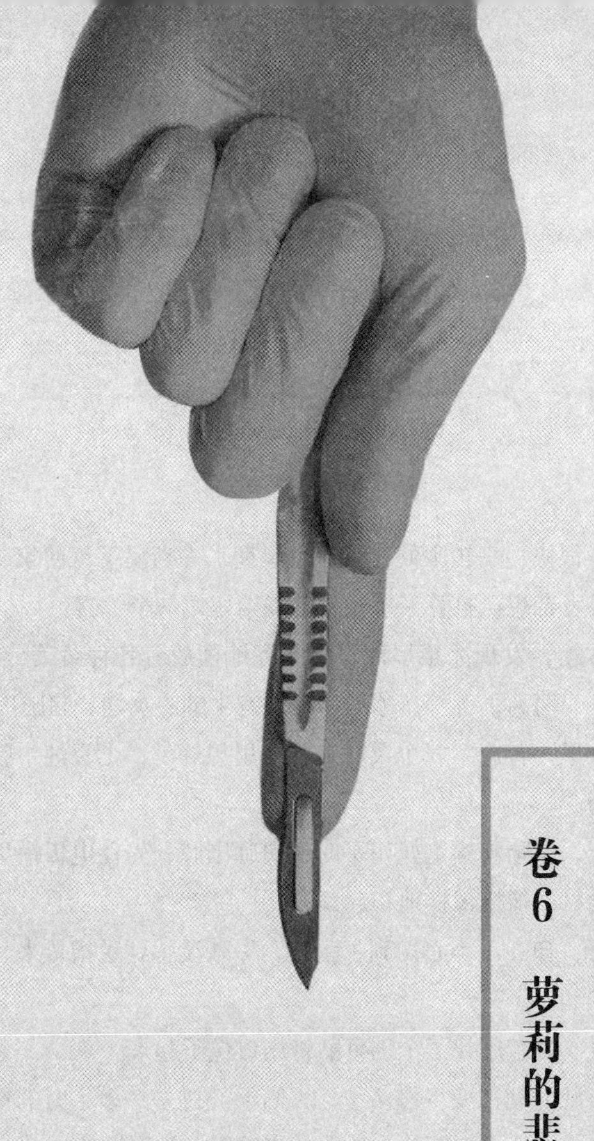

卷6 萝莉的悲歌

1

时间过得很快，一转眼便过了一个星期，岑晰溪下班回家，见妈妈还没有下班便突发奇想，打算亲手做顿晚餐给妈妈一个惊喜。

她打开冰箱，发现冰箱里面整整齐齐地摆放着各种蔬菜，有胡萝卜、土豆、卷心菜、茼蒿，等等，冰箱冰冻层有牛腩、鸡翅、猪腿肉。

岑晰溪心里一转念，三个菜就在脑海里想好了，土豆炖牛腩、蒜泥茼蒿、红烧鸡翅。

说干就干，岑晰溪穿上妈妈平时的厨师围脖，先在电饭锅里煮饭，然后开始准备食材，像模像样地切起菜来。

切着切着，却一不小心切到了手指，岑晰溪感到手指传来一阵尖锐的疼痛，她“哎哟”了一声。

岑晰溪赶紧去客厅找了个创可贴将伤口包了起来。

接下来，她的动作变得慢多了，岑晰溪经过一个多小时的奋战，终于拿出了自己的成绩，三碗菜装在洁白的瓷碟里非常别致。

忽然门铃“叮咚”一声，岑晰溪知道准是妈妈回来了。她激动地跑去开了门，果然是妈妈。

妈妈看上去有些疲惫，岑晰溪心疼地说：“妈，辛苦了。”

妈妈觉得有些奇怪，不知道岑晰溪葫芦里卖的什么药，便问道：“晰溪，你今天怎么看起来怪怪的？”

岑晰溪从妈妈的手里接过包包，说道：“妈，你猜我为你准备了什么？”

妈妈看见了餐桌上已经摆放好了三碟做好的菜，脸上的疲惫顿时一扫而光，笑眯眯地说道：“晰溪，你还真有两下子，看来女儿是真长大了。”

吃饭的时候，妈妈对岑晰溪的厨艺赞不绝口，虽然岑晰溪自己觉得她做的菜有些咸了。

妈妈忽然看到了岑晰溪用创可贴包扎的手指，问道："晰溪，这是怎么了？"

岑晰溪抿了一下嘴巴，说道："不小心切到手指了嘛。"

妈妈默默地吃了几口饭说："年轻人，做事情毛手毛脚的。"

岑晰溪抬眼说："不是说年轻就是用来犯错的嘛，我觉得这话很有哲理，没有挫折怎么会进步？"

妈妈表示不同意，她摇头说："谁说的？我年轻的时候就没有像你这么笨手笨脚的，机灵着呢，只是你爸看不中。"

岑晰溪见妈妈又提到了爸爸，便伤心地问道："妈，你就跟我说说嘛，爸爸后来到底怎么了？"

妈妈一脸凝重地放下了碗筷，说道："明知故问，你难道心里不清楚？"

岑晰溪忽然想起来了上回妈妈提到爸爸的时候，自己想象着爸爸可能是牺牲了，莫非这就是事实？

妈妈站起身来，去她的卧室里拿出一个小盒子，递给岑晰溪。

岑晰溪见那盒子非常旧，打开一看，最上方的是一张老照片，照片上是一位年轻英俊的警察。

岑晰溪心想，不用说，这位便是她爸爸了，此时她的眼泪夺眶而出，甚至哭出了声："妈，你这些年来什么都不跟我说，实在是太残忍了！"

岑晰溪坐在餐桌边听见妈妈说："晰溪，不是我残忍，而是你在我眼里一直是个小孩子。我就是转不过弯来，我总觉得一个孩子不能承受太多，可是今天我发现你长大了，你懂得了生活，心里能装着别人，再也不是从前那个任性自私的小女孩了。"

岑晰溪呜咽道："可是再怎么你也不能这样，我虽然对爸爸没有任何印象，可是爸爸在我心里，永远都有一片空间属于他。那可是我爸爸。"

妈妈的眼眶有些湿润，她说："晰溪，往后我就将这张照片交给你保管，他是你爸爸，没错。他是我的，也是你的。"

岑晰溪还是止不住地流泪，她说："妈，爸爸是怎么离开我们的？"

妈妈仿佛在记忆中搜寻了很久才找到真相似的，老半天才说："你爸爸是牺牲的，在一次执行任务的时候，被凶手击中了心脏，我见到他的时候，他全身都是血。"

说到这儿，妈妈早已泣不成声，再也说不下去了。

岑晰溪说道："妈，你不用说了，我知道了。"

两人哭泣了一会儿，岑晰溪忽然问道："那凶手抓到了吗？"

妈妈摇摇头说："没有，凶手跑掉了，再也没有出现过，一直到现在。"

岑晰溪心里一紧，说道："后来竟然一直都没有抓到？"

妈妈肯定地说："是的，后来我也去找过局长，局长表示非常遗憾，他们做出了非常巨大的努力，可是毫无线索。"

岑晰溪抬眼问道："是现在的张局长吗？明天我去问问他看看。"

妈妈伸手过来抓住岑晰溪的手，说道："哪里会是张局长呀，以前的那位局长早就退休了，听说去年的时候得肝癌去世了。"

岑晰溪哀叹一声道："真是不幸呀，警察的工作不是一般人可以干的，我进刑警队虽然不久，可我觉得自己这段时间成长得很快，好像一夜之间把我催熟了。"

妈妈捏了捏岑晰溪的手心说："当初我阻止你做警察，也是因为你爸爸，警察的工作风险太大，特别是刑警，真不是你小姑娘家可以做的，就算做了，也不会长久。晰溪，你如果真有退意，我到时候去跟你们的沈队长说说，让他帮你调动调动，他一定会同意的。"

岑晰溪也捏了捏妈妈的手说："妈，我不是这个意思，我是喜欢做刑警的，沈队长是个好人，他对我很好，我想继续下去。"

妈妈语重心长地说："晰溪，从今天开始，你在我心里便是大人了，以后不管你做什么选择和决定，我都会支持你，如果你喜欢做刑警，那就继续吧，只是千万要注意安全，凡事不能冲动。"

岑晰溪点点头说："妈，这个我知道的，你就放心吧。"

妈妈叹了口气说："再忙也不能忘了生活，做女人的最终都要嫁人的，自己的另一半也不要忘记去找。"

岑晰溪见妈妈又要开始唠叨男朋友的事情了，便赶紧踩住刹车，她说："妈，这件事情女儿自己会把握，你就不用操心了。"

妈妈皱眉说："是不是已经有了？"

岑晰溪脑海中忽然出现了费大雷的身影，她感觉这段时间以来，费大雷像是一针温暖的针剂，悄悄进人了她的情感世界，时不时就会出现在她的脑海，她发现自己似乎有些喜欢上了费大雷。

虽然时间已经过了九点钟，费大雷仍然在他的办公室里忙碌，办公桌上堆满了病历和资料，都是这段时间积压下来的。

既然范海新已经落入警方的手中，范文轩的诉讼也就失去了基础，湾州市第七医院也消除了被告的身份，院长和费大雷都从事件中解脱出来，院长的位置算是保住了，费大雷也官复原职，坐回了精神一科副主任的位置，仍然负责整个科室的工作。

这段时间以来，费大雷因为没在岗位上，科室里落下了很多工作需要干，他天天加班到深夜才考虑回去，昨天一直熬到十二点过了才出医院，就算肚子饿得咕咕叫他也没顾得上吃点夜宵。

费大雷去倒了杯温热的白开水，端起杯子喝了一口，他觉得这杯水像是甘泉，滋润着他的肠胃，白开水是他最为推崇的饮品，除了偶尔喝点儿葡萄酒，他几乎不喝任何饮料。

费大雷放下茶杯，他忽然想起岑晰溪。

在他的眼里，岑晰溪这女孩确实有些与众不同，她看起来十分干练，身上的警服很有气质，可实际上在费大雷看来，岑晰溪的内心却非常柔弱，只要不是工作的时间，就像是普通的邻家女孩，特别是当她对着自己微笑的时候，费大雷总觉得有一股说不出的劲儿。

费大雷想到这儿，心里动了一下，但他忽然又觉得奇怪，自己好像从来就没有对任何女孩动过心，可是今天到底是怎么了？难道岑晰溪窜进了他的心里？

费大雷坐在沙发上，抬起头看看窗外漆黑的夜空，夜空中连一颗星星都没有。

他心里忽然变得空落落的，他觉得自己刚才想起岑晰溪应该只是一种错觉，自己怎么可能会喜欢上岑晰溪呢？岑晰溪是警察，他可不曾对女警察有过这样的想法。

费大雷苦涩地摇了摇头，岑晰溪的身影便在他的脑海里消失殆尽。

他又开始整理档案，范海新的档案需要细致处理，下一步鉴定的时候会派上用场。

他知道，范海新被抓之后，虽然上次在解救人质的时候发挥了一点点小小的作用，可是沈德立并没有放过他，还是果断地将他关进了看守所。

费大雷当然明白，像范海新这样的嫌疑人，沈德立不可能会随便放过他，他手上毕竟有好几条人命呀。

范海新其实只有一条路可走，便是利用接下来的司法精神病鉴定，费大雷知道，鉴定的结果显然是范海新没有刑事责任能力，他也就免于了刑事处罚。

费大雷想，范海新一直害怕再次回到第七医院，但是如果等司法精神病鉴定的结果出来，恐怕他想回也回不来了，他只有一个去处，就是专门收治犯罪的精神病人的安康医院。

安康医院是湾州市公安局主管的特殊医院，但在业务上由湾州市第七人民医院托管，费大雷曾经去过几次，知道那边的管理比第七医院严格多了，范海新如果去了那儿，失去的就不仅仅是自由了。

2

齐思嘉忽然从睡梦中醒来，湾州大学女生宿舍里安静得如同星空下的荒野。

齐思嘉醒来时就是这种感觉，荒野中没有任何生息，只有漫天的星星在寂寞地眨着眼睛。

她记得自己刚刚睡下不久，可是她立即就梦见了范海新。

范海新一开始是跟她在一起，面对着星空，他们一直就那么落寞地坐着，像是一幅画卷。

忽然，范海新在星空下幻化成了一只草帽式的飞碟，无声地飞向了远方，留下她一个人孤寂地站在荒野。

她孤独地醒了过来，这才想起范海新其实已经被警察抓去了。

白天的时候，范海新的爸爸范文轩来到学校告诉了她这个消息，她一开始有些震惊，可是后来她也没怎么表示，只是默默地听范海新的爸爸在那儿叹息。

齐思嘉觉得自己的心肠挺硬的，虽然她觉得范海新现在已经不是她的男朋友了，可是他们曾经是那么相爱，经历过那么多不堪的过去，现在却什么都不在乎了，她不知道是范海新变了，还是她变了。

初中的时候，她只是个对恋爱懵懂的女孩，对爱情充满了憧憬。她家的家境相当好，檀溪镇南街的生意远远比北街好上不知多少，父母亲在距离南街不远的新区盖了独栋的小楼，小楼还有个独立的花园，虽然小楼看上去样子有些老土，可是却大大地改善了她们家的居住条件。

齐思嘉那时候经常和爷爷奶奶待在家，父母都在南街忙生意，特别是在周末的时候，南街的游客非常多，父母绝对没有时间照应她的学习，况且初中的课程父母根本就不懂。

齐思嘉记得，范海新第一次到她家时，她就觉得有些眼熟，那是暑假的时候，母亲带着范海新来到她家，跟她说帮他请了个湾州大学的大学生家教，暑假的时候帮助她补习功课，因为她的数学一直拖分拖得厉害。

齐思嘉没有想到，原本枯燥无味的数学在范海新的教导之下似乎变得多彩有趣，她没有想到数学还可以这样学。

齐思嘉爱上了数学，也爱上了范海新，她经常痴痴地望着范海新，她最喜欢看范海新脸上露出的羞涩，她觉得那真是太有趣了，面对她这么小的女孩，范海新竟然也会脸红。

齐思嘉后来发现范海新不肯来她家补课了，她知道这个大学生哥哥一定是害怕了，之后她收敛了不少，范海新才继续来做他的家教工作。

荷尔蒙的刺激最终还是让范海新冲破了界限，他们好上了。可是这个大胆的举动被敏感的奶奶发现了，奶奶向齐思嘉的父亲举报了情况，父亲勃然大怒。

齐思嘉记得，那是她青春期的灾难，她先是被父亲打烂了嘴巴，然后父亲辞了范海新的家教工作，那段时间她一直被关在她自己的小房间里不能出门。

想到这儿，齐思嘉在床上翻了个身，然后闭上眼睛尝试继续睡觉，可是她发现脑海中全是范海新焦急的表情。

3

一大早，沈德立便让岑晰溪送他到省公安厅刑侦总队，省厅刑侦季度会议如期召开，地点是在刑侦总队那幢灰色大楼的二楼会议室。

沈德立走进会场的时候，见各地赶来湾州开会的刑警队长都已悉数到场，他找到了前排摆有自己铭牌的座位坐了下来。

一位女警官走过来给沈德立倒了茶水，沈德立用手指敲了敲桌子表示感谢，这时候他看到分管刑侦工作的副厅长走了进来，陪同他进来的是刑侦总队长。

沈德立心里明白，副厅长来参加会议，那一定有重要的指示，有指示就有批评，不然不需要副厅长亲自出面训示。

沈德立想：今年到目前为止的破案势头不错，虽然遇上了好几起难度很大的变态杀人案，但经过努力，都已经告破，副厅长要批也批不到湾州的头上。

想到这儿，沈德立很坦然地端起茶杯，他吹了吹滚烫的茶水，稍稍抿了一口，茶水的苦涩味道让他觉得心情大悦。

总队长开始了讲话，他先是总结了一下全省的犯罪形势，然后举了几个案例，分析了一下最新的侦破手段，沈德立听得非常细心，因为其中一个案例还是他让岑晰溪整理之后发送到刑侦总队的。

常规的议程结束之后，总队长说："这次的全省刑侦例会不仅仅是一次普通的例会，副厅长专程过来听取我们的会议，主要是考虑到近年来冷案不少，这些案子经过几年的时间，慢慢冷下来了，他昨天找到我，要求各个城市不仅仅要抓紧侦破现发的案子，也要统筹兼顾冷案的侦破，不能让那些犯罪分子逍遥法外。"

提到冷案，沈德立一阵揪心，近年来湾州每年都有冷案积压下来，上回他让岑晰溪整理目录，还不知道岑晰溪整理好了没有，他打算回去就向岑晰溪要这份目录。

总队长接着说："下面我们请副厅长给我们讲话，大家务必做好记录，严格执行。"

沈德立将手中的笔重新拿起，开始准备记录副厅长的讲话。

副厅长是个看上去非常和蔼的老头，身上的警服笔挺，他信步走到讲台前，稳稳地坐了下来。

沈德立目不转睛地望着副厅长，他不太确信副厅长会做什么样的指示，因为那些冷案他也在处理，只是平时的主要精力还是放在现发的案件当中，每年的评比还是以现发案件为重点。

副厅长一开始还是比较客气的，他强调了侦破冷案的重要性，也提到好几起成功侦破的冷案，说完这些之后，他话锋一转说："成绩是不错的，可是我们欠下的实在太多，你们每个人自己看看吧，都有一些案子没有破获吧？如果你们如果站在全省的角度去看，数字大得真是可怕，我不说你们心里也清楚。"

沈德立心里横盘了一下，心想湾州积累下来的冷案肯定最多，省城发案率虽然不高，但人口数量最大，发案总量全省第一，未能侦破的冷案当然也是最多的。

副厅长继续说："特别是湾州……"

沈德立一听到湾州，头皮一阵发麻，他觉得接下来肯定是要挨骂了。

副厅长果然没有给沈德立面子："湾州作为省会城市，没有做好领头羊的榜样作用，几乎年年都有冷案剩下，破案率没有一年达到100%，反而其他一些小的城市经常做到了100%的破案率，湾州可不能拖后腿。"

副厅长说到这儿，一双浓眉大眼朝沈德立看了看，说道："沈德立，你有什么想说的吗？"

副厅长说完，会场上一片沉寂，气氛相当尴尬。

沈德立感觉到四周的空气中弥漫着火药味，他知道副厅长一定是想要杀鸡儆猴，拿他开刀那是最有效果的了。谁都知道，全省的刑侦实力是湾州最强，湾州都被批，其他城市自然也好不到哪去，如果不执行副厅长的指示，后果是可想而知的了。

沈德立心里最清楚，决不能在会场上不给副厅长面子，如果跟副厅长摆道理讲事实，肯定完蛋。他只是默默地坐着，眼睛转都不转，就那样默默地看着副厅长，装作虚心接受批评的样子。

副厅长见沈德立无话可说，语气稍稍变缓："湾州的冷案一直是个问题，这个问题甚至一直可以追溯到20年前。沈德立，你应该知道的吧？'黑色屠夫'，我想你是不会忘记的。可能在坐的各位不一定知道，我当时也只是刑侦总队普通的侦查员，听闻过这个案子。抓捕的时候，牺牲了一位民警，结果还让嫌疑人给跑了。我想到这儿，就是心疼，我们的民警不能白白流血。所以，我今天想说的是，我们全省所有的冷案都要列入必破名册，针对每一起案件都要有指定的责任人，有专人负责收集信息，掌握进度。"

沈德立的脑子"嗡"的一声，他听到"黑色屠夫"这个名字时脑袋简直都要炸开了，"黑色屠夫"是他心中永远的痛，副厅长毫不留情地撕开了他的这块伤疤，让他坐立不安。

沈德立心想，他何尝不想把"黑色屠夫"捉拿归案呢？可是这些年来，"黑色屠夫"一直不露踪迹，他找不到啊。

副厅长仍然在主席台上讲话，沈德立听得很清楚，他又一次提到了湾州："我记得七年前，湾州市余湾区檀溪镇发生了一起灭门案，沈德立，我没记错的话，那个案子最后也是搞得不明不白。你们湾州怀疑是内部作案，凶手逃窜而去，可是你们手头上并没有实在的物证呀。我说，像这类案件，必须重新展开调查，做到万无一失，该抓的还是要去抓回来，我们警察要主动起来，不能等社会影响出来了，我们再去动，那就太被动了。"

沈德立记得，檀溪镇的那起灭门案确实十分悲惨，当初他们分析是内部作案，父亲放火烧死一家老小，逃亡而去，只有一个小女孩幸存下来，她亲眼目击了她父亲放火的场面，可是找不到物证锁定犯罪事实，嫌疑人也一直在逃。

沈德立从皮包里拿出一包烟，又塞了回去，他心里想，现在时间一转眼过了七年，他也不知道那个女孩怎么样了，如果搞冷案，就从檀溪这起案子开始，毕竟还有一位幸存者。

终于熬到了散会，沈德立无心和其他城市来的那些刑警队长寒暄交流，便径直带着岑晰溪去了地下车库。

岑晰溪上了车，见沈德立坐在副驾座上沉默不语，心里知道沈德立一定是生气了。

岑晰溪刚才坐在会场后排，她聆听了整个会议的议程，副厅长谈起湾州时的不客气对她也造成了一定的心理冲击，谁都不想当着这么多人丢面子，特别是沈德立在湾州刑警心里，一直都是以全省刑警老大哥自居，现在被副厅长批得一无是处，不可能还高兴得起来。

岑晰溪转动了钥匙，车子启动了，她一踩油门，车子就冲出了车库。

街上的汽车川流不息，岑晰溪被拥堵在车流里，没有了招数，她见沈德立仍然低着头在那儿沉思，便说："沈队长，我们湾州哪有副厅长说的那么一无是处？我们不是一直都领先的嘛！"

沈德立没好气地说了一句："领先个鬼，领导说你行才行，否则你一年到头忙死了也没用，你一个小鬼，懂啥？"

岑晰溪不服气地说："那我们就干自己的，不和他们比，谁不知道我们湾州刑警强？"

沈德立轻蔑地笑了一声说："晰溪，你以为刑警队是你家开的？"

岑晰溪忽然说："对呀，湾州刑警队虽然不是我家开的，可是我家是刑警之家呀。我爸爸干刑警的时候，你可能还在读警校吧？"

沈德立不说话了，他靠在座椅上，眼睛只顾瞥着那些蚂蚁般行驶的汽车停停走走。

岑晰溪双手握着方向盘，见车子动也不动，怒道："不知道我们时间宝贵吗？交警呢，交警都哪儿去了？”

沈德立闷闷地说：“晰溪，你的时间很宝贵，可是人家的时间也同样宝贵。这个世界上，最宝贵的就是时间了。你看副厅长说得没错，冷案一冷下来，转眼就是几年十几年，甚至几十年，我们回去是需要好好反思一下，现发的案件固然要紧，可是那些冷案也不能不管。”

岑晰溪转过头来问道：“对了，沈队长，副厅长说的那个‘黑色屠夫’是真的吗？他还说抓捕‘黑色屠夫’时牺牲了一位警察，你知道那位警察叫什么？”

沈德立噘了噘嘴巴，半天才说：“那个‘黑色屠夫’是真的，当初实施抓捕行动的是我。”

岑晰溪尖叫了起来，她说：“沈队长，没想到呀，这段历史的缔造者竟然是你，没事，沈队长，我觉得缔造历史的价值远远大于案件本身。”

沈德立转过头来骂了一句：“糊涂，缔造历史有何意义？我们刑警存在的价值是什么？是缔造历史还是破案？案子不破是我们刑警的耻辱，副厅长没在会场说造成‘黑色屠夫’之遗憾是因为我沈德立，就已经很给我面子了。”

岑晰溪好不容易穿过一个绿灯，她不满地说：“这有什么错？谁规定抓捕凶手就一定要成功的？”

沈德立忽然暴怒起来，他说道：“那死去的兄弟要谁来负责？围捕‘黑色屠夫’时，我活下来了，而他却牺牲了，你说人家会怎么看我？这么些年来，我心里充满了愧疚。你不知道，死去的兄弟是我师父，本来他是不会死的，他是为了救我才死的。你不知道，我师父他还有妻子和女儿，你说我怎么去还这感情债？”

岑晰溪没想到沈德立会说这些，她从余光之中看到沈德立已经是满眼湿润，她不敢再吱声了。

岑晰溪继续开着车慢慢前行，她从沈德立的愤怒中感觉到，沈德立这辈子似乎都没有好好活过。

4

到了刑警队，沈德立中饭也顾不上吃一口，就让岑晰溪将前段时间准备的那份案件名单交到了他手里。

他看着厚厚的一叠打印稿，对岑晰溪说："晰溪，这样吧，你去帮我整理一下檀溪案子的材料，我打算从这个案子入手，有闲暇的时候搞一批冷案。"

岑晰溪皱着眉说："檀溪案？是副厅长说起的那起案子吗？"

沈德立这才想起，岑晰溪从来没有接触过檀溪的案子，便说："嗯，那案子是七年前的，你肯定不知道，那时候你才上高中吧？"

岑晰溪疑惑地问道："为什么要先搞这一起呢？"

沈德立晃晃手中的材料说："原因很简单，这一起案子有幸存者，而且还是目击证人，再说副厅长都提起了，要不是不去破掉，下回冷案汇报会，我怎么见人啊？"

岑晰溪会意地说："这倒也是，有目击证人就好多了。"

沈德立点头说："那是必须的，只是不知道那个小女孩现在何处？"

岑晰溪有些好奇地问道："是个小女孩？叫什么名字？你把名字告诉我，我去系统里查询一下就知道了。"

沈德立摇头说："想不起来了。案子是有些冷了，连幸存者名字我都想不起来了。晰溪，你去找苏法医他们，通知他们下午两点钟到会议室开会，专门研究这个案子，大家坐在一起回顾一下，应该很快就会熟悉了。"

岑晰溪离开了沈德立的办公室，便去了技术组找苏法医。

技术组自己有幢小楼，小楼看上去不是那么气派，但岑晰溪知道，几乎湾州所有的犯罪现场都是奋战在这幢楼里的技术民警勘查的，他们的工作没日没夜，因为案件从来不等人，案发了，就得及时赶去。

岑晰溪走到二楼苏法医的办公室门口，正好遇上苏法医从房间里面走出来，他看到了岑晰溪便说：“哇，晰溪，你亲自过来看我呀？”

苏法医接着立即补充了一句说：“准没好事。”

岑晰溪笑了，她说：“谁说没好事的？你如果想讨吃的，那肯定是要失望了，可事情却不是坏事情。”

苏法医装作傻愣愣的样子问道：“哦？说来听听？”

岑晰溪走进苏法医的办公室，在一张椅子上坐下，说道：“一大早我和沈队长一起去省厅开了个会，厅里要求侦破一批冷案，沈队长说要我准备檀溪案子的材料，可我一点都不知道，他让我来找你。”

苏法医立即说：“哦，檀溪案子，我知道的，那个现场我去过的，现在仍然记忆犹新，你要什么材料，我都可以给你。”

岑晰溪笑了笑说：“不仅仅要材料，沈队长还有个通知，要你们技术组下午两点钟到会议室开会，专门研究檀溪案子。”

苏法医恍然大悟地说：“原来是这样，研究老案子其实很没劲。檀溪案的凶手很明确，是他们家自己内部的事情，当初都定过性的，凶手就是他家那位父亲，现在一直在逃，通缉了好几年，他不现身，我们也没办法。”

岑晰溪歪着头说：“这个我不管，我只是听副厅长说，这个案子并没有现场物证支持，他的原话很难听，说案子搞得不明不白的。”

苏法医心里怔了一下，他说：“这倒也是，没有现场物证的支持是这个案子最大的遗憾，晰溪，你也知道火灾现场要取证有多难，他们一家子是被大火烧死的。”

岑晰溪忽然问道：“那位幸存者叫什么？”

苏法医想都没想就说：“齐思嘉，当时还只是个才读初中的女孩，现在估计都上大学了吧。”

下午两点钟，苏法医带着小刘来到会议室，见郝景天、卢定凯等人都已经坐在那儿闲聊了，岑晰溪也坐在那儿，大伙儿似乎正在开岑晰溪的玩笑。

岑晰溪见苏法医来了，便说："大家稍等一下哦，我刚从沈队长那儿回来，沈队长手头上有件急事处理一下就来，应该会很快。"

小刘挨着岑晰溪坐下说："晰溪，沈队长如果不来更好，七年前的案子，分析来分析去就是那么回事儿，不就是抓人的事吗？抓人找侦查员啊。卢定凯，你们侦查员只要抓不到人，就来找我们技术开涮，我说，你以为我们技术组真成了你们裹脚布了？"

卢定凯正坐在那儿翻看手机，听到小刘挑衅的话语，便抬头说："小刘，你什么意思？每年到了年终，谁得的奖更多？不都是你们技术组吗？我们侦查员要立个功什么的，不搭上半条命有戏吗？"

苏法医略带尴尬地说："可不，我们技术组搭上的是整条命，一年到头你看我们休息了几天？你看我们有几个脸色是比较正常的？"

小刘冷笑道："卢定凯，侦查员天天夹个包，等着我们技术拿出物证，我告诉你，没有！没有物证看你怎么办。"

岑晰溪见小刘的话有些火药味儿，便说："小刘，没有物证可不行，今天我和沈队长去省厅刑侦总队就被骂了，那种滋味不好受的。檀溪的案子如果有物证，今天就不需要研究了。说来说去，没有物证就是没有大米，无米之炊，你让侦查员怎么查？"

正吵得热火朝天，沈德立走了进来，会议室立即安静了下来，沈德立瞅瞅大家说："我找大家来就是研究个老案子，有必要这么严肃吗？"

岑晰溪见沈德立心情尚好，便说道："沈队长，他们正在争功邀赏呢。"

沈德立在会议桌中间位置坐了下来说："嗯，争了几十年了，什么时候争明白过？技术和侦查，是两兄弟，谁也少不了谁。这样吧，这次行动，如果大家齐心协力，把檀溪案子给破了，我给你们技术组和重案队分别申请一个集体三等功，你们看如何？"

小刘和卢定凯竟然同时鼓起掌来，沈德立呵呵笑道："看你们这点境界，成不了大事，你瞧人家苏法医，岿然不动，做事就是比你们稳妥。"

苏法医尴尬地笑了笑，小刘却说："苏法医是刘备级别的，我充其量算是个张飞，境界当然不能比。我只能做一些冲冲杀杀的事情，檀溪案如果重勘现场，我第一个去！"

沈德立翻开笔记本，拿起笔说："境界好像提高了不少，集思广益，谁先介绍一下情况？"

苏法医在一堆现场勘查材料中翻出现场勘查图说："沈队长，老规矩，技术组先说吧，老案子，如果大家没有一个清晰的现场概貌，恐怕不好分析。"

岑晰溪也翻开了笔记本开始准备记录，她知道这起重新启动的案子，虽然以前留下的材料不少，但是现在新投入的精力一定会带来意想不到的结果，她必须认真做好记录。

苏法医见沈德立默许了，便开始介绍道："现场位于余湾区檀溪镇南直街119号，户主叫齐海昌，男，当年41岁。齐海昌就是我们当年怀疑的嫌疑对象，他涉嫌纵火烧毁南直街119号的房子，然后不知去向。"

岑晰溪在笔记本上快速地记录着，她第一次听到齐海昌这个名字时便有些不祥之感，她盯着这个名字好一阵子，似乎有个人在她的本子上四处游动。

苏法医接着说道："当初报警的是齐海昌的邻居，是一位上了年纪的大爷。接到报警之后，先是消防队去了，大家也知道，消防队一去，剩下的就是我们后来看到的被水枪冲得乱糟糟的现场。我记得我赶到现场的时候，现场的火势刚刚被消防队控制住，但是整幢楼的烟雾还是很浓烈，齐思嘉就是从烟雾中被救出来的。"

沈德立在本子上重重地写出了齐思嘉的名字，他嘴里念道："齐思嘉，等等，苏法医，这个你重点说一下。"

苏法医中断了接下来的介绍，开始重点讲述齐思嘉的情况："齐思嘉，女，当年只有13岁，是齐海昌的女儿。我们在火场中找到的尸体是他死去的爷爷奶奶，以及她的妈妈和弟弟，现场总共发现了四具尸体。

"齐思嘉被救出来之后，一开始是昏迷状态，送到了ICU，两天之后才醒过来。我去医院看过她，她好像什么都记不起来了，而且非常惊恐的样子，成天就知道说'火火火'几个字。

"我们勘查工作持续到第三天，齐思嘉便恢复记忆了，但只是部分的记忆，她说她看到他父亲齐海昌纵火烧了家里的房子。"

沈德立这时候已经完全想起了当初的调查过程，因为在现场只发现了四具尸体，一开始他们就怀疑是齐海昌因为家庭纠纷烧了房子，他们针对齐海昌做了很多工作，可是一直没能定位到齐海昌。

齐思嘉恢复记忆之后，说亲眼目睹了他父亲点火烧了房子，这让当时的沈德立非常激动，这和他们对于现场的综合判断非常吻合，最后在排除外人介入现场的可能性之后，案子就这样搁置下来了，一张通缉令挂在网上挂了七年。

岑晰溪想了想问道："齐海昌烧着房子的时候，齐思嘉为什么不跑出来？"

这时候，小刘已经将他笔记本电脑上的现场照片投射到了投影仪前面的屏幕上。

岑晰溪见屏幕上是一张巨大的照片，照片中是一幢三层的平顶小楼，小楼的窗户冒着青烟，四周还可以看到有消防人员在那儿喷水，显然是最原始的抢拍照片。

小刘敲敲鼠标说道："齐思嘉不跑出来的原因就是因为她做不到，所有的门都已经被锁上了，她没办法跑出来。"

岑晰溪皱皱眉问道："那么起火点是在什么位置呢？"

小刘将鼠标拖到一个窗户边说："这儿，这里是一楼的厨房，火是从厨房里开始烧起来的，这和齐思嘉说的一致，这也许是我们当初分析定论的最佳依据。"

沈德立坐在那儿默默地看着他们在热烈讨论，他很享受这种氛围，觉得这些年轻人很了不起，特别是岑晰溪，他发现她成长得很快，几个月前她还只是个毛毛糙糙的大学毕业生，经过这几个月的磨炼，已然成了自己的得力助手。

沈德立见岑晰溪追问道："既然门都是锁的，那么齐海昌点火之后是怎么跑出来的？"

小刘扭头看了一下岑晰溪说："问得很好，这个问题也是当时我们争论的焦点，因为木门都已经被烧毁，很难判断真实情况。"

岑晰溪又问道："不是有锁头吗？"

小刘先开了个玩笑说："嘿，晰溪，你的进步很大嘛，是不是从沈队长那儿取了真经，来盘问我们了？"

岑晰溪骂道："小刘，你别老不正经，你想拍沈队长马屁就别拿我开玩笑，锁头的情况到底怎样？"

小刘瞄了一下一声不吭的沈德立，回过头来接着说："锁头是反锁的，这让我们非常纠结，我们后来反复问过齐思嘉，她说她什么都不知道，只看到他父亲点火之后跑了。"

岑晰溪皱着眉说："不会吧，深更半夜的，齐思嘉怎么就正好看见他父亲点火，而且她的爷爷奶奶、妈妈弟弟怎么都没逃出来？"

苏法医接上解释道："晰溪，这儿在座的除了你和郝景天没有参加过这个案子，其他人都参加过。大家心里都很清楚，齐思嘉说是半夜起来上厕所的时候看见的，她家的卫生间在一楼，她下楼正好看到他父亲在那儿点火，后来火势太大，她就晕过去了。"

苏法医顿了顿接着说道："尸体的检验表明，齐思嘉爷爷奶奶、妈妈弟弟都是烧死的，死因没什么争议，而且我们也提取了齐思嘉的血液，她的血液里碳氧血红蛋白含量很高，达到了中毒昏迷的标准。"

岑晰溪摇摇头说："我不是在怀疑齐思嘉，只是觉得这现场真的如同副厅长说得那样，有些不明不白。"

小刘瞪着三角眼，看起来很凶的样子，他说："晰溪，你别用副厅长来压我们，跟我们谈论现场，你还嫩了点。"

沈德立这才插了一句话说："小刘，你别动不动就上纲上线，人家晰溪也只是说说她的个人感受，你要允许有不同的声音。"

卢定凯干咳了一声说道："小刘，我最看不惯你这样，要人家不说，是要拿出东西来的，要不是齐思嘉后来的那句证词，那个案子你们技术一定得背锅。"

沈德立摆摆手说："好了，这个暂且不说了，接下来该轮到郝景天了吧？你中午查过齐思嘉的近况吗？"

郝景天坐直了身子说："沈队长，晰溪通知我之后，我就做了一些基本工作，我来说说吧。”

郝景天一边翻他的笔记本一边说：“齐思嘉，现在湾州大学读书，户口已经迁到了我们湾州市的余富区。”

岑晰溪“哇”了一声说道：“湾州大学，好个齐思嘉，大才女呀，看来当初的昏迷对她并没有造成不好的影响。”

郝景天接着说：“我查了所有的系统，还打电话给余富区那边的派出所，得知齐思嘉是在当年案发之后迁过去的。齐思嘉一家人都死了，爸爸也成了逃犯，她便迁到了余富区的姑妈家去了，初中和高中都是在余富区读完的，后来高分考进了湾州大学机械系。”

岑晰溪说道：“女生读机械系，恐怕全系就齐思嘉一个女生吧，我也是服了。”

小刘呵呵地冷笑起来，抢话说道：“女生报考刑警学院的应该也很少吧？”

岑晰溪不屑地说：“如果没有女生，刑警学院的男生早就跑光了。”

小刘打了个响指说：“同理，机械系也是这样，齐思嘉肯定是他们的系花，唯一的一朵花。”

沈德立挪了挪身子，认真地说：“别打岔，郝景天，齐思嘉现在果真在湾州大学机械系？”

郝景天点点头说：“我掌握的情况的确如此，她这个学期新开学应该是读大三了。”

卢定凯摸了摸头，朝沈德立说道：“沈队长，要不要我去找到齐思嘉了解一下她的近况？”

沈德立犹豫了一下说：“这个……待我想想，齐思嘉是一定要去找的，但不是现在这个时候，我担心的是，我们现在直接去找她，容易打草惊蛇。”

岑晰溪叫出了声，她敏感地问道：“沈队长，你不会是怀疑齐思嘉纵火吧？”

小刘哈哈大笑起来，说道：“晰溪，沈队长的话如果你都能懂了，你距离领导我们的日子也就不远了。”

岑晰溪沉下脸对小刘说："难道沈队长不是这个意思？"

卢定凯摇了摇头说："当然不是，沈队长是怕齐思嘉和她爸爸暗中有单线联系，时过境迁，一切都很难说。如果我们现在去找齐思嘉，如果他们真的有联系，齐思嘉很有可能会把情况告诉她爸爸，那不是打草惊蛇是什么？"

沈德立没回应，只是继续说道："我们最好先从外围去摸清楚，现场嘛再悄悄去看一看，一切各就各位。郝景天，齐思嘉的信息这一块就交给你了。"

郝景天不停地点头说："嗯，我知道的，密切注意齐思嘉的动向。"

苏法医显得有些为难，他说："沈队长，这都已经七年了，我估计人家的房子都已经拆了重建了吧？"

沈德立翘起二郎腿说："那可不一定，在农村这个很难说，再说，齐海昌一直逃亡在外，齐思嘉也迁去了余富区，谁来帮她重建房子？"

苏法医沉默了一会儿说道："嗯，我知道了，先去看看再说吧，如果房子已经重建了，那勘查现场就谈不上了，如果房子还是老样子，现在重新看看，那倒是蛮有意思的，我说小刘，这样的现场你有信心吗？"

小刘指指投影屏幕上的那幢冒着烟的小楼说："值得挑战，这种事我也是第一次干，七年前和今天相比，就算现场没有变，可是我变了。"

岑晰溪朝小刘笑了笑说："小刘终于说了句人话，七年前我还在读高一，如今我也变了。"

5

经过一下午的讨论，沈德立最后定下了基本方案，只要时间不冲突，檀溪案就按照日常开展工作。他心里清楚，办冷案不可能像现发的案子那般，因为时间久远，要找一条像样的线索比什么都难。

沈德立想，凡是办案子，只要暂时没有找到突破口，也只能按部就班地来，勘查现场、调查外围、重点访问、信息布控……这些套路他再熟悉不过了。

散会的时候，沈德立最后强调说：“大家要用心了，我们务必拿下檀溪这起案子，将齐海昌捉拿归案。侦查这边重点查找齐海昌的下落，技术这块工作当然是需要再夯实一下现场，看能不能在物证上锁定齐海昌，不然就算找到齐海昌，也很难将他送上法庭。”

苏法医和小刘走出了会议室，他忽然说：“小刘，趁现在时间还早，我们这就去檀溪镇看看？”

小刘抱着笔记本电脑在后面走着，电脑的电源线耷拉在他的膝前，不停地摇晃着，他有些诧异地说：“苏法医，有这么急吗？冷案就是冷案，现在去和明天去没什么两样吧。”

岑晰溪从后面窜上前里说：“正好我现在也有点时间，如果你们去现场，把我也带上吧。”

苏法医笑着对小刘说：“你看人家晰溪多有激情，一说看现场立刻就来了劲儿。”

小刘白了岑晰溪一眼说：“是，这不正好是菜鸟的典型特征吗？我那会儿刚参加工作，成天就盼着有案子，我师父都骂死我了。”

苏法医招手向岑晰溪说：“怎么样？开你的私家车去？”

岑晰溪先是楞了一下，才想起沈德立说的暂时不要泄露秘密，便说：“哦？好，我去换身便服。”

不一会工夫，苏法医带着小刘和岑晰溪便上了路，岑晰溪开着她自己的车子，这是一辆别致的红色Mini Cooper，空间小得让小刘有些不舒服，他说：“哎呀，不如开我的君威去。”

苏法医调侃道：“让你坐一回晰溪的车就不错了，还意见一大堆。”

岑晰溪专心地开着车，自己的车开起来更是轻车熟路，她说：“小刘，我以前看你每天都不太正经的样子，没想到你找痕迹的技术还真了得。”

小刘被岑晰溪一夸，心里乐开了花，他说：“晰溪，我们这遭去檀溪，我一定给你带回点什么。”

车子出了城市，穿过田野，来到了檀溪古镇，岑晰溪按照导航直接将车子开到了南直街119号的目的地。她在门口的一块空地上停下了车子，抬头发现七年前被烧毁的那幢楼依然是一座废墟，经过七年的风吹日晒雨淋，除了墙底下长了一些茂密的野草，整幢楼和现场的勘查照片上看起来没什么两样。

苏法医激动地说："一转眼七年了，现在站在这儿，当年的那些场景仿佛就在眼前，小刘，我记得你当时也只是个菜鸟，你还从后窗跌下来过呢。"

小刘解开安全带说："可不是嘛，我本来是想在那扇窗上刷刷指纹的，结果那些玻璃被我撞得粉碎，我后来想，说不定本来可以靠那扇窗破案的。"

岑晰溪熄了火，走出了车子，左右看了看那房子说道："小刘，你还夸口说要找出点东西，就这样的现场，我看你能找出什么东西来。"

小刘觉得空气有些闷热，他抬起头朝天上看看，又伸出手掌向自己的脸部扇了阵凉风，说道："这鬼天气，怕是要下暴雨了吧。"

岑晰溪边走边说："天气预报是这么说的，今晚有暴雨袭击湾州，看样子是要提前了，小刘，我问你呢，这房子你还有信心吗？"

苏法医凝眉说道："小刘经常喜欢盲目自信，晰溪，你别信他瞎说。"

三人说着说着便到了小楼废墟的跟前，岑晰溪见那三层高的小楼破败得不成样子，窗户上没一块完整的玻璃，蛛丝层层叠叠地缠绕着。

岑晰溪走到正门位置，见门敞开着，一眼就可以看见一楼里面的结构，屋内空无一物，地面上尽是枯叶、断枝和鸟粪。

岑晰溪正全神贯注地朝里看，忽然屋里面飞出一群不知名的小鸟，羽毛颜色漆黑，着实吓了岑晰溪一跳。

岑晰溪低声说："这真像是鬼屋的场景，我才知道，没人的破房子原来是这等的衰败。"

小刘朝屋里探了探头说："见多不怪，只有你这样的小菜鸟才这么多感慨，我早就习惯了这样的场景。晰溪，我和你最大的区别就在于，你在乎的是直观感受，而我找的却是痕迹的变化，苏法医眼中呢，当然尽是尸体上的证据。"

苏法医跨进了大门，他说："小刘，你来介绍一下当初现场情况吧，晰溪还是第一次来这儿呢。"

小刘走到大厅的中间，四周看了看说："还是原来的样子，除了这些鸟屎。"

小刘捏了捏鼻子，然后说道："晰溪，当初齐思嘉是在三楼被救下的，也许是楼层高，火势影响比较小，所以才得以幸存。"

岑晰溪疑惑地说："不对呀，齐思嘉为什么会在三楼呢？她不是说在一楼看到她父亲点火吗？"

小刘瞪了岑晰溪一眼说："齐思嘉当时只是个十三岁的孩子，可想而知她当时心里有多恐惧，她说她也去开过门，可是慌乱中门怎么也打不开，她是被大火逼到三楼去的。"

岑晰溪默默地站在那儿，她在脑海中感受着齐思嘉当时的慌乱和恐惧。

小刘继续述说："右后方是厨房，看到没有？现在门也没有了，齐思嘉看到她父亲在那儿点的火。爷爷奶奶的尸体是我左手边的那间卧室里发现的，她妈妈和弟弟的尸体在二楼，齐思嘉自己住三楼。"

苏法医接着说道："尸体的死因肯定没问题，虽然身体的大部分都已经烧焦成碳，但不影响死因的判断。"

岑晰溪问苏法医："可以去三楼看看吗？"

小刘瞅了瞅水泥楼梯说："应该没问题，我们上去看看吧。"

三人先后小心翼翼地沿着楼梯向楼上走去，楼底上尽是当年留下的灰烬，一只野猫忽然从楼梯口往窗外窜去，岑晰溪的心里一阵慌张。

在二楼的转弯处，小刘指了指左手边没门的房间说："齐思嘉的妈妈和弟弟的尸体是在这儿发现的。"

岑晰溪仿佛看见那张锈迹斑斑的钢丝席梦思上躺着两具烧焦的尸体，她摇了摇头，继续朝楼上走去。

到了三楼，苏法医说："就是这个房间，齐思嘉是被一位消防员发现的，她血液中的碳氧血红蛋白已经到了极限，如果发现不及时，就没有今天的故事了。"

岑晰溪站在房门口，她见那张单人木板床没有任何烧毁的痕迹，便说：

“是呀，她当时肯定是被熏晕的，如果没有邻居的及时发现，现在湾州大学可是要少一位高材生呀。”

一只小鸟在窗外啼鸣，岑晰溪的视线被吸引了过去，她看到齐思嘉这间房子后窗的正下方是个不大不小的菜园，菜园里种着一些果树，地面上杂草丛生，菜园边上堆放着一些断砖，爬满了野藤。

岑晰溪转头说：“既然没有物证，谁能保证齐思嘉说的就是真实情况，如果她说谎怎么办？”

天空中忽然出现了一道闪电，接着远远地传来了隆隆的雷声，苏法医看着越来越阴郁的天空说：“暴风雨要来了。”

6

深夜的时候，集聚了几个小时的乌云终于化为了狂风暴雨，倾泻在湾州的大地上。

费大雷看着窗外的暴雨无声地在地面上溅起水花，惨白的街灯将水雾照亮，宛如梦境一般。

费大雷想起晚餐的时候，他一位卫生局的老同学给他打来了电话，说安康医院正在招聘一位精神科主任，享受市里的特殊岗位津贴，问他要不要考虑一下。

费大雷觉得这有点像是人才市场上的猎头机会，市里的特殊岗位津贴不仅仅是个学术殊荣，那可是实实在在的一大笔钱呀，费大雷当时心里真的动了一下，但还是委婉地表示考虑一下再说。

晚餐后，费大雷脑海中一直盘旋着这个念头，要不是这场大雨来袭，他仍然坐在沙发上权衡这件事情的利弊。

费大雷想，自己在第七医院混得应该算是不错，虽然是精神一科的副主任，但因为主任的位置一直空缺，他实际上就是一把手，院长没有提拔他，可能还是考虑到他的年龄偏小，可是安康医院那边却网开一面，留学的海归可以加分，老同学说如果去竞聘一下，说不定可以拿下享有特殊津贴的主任一职。

费大雷最近经常帮助刑警队分析案子，他接触到许多变态杀手，这些人见人恨的杀手，在他眼里却不是这样的。

他知道，这些人的精神世界出了问题，他们需要的是一位精神科医生，只要精神世界变得正常，那么这些人就可以做回普通人，社会上也少一些受害者。

费大雷想着想着也有些心动了，如果去了安康医院，那边所有的病人都有精神病犯罪史，而且大部分人手上都有命案，他想去拯救这些严重偏斜的灵魂。

手机忽然响了起来，费大雷低头一看，屏幕上显示的是“齐思嘉”。

费大雷接起电话，心里有些疑惑，他说：“思嘉同学，你还没睡吗？”

齐思嘉的声音很孱弱，她说：“大雷医生，我本来已经睡了，又做个噩梦，结果被一声惊雷吵醒了。”

费大雷关心地问道：“思嘉同学，你现在学校的宿舍吧？”

齐思嘉的声音依然孱弱：“是的，大雷医生，今天是周末，同学们都回家去了，就我一个人在宿舍里。”

费大雷安慰道：“哦，那你别害怕，宿舍里还是很安全的，暴雨虽然大，但没什么关系，不会有什么事儿。”

齐思嘉沉默了一会儿说：“大雷医生，我刚才又梦见过去了。”

书桌上一盏暖色的台灯将房间装饰得很安详，费大雷在书桌前坐了下来，他说：“嗯，我知道你喜欢做梦，但梦只是梦，不用太在意。”

齐思嘉马上说道：“不，大雷医生，这梦不一样，我感觉像是真的，我又梦见我杀了我的父母。”

费大雷正要开始解梦，齐思嘉的话堵住了他：“还有我的家人，我还杀了我的爷爷奶奶，还有三岁的弟弟。”

费大雷吃了一惊，他知道齐思嘉的梦经常会出现这类杀死家人的场景，他虽然有自己的解释，但是也很担心这里边存在着其他的可能性。

费大雷脑海中一掠而过齐思嘉现在躺在床上的状态，他仿佛看到了齐思嘉身上宽松的白色睡衣。

在他的想象中，齐思嘉喜欢穿白色的睡衣，他说：“思嘉同学，你的梦越来越离奇了，你说你杀了你的父母、爷爷奶奶，还有你的弟弟，那么事实上呢？”

齐思嘉以前没有详细地向费大雷说起过她家的全部悲剧，只是谈起了她的梦境，于是她说：“七年前，我才十三岁，有一天晚上，我起来上洗手间的时候，看见我家的厨房着了火。我去开门，发现所有的门都关着，那时候火势相当猛，我被逼到了我自己三楼的卧室，后来我昏迷了。醒来的时候，我已经躺在医院两天了，那场大火烧死了我的家人。”

费大雷靠在椅子上，他被齐思嘉的这番话怔住了，他问道：“你说的这些是真实的，还是梦境？”

齐思嘉肯定地说：“我说的都是真实情况，因为我是唯一的幸存者，警察问我有没有看到火是怎么起来的，我说是我爸爸放的火。”

费大雷感到很震惊，他问道：“为什么呀？你为什么要跟警察撒谎？”

齐思嘉半天才说：“这是我家的秘密，我憋了这么多年，一直没地方说，大雷医生，我相信你，你不要告诉别人哦。”

费大雷没吭声，只是听齐思嘉继续说：“我爸爸是个坏人，他不仅在外面有别的女人，还经常打我妈妈和我，有时候连爷爷奶奶也不放过，那天晚上正好他不在家，一家人被烧死之后，我便说是他放的火，好让警察把他抓起来。”

费大雷纳闷地问道：“思嘉同学，其实你并没有失忆？”

齐思嘉顿了顿说：“这些我都记得，可其他的都想不起来了。”

费大雷追问道：“其他的？还有其他的什么事情？”

停顿了好一会儿，齐思嘉才说：“我刚才就梦见那把火是我放的，梦中的我站在三楼卧室的窗边，有些不想活了，想要跳下去，但又害怕爷爷奶奶、妈妈弟弟受苦，便想到了放火，那样一家人都可以摆脱爸爸的魔爪。”

“我放火之前，将那些门都锁死，然后点燃了厨房，自己回到三楼的卧室，躺在那儿等待死亡。”

“然后，一声惊雷就把我吵醒了。”

费大雷坐在那儿半天说不出话来，他闭上眼睛想，齐思嘉到底说的是梦境还是现实？他已经无法判断。齐思嘉刚才说的那些，是典型的扩大性自杀表现，往往会有自杀者担心自己家人活着受苦，便将对方一起杀死。

也许是费大雷半天没说话，齐思嘉主动地问道：“大雷医生，你在听吗？”

费大雷连忙说：“思嘉同学，我在听呢。”

齐思嘉接着说：“大雷医生，你可以为我保守秘密吗？我跟你说这些是因为信任你，因为你是我最信任的心理医生。”

费大雷下意识地点点头，好像齐思嘉就坐在自己对面似的，他说：“思嘉同学，你放心，你的这些梦境确实有些离奇，我会为你保守秘密的。”

挂了电话之后，费大雷再也坐不住了，他又站起身来，见窗外的大雨越下越大，街面上已经积水成河。

费大雷有些后悔，他不该答应为齐思嘉保守秘密，他觉得齐思嘉所说的也许就是一个接着一个的谎言，她隐瞒一切只是为了求得心安。

7

天亮的时候，岑晰溪爬下床，站在窗边看了看，她发现小区路面的积水已经像是池塘，心想昨晚如此大的暴雨竟然没有吵醒自己。

正在刷牙的时候，岑晰溪听到手机响了，她放下水杯，跑到客厅，拿起手机一看，竟然是沈德立打过来的，她心里一惊，莫非又有案子了？

岑晰溪接起电话，电话里的沈德立声音有点沙哑，他说：“晰溪，我也是刚接到电话，说是余富区有个现场出了点事儿，今天我有点不舒服，你过来接我一下吧。”

岑晰溪抽出一张纸巾擦了擦嘴巴说：“嗯，好的，我先去刑警队把你的车子开过来，余富区出了什么事？”

沈德立简单地回答道：“还能有什么事？昨晚下暴雨，工地塌方，死了二十多个民工。”

岑晰溪尖叫一声道：“死了二十多个？我的天，怎么会这样？”

沈德立接着说：“是塌方。你慌什么，市里面要求我们去排除一下凶杀的可能，塌方的山体将一排工棚埋了，主要是民政局在处理，我们刑警队过去只是把把关。”

岑晰溪第一次听到如此巨大数量的死亡人数，她定定地站在那儿，半天才回过神来。

妈妈穿着睡衣从卧室里出来，见岑晰溪呆呆的样子便问道：“又出事了？”

岑晰溪一般都不和妈妈谈论工作上的事情，可这一回她忍不住说：“死了二十多个民工，妈妈，这太惨了。”

妈妈好像没什么反应，只是面无表情地说：“晰溪，路上小心点。”

岑晰溪出了门，直奔刑警队，换了车子之后，便急匆匆赶到了沈德立家的小区。

沈德立爬上车的时候，岑晰溪见他好像萎靡不振的样子，便说：“沈队长，是不是感冒了？”

沈德立点头说：“是呀，也不知怎么搞的，头沉得厉害，全身没力气。”

岑晰溪踩了油门之后说：“沈队长，那你要注意身体呀，今天这事儿如果处理得顺利，我们还可以继续檀溪的案子，如果出了什么意外，檀溪的案子又得放下了。”

沈德立抖抖腿说：“能出什么意外呢？二十多人死亡，虽说不是小事，可对于我们刑警来说，只要排除凶杀的可能，就可以收工，善后处理归民政局管，我们不用操心。”

岑晰溪一路向余富区开去，她看到导航的目的地后觉得有些熟悉，便问道：“余富区旧登工业区，这不是齐思嘉后来居住的地方吗？”

沈德立转过头来问道：“是吗？”

岑晰溪有些激动地说：“这也太巧了，昨天郝景天不是说齐思嘉在她家人死了之后就迁到了余富区旧登工业区她姑妈家吗？”

沈德立咳嗽了一声说道："嗯，好像是说在旧登工业区，但这没什么关联吧。"

岑晰溪稳稳地驾着车，她说："是没什么关联，我只是觉得有点巧，办檀溪的案子，我们总有一天要去调查的吧，今天算是看一下路况。"

沈德立闭上眼睛说："什么乱七八糟的，晰溪，你的想象力是不是太丰富了，你慢慢开，我先休息一下。"

岑晰溪不说话了，默默地开着车子向余富区的旧登工业区开去。

忽然，沈德立的手机响了起来，沈德立抓起手机说："嗯，苏法医，什么事？"

岑晰溪耳尖，她清晰地听到苏法医在电话另一头说："沈队长，不好了，这边真的出事了。那二十几位民工的尸体没什么问题，可是现场发掘队从山体中挖出一具尸骨，我初步判断，这尸骨至少也有五六年了，尸骨上有刀砍的痕迹，应该是被人杀死之后埋在这儿的，这会儿因为山体塌方，尸骨自个儿暴露出来了。"

沈德立挂了电话，骂了一句："真是哪壶不开提哪壶，那边死了二十多人还没定论，这边又冒出具陈年尸骨，骨头上还有刀伤，分明是杀人埋尸嘛。"

岑晰溪加大了油门，车子像离弦之箭一般向旧登工业区奔去，她说："沈队长，别怪我多嘴，我只是觉得，坏事情总是跟着刑警转，这两件事情不知道有没有直接的相关性。"

沈德立愤愤地说："不可能，没有这么巧的事情，等我们到了，看看现场情况再说吧。"

二十几分钟之后，岑晰溪将车子开到了塌方现场的附近，还没等车子停稳，沈德立便拉开了车门，一脚踏在了地上，地面上的泥泞将他那双黑色锃亮的皮鞋一下子埋住了。

沈德立顾不上那么多了，他拔腿就往现场的中心走去。

岑晰溪跟在后面，她看见前面一个巨大的山坡滑落在山脚，整座坡面露出鲜亮湿润的黄土，山脚下一排黑顶的工棚只剩下了半截，几台挖掘机正在忙碌地挖去压在工棚上边的泥土。

一群站在那儿指指点点的人们将岑晰溪的注意力吸引了过去，她远远地看见工棚对面一块狭窄的空地上，摆放着二十多具尸体，那些尸体都已经被清洗干净了，看上去仿佛只是躺在那儿安静地睡去，最边上还有一位十岁上下的女孩尸体，稚嫩的脸上似乎还存留着美梦的香甜。

岑晰溪心里像是被一把尖刀戳了一下，她眼睛一酸，差点就哭出声来。

苏法医穿着一身防雨服在工棚前面检验尸骨，见沈德立和岑晰溪来了，便说："沈队长，尸骨是刚刚挖出来的，我判断死亡时间是五年前，男性，25 岁左右，按照长骨计算，身高应该是 167 厘米。"

苏法医接着汇报道："尸骨发现的位置就在工棚右手边，据小刘分析，埋尸的深度其实不是很深，最多四五十公分，但这个位置以前一直是荒地，工棚搭建在这儿是因为这儿要挖掘一条隧道，要不是这场暴雨，这尸骨应该不会被发现。"

沈德立看了看尸骨，见尸骨只剩下一副骨头了，所幸穿着的服装没有腐败殆尽，还有一些残片可以分辨。

沈德立见旧登派出所的余所长也站在一边，便问道："余所长，前几年工业区这一带有人失踪吗？"

余所长想了一会儿说："失踪人口是有的，但大多是女性，25 岁左右的男性，我记得好像没有，我回去让人再查一查。"

沈德立有些失望，他回头继续查看那具尸骨，没想到余所长又在耳后说道："沈队长，我想起一件事来，工业区这边曾经发生过一件事，也是五年前的事情，我担心那件事和这有关。"

沈德立皱着眉回头看余所长，余所长的脸上阴云密布，他说："五年前，旧登工业区这边有个旧登第二中学，现在因为工业区规划已经搬迁了，那时候经常有女生放学的时候遭到性侵害，虽然没出人命，但引起了学校方和家长的极度愤慨。我们派人过来查了案子，锁定了附近村里一个绰号叫作'二流'的小子，那小子成天游手好闲，有目击者反映，'二流'经常出没在一些孩子放学的路上。"

岑晰溪非常好奇，着急地问道："那后来呢？"

余所长瞟了岑晰溪一眼说："后来，我们实施了抓捕计划，可是等我们半夜里冲进他家的时候，‘二流’已经不知去向，他到底去了哪儿，还是个谜。”

沈德立沉思半晌，说道：“余所长，我要这个系列性侵案子的所有细节。”

余所长殷勤地说：“嗯，没问题，我这就让所里的民警把档案都找出来，我们所里条件不好，可档案保管还是蛮好的，沈队长，你放心，要不了多久，档案就可以就绪，你是到所里去研究呢，还是我让他们送过来？”

沈德立点点头说：“这边不是很方便，待会儿我们去所里看看。”

苏法医继续检验那具尸骨，他将缠绕尸骨的那些碎布片一块一块细致地取下来，然后铺在地面上拼接起来。不一会儿，地面上竟然拼出了一整块灰白色的布料，布料上赫然可以看出两个红色大字：“畜生”。

岑晰溪尖叫道：“畜生，一定是凶手写的吧？”

沈德立蹲下身来细细地看，这两个字写得算是工整，笔触虽然有些幼稚，可应该还算得上训练有素，他脱口说道：“这字是用什么写的？”

苏法医正趴在地面上研究这两个字，听到沈德立的问话之后，他说：“我感觉有些像蜡笔，对，应该是红色的蜡笔书写的，不然估计早就褪色殆尽了。”

岑晰溪疑惑道：“蜡笔？凶手是个学生？只有学生才会想到使用蜡笔吧？”

余所长附和道：“我比较支持晰溪的判断，如果是学生作案，那么这具尸骨还真是‘二流’的尸骨了，‘二流’侵害的是女学生，说不定就有哪位伸张正义的男生看不过去，想到向‘二流’下手。等我们要去抓捕‘二流’的时候，他已经先下手为强了，我们还一直以为‘二流’畏罪潜逃了呢。”

苏法医面对着尸骨继续说：“这个问题不大，我们提取一根骨头回去进行DNA检验就可以了，余所长，你负责去给‘二流’的父母亲采血，我们需要他们的血样进行亲子鉴定。”

余所长摇头说：“这个‘二流’是个孤儿，父母早亡，不过，以前那些案件中从女生身上提取到一些精斑，这样应该也可以比对吧？”

苏法医回头说："当然可以，至少可以确定这具尸骨是不是性侵害案件的嫌疑人，但要确定死者是不是'二流'，还需要有他的家人DNA才行。"

余所长沉思了一会儿道："这个应该有办法，我记得当时我们找了'二流'的一些亲戚做材料，那些亲戚中总能找到可以进行比对的对象。"

沈德立心里其实已经非常坚定地相信，眼前的这具尸骨就是五年前失踪的性侵案嫌疑人"二流"，岑晰溪和余所长刚才的分析判断虽然有些肤浅，可是目前看来，事情也许就是这样。

沈德立回头看了看后方那二十多具尸体，心里一阵悲凉，他干了一辈子的刑警，从没有看过如此多的尸体触目惊心地排列在一起，可眼下这具尸骨急着等他去查明真相，也只有暂时再见了。

沈德立和民政局的一位领导碰过头之后，交流了一下自己对于塌方事件的看法，然后就跟岑晰溪折回到停车的地方，打算去派出所研究那些老档案。

来到旧登派出所，余所长将沈德立和岑晰溪带到了三楼的会议室，一堆档案已经摆放在了会议桌上。

余所长去给他俩泡茶，沈德立在档案堆前坐了下来，开始翻看那些已经发黄的档案资料。

一杯茶的工夫，沈德立便快速地将整个案件回顾了一番，他发现当时这个系列案子，派出所的刑警中队花费的精力还真不少，笔录做得非常细致，询问的对象有老师、学生、家长、村民……甚至包括一些路人，正如余所长所说，各方资料显示，"二流"便是性侵案最大的嫌疑人。

沈德立这边放下心来，可是他知道现在重点不是"二流"性侵的事情了，而是事件已经转化为"二流"被杀案。"二流"虽然是个十恶不赦的罪人，可他现在被杀，背后的那位凶手也是罪不容恕。

沈德立喝尽最后一口茶水，茶水又苦又涩，他放下茶杯，看着眼前翻开的一本材料发呆。

岑晰溪也在一边翻开材料，她用手指着材料说："沈队长，正巧这里有一份齐思嘉的笔录。”

沈德立正在沉思当中，忽然听到齐思嘉的名字，回过神来说道：“齐思嘉？她当时也在这边读书？”

岑晰溪的手指一边往下移，一边说道：“是的，这份询问笔录表明，齐思嘉当时也在旧登第二中学上学，笔录是一位侦查员做的，主要问询内容是有没有被人跟踪过，有没有见到过可疑的嫌疑人，有没有听说谁有什么不良动向。”

沈德立轻轻地问了一句：“结果呢？”

岑晰溪将卷宗推给沈德立，说道：“结果是，齐思嘉表示既没有被跟踪过，也没有见过可疑的嫌疑人。”

沈德立将岑晰溪推给他的卷宗朝自己身边挪了挪，果然看到了“被询问人”一栏上面的“齐思嘉”三个字，他第一回觉得这三个字看起来怪怪的。

他快速地浏览了一遍这份笔录，然后说：“说到齐思嘉，这里正好麻烦一下余所长找几个人。”

余所长正提着热水壶过来给沈德立加水，他说：“这算什么麻烦，沈队长的指示就是命令，你说吧，要我去找谁？”

沈德立眯了眯眼说：“就是去找这个齐思嘉，我们余湾区檀溪镇七年前有个案子，你听说过的吧？”

余所长低头看了看卷宗上的名字说道：“大致听说过，具体不太清楚，好像是个灭门案吧？”

沈德立点头说：“也算不上什么灭门，外边传得神乎其乎，我们当初怀疑是齐思嘉的父亲纵火烧死了他自己一家，后来一直在逃。这个齐思嘉是现场唯一的幸存者，后来她去了你们旧登工业区这边的姑妈家生活。”

余所长不停地点头，说道：“我知道了，你要我找谁？”

沈德立认真地说：“听说这旧登第二中学已经搬迁了，但我还是想要找到齐思嘉当时的班主任和任课老师，想了解一下当初有没有陌生人找过齐思嘉。”

余所长眼睛一亮说：“哦，我懂了，你在查齐思嘉的父亲，怀疑他和齐思嘉有来往，想通过这根线找到他？”

岑晰溪插了句话说：“就是这个意思，我们正在执行省厅的指示，要侦破一批冷案，齐思嘉的父亲就是我们想找到的第一个嫌疑对象。”

余所长说：“沈队长，你看现在我们的‘二流’案子如果找到凶手，不也是意外地破获一起冷案吗？”

沈德立的手指敲敲桌面说：“嗯，这两起案子都得破，找齐思嘉父亲先不用急，你们这‘二流’的案子要摆在前头。”

沈德立知道，“二流”被杀案不仅仅是时隔五年的冷案，从发现尸体的时间来说，这是要列入今年破案指标的新案件，省厅规定，不管案子什么时候发生，发现尸体才是案件的开始，今年的案子就必须今年破，这没什么可以商量的。

沈德立当即在旧登派出所成立了专案组，一大批风尘仆仆的侦查员随后都赶到了旧登，要寻找五年前杀死“二流”的凶手，想想都是一件困难的事情。

沈德立冷静下来理了理头绪，和其他现发案件不一样的是，他率先召开了一次专案组碰头会，明确了案件调查的重点目标，要求三天之内必须找到所有当时性侵案件受害人本人以及家人和朋友。他担心是某位受害人的关系人杀害了“二流”。

当侦查员像鹰一样被撒出去之后，沈德立坐在会议室里觉得压力重重，特别是当他想到这位凶手很有可能只是一位学生的时候，他更加感到无比焦虑。五年过去了，以前的那些学生大多都已经上了大学，要去寻找这样一位嫌疑人，他觉得完全没有信心。

但是沈德立刚才不是这么说的，这只有岑晰溪懂，沈德立经常那样鼓舞专案组，实际上他自己心里一点底都没有，沈德立刚才说：“我相信，通过我们的努力，一定会抓住那位杀死‘二流’的黑衣人，希望大家齐心协力，尽快破获本案。”

沈德立忽然想到了齐思嘉，一转眼从一位中学生变化成了大学生，年龄心智都已经发生了极大的变化，如果像她这样的孩子犯了罪，如何去挖出她们的罪行?

正想着，岑晰溪忽然说："沈队长，我想到了一个方法，不知道是不是管用。"

沈德立转过头来问道："什么方法?你说说看。"

岑晰溪将手机中那张写有"畜生"二字的布料照片展示给沈德立看，然后说："沈队长，你现在不是要从学生入手吗?如果我们能找到那些学生的笔迹，不是可以比对吗?"

沈德立苦笑了一下说："找到那些学生的笔迹，谈何容易?就是要找到那些学生的本人都很困难，你不知道五年过去了吗?孩子们都长大成人了，就算凶手是他们其中的一个，他们也已经学会了伪装。"

岑晰溪摇摇头说："不用找人，我们去找学生的档案，如果学校里存留了学生以往的考试试卷，那么也是条捷径。我记得我们的笔迹鉴定专家范旭辉曾经说过，一个人的笔迹很难改变，相同的字很容易可以进行同一比对鉴定，即使是不同的字，相同的笔画也能看出蛛丝马迹。"

沈德立心中一亮，心想这似乎也是个办法，只是要去比对当时所有学生的试卷笔迹，工作量实在太大，但相对比找人容易得多，于是他说："谁知道学校里有没有保存那些试卷。"

余所长连忙说："我这就给旧登第二中学的校长打电话，只要试卷在，我让他马上向刑警队开放档案室。"

沈德立乐坏了，他说："只要试卷在，我也马上让范旭辉带几个人过来，从试卷中找到'畜生'笔迹的主人。"

8

费大雷终于决定参加竞聘安康医院的主任职位，他不仅看中主任一职的学术地位，也看中这个职位享受的特殊津贴。

他向卫生局的同学要了一张报名表，填好之后找医院院办盖了章，然后顺利地将报名表寄给了安康医院。

费大雷其实挺担心院长会阻挠，没想到事情却比较顺利，院长只是稍稍问了一个无关痛痒的问题，就放了他，不然没有院长的同意，院办不可能盖章的。

晚上，费大雷正在准备演讲稿，因为最终的候选人将去安康医院进行演讲，这个环节占了一小半的分数。

费大雷发挥他曾经留学的优势，收集了世界上许多关于精神病人犯罪方面的最新资料，在将来的演讲中，他将突出这些内容，他的意图就是要将安康医院的治疗和管理带向国际化。

时间不知不觉过了午夜，费大雷觉得有些困了，他不知道今天为什么觉得特别困，心想不会是因为白天填写竞聘申请表过于激动了吧。

费大雷正想去洗漱休息，这时候手机却响了起来，他抓起手机一看，又是齐思嘉。

费大雷心里想，齐思嘉昨晚半夜给他打电话，诉说了半天，搞得他心里慌兮兮的，今天又来电，莫非她又做了什么噩梦了？

费大雷接起电话说：“思嘉同学，你怎么了？又被噩梦惊醒了？”

齐思嘉孱弱的声音还是和昨晚一样，她说：“大雷医生，我怎么也睡不着，不知道是怎么了。”

费大雷心里一惊，原来齐思嘉不是做了噩梦，而是失眠。他心想齐思嘉的问题越来越严重了，她本来就有抑郁加焦虑的症状，现在如果经常失眠，那么可以说抑郁症有可能会变得严重。

他安慰道：“思嘉同学，你尝试过闭上眼睛吗？”

齐思嘉回答道：“一直都闭着，就是睡不着，大雷医生，我是不是没救了？”

费大雷淡淡地笑了一下说：“思嘉同学，你说得过于严重了吧，一点小抑郁而已，可以通过你自己强大的理智去克服一下，我相信，理智可以战胜抑郁。如果实在不行，你可以到医院来，我帮你开点抗抑郁的药物，那样的话，也许病会好得快一些。”

齐思嘉沉默了许久，然后才说：“我觉得活着非常辛苦，除了大雷医生你，我什么人都不想理，这个世界没人可以信赖，就算是爱人，也会遭到无情的背叛。虽然我没想过要带走什么，可总有些事是命运使然。”

费大雷听着齐思嘉的这番话，他一下子很难理解其中的意思，他只是觉得齐思嘉病情突然加重了许多，如果没有药物治疗，病情可能会失控，严重的话可能会走向极端，于是他说：“思嘉同学，这样吧，你明天还是过来一下，明天我没有门诊，你直接到我精神一科的病房找我，我给你开点药，改善一下你的心情。你长期这样下去不好，会影响学习，大三都是专业课，对你未来的就业很重要。”

齐思嘉没有直接答应下来，只是说：“大雷医生，谢谢你一直以来对我的关爱和信任，我现在觉得有些困了，我希望这一觉可以睡个天长地久。”

午夜，湾州大学静谧得只有一些不夜虫在轻声低吟，操场、教室、图书馆早就空无一人了。

此时的女生宿舍群楼灯光尽已熄灭，古朴的红砖外墙在月色下显得有些冷清，暗黑的树影在墙面上慢悠悠地摆动，像是鬼魅的舞蹈。

齐思嘉的宿舍在506幢的二楼，这幢楼共有11层，今天晚上一些湾州本市的学生回家去了，但大部分学生还是留在了学校，宿舍里细细的呼吸没人可以听见。

齐思嘉此时坐在她宿舍里自己的书桌边，宿舍里只有她一人，其他同住的三位女生都已经回家去了，只留下了她孤零零的一个，她觉得一个人也挺好，可以做自己要做的事情。

齐思嘉没有家，姑妈那儿虽然也是个去处，但她觉得毕竟是不一样的。姑妈对她很好，可是她还是觉得别扭，她记得以前偎依在妈妈怀抱里是多么幸福，可那些幸福被她残暴的父亲像云烟一般地驱散了。

齐思嘉的书桌上也有一盏漂亮的台灯，可是她没有打开灯，宿舍里只有月光透过窗户的玻璃照亮她惨白的脸。

齐思嘉手里拿着一只打火机，她几度点亮了火焰，一次又一次地熄灭，她在矛盾和重重的顾虑中煎熬。

齐思嘉怎么可能会忘记，七年前是她点燃了那把火，她一直跟费大雷倾诉说那是她的梦境，其实也是没办法的事情，她担心真相全败露。

她第一次跟费大雷倾诉，那是因为这个沉重的包袱压得她无法呼吸，她无处诉说，唯一能找到的倾诉对象就是费大雷了，她让费大雷承诺为她保守秘密之后，才最后道出了杀死父母的真相。

可是后来她后悔了，她担心费大雷不能为她保守秘密，便搪塞说那只是她的梦境，费大雷果然相信了。

虽然骗过了费大雷，可是齐思嘉骗不了自己，自己杀死了无辜的家人，她肯定于心不忍，如果那次她没有被消防人员从火场中救出，她就不会有今日的心结。

近日来，她真的感觉到了绝望，她也不知道这些绝望是如何钻进她的心灵的，这种感觉和七年前一模一样，她甚至都不敢回忆那天晚上她点燃了厨房。

想到这儿，齐思嘉无意识地又一次点亮了打火机，打火机小小的火舌像是幽灵在月色下扭动着腰肢，无声无息地在积蓄能量。

“思嘉同学，你说得过于严重了吧，一点小抑郁而已，可以通过你自己强大的理智去克服一下，我相信，理智可以战胜抑郁。”

齐思嘉仿佛听到费大雷的声音又一次在耳边响起，她信任费大雷，可是她无法战胜自己，如果理智都可以战胜抑郁，那么这世上就没有抑郁患者了。

齐思嘉再次摁灭打火机，又重新点亮，她发现那扭动着腰肢的火舌是那么具有诱惑力，谁能想到，这小小的火舌可以无限放大自己，毁灭一切踌躇和痛苦。

齐思嘉感觉到自己的精神世界像是长满野草的荒原，那些野草尽已枯黄，只差那么一把火，整个世界就会归零。她需要归零，她觉得她的人生太沉重了，一次又一次的失去，已经让她再也不能承受。

火光映红了天际。

费大雷从来没有见过这么猛烈的火焰，那些火焰没有声音，如同一部无声电影，只顾炙热地燃烧着。

忽然火焰中露出一张毫无表情的脸，那脸扭曲得像是挪威画家爱德华·蒙克的画作《呐喊》中的那张脸。

费大雷心里充满了恐惧，他见那张脸不断地向他靠近，直到可以看见那张脸上忽明忽暗的火光。

等那脸逼到眼前的时候，脸上的一张大嘴巴突然像章鱼的吸盘一样朝他伸过来，肥厚的嘴唇将费大雷的整个脸部紧紧地吸住。

费大雷感觉到一阵窒息，完全没法呼吸，他“啊”地大叫起来。

卧室里暖色的台灯安详地亮着，费大雷发现原来刚才只是一场梦，自己竟然不小心在书桌前睡着了。

费大雷揉了揉惺忪的眼睛，看了一下手机，发现已经0点59分。

费大雷有种倒计时的感觉，0点59分，下一分钟就是1点钟了，他忽然有种不祥之感。

“我感觉没有生的欲望，觉得活着非常辛苦，除了大雷医生你，我什么人都不想理，这个世界没人可以信赖，就算是爱人，也会遭到无情的背叛。虽然我没想过要带走什么，可有些事是命运使然。”

齐思嘉的声音好像穿过天际，在费大雷的耳边萦绕，他反复地想着齐思嘉那最后一句话：虽然我没想过要带走什么，可有些事是命运使然。

费大雷忽然冒出了一身冷汗，他感觉齐思嘉也许是要在今晚自杀，否则她为什么会说这些？而且在建议她明天来医院开药之后，她并不为之所动。

费大雷看着“0时59分”即将消失，一阵突如其来的惶恐像巨浪般袭来，他抓起手机刷开屏幕，此时屏幕上正好显示出“1时00分”。

费大雷按下了齐思嘉的电话，急切地等待着齐思嘉接通电话。

“您所拨打的电话已关机……”

电话听筒里传回了熟悉的女音。

费大雷心里更加着急了，他心想，齐思嘉已经关闭了手机，很有可能真的要自杀了，就像刚才自己梦见的那样，如果她放起火来，整幢宿舍楼都会遭殃，那样会伤及多少无辜？

费大雷急忙拨打了沈德立的电话，他又一次将手机紧紧地贴在耳边，等待沈德立接通。

过了好一会儿，沈德立的声音才从听筒中传来："大雷医生，这么晚，有什么事吗？"

费大雷急切地说："沈队长，我的一位病人现在想要自杀，我也不知道该怎么办，如果我直接报警肯定来不及了，沈队长，现在全靠你了。"

沈德立此时正睡得稀里糊涂，他听费大雷语无伦次地在那儿求救，觉得非常诧异，于是问道："大雷医生，你说的这些是真的？"

费大雷急死了，他解释道："当然！我长话短说，我的一个病人叫齐思嘉，是湾州大学的学生，长期患有抑郁症，我现在预感到她要放火自杀。沈队长，你要知道，她要放火的地方是学生宿舍，如果一旦失火，后果不堪设想！"

沈德立听到齐思嘉的名字，睡意一下子全被赶跑了，他说："大雷医生，齐思嘉是你的病人？"

费大雷着急地说道："是的，一直都是，一直以来她跟我说她梦见了她曾经烧死了她的家人，我怀疑那根本就不是梦，而是事实。沈队长，你们檀溪镇到底有没有发生过这种事情？"

沈德立额头上马上冒出了汗，他说："大雷医生，我们一直以为檀溪的案子是齐思嘉的父亲所为，看来是我们搞错了。"

费大雷镇定地说："沈队长，那是齐思嘉在撒谎，你相信我，齐思嘉今晚必有事情。"

沈德立淡淡地说："好吧，大雷医生，我会安排好一切的。"

费大雷挂了电话，他急匆匆地往楼下跑去，他要亲自赶到湾州大学，因为他坚信那儿即将发生大事，齐思嘉将成为湾州大学的梦魇，如果这件事情需要他出面去阻止或者降低事件后果的严重性，他愿意努力去做。

费大雷对齐思嘉还是有信心的，如果他能尽早赶到，将齐思嘉从抑郁的沼泽地里拉出来，事件也许就会因此而终止。

费大雷风驰电挚地驶往湾州大学，一路上他也顾不得那么多了，他不太清楚他到底有没有闯过红灯。他希望他的预感是错的，他希望齐思嘉就算要放火自焚也还在犹豫，他希望齐思嘉能多给他一点点时间让他有说服她的机会。

时间过了十多分钟，电话突然响了起来，费大雷在汽车多媒体面板上接通了蓝牙电话，问道："哪位？"

来电是沈德立，沈德立在那边咆哮道："大雷医生，那边的火已经烧起来了，好在消防队提早了几分钟出发，现在他们已经到达现场，据说火势很猛，我也正在去现场的路上！"

费大雷眉头皱了一下说："还是让她点燃了，我本来是希望能赶在她之前。沈队长，我也在路上。"

沈德立接着说："已经很好了，只要整幢大楼不烧起来就问题不大。大雷医生，如果能把齐思嘉救出来，我想她更需要的是你吧。"

费大雷想到齐思嘉平时那副病恹恹的样子，心里一痛，说道："沈队长，你不知道，齐思嘉其实是个很好的孩子。"

沈德立沉稳地说："好不好就看她做了什么事情了，大雷医生，我的看法跟你不一样。"

费大雷想到，如果齐思嘉真的一直在蒙骗自己，当初她是真的放火烧死了她的家人，那不用说，这是严重的犯罪行为。

费大雷想不通的是，他很难将齐思嘉初中时候的萝莉形象和一个杀人狂魔联系在一起。

费大雷驾着车子已经靠近湾州大学了，他看见远处湾州大学的天空中有一片明亮的黄白色，夜空中可以看到浓浓的黑烟慢慢地蠕动，他知道那火已经烧得不小了。

在学校的大门口，费大雷被保安截住，正在解释的时候，一辆警车闪着警灯开到了面前，车子里坐着岑晰溪，岑晰溪叫道："大雷医生，这边来，坐我们的车子进去。"

费大雷急匆匆地上了岑晰溪的警车，见了沈德立之后说道："沈队长，我还是慢了一些……"

沈德立将手伸向费大雷，紧紧地握了一下说："已经很及时了，这种现场，每一分钟都意味着无数生命的逝去。”

费大雷还在不停地抱歉说：“真是遗憾，如果我早一点醒来，事情会好很多。”

岑晰溪惊讶地问道：“大雷医生，你不会是梦见的吧？”

费大雷点点头说：“严格说来，就是我梦见的，只是之前我刚刚和齐思嘉通过电话。”

岑晰溪将车子停靠在女生宿舍区的外周，停稳之后，沈德立率先下了车，急匆匆地向现场的中心跑去。

岑晰溪跟在费大雷后头，她看见那幢正在冒烟的宿舍楼下站着许多女生，那些女生有的披着毛毯，有的披着浴巾，有的在哭泣，有的在默默仰望着宿舍楼……

岑晰溪看到这样的场景，心里一阵难过，她现在最希望的是齐思嘉还活着。

只要齐思嘉活着，这件事情的后续会比较好处理，而且费大雷提到说齐思嘉在七年前很有可能对警察说了谎，烧死她一家的可能是齐思嘉自己，如果她死了，檀溪案说不定真的要永远冷下去了。

正担心着，人群中一阵骚乱，从宿舍楼梯口那边有几个穿着橙色消防服的消防员抬着一个女生向外走出来。

“是齐思嘉，是齐思嘉！”

人群中有不知名的学生凄厉地叫出声来。

岑晰溪急忙挤上前去，她看见那女孩长着一张惨白瘦小的脸蛋，眼睛微闭着，一件白色的睡衣裹着她瘦弱的身躯。

“思嘉同学！”

费大雷在岑晰溪的身后叫道，他的声音充满了哀怜。

这时候，岑晰溪看见齐思嘉睁开了眼，哀怨地望着费大雷。

岑晰溪一时像是被电触了一般，站在那儿不知如何是好，等她回过神来，齐思嘉已经被消防员抬向一辆刚刚赶来的救护车。

岑晰溪紧张地问费大雷：“大雷医生，你看这要怎么办才好？”

费大雷摆手说："让她去吧，她看起来并无大碍。"

岑晰溪摇头说："不管怎样，她都可能被刑拘，真是不忍心呀。"

费大雷叹了口气说："但这是没有办法的事，有件事情我还没来得及告诉你们，齐思嘉是范海新的女朋友。"

岑晰溪惊讶地望着费大雷，愣在那儿半天才生气地说："大雷医生，你怎么憋得住？你不知道范海新已经在案件审理阶段了吗？他们和齐思嘉之间可能有关联。"

费大雷也抱怨道："之前我也不知道齐思嘉跟我说的那些事情会是真的，你可要知道，我只是个医生，我不是警察，我不需要为你那些事情负责！"

岑晰溪第一次见费大雷如此生气，她说："齐思嘉对你来说很重要，我可以理解，可是大雷医生你要记得，你也是我们的特别调查员，你要多为我们考虑。"

没想到费大雷动起怒来，他说："只要齐思嘉好，我才不在乎这个特别调查员，我可以随时辞去这个虚职。唉，现在我不知道怎么办才好，我宁愿相信，齐思嘉说的那些都只是梦境。"

沈德立走过来拍了拍费大雷的肩膀说："大雷医生，你看看这些哭泣的学生吧，她们都是因为齐思嘉才这样的，我刚刚从消防总指挥那儿得知，目前还没有一位学生死亡，这都是你的功劳，要不是你及时报警，现在的场面肯定不是这样。"

费大雷看到那些正在哭泣的女生，他心里很苦，他只知道，他刚才说的全是心里话。

9

湾州大学度过了一个惊心动魄的夜晚，只有沈德立知道，要不是费大雷及时给他打来电话，齐思嘉引发的火灾将会造成无法估量的损失。

现场的疏散、营救、灭火工作一直忙碌到天亮才告一段落，沈德立和岑晰溪又将战场转移到了市一医院的急诊室，在那儿，带着一身谜团的齐思嘉让他们忧心忡忡。

沈德立虽然从费大雷那儿得到了可靠的重要情报，但他还是没有把握让齐思嘉承认一切。

再者，话说回来，就算齐思嘉承认了一切，如果找不到现场物证的支持，这个案子也很难结。沈德立身为刑警队长，他当然知道，现在的办案程序对规范性的要求相当高，缺乏物证支持的案件几乎都不会被通过。

岑晰溪看看满脸愁容的沈德立说：“沈队长，齐思嘉这个女孩看起来很柔弱，谁能想得到她会犯下如此滔天罪行。”

沈德立咧咧嘴说：“你是说今天这次，还是在说七年前的事情？”

岑晰溪转了一下她乌黑的眼珠子说：“当然是说七年前的那次，她可是杀了她全家呢。”

沈德立摇头道：“你说得不完全对，不是全家，而是除了她爸爸。”

岑晰溪恍然大悟地说：“那她爸爸现在哪儿呢？”

沈德立脸色变得铁青，他说：“这才是关键，齐思嘉以前跟我们说那一切是她爸爸做的，现在如果她承认是她自己所为，那么她爸爸到底去了哪儿？”

岑晰溪忽然觉得，事情变得越来越复杂，透过急诊室的大玻璃窗，她看到躺在病床上吸氧的齐思嘉，这仿佛是她从警以来遭遇的最大挑战。

这时候，一位花胡子医生穿着白大褂走了出来，岑晰溪急忙截住了他，问道：“医生，我们是刑警队的，请问病人齐思嘉可以问话吗？”

医生左右看了看岑晰溪和沈德立，说道：“病人现在情况还不是太稳定，不适合你们问话，对了，家属什么时候来？”

沈德立毫不留情面地说：“齐思嘉没有父母，她的其他亲属我们正在联系。不过，医生，齐思嘉现在涉嫌犯罪，是我们重要的犯罪嫌疑人，你看我们是不是可以采取一定的措施？”

医生皱了下眉说：“在我们这里没有犯罪嫌疑人，只有病人，你们如果有其他需要，可以联系院办，他们会处理这些事情。”

岑晰溪发现，这位医生说这话时的神情和费大雷刚才在现场生气时一模一样，心想难道医生心里真的只有病人？

岑晰溪忽然看到沈德立身上的警服，她一下子明白了，作为一名警察，心中装着的不也是只有犯罪嫌疑人吗？

医生大步流星地走了，岑晰溪望着失望的沈德立说："沈队长，看来是需要走院办这条线了，估计这是医院的程序。医生可不管病人是什么人，在他们眼里，只有病人，你看大雷医生不也是这样吗？"

沈德立想不出更好的办法，便对岑晰溪说："晰溪，这样吧，医院的事情你来打点。我的要求很简单，让齐思嘉有个单独的病房，病房需要派两位女警察严密监护，不能让齐思嘉自杀或者跑了什么的，能问话的时候，要立即对她进行讯问，懂吗？"

沈德立一边在焦急等待齐思嘉的病情恢复，一边在旧登工业区指挥"二流"被杀案的侦破，好在塌方事故最后排除了他杀的可能，定性为意外，剩下的事情归民政局接管，不然沈德立没有精力关注。

市一医院那边，医生说齐思嘉的生命体征已经完全正常，可她就是成天昏睡，不说一句话，不知道是不是故意在和警察对抗。

岑晰溪带领两位女警察终日守护在齐思嘉的独立病房里。她在等待机会，只要齐思嘉肯说话，她就会展开讯问。她知道，获取齐思嘉的口供仅仅是第一步，要锁定她的犯罪事实，还需要苏法医他们进一步的工作。

一晃三天过去了，沈德立一个人坐在旧登派出所的会议室里，眼前堆放着像山一样的试卷。这是应他要求，从旧登第二中学积满灰尘的档案室里搬来的。

范旭辉带着从周边兄弟城市借调来的六名笔迹鉴定专家没日没夜地在这些试卷上查找"畜生"字样的主人，现在已经看完大半试卷，剩下的试卷估计两天之后可以看完，虽然已经很快了，但没有达到沈德立要求的进度。

试卷堆满了三个房间，除了作为专案指挥室的会议室，另外还有两个房间，范旭辉正在隔壁有条不紊地工作着。

范旭辉伸伸懒腰对旁边一位胖子说："一无所获，我一辈子都没有看过这么多的笔迹样本。”

胖子撇撇嘴说：“我也是，真的不是我泄气，我感觉你们沈队长是疯了，虽然这确实存在可能性，但这么大的样本量，不能保证不发生误差。我最担心的是，真正的嫌疑人已经在我们眼皮底下漏掉了。”

范旭辉放下手中的一只巨大的放大镜说：“谁说不是呢，我也在担心这件事，如果真正的嫌疑人从我们眼皮底下溜掉，想想都心有余悸。”

胖子也放下了放大镜，站起身扭了扭腰说：“要真这样，这碗饭怕是吃不成了。”

范旭辉感觉心头压力加重，他说：“如果剩下的试卷都看完了，还没有找到嫌疑人怎么办？”

胖子警觉地转头看范旭辉，说道：“你是不是有重看一遍的打算？”

范旭辉阴沉着脸不说话，其实他心里确实是这么想的。他知道，沈德立交代的任务，不是随意开玩笑的，如果真漏看了，事后证明嫌疑人就在其中，那么他肯定无地自容，会不会吃处分不知道，但未来肯定没脸在刑警队待下去了。

他觉得刑警队的氛围太残酷了，以前老马失蹄的老同志又不是没有。

范旭辉的眼睛不敢看胖子，只是低头无奈地说：“那还能怎么办？”

胖子忽然看到范旭辉眼前的那份试卷上有一句话：“生活像是一望无际的大海，海浪卷走了所有的梦想。”

他的眼睛一下子被吸引了，他见这句话中第一个“生”字看起来非常熟悉，特别是第一笔的“撇”笔画，书写个性柔弱，像是充满了忧郁。

胖子推了推范旭辉说：“旭辉，你看这个‘生’字如何？”

范旭辉定眼一看，一拍大腿说：“就是它了！”

范旭辉斜眼去看试卷上考生的姓名，他惊讶地说：“原来是齐思嘉。”

沈德立听到范旭辉的报告之后，迫不及待地跟着范旭辉来到隔壁的房间，他见胖子正在拿着打印出来的“畜生”二字样本照片在那儿细心地比对。

范旭辉指着试卷说：“不会错，沈队长，我和胖子都是这么认为的，这个‘生’字和‘畜生’的‘生’字为同一人书写，书写这个字的主人便是齐思嘉。”

沈德立见试卷上的那个“生”字和样本照片上的“生”字确实挺像，可他心里没什么底。不过，他选择了相信范旭辉的意见，他摇头嘲讽道：“大雷医生还说齐思嘉是个好孩子，我真不知道他是怎么想的。”

范旭辉也摇头说：“也许在大雷医生心目中，这个世界没有错的人，只有错的事。”

沈德立眼睛一亮，说道：“咦，旭辉，你这个解释似乎对了，一下子我就想明白了，人和事是不一样的。”

等范旭辉再次确认笔迹鉴定意见无误之后，沈德立自己开着车赶往市一医院。他强忍着心头的激动，心想这几天的煎熬终于有了结果，当初岑晰溪提出要查看试卷的时候，他还有些犹豫，没想到这会儿真有了作用。

这几天来，沈德立一直让岑晰溪在病房里找机会，可是岑晰溪一直没有好消息传过来，每次到了晚上，岑晰溪向他汇报情况的时候只有简单几个字：“齐思嘉不肯说话。”

沈德立想到这儿，他有些气不过，他原本打算在“二流”案结束之后再找齐思嘉算账，可现在证据证明“二流”也是齐思嘉所害，两案并一案，这已经不容得齐思嘉再糊涂下去了。

沈德立踌躇满志地想要齐思嘉开口承认罪行，一路上他不断地在心中模拟着和齐思嘉的对决，像是将要面临一场大考。

虽然有些担心，沈德立还是很自信的，做了这么些年的刑警，他自己都数不清，自己面临过的大考到底有几场了，那些黑衣人的模样一个接一个地在脑海里飘忽而过，最后定格在了齐思嘉身上。

沈德立忽然想到了一个问题，“二流”是个年轻的小伙子，当初只是个小女孩的齐思嘉能将之杀害并且埋尸灭迹吗？

想到这儿，沈德立冒出了一身冷汗，脚下的油门都松了下来。他越想越担心，这件事情可能不是想象的这么简单。虽然范旭辉提供的笔迹鉴定证据不会有什么问题，可是此时他的心中还是打起了鼓。

市一医院到了，沈德立觉得自己的脚步非常沉重，他步履维艰地走进了电梯，神情是好像齐思嘉已经拒绝了他。

来到齐思嘉的独立病房，岑晰溪在门口迎接了沈德立，沈德立说：“晰溪，‘二流’也是她杀的，这个齐思嘉一定是在装糊涂。”

岑晰溪惊呀地叫出声来，她急忙伸手捂住了自己的嘴巴，走到一边轻声说道：“不会吧，这个齐思嘉也太狠了。”

沈德立轻轻地问道：“还是不肯说吗？”

岑晰溪低声说：“是，但是我看都是装的，沈队长，你看还是你亲自来吧，只有你能让她开口了。”

沈德立推开门，见正在看守的两位女警察一个坐在门边，一个坐在床边。她们身着正装，表情严肃地看着躺在床上的齐思嘉。

病床上的齐思嘉微闭着眼睛，就像沈德立前几天见到她那样，沈德立那次见到她就是齐思嘉被几个消防员抬出宿舍的那一刻，她也是这样微闭着眼睛。

沈德立见齐思嘉面容娇小，惨白的脸色已经被红润替代，看上去俨然是个美丽的姑娘，他心想可能是医院的救治措施比较对头吧。

沈德立轻轻地走到病床边上，在一张白色的塑料椅上坐下，他像是自言自语地说：“齐思嘉，我是刑警队长沈德立，我想起来了，我们这已经不是第一次见面了，我记得七年前我们就见过面。”

“七年前，你被消防队员从火场中救出，你那时看起来是那么脆弱，就像一只刚刚出壳而羽毛未丰的雏鸟。”

“你跟我说，你爸爸齐海昌放火烧死了全家，我信了，我不知道当初我为什么会那么轻易地相信你。”

“随后，你的谎言越来越多，越来越大，走到了今天，你也真是不易。”

“好吧，如果你真是一个好孩子，我可以最后给你一次机会，你把你做过的那些事都说给我听，让我再一次相信你。”

沈德立说完，静静地坐在那儿，他希望齐思嘉能睁开眼睛，哪怕只是看他一眼。可是他失望了，齐思嘉依然像是木僵的病人，躺在病床上一动不动。

岑晰溪此时也站在沈德立的身边，她目不转睛地望着齐思嘉，她也希望齐思嘉能道出真相，齐思嘉是不是真的那么残忍地杀死了她的全家，还有“二流”，以及她的父亲到底是怎么了？

齐思嘉床头上的心电监护仪显示的数据表明一切正常，可是沈德立却觉得自己随着时间的推移，血压在不断地升高，心率也在加快加重，他感觉到他自己那颗心脏蹦得快要撞破胸膛了。

沈德立想了想又说：“齐思嘉，我最后警告你一句，我给你的时间是有限的，你如果一意孤行，未来的路可不会那么好走，你可以做出你自己的选择，但我还是要规劝你，配合我们的工作才是上策。”

岑晰溪觉得，齐思嘉是不会为之所动的，齐思嘉这次在宿舍楼里放火本来就是想要自杀，现在不管刑警队要怎么处理她，她应该是不会惧怕的。

岑晰溪忽然想到了费大雷，费大雷不是说齐思嘉一直在向他心理咨询吗？

费大雷当时在现场的那番怒气提醒了岑晰溪，也许齐思嘉非常信任费大雷，所以费大雷才那么护着齐思嘉，如果这个时候把费大雷叫出来，齐思嘉会不会有所动呢？

想到这儿，岑晰溪忽然说：“齐思嘉，你一直这样是不能解决问题的，你是不是需要大雷医生过来跟你谈谈？”

沈德立正想着岑晰溪为什么要提费大雷，可这个时候齐思嘉却睁开了眼，她动了动有些干涸的嘴唇说：“我只想跟大雷医生说。”

沈德立将岑晰溪拉到病房外，说道：“又要请大雷医生，这样是不是很不好？上回大雷医生在现场都生气了，他甚至都说要辞去特别调查员的职位，现在又要找他来，我真的开不了口了。”

岑晰溪委屈地说：“都怪我不好，我不该惹怒他的，可是大雷医生的观点我真的接受不了。”

沈德立想起了范旭辉的话，便说：“这个世界没有错的人，只有错的事。”

岑晰溪一听，心头觉得一怔，问道：“沈队长，你是从哪儿抄来的这么有哲理的话？”

沈德立忍不住笑了一下说：“我就不可以有点深度？”

岑晰溪嫣然笑道：“貌似可以，不过，这跟你的形象太不匹配了。”

沈德立收回笑容说：“言归正传，我看还是你向大雷医生负荆请罪吧，我感觉大雷医生吃你那套，他跑不了的。”

岑晰溪见沈德立话中有话，嗔怒道：“沈队长，这种时候你还开我玩笑呀，如果大雷医生不来，我看齐思嘉真的打死也不会说了。”

沈德立耸耸肩说：“所以……”

岑晰溪被逼得没办法，只好掏出手机拨打了费大雷的电话，她真的有些担心费大雷会赌气不接她电话。

“晰溪？”

一会儿，费大雷的声音从手机话筒里传过来，声音是一贯的温暖，岑晰溪这才放下心来，她说道：“大雷医生，我……我向你赔罪了。”

“赔什么罪？”费大雷在那边说。

岑晰溪从费大雷的语气里听得出来，费大雷似乎没有她想象的那样一直在赌气，于是说道：“既然大雷医生饶过我了，那我就放心了。”

费大雷又说：“晰溪，你这是小孩子气，我费大雷哪里会那么小肚鸡肠？说吧，今天找我有什么事？”

岑晰溪这才说出了真话：“还是齐思嘉的事情，你知道的，她现在已经被我们羁押在医院里，可是她就是不肯交代做过的那些事情，今天她提出来要见你，她只跟你一个人说。”

费大雷在那边沉默了，过了好久他才说：“晰溪，你让我出面去叫齐思嘉招供，然后将她送上法庭，这……这实在是太为难我了，我做不出这件事。齐思嘉既是我的病人，更像是我妹妹，你有没有听说过哥哥将自己的妹妹送上法庭的呢？”

岑晰溪见费大雷拒绝接受任务，而且听他说将齐思嘉看成是妹妹，顿时有一股莫名的酸楚涌上心头，她感到非常失落，稳了稳情绪之后才说：“大雷医生，我知道你没有这个职责为我们做这些，我也不想提大雷医生是我们的特别调查员，我只想说，七年前，齐思嘉的弟弟当时只有三岁，而她的妈妈曾经为了救她遭到过她父亲的毒打，她的爷爷奶奶就更不用说了，他们年事已高，本来可以安享晚年……”

岑晰溪本来想将“二流”被杀的事情也一并兜出，可费大雷打断了她，他说：“你不要再说了，晰溪，我知道这些事齐思嘉都做错了，可是我告诉你，这个世界没有错的人，只有错的事。”

岑晰溪觉得身上起了鸡皮疙瘩，费大雷这句话怎么就和沈德立刚才说的一模一样呢？但不管再怎么说，岑晰溪知道费大雷已经接受任务了。”

10

费大雷是自己开车来市一医院的，他到达齐思嘉病房的时候，齐思嘉已经哭过两回了。

岑晰溪见到费大雷说：“大雷医生，齐思嘉完全不在状态，这几天来她一句话没说，自从听说你要来之后，她就一直哭。”

费大雷皱着眉叹气道：“唉，这可怎么办？我真不该来的，晰溪，听你这么一说，我都不敢进去了。”

沈德立站在那儿说：“大雷医生，这里需要你。”

费大雷搓搓手说：“真的不行，我不能用谎言去欺骗齐思嘉的真诚。”

岑晰溪摇头说：“大雷医生，你没有欺骗她，是她自己感觉时间到了，是她自己要诉说，但她只会向你诉说。”

费大雷花了好长时间才将自己心头的重担放下来，说：“好吧。”

岑晰溪跟在费大雷身后，她身上藏着一只高性能的录音机，可以全程录下齐思嘉和费大雷的对话。

费大雷一见到躺在病床上的齐思嘉，不顾一切地冲上前去，急切地问道：“思嘉同学，你还好吗？”

齐思嘉眨了眨眼，脸上露出浅浅的酒窝，说：“大雷医生，你终于来了。”

费大雷见输液管中的药液正在缓慢地滴落，他哽咽道："思嘉同学，我是大雷医生，我来了，我们可以像往常一样，尽情地倾诉你的梦境。"

两行热泪从齐思嘉的眼角滚出，她带着哭腔说："大雷医生，那不是梦，那一切都是真实的，是我一直在欺骗你。你那么信任我，你一直没有把我的事情告诉警察，谢谢你，不然我熬不到今天。"

费大雷此时伤心得已经接不下话了，岑晰溪站在那儿看着他俩，像是在观看一部热播剧，她很难理解费大雷会对齐思嘉如此用心，心里不免生出了一些嫉妒。

齐思嘉接着说："大雷医生，生活像是一望无际的大海，海浪卷走了所有的梦想。我从小就没有爱，直到我遇见了范海新，可那个时候我才几岁呀？现在我才知道那是错爱，可当年的我是那么执迷不悟，直至错到了边缘。我对不起我的妈妈，我对不起我的爷爷奶奶，我更对不起我的弟弟……"

说到这儿，齐思嘉已经泣不成声，整个病房里安静得只有齐思嘉啜泣的声音。过了好一会儿，她继续说："那把火是我亲手点燃的，因为我太绝望了，我想只有那把火可以带走一切的烦恼和忧虑。大雷医生，我一直跟你说那是我的梦境，你还频频为我释梦，现在想起来，我真的不应该，不应该用谎言去欺骗你的真诚。"

费大雷的眼角也开始湿润了，他伸手将齐思嘉的手紧紧握住，然后继续听齐思嘉的诉说："大雷医生，还有一件事情我从来就没跟人说起过，我知道我的时间不多了，今天我也说了吧。那次大火之后，我迁到了旧登的姑妈家，中学阶段就在那边读书，那时候那边经常有女学生遭到侵害，我暗中发现是一个叫作'二流'的村民做的，于是我杀了他，然后将他的尸体抛进了河里。"

岑晰溪表情一怔，虽然齐思嘉主动交代了放火情节，也交代了杀死"二流"的事实，可她始终没提到她父亲到底怎么了，而且对于"二流"抛尸入河的情节也和现场发现的情况不符合。

岑晰溪见费大雷坐在那儿呆若木鸡，说不出一句话来，她便问齐思嘉：

“齐思嘉，你说将‘二流’的尸体抛进了河里，是不是真的？”

齐思嘉躺在那儿做出了点头的动作，她说：“就是学校旁边的那条河。”

岑晰溪没再追问下去，她想这个还需要去现场进一步核实，学校旁边有没有河流，河流到底有多深，河流现在有没有改造，这都无从得知。

岑晰溪觉得这件事情可以暂时放放，等核实现场再看。目前，齐思嘉父亲的去向也非常关键，一个人莫名其妙消失七年，这让她想不通，于是问道：“齐思嘉，你原先撒谎说是你的父亲点燃了厨房，现在你又说是你自己点燃的，那么你的父亲到底去了哪里？”

齐思嘉摇摇头说：“我也不知道，我从那天起就没看见过他，后来我撒谎是他放的火，只是想通过你们警察把他抓起来。”

岑晰溪觉得这个问题等于没问，齐思嘉没有提供任何线索，虽然总体上来说，不一定非得找到齐海昌不可，但是如果找不到齐海昌，这个案子总觉得怪怪的。

等费大雷稳定了情绪，他给齐思嘉做了一些心理辅导，说了一些安慰的话语，齐思嘉的情绪也慢慢恢复了正常。

沈德立在病房外面坐如针毡，他担心岑晰溪问不出他想要的东西，但刚才的决定也没什么错，如果他自己跟费大雷进去，也许齐思嘉更加不会配合了。

岑晰溪拉开门，从病房里走了出来，沈德立见她和费大雷的脸上都布满了阴云，心里知道事情肯定不妙。

沈德立握了握费大雷的手说：“大雷医生，这回又麻烦你了，真是感激不尽。”

费大雷摇摇头说：“其实我什么都没做，什么也没说，都是齐思嘉一个人在说，我想我能做的也只有这些了，今天的事对我来说也许一辈子都不会忘记，如果没有别的事，我要先走了。”

沈德立再一次握了费大雷的手说：“好的，大雷医生，谢谢你。”

费大雷走后，岑晰溪将录音机接上一副耳机，然后给沈德立，说道：“沈队长，齐思嘉说的你自己听吧，我感觉问题还是挺多的，你相不相信她，听完再说吧。”

沈德立戴上耳机，从头开始听刚才的录音，当他听到抛尸入河那一句时，他愤怒地说道：“什么好孩子，只有大雷医生会信，满嘴胡言，谎话连篇。齐思嘉，我恨不得把你拉去旧登工业区看看，明明是挖坑埋尸，硬要说是抛尸入河。旧登第二中学旁边的那条河那么浅，怎么抛尸？如果是抛尸入河，尸体早就被人发现了，还能等到今天？”

岑晰溪等沈德立说完，她才说：“可是齐思嘉为什么要说谎呀？她既然承认了杀死‘二流’，没必要隐瞒埋尸的情节啊？”

沈德立从耳朵上扯下耳机，凝神道：“等等，我想到了一种可能，齐思嘉自己都不知道‘二流’的尸体是怎么处理的。”

岑晰溪吃了一惊，她意识到事情产生了微妙的变化，于是问道：“沈队长，你是说有人帮齐思嘉抛尸？”

沈德立将手指放在嘴边做了一个“嘘”的动作，压低声音说：“对，我是这么想的，不仅仅有人帮齐思嘉抛尸，而且‘二流’都有可能不是齐思嘉所杀。你想想看，‘二流’身高再矮，但也是小伙子吧？他经常侵犯其他女孩，屡屡得逞，那么瘦弱的齐思嘉又怎么可能战胜他？‘二流’被齐思嘉杀掉，然后按照齐思嘉的话说来，抛尸入河？恐怕她有那个胆子，也没那个力气吧。”

岑晰溪默默地点着头说：“是呀，按照这个说法，齐思嘉背后确实还有人，他可以杀害‘二流’，又可以将尸体挖坑埋掉。”

沈德立说：“这个人会是谁呢？齐思嘉既然知情，而且还愿意背黑锅，那么她和这个人之间的关系一定不寻常。”

沈德立和岑晰溪都陷入了沉思，楼道里非常安静，听不见任何声音，只有拐角处的窗外有几只小鸟在警觉地跳来跳去。

忽然，两人对视了一下，齐声说：“范海新？”

岑晰溪抢先说：“是范海新，那时候范海新是齐思嘉的男朋友，按照齐思嘉所说，范海新是他唯一的爱人，杀死‘二流’的很有可能是范海新，也许是他俩合谋的。”

沈德立不停地点头说：“嗯，我也这么认为。不过，也许齐思嘉是主谋，范海新帮助实施犯罪，在杀死‘二流’之后，齐思嘉在‘二流’身上用蜡笔写下了‘畜生’二字宣泄情绪。”

岑晰溪又想到了一些新的疑虑，她说：“那齐思嘉为什么要在‘二流’身上写下‘畜生’二字，又为什么要范海新帮忙杀死‘二流’呢？仅仅是因为见义勇为吗？”

沈德立想了想说：“也许齐思嘉也是受害者，她也遭受过‘二流’的侵害，但是她并没有报警，她找来了范海新，两人合谋杀死了‘二流’，然后范海新去处理了‘二流’的尸体。因为这一切都因齐思嘉而起，所以齐思嘉现在愿意背下这口黑锅，承担一切罪责，为的是帮范海新开脱。”

岑晰溪握了一下拳头说：“嗯，这样就更顺畅了，沈队长，你看我们是继续审讯齐思嘉，还是去找范海新？”

沈德立皱着眉说：“这一对都不是好弄的货色，没有证据估计他们谁也不会就范。”

岑晰溪露出浅浅的笑容说：“有心证呀。”

沈德立疑惑地问道：“心证在哪儿？”

岑晰溪解释道：“心证不是你刚刚提供的吗？一个女孩子遭到了性侵害，一般都不愿意跟人诉说，可憋在肚子里的那种委屈是令人心碎的。齐思嘉刚才也隐瞒了这个情节，如果我去戳破，她一定会方寸大乱。”

沈德立瞪着岑晰溪说：“听起来有点残忍，可那也是没有办法的事，‘二流’虽然死得其所，可对于我们刑警来说，还原事实真相才是职责，晰溪，这个任务只有你可以做到。”

岑晰溪脸上露出一丝阴郁，她自言自语道：“我怎么变成这样了？”

果然，在岑晰溪的努力下，齐思嘉又一次更新了她的供词版本。她说“二流”有一天在半路上截住了她，把她拖到了路边的树林里，任凭她如何挣扎也无法逃脱。

事后，齐思嘉去找来了范海新，自己主动去诱出“二流”，埋伏在树林里的范海新将“二流”乱刀砍死，她从书包里拿出一支红色的蜡笔在“二流”的衣服上写下“畜生”二字。

后来，范海新告诉齐思嘉，他将尸体抛进了学校旁边的河里。那段时间，她非常担心尸体会被人发现，经常去那条河边察看，可是她从来就没有见过尸体，范海新跟她说，尸体应该是被鱼吃掉了。

而范海新的口供是沈德立亲自去搞定的，所有情节和齐思嘉说得基本一致。范海新承认是将尸体埋在那块荒地上，至于为什么要骗齐思嘉说是抛尸入河，他说那只是为了惊吓齐思嘉。

“二流”被杀案终于铁板钉钉，苏法医从“二流”家提取到一些 DNA 样本，和“二流”的尸骨比对成功，确定了身源，加上口供、杀人工具、蜡笔字迹、埋尸地点等等有效证据，这起由齐思嘉和范海新合谋的陈年老案宣布告破。

时间一晃就过了一个星期，范海新因为需要进行精神病鉴定，被转移到了安康医院，据说刚进去的时候，他极力反抗，他觉得那儿比第七医院的状况糟糕多了。

沈德立将精力又转回到齐思嘉纵火案当中，齐思嘉在病床上坦白了她纵火的事实，可是手头上并没有物证支持，齐思嘉随时都有可能翻供。

沈德立坐在办公室里，烟都已经抽了好几支了，可是依然没有想到好的办法。

岑晰溪来到沈德立的办公室说：“沈队长，齐思嘉一直躺在医院里不肯出院，我们这案子还办不办啊？”

沈德立头都没抬，说道：“怎么不办了？这是我们冷案第一案，齐思嘉不是已经交代了吗？也算是取得重大突破了。”

岑晰溪在沈德立的对面坐了下来说：“可是……”

沈德立闷声说道：“难道你岑晰溪有什么办法去找到证据锁定她？”

岑晰溪无奈地说：“沈队长，你就别寒碜我了，我哪有那个本事啊，你瞧我跟你这么长时间，你心里还没数吗？如果我知道，我早就憋不住说出来了。”

沈德立在烟灰缸里摁灭手中的烟头说：“晰溪，其实你进步还是很大的，做我的助手会不会有些委屈？”

岑晰溪一听这话味道不对，赶紧说道：“沈队长，你是不是又想赶我走了？我一点儿都不委屈，我愿意一直做你的助手。”

沈德立露出一丝令人难以捉摸的笑容说：“晰溪，我相信你可以的。”

岑晰溪感觉这话有些莫名其妙，她听不懂沈德立想要说什么，于是问道：“沈队长，你神神秘秘的，你不会要断我的前程吧？”

沈德立摇头说：“不，相反，我相信你会有更加广阔的前程，你这次过来一定是有什么好点子要跟我说，对吧？”

岑晰溪只好说出心中所想：“沈队长，你不要怪我呀，这回我又想到了一个新主意，我想请大雷医生帮我们去看看齐思嘉烧毁的那幢小楼。”

沈德立疑惑道：“有价值吗？”

岑晰溪解释道：“当然，齐思嘉那天想要纵火自杀，一定是有原因的，我想只有大雷医生最了解齐思嘉，如果大雷医生去了那幢小楼，或许他能读出齐思嘉最原始的动机，只有找到最原始的动机，才可以真正锁定齐思嘉。”

11

星期六的早上，费大雷又一次被岑晰溪请上了车，向檀溪镇方向开去。

费大雷看到路上熟悉的景致，想起上回去檀溪镇会见范海新父亲范文轩的情形，说道：“晰溪，难道我是注定要重回檀溪的？”

岑晰溪驾着车，她表示不解，问道：“怎么说？”

费大雷拿起一瓶水，拧开盖子喝了一口，说道：“我们相遇的第一天，我正在病房里给范海新检查身体，现在一晃几个月过去了。我怎么也没有想到，这件事情会变成这样，你今天请我去檀溪，我想一定是因为范海新。”

岑晰溪笑笑说：“不，这回只是因为齐思嘉，我不是都跟你说了吗？你作为湾州刑警队的特别调查员，帮我们去看看齐思嘉烧毁的那幢小楼，找出齐思嘉那天纵火烧死家人的原因。”

费大雷喝完水，又盖上瓶盖说："晰溪，这个我也跟你提过，齐思嘉的纵火行为纯属扩大性自杀，她不放心她的家人，所以才剑走偏锋，一把火想要带走一切，这在我们精神病学里是有理论支撑的。"

岑晰溪在前方路口打了右转向灯，转向了右边的主干道，她说："理论归理论，我要的是动机，就算是扩大性自杀，它也有更深层的东西吧？"

费大雷转头看了一眼岑晰溪，说道："嘿，晰溪，你厉害了，你要更深层的东西，我告诉你，这抑郁症发作起来，偏偏就没有更深层的东西，外人看起来什么事都没有，可在抑郁症患者看来是天大的压力。"

岑晰溪不愿意听到费大雷这般泄气的解释，说道："大雷医生，反正你今天如果不帮我找到齐思嘉的心理动因，我就把你锁在她的那幢小楼里。"

费大雷哈哈大笑起来，说道："晰溪，你这是霸道兼虐人系，我费大雷是看走眼了，谁如果娶到你这样的小总裁，天天都是世界末日。"

岑晰溪听了费大雷这句话，心里有些感伤，她忽然想到费大雷对齐思嘉的那般爱护，一阵醋意涌起，说："大雷医生，你是不是有点喜欢齐思嘉？"

费大雷收住了笑容说："晰溪，你这是什么话？齐思嘉是我的病人，我，我怎么可能会喜欢上她？"

岑晰溪默默地开着车不说话，半晌才说："你不喜欢齐思嘉，那你喜欢谁？"

费大雷干咳了一声，说道："这个……说实话，我从来就没有喜欢过谁。"

岑晰溪追问道："难道你身边就没有值得你喜欢的女孩？"

费大雷尴尬地坐在那儿，他不太愿意袒露心扉，可这车里只有他和岑晰溪两人，如果说谎，那也太虚伪了。

费大雷想了想说："这个，身边的女孩确实不少，医院里的女孩蛮多的，可我，可我就是喜欢不起来。"

岑晰溪听到这句，心里反而有些高兴，她逼问道："那医院外面呢？"

费大雷又拿起瓶子"咕噜咕噜"喝了好几口水，然后说道："不知道，我也不知道为什么，我就是喜欢不起来。”

随后一阵沉默，岑晰溪驾着车子到了齐思嘉烧毁的那幢小楼前。

岑晰溪指着那小楼说：“大雷医生，就是这幢楼，我以前来过一次。”

费大雷抬眼看去，那幢小楼在阳光照耀下黑不溜秋的，整个儿就是座废墟，他说：“齐思嘉原来就生活在这儿啊。”

岑晰溪解释道：“齐思嘉住三楼，那天晚上她下楼来到厨房里点了火。”

费大雷打开车门，哀叹一声道：“这些我都知道，齐思嘉不止一次地描述了这些场景，只不过她说那都是她的梦境。”

岑晰溪觉得费大雷有些执迷不悟，忽然说：“大雷医生，你是如何识别谎言的？”

费大雷迈下车说：“谎言？在我眼里只有真诚与不真诚，来找我看病的，大多是真诚的，如果找我看病还不真诚，那找到我也是白搭。”

岑晰溪见费大雷不愿意承认齐思嘉说谎的事实，便说：“大雷医生，我觉得你对齐思嘉一定有恻隐之心，难道你现在还认为齐思嘉没有说谎？”

费大雷苦涩地笑道：“晰溪，你看看这幢房子吧，都烧成了这样了，你说像齐思嘉这样的女孩，她的心理创伤会有多大？”

岑晰溪有些生气地说：“大雷医生，我真的不明白，你为什么一直要袒护齐思嘉，你难道分辨不出魔鬼与天使？”

费大雷默默地望着远处的小楼，半晌才说：“我只想治好她的病，其他的你看着办吧。”

两人一路无语，直到走进小楼一楼的客厅，岑晰溪才打破了沉默：“大雷医生，刚才真不该跟你较真儿的，我不是故意的。我只是觉得，齐思嘉犯下的罪行实在太多了，她不值得同情。”

费大雷没说话，只是在房子里头四处张望，岑晰溪耐心地将以前苏法医和小刘介绍的情况一一跟费大雷说了。

一直沿着水泥楼梯走到三楼，费大雷才说：“当时火真的挺猛的。”

岑晰溪走进齐思嘉的卧室说：“齐思嘉当时就躺在这张床上，我们苏法医说，她是一氧化碳中毒，如果抢救不及时，肯定性命不保。”

费大雷看着那张床，脑海中出现了齐思嘉的样子，齐思嘉变成了那个十三岁的小女孩，睡在眼前的这张床上，脸上的表情非常奇怪，那表情不断地在变化，渐渐地变成了一幅画。

费大雷想起上次自己做的一个梦，梦见火光中出现的那张扭曲的脸，此时齐思嘉的表情和那张脸一模一样。

费大雷拍了下大腿说："晰溪，我知道了，那是恐惧，是恐惧逼迫齐思嘉走到了生命的边缘。"

岑晰溪见费大雷似乎找到了齐思嘉心底里隐藏的秘密，她不想去打扰，只是静静地在那儿倾听。

费大雷继续说道："你不是说齐思嘉的爸爸一直没有出现过吗？我想他已经死了，他是齐思嘉杀死的，她杀了她父亲，她的恐惧无处躲藏，她才放了那把火。"

岑晰溪觉得非常有道理，她似乎一下子明白了一切，齐思嘉因为杀了父亲才心生恐惧，最后半夜里放火烧了房子，想要自杀，因为她知道父亲已经死了，所以跟警察撒谎说是父亲烧了房子，她知道警察是无论如何也找不到她父亲的。

可是尸体呢？岑晰溪想，当时火烧现场并没有发现齐海昌的尸体，那么齐思嘉把他的尸体藏在哪儿去了？

岑晰溪站在齐思嘉的房间里来回走着，忽然她看到窗外一只不知名的黑色小鸟在树梢上啼鸣。

岑晰溪觉得这景象似曾相识，她猛然想起，上回在这儿朝窗外张望的时候，也是这只小鸟在那儿啼鸣。

岑晰溪觉得自己的意识一下子受到了猛烈的冲击，她对费大雷说："大雷医生，我知道尸体藏在哪儿了。"

沈德立带领着苏法医、小刘、海哥他们，随后也赶到了小楼现场，经过大家讨论后，沈德立当即做出决定，开挖小楼后的那片菜园。

沈德立觉得岑晰溪分析得有道理，岑晰溪说，齐思嘉一定是把她爸爸的尸体埋在了菜园子里，因为再也没有比这个菜园更好的藏尸地了。

费大雷也提供了佐证，齐思嘉经常说她站在窗口张望窗外的菜园，而且他第一次见到齐思嘉的时候，齐思嘉说起过她将她爸爸的尸体埋了，他怀疑齐思嘉爸爸的尸体真的是埋在了这个菜园。

沈德立觉得这应该算是孤注一掷了，如果找不到尸体，白挖一场，但如果找到了齐海昌的尸体，这便是最大的物证。

几台挖掘机在两个小时之后停靠在小楼附近整装待发，柴油机散发出的浓烈油烟味弥漫在小楼周围的空气中。

沈德立一声令下，挖掘机就推倒了爬满常春藤的围墙，开始进入菜园挖掘，奇怪的是，岑晰溪再也没有见过树梢上的那只黑色小鸟。

沈德立和岑晰溪就站在三楼齐思嘉的卧室里，这个位置是最佳的观察点，他们全神贯注地静待菜园子里的发现。

时间在不断地流逝，海哥架在肩头的摄影机一刻都未停息，小刘手里拿着金属探测器四处寻找可能掩埋的凶器，苏法医干脆站在一台挖掘机旁边，指导着挖掘机师傅小心地操作，他担心挖掘机粗鲁的铁铲损坏了齐海昌的尸骨。

经过三个小时的挖掘，天色已经慢慢暗了下来，岑晰溪心里那个紧张呀，因为这个主意是她提出来的，虽然最后的决定由沈德立做的，可如果一无所获，她担心不知道该怎么收场，她又一次感觉到了无形的压力铺天盖地般笼罩着她。

正期盼着，岑晰溪忽然听到苏法医在底下喊道：“停，快停下！”

沈德立看不太清楚苏法医指向的地面情况，因为挖机已经挖了足足一米多深了，他朝岑晰溪喊道：“走，下去看看，好像挖到东西了。”

岑晰溪跟着沈德立一路往楼下跑去，当他们跑到那台挖掘机旁时，苏法医正在用一只铁锹进行手工挖掘。

苏法医挥汗如雨，他边挖边说：“沈队长，你看，这儿有衣服碎片，尸骨肯定埋在这儿。”

岑晰溪伸头去看，深深的地坑里果然有一块深蓝色的碎布片，苏法医的铁锹正在往纵深挖去。

“有了！”

苏法医停住了挖掘，跳下了土坑，他顾不得戴上手套，就徒手开始刨地，不一会儿，地面上露出一根长骨，他说：“搞定，这儿就是埋尸的地方。”

海哥拿出照相机说：“兄弟，你先上来，我拍个照吧。”

苏法医爬出土坑，等海哥拍照固定好现场原貌之后，便戴上一副加厚的乳胶手套，又跳下坑去，小刘也不顾一切地跟着下去了。

两人用了差不多二十多分钟的时间，刨开了尸骨旁边粘附的泥土，整具尸骨暴露无遗。

苏法医拿起头颅看了看说：“尸骨的腐烂时间符合七年前掩埋，年龄嘛，我看这牙齿的齿龄和齐海昌比较接近。等等，颅骨上好像有砍痕，这样的话，我觉得死因也有一定的倾向性了。沈队长，他生前很有可能是被砍死的。”

沈德立心中一毛，朝坑里的苏法医喊道：“又是被砍死的？”

岑晰溪知道沈德立所指的意思，她说道：“沈队长的意思是说‘二流’吧？‘二流’是范海新砍死的，你担心齐海昌也是范海新砍死的？”

沈德立阴沉着脸说：“是有这个担心，如果说齐思嘉是狼，那么范海新就是狈，少了谁，这出悲剧都不会上演。”

苏法医在坑里继续研究那些砍痕，当他看到其中一条长达10厘米的砍痕有个缺口之后，大叫道：“沈队长，你说得有道理，我们前几天根据范海新交代的情况，在旧登埋尸的地方挖出的那把砍刀有个缺口，正好可以对应齐海昌颅骨上的这条砍痕，齐海昌确实是被范海新杀的。”

沈德立见那条砍痕体现出的力量异常巨大，他心中的疑惑都散去了，七年前稚嫩的齐思嘉怎么说也完不成这一击。

岑晰溪分析道：“如果是这样，那么我知道了。七年前，齐思嘉邀约了范海新砍死了她的父亲，然后将尸体掩埋在这菜园子里。到了晚上，齐思嘉站在窗前，担心这儿的尸体会被人发现，她恐惧到了极限，于是产生了自杀的念头，但又不放心一家老小，所以她去一楼厨房点燃了那把火。”

沈德立肯定地说：“晰溪分析得非常有逻辑，看来我们又得再次去找范海新了。”

岑晰溪无奈地说："也不知道范海新的供词要升级到几点几版本才会终结。"

沈德立愤愤地说："这一次就是终结版。"

沈德立说完，向苏法医他们交待了一些注意事项，便让岑晰溪驾车带他去安康医院，他要连夜再次审讯范海新。

12

一路上，沈德立相当放松，他心里的压力都已散去，找到了齐海昌的尸体就已经确保了案件的逻辑是正确的，只要范海新和齐思嘉的口供没什么问题，那么这起拖了七年的冷案就要结案了。

虽然路况不是很好，岑晰溪照样把车子开得虎虎生风，现在这个时候，她的心情好得不能再好，因为今天她的异想天开竟然得到了沈德立的支持，挖开整个菜园子发掘尸体，没想到还真把齐海昌的尸骨给挖了出来。

车子开到了安康医院门口，岑晰溪将车子停好后下了车，去找医院门口的保安登记。

沈德立对这儿还是挺熟悉的，因为他不止一次来过这里，关押范海新的病房在右手边，这一点他再清楚不过了。

两人进了医院，岑晰溪跟着沈德立朝右边拐去。右边是一幢三层高的矮楼，窗户上都安装着黑色粗大的铁栅栏。

来到关押范海新的107号病房，沈德立通过安装在门上的观察口朝里面瞧了瞧，他心里一怔：病房里没有人，范海新呢？怎么这个时候人不在了呢？

沈德立回头摊摊手说："晰溪，你去联系一下病房，怎么没看见范海新呢？"

岑晰溪看了一眼沈德立说："好，也许是检查治疗去了吧。"

岑晰溪走了之后，沈德立站在病房门口焦急地等待，他想这一次必须是终结版的供词，他已经不能再忍了。

过了一会儿，岑晰溪和一位病房值班医生跑过来，医生是个年轻的小伙子，他边跑边说："不可能，晚上没有安排什么检查治疗，晚上查房的时候，我亲眼看到范海新在里面呢。"

医生跑到病房边上，先是朝观察口瞅瞅，然后拿出钥匙打开了病房的门，沈德立看见医生的手抖得厉害。

沈德立意识到有些不妙，他紧张了起来，跟着医生冲进病房，病房并不大，除了一张单人床，几乎空无一物，范海新就算要躲藏也没有地方。

三人呆立在那儿，医生忽然说："走，去看监控，病房里都有监控的，我不相信范海新会土遁。"

岑晰溪看见那张单人床的床单有些灰尘和碎石，相应位置的地面上可以看到一些细碎的泥土，她去挪了挪那张木板床，发现贴墙的部位有一个不大不小的洞口，洞口直通到屋外，在灯光的照射下，屋外的野草都可以看得清清楚楚。

岑晰溪心里一凉，她尖叫道："沈队长，不好了，范海新跑了。"

沈德立看到床边墙上的那个洞，心凉到了底，他对医生大叫道："立即报告领导，组织力量外出搜寻，如果没跑多远，我们就还有机会。"

沈德立说完，掏出手机直接给张局长打了电话，报告了安康医院发生的事情，请求局里派出特警队围捕范海新。

沈德立知道，这是一场对决，范海新现在罪案缠身，如果处置不当，一定会逼得他选择鱼死网破。

岑晰溪见沈德立一脸的肃然，问道："沈队长，我们现在该怎么办？"

沈德立招招手说："晰溪，你跟我一起到车上去把家伙带上，我们暂时组织一下医院的人力，到附近的村庄里先搜一下，等特警队来就太晚了。"

岑晰溪跟着沈德立急匆匆地来到医院外面的停车场，打开后备厢，从一个密码箱里取出两把手枪，准备组织搜捕。

安康医院设在远郊，附近除了一个村庄，剩下的都是田野和山地。

沈德立见医院里值班的医生也跑出来了十几个，便开始给他们安排任务，他将每三人编成一个组，要求往四个方向进行搜捕，但务必保证搜捕人员自身的安全。

刚刚布置完任务，沈德立的手机响了起来，他一看是家里打来的电话，想都没想就挂断了。

沈德立对刚刚分好的四个组下了命令："出发！"

这时候，沈德立的手机又响了起来，他一看又是家里打过来的，只好生气地接了起来，本来想简单说句责怪的话就挂掉，可是电话那边却传来一声奇怪的笑声。

这笑声听得沈德立毛骨悚然，额头上也冒出了汗珠，他觉得这有些奇怪，到底是谁在他家呢？

"爸爸，爸爸救我！"

沈德立孩子的声音从手机里传来，他全身起了鸡皮疙瘩，嘶哑地喊道："是谁？到底是谁？"

沈德立的心里其实已经开始怀疑，刚才那恐怖的笑声很有可能是范海新的，可他心里还是没底。

"沈队长，你不是很牛吗？来呀，我们来一次对话，记住，只许你一个人来，不许带枪，否则的话，不用我说了吧？往后你就听不到有人叫你爸爸了。"

这次，沈德立已经清清楚楚地听出来了，这人便是范海新。他想不到范海新已经跑出这么远了，已经出现在他的家中，控制了他的孩子和妻子，他想要干什么？他为什么在这个时候劫持孩子来要挟自己呢？

沈德立顾不了那么多了，他朝岑晰溪喊道："快走，你嫂子要出事了！"

岑晰溪冲上车子，等沈德立冲进后排座的时候，油门已经被踩到了底，车子咆哮着冲向了城市。

岑晰溪在车上听了沈德立简单地介绍后心急如麻，她担心范海新会在他们赶到之前做出不理智的举动。

沈德立又将电话拨回家去，范海新好久才在那边接起电话，他说："沈队长，你是不是有些等不及了？"

沈德立大声呵斥道："范海新，你等着我，你不是要找我吗？我答应你，我一个人，不带枪，你如果有什么要求，我们可以当面谈。"

范海新哈哈笑了起来，他说："好吧，我等你，我现在肚子有点饿，你冰箱里有东西吗？"

沈德立试探地说："冰箱里有没有东西，你不会问你嫂子吗？"

范海新又哈哈笑了起来，他说："果然聪明，你不就是想知道你老婆的情况吗？她现在已经不能说话了。"

沈德立一阵头晕，他心想他妻子也许已经遇害了，便骂道："范海新，如果她们有任何闪失，我绝不放过你！"

岑晰溪一阵心寒，她将车子开到了她所能操控的最快速度。

经过了二十多分钟的狂奔，车子终于到了沈德立家的小区，停在了沈德立家的那幢楼下。

沈德立家在二楼，沈德立把枪交给岑晰溪说："晰溪，等我上去后，你再报警增援，如果我出了意外，你们可以任意处置现场，只要救出孩子和嫂子就好。"

岑晰溪鼻子一酸说："沈队长，你还是把枪带上吧。"

沈德立摇头说："要确保嫂子和孩子安全，我不能带枪，范海新是个疯子，不能有半点马虎。"

岑晰溪接过枪说："沈队长，那你要小心呀，我马上联系增援。"

沈德立一个人走向单元门，用门禁卡刷开了大门，沿着楼梯走上了二楼。

沈德立到了他家门口的时候，他本来想直接开门冲进去，然后跟范海新决一死战，但想到老婆和孩子的安全，他放弃了这个念头。

沈德立轻轻地敲了敲门，门里的范海新说："沈队长，还蛮快的，等等再开门，我说行才行。"

过了一会儿，沈德立征得范海新的同意之后，才拿出钥匙打开门。门一开，他看到了坐在沙发上的孩子，孩子的双手被捆绑着，嘴巴上贴着胶带，见到沈德立，便"嗯嗯呀呀"想要叫出声来。

范海新坐在孩子的身边，一只手藏在孩子的背侧，沈德立猜想那应该是把刀。

范海新瞪着沈德立说：“举起手，然后慢慢走进来。”

沈德立慢慢地举起手，警觉地走进自己家。

等沈德立靠近范海新时，范海新悠然地坐在那儿说：“跪下，沈队长，你给我跪下！”

沈德立站在那儿一动不动，他没想到范海新会叫他跪下，他一个刑警队长在一个犯罪嫌疑人面前跪下，这简直就是奇耻大辱。

范海新语气变得沉重起来，恶狠狠地说：“沈队长，这没得商量，你必须给我跪下！”

沈德立被逼得实在没有办法，恨不得一下子撕碎范海新，但现在想不到什么办法救下孩子，他只能慢慢地向下曲起双腿。

当沈德立屈膝弯腰时，他猛然发现这是一个难得的攻击角度，如果这个时候扑向范海新，是最佳的时机了。

这个念头在沈德立脑海中一闪而过，他当机立断，迅速地放下举起的双手，直接扑向范海新，去掐范海新的脖子。

说时迟那时快，范海新提起腿，一脚踹在沈德立的膝盖上，沈德立“哎哟”一声倒在一边。

这个时候，沈德立的孩子机敏地脱开范海新，迅速地向卧室逃去，范海新拔腿去追孩子，但被倒在地上的沈德立伸手抱住了一只脚。

范海新回过头来，提起脚猛踹沈德立，然后挥刀向沈德立的腹部反复地刺戳。

沈德立感觉到右腹部一阵刺痛，全身一下子冷了下来，他知道一定是刺中肝脏了，全身肌肉变得没了力量，完全失去了抵抗。

危急之时，沈德立忽然听到一阵枪声响起，范海新像泄了气的皮球，一下子瘫软在他的身上。

沈德立艰难地推开范海新压在自己身上的尸体，他看到岑晰溪正举着枪趴在阳台的不锈钢栅栏外准备再次射击。

岑晰溪见范海新已经死亡，便对沈德立叫道：“沈队长，你等着我。”

岑晰溪从阳台上下到地面，然后转到楼道上了二楼跑进客厅。

岑晰溪见沈德立的腹部正在不停地往外冒血，她急忙从沙发上抓起一个靠枕压住沈德立的腹部伤口。

岑晰溪见沈德立的额头上冒出了细密的汗珠，她安慰道："没事的，沈队长，我已经通知了队里，他们很快就会过来，救护车也很快就会赶到。"

沈德立痛苦地睁开眼说："晰溪，我恐怕是不行了，我感觉心脏跳得越来越快了，你去看看嫂子有没有事。"

岑晰溪已经听见卧室里嫂子的嘶喊声，她知道嫂子应该也是被胶带粘住了嘴巴，她说："没事的，嫂子一定没事的。"

沈德立艰难地说："晰溪，我一直没有告诉你，你的父亲岑永木就是我师父。那年，我刚刚参加工作，他带着我去抓'黑色屠夫'，我受了重伤，你父亲赶来救我，结果他却不幸牺牲了。"

岑晰溪的双眼顿时流出了滚烫的泪水，她第一次听说她父亲和沈德立之间的故事，她妈妈一直没有告诉她这个故事，现在沈德立告诉她了。

岑晰溪哽咽着说不出一句话来，沈德立继续说："晰溪，这些年来，我一直背负着这个巨大的包袱，我努力在找'黑色屠夫'，可是却怎么也找不到。这次我如果不行了，这个任务就只能交给你了。"

岑晰溪抓起沈德立的双手，紧紧地贴在胸口，她仿佛看到躺在血泊之中的是她爸爸。

13

一个月后，费大雷顺利地竞聘成功，得到了安康医院的主任职位。他负责的那个科室住有五十多位有着严重犯罪史的精神病人，但他表示非常乐意救治他们，正如他在竞聘演讲中说得那样："我愿意用我的青春年华去帮助这些病人，我更愿意看到世界的美好。"

费大雷去安康医院上班的前一天，他驱车去市医院看望持续昏迷的沈德立，没想到在 ICU 的病房里遇见了岑晰溪。

岑晰溪正坐在沈德立的病床边为他朗读故事，见费大雷来了，便停住了。她没有说话，只是默默地望着费大雷。

费大雷点点头说："我想，沈队长会好起来的。"

岑晰溪也点点头说："嗯，我想也是的。"